EDIÇÕES BESTBOLSO

Hannibal

Thomas Harris nasceu no estado do Mississippi, nos Estados Unidos, em 1940. O escritor iniciou sua carreira como jornalista policial nos Estados Unidos e no México, e depois como repórter e editor da Associated Press em Nova York. Seu primeiro livro, *Domingo negro*, foi publicado em 1975, seguido por *Dragão vermelho*, *O silêncio dos inocentes* e *Hannibal*, este último adaptado para o cinema em 2001, com Anthony Hopkins e Julianne Moore nos papéis principais.

CB120802

THOMAS HARRIS

Hannibal

Tradução de
ALVES CALADO

7ª edição

EDIÇÕES
BestBolso

RIO DE JANEIRO – 2015

CIP-BRASIL. CATALOGAÇÃO NA FONTE
SINDICATO NACIONAL DOS EDITORES DE LIVROS, RJ

Harris, Thomas, 1940-
H26h Hannibal / Thomas Harris; tradução de Alves Calado. – 7ª ed. –
7ª ed. Rio de Janeiro: BestBolso, 2015.
12 x 18 cm

Tradução de: Hannibal
ISBN 978-85-7799-206-5

1. Ficção norte-americana. I. Alves-Calado, Ivanir, 1953-. II. Título.

CDD: 813
12-0018 CDU: 821.111(73)-3

Hannibal, de autoria de Thomas Harris.
Título número 296 das Edições BestBolso.
Sétima edição impressa em junho de 2015.
Texto revisado conforme o Acordo Ortográfico da Língua Portuguesa.

Títulos do original norte-americano:
HANNIBAL

Copyright © 1999 by Yazoo Fabrications, Inc.
Copyright da tradução © by Distribuidora Record de Serviços de Imprensa S.A.
Direitos de reprodução da tradução cedidos para Edições BestBolso, um selo da Editora Best Seller Ltda. Distribuidora Record de Serviços de Imprensa S. A. e Editora Best Seller Ltda são empresas do Grupo Editorial Record.

As falas de "Burnt Norton" na página 78 são de *Four Quartets*, de T. S. Eliot. Copyright © 1943 by T. S. Eliot, copyright renovado © 1971 by Esme Valerie Eliot.

Os versos do primeiro soneto de Dante na página 122 são de *La Vita Nuova: A New Translation*, de Mark Musa. Copyright © 1962 by Indiana University Press, Bloomington & Indianopolis. Reimpresso com permissão de Indiana University Press.

Os versos de "Swinging on a Star" na página 436 são de "Swinging on a Star", de Johnny Burke e Jimmy Van Heusen. Copyright © 1944 by Bourne Co. e Dorsey Bros. Music, Inc; copyright renovado.

www.edicoesbestbolso.com.br

Design de capa: Luciana Gobbo.

Todos os direitos reservados. Proibida a reprodução, no todo ou em parte, sem autorização prévia por escrito da editora, sejam quais forem os meios empregados.

Direitos exclusivos de publicação em língua portuguesa para o Brasil em formato bolso adquiridos pelas Edições BestBolso um selo da Editora Best Seller Ltda. Rua Argentina 171 – 20921-380 – Rio de Janeiro, RJ – Tel.: 2585-2000 que se reserva a propriedade literária desta tradução.

Impresso no Brasil

ISBN 978-85-7799-206-5

Parte I

Washington, D.C.

1

Dá para crer que um dia assim hesitaria em começar...

O Mustang de Clarice Starling subiu a toda velocidade a rampa de entrada do Bureau de Álcool, Tabaco e Armas de Fogo (BATF) na Massachusetts Avenue, uma sede alugada do reverendo Sun Myung Moon em nome da economia.

O grupo de ataque esperava em três veículos. Na frente, um velho furgão disfarçado, e atrás, dois furgões pretos da SWAT, esperando na garagem enorme.

Starling pegou a sacola de equipamento e correu para o primeiro veículo, um furgão branco e sujo com adesivos dos dois lados onde estava escrito CARANGUEJOS DO MARCEL.

Pelas portas traseiras do furgão, abertas, quatro homens observavam-na chegar. Esguia no uniforme, ela se movimentava com rapidez sob o peso do equipamento, o cabelo brilhando debaixo das ofuscantes luzes fluorescentes.

– Mulheres. Sempre atrasadas – comentou um policial de Washington, D.C.

O agente especial John Brigham, do BATF, era o comandante.

– Ela não está atrasada, só passei o bipe quando recebemos o chamado – disse Brigham. – Deve ter saído às pressas de Quantico. – Oi, Starling, me passe a sacola.

Ela bateu em sua mão, num cumprimento rápido.

– Oi, John.

Brigham falou alguma coisa com o atarracado policial à paisana ao volante, e o furgão começou a andar antes que as portas de trás se fechassem, saindo para a agradável tarde de outono.

Clarice Starling, veterana em furgões de vigilância, passou encolhida sob o visor do periscópio e assumiu um lugar na parte traseira, o mais perto possível do bloco de 60 quilos de gelo seco que servia como ar-condicionado para quando eles tivessem de esperar com o motor desligado.

O velho furgão tinha aquele cheiro de jaula de macacos – de medo e suor – que nunca desaparece. Tinha usado muitos letreiros diferentes em seu tempo de serviço. As letras sujas e desbotadas sobre as portas tinham 30 minutos de idade. Os buracos de bala tapados com massa eram mais velhos.

As janelas traseiras eram espelhos unidirecionais, adequadamente manchados. Starling podia ver os grandes furgões pretos da SWAT vindo atrás. Esperava que não tivessem de passar horas trancados nos furgões.

Os policiais a encaravam sempre que seu rosto se virava para a janela.

A agente especial do FBI Clarice Starling, 32 anos, sempre aparentara a idade que tinha, e sempre fizera com que essa idade parecesse uma coisa boa, mesmo no uniforme.

Brigham pegou sua prancheta no banco do carona, na frente.

– Por que você sempre pega esses serviços de merda, Starling? – perguntou ele, sorrindo.

– Porque você vive me chamando.

– Para este caso eu preciso de você. Mas sempre a vejo cumprindo mandados com esquadrões de ataque, pelo amor de Deus. Eu não pergunto, mas acho que alguém em Buzzard's Point odeia você. Deveria vir trabalhar comigo. Estes são os meus rapazes, os agentes Marquez Burke e John Hare, e este é o policial Bolton, do departamento de polícia de Washington.

Uma equipe de ataque composta pelo Bureau de Álcool, Tabaco e Armas de Fogo, pela Administração Antidrogas da SWAT e pelo FBI era o produto forçado das restrições de orçamento numa época em que até a Academia do FBI tinha sido fechada por falta de verbas.

Burke e Hare pareciam agentes. O policial municipal, Bolton, parecia um escriturário. Tinha uns 45 anos, era gordo e lento.

O prefeito de Washington, ansioso para se mostrar firme contra as drogas depois de sua própria condenação por uso de narcóticos, insistiu para que a polícia municipal compartilhasse o crédito por cada grande batida na cidade de Washington. Daí a presença de Bolton.

– O bando de Drumgo está preparando o material hoje – disse Brigham.

– Evelda Drumgo, eu sabia – reagiu Starling sem entusiasmo.

Brigham assentiu.

– Ela abriu uma fábrica de *ice* ao lado do mercado de peixe Feliciana, perto do rio. Nosso informante disse que hoje ela está preparando um lote de cristais. E ela tem reservas para Grande Caimã esta noite. Não podemos esperar.

A metanfetamina cristalizada, chamada de *ice* nas ruas, produz um efeito rápido e forte, e é criminosamente viciante.

– A droga é negócio do DEA, mas nós precisamos pegar Evelda sob a acusação de transporte interestadual de armas. O mandado especifica duas submetralhadoras Beretta e algumas MAC 10, e ela sabe onde estão outras. Quero que se concentre em Evelda, Starling. Você já lidou com ela antes. Esses rapazes vão lhe dar cobertura.

– Nós pegamos o serviço fácil – observou o policial Bolton com certa satisfação.

– Acho melhor você contar a eles sobre Evelda, Starling – disse Brigham.

Starling esperou enquanto o furgão sacolejava sobre uns trilhos ferroviários.

– Evelda vai lutar contra vocês. Ela não gosta disso... ela já trabalhou como modelo... mas vai lutar contra vocês. Ela é viúva de Dijon Drumgo. Eu a prendi duas vezes sob acusação de formação de quadrilha, na primeira com Dijon.

"Na última vez, Evelda tinha uma nove milímetros na bolsa, com três pentes, e uma faca de mola no sutiã. Não sei o que ela vai estar portando agora.

"Na segunda prisão pedi educadamente que se entregasse, e ela obedeceu. Depois, na cadeia municipal, ela matou uma presa chamada Marsha Valentine com uma faca rústica feita de uma colher. De modo que não dá para saber... o rosto dela é difícil de decifrar. O júri considerou legítima defesa.

"Ela venceu o primeiro processo por formação de quadrilha e conseguiu se livrar do segundo. Algumas acusações de porte de arma foram abandonadas porque ela estava com filhos pequenos e o marido tinha acabado de ser morto num restaurante drive-in da Pleasant Avenue, talvez pelos Spliffs.

"Vou pedir a ela que se entregue. Espero que se entregue. Vamos fazer um show para ela. Mas escutem: se tivermos de dominar Evelda Drumgo, vou querer ajuda de verdade. Não se preocupem em vigiar minhas costas, quero que peguem pesado com ela. Cavalheiros, não creio que vocês assistam a uma luta na lama entre mim e Evelda."

Houve um tempo em que Starling seria condescendente com aqueles homens. Agora eles não gostavam do que estava dizendo, e ela já tinha visto coisas demais para se preocupar.

– Através de Dijon, Evelda Drumgo é ligada aos Trey-Eight Crips – disse Brigham. – Ela tem apoio dos Crips, pelo que diz o nosso informante, e os Crips estão fazendo distribuição na costa. É uma garantia contra os Spliffs, principalmente. Não sei o que os Crips farão quando nos virem. Quando querem, eles não atravessam o caminho do FBI.

– Vocês devem saber – acrescentou Starling –, Evelda é HIV positivo. – Dijon passou-lhe o vírus numa seringa. Ela descobriu enquanto estava presa e pirou. Naquele dia matou

Marsha Valentine e lutou contra os guardas na cadeia. Se ela não estiver armada e quiser entrar na luta, vocês podem esperar ser atacados com qualquer líquido que ela tenha para jogar. Vai cuspir e morder, vai mijar e defecar em vocês se tentarem segurá-la, de modo que luvas e máscaras são fundamentais. Se a puserem numa radiopatrulha, quando encostarem a mão na cabeça dela, tomem cuidado com alguma agulha no cabelo, e prendam os pés dela.

Os rostos de Burke e Hare mudaram de expressão. O policial Bolton parecia infeliz. Ele apontou para a arma principal usada por Starling, um velho Colt .45, modelo do governo, com uma tira de fita adesiva no cabo, presa num coldre especial atrás do quadril direito.

– Você anda por aí com esse negócio engatilhado o tempo todo?

– Engatilhado e travado, cada minuto do meu dia – respondeu Starling.

– É perigoso – disse Bolton.

– Entre na mira e eu explico.

Brigham interrompeu.

– Bolton, fui treinador de Starling quando ela foi campeã de pistola de combate durante três anos seguidos. Não se preocupe com a arma. Do que foi que aqueles caras da equipe de resgate de reféns, os Velcro Cowboys, a chamaram quando você acabou com eles, Starling? Annie Oakley?

– Oakley Venenosa – disse ela e olhou pela janela.

Starling sentia-se invadida e solitária naquele furgão de vigilância fedorento e cheio de homens. Desodorante, alfazema, suor e couro. Sentia um pouco de medo, com o gosto de metal sob a língua. *Imagem mental: seu pai, que cheirava a tabaco e sabão forte, descascando uma laranja com o canivete, a ponta da lâmina quebrada, dividindo a laranja com ela na cozinha. As luzes traseiras da caminhonete de seu pai desaparecendo quando ele saiu na patrulha noturna que o matou. As roupas dele no armário. Sua camisa de dançar quadrilha. Umas coisas bonitas no armário dela, que ela jamais usaria agora. Tristes roupas de festa em cabides, como brinquedos no sótão.*

– Mais uns dez minutos – gritou o motorista.

Brigham olhou pelo para-brisa e checou o relógio.

– Este é o plano. – Ele tinha um diagrama rascunhado às pressas com pincel atômico e uma planta borrada que lhe fora entregue pelo Registro de Imóveis. – O prédio do mercado de peixes fica numa fileira de lojas e armazéns ao longo do rio. A Parcel Street termina na Riverside Avenue, numa praça pequena diante do mercado de peixes.

"Vejam, os fundos do prédio do mercado de peixes dá para a água. Há um cais que segue por toda a extensão dos fundos do prédio, aqui. Ao lado do mercado de peixes, no térreo, fica o laboratório de Evelda. A entrada é aqui pela frente, ao lado do toldo do mercado de peixes. Evelda terá pessoas vigiando, a uma distância de pelo menos três quarteirões, enquanto ela estiver preparando a droga. Eles já terão passado a informação a tempo de ela se livrar do material. De modo que... uma equipe de incursão do DEA, que vem no terceiro furgão, chegará ao cais num barco de pesca às 15 horas em ponto. Nós podemos chegar mais perto do que todo mundo neste furgão, vamos estar na porta da rua alguns minutos antes da batida. Se Evelda sair pela frente, nós a pegamos. Se ficar dentro, entramos pela porta da rua logo depois de eles atacarem pelo outro lado. O segundo furgão é o nosso apoio, com sete homens. Eles chegarão às 15 horas, a não ser que os chamemos antes.

– Como vamos passar pela porta? – perguntou Starling.

Burke disse:

– Se o negócio parecer calmo, arrombamos. Se ouvirmos tiros de revólver ou metralhadora, é "Avon chama". – Burke deu um tapinha em sua espingarda.

Starling já vira isso ser feito antes – "Avon chama" é uma espingarda Magnum de três polegadas, carregada com chumbo fino para explodir a fechadura sem ferir as pessoas do lado de dentro.

– E os filhos de Evelda? Onde eles estão? – perguntou Starling.

– Nosso informante viu quando ela os deixou na creche – disse Brigham.

O rádio de Brigham estalou em seu fone de ouvido e ele examinou a parte do céu que dava para ver pela janela traseira.

– Talvez ele só esteja cuidando do trânsito – disse no microfone preso ao pescoço. Em seguida, chamou o motorista. – A equipe 2 viu um helicóptero de jornalismo há um minuto. Você viu alguma coisa?

– Não.

– É melhor que ele esteja cuidando do tráfego. Vamos nos preparar.

Sessenta quilos de gelo seco não bastam para manter cinco seres humanos refrescados dentro de um furgão de metal num dia quente, especialmente se eles estão vestindo coletes à prova de bala. Quando Bolton levantou os braços, demonstrou que um borrifo de desodorante não é o mesmo que um banho de chuveiro.

Clarice Starling havia costurado ombreiras por dentro da camisa do uniforme para aliviar o peso do colete de *kevlar*, que ela esperava fosse à prova de bala. O colete tinha o peso adicional correspondente a uma placa de cerâmica nas costas e outra na frente.

Experiências trágicas haviam ensinado o valor da placa nas costas. Conduzir uma batida com uma equipe que você não conhece, formada por pessoas com vários níveis de treinamento, é um negócio perigoso. O fogo dos seus companheiros pode despedaçar sua coluna quando você está à frente de um grupo novato e apavorado.

A 3 quilômetros do rio o terceiro furgão parou para deixar a equipe de incursão do DEA junto ao barco de pesca, e o furgão de apoio diminuiu a velocidade, mantendo uma distância discreta atrás do veículo branco disfarçado.

A aparência do bairro ia piorando. Um terço das construções tinha portas e janelas com tábuas pregadas, e havia carros incendiados sobre caixotes junto ao meio-fio. Rapazes encostavam-se nas esquinas diante de bares e pequenos mercados. Crianças brincavam ao redor de colchões pegando fogo na calçada.

Se havia segurança de Evelda na rua, estava bem disfarçada entre as pessoas do local. Ao redor das lojas de bebida e nos estacionamentos das mercearias, homens conversavam dentro de carros.

Um Impala conversível com amortecedores especiais, ocupado por quatro afro-americanos, entrou no tráfego e seguiu atrás do furgão. Os ocupantes faziam as rodas dianteiras do veículo saltarem acima do pavimento, exibindo-se para as garotas pelas quais passavam, e o barulho do som do carro fazia zumbir a lataria do furgão.

Olhando pelo vidro unidirecional da janela de trás, Starling podia ver que os rapazes no conversível não eram ameaça – um bonde dos Crips é quase sempre um sedã poderoso, grande, ou um furgão, suficientemente velho para se fundir à vizinhança, com as janelas de trás indo até a parte de baixo. Leva uma equipe de três, algumas vezes quatro homens. Um time de basquete num Buick pode parecer sinistro se você não mantiver a mente focada.

Enquanto esperavam que o sinal abrisse, Brigham tirou a cobertura do visor do periscópio e deu um tapa no joelho de Bolton.

– Veja se há alguma celebridade local na calçada – disse ele.

A lente objetiva do periscópio escondia-se num ventilador de teto. Só dava para ver dos lados.

Bolton fez um giro completo e parou, esfregando os olhos.

– Esse negócio sacode muito com o motor ligado.

Brigham comunicou-se pelo rádio com a equipe do barco.

– Quatrocentos metros rio abaixo, e se aproximando – repetiu ele para sua equipe no furgão.

O furgão encontrou um sinal vermelho no quarteirão seguinte, na Parcell Street, e ficou na frente do mercado pelo que pareceu um longo tempo. O motorista se virou como se estivesse olhando o espelho da direita e falou pelo canto da boca com Brigham.

– Parece que não há muita gente comprando peixe. Lá vamos nós.

O sinal abriu às 14h57, exatamente três minutos antes da hora H. O velho furgão disfarçado parou diante do mercado de peixes Feliciana, num bom lugar junto ao meio-fio.

Na parte de trás, o grupo ouviu o barulho da catraca quando o motorista puxou o freio de mão.

Brigham cedeu o periscópio a Starling.

– Dê uma olhada.

Starling girou o periscópio pela frente do prédio. Mesas e balcões de peixe no gelo brilhavam debaixo de um toldo de lona sobre a calçada. Os vermelhos dos pesqueiros da Carolina estavam arrumados artisticamente em cardumes sobre o gelo picado, caranguejos mexiam as pernas em caixotes abertos, e lagostas subiam umas sobre as outras num tanque. O peixeiro esperto havia borrifado água sobre os olhos dos peixes maiores, para mantê-los brilhantes até a chegada da horda de donas de casa caribenhas que vinham farejar e espiar.

A luz do sol fazia um arco-íris nos respingos de água da mesa de limpar peixes do lado de fora, onde um homem de aparência latina, com antebraços enormes, cortava um tubarão azul com golpes graciosos de sua faca encurvada e lavava o enorme peixe com uma mangueira potente. A água sangrenta corria pela sarjeta e Starling podia ouvi-la passando sob o furgão.

Starling observou enquanto o motorista falava com o peixeiro, fazia uma pergunta. O peixeiro olhou para o relógio, deu de ombros, apontou para uma lanchonete. O motorista ficou olhando o mercado durante um minuto, acendeu um cigarro e saiu na direção do café.

Uma caixa de som no mercado tocava *La Macarena*, suficientemente alto para que Starling ouvisse com clareza no furgão; nunca mais na vida ela suportaria aquela música.

A porta que interessava ficava à direita, uma porta dupla de metal, engastada também no mesmo material e com um degrau de concreto.

Starling estava prestes a largar o periscópio quando a porta se abriu. Um homem branco e grande saiu, vestido com camisa havaiana e sandálias. Trazia uma sacola atravessada no peito. A outra mão estava atrás da sacola. Um negro magro saiu atrás dele carregando uma capa de chuva.

– Atenção – disse Starling.

Atrás dos dois homens, com seu longo pescoço de Nefertiti e o bonito rosto visível acima dos ombros deles, saiu Evelda Drumgo.

– Evelda está saindo atrás de dois sujeitos, parece que os dois estão armados – disse Starling, que não conseguiu se afastar do periscópio suficientemente rápido para impedir que Brigham esbarrasse nela. Starling colocou o capacete.

Brigham falou no rádio:

– Força Um para todas as unidades. Hora de agir. Hora de agir. Ela está saindo por este lado, nós estamos indo.

– Vamos derrubá-los com o máximo de silêncio possível – disse Brigham. Em seguida destravou o revólver. – O barco vai chegar em trinta segundos, vamos lá.

Starling foi a primeira a saltar, as tranças de Evelda voaram quando girou a cabeça na direção dela. Starling, consciente dos homens ao seu lado, com as armas apontadas, gritou:

– Para o chão, para o chão!

Evelda se adiantou no meio dos dois homens. Ela estava carregando um bebê num suporte pendurado ao pescoço.

– Esperem, esperem, não quero encrenca – disse ela aos homens que estavam ao seu lado. – Esperem, esperem. – Ela se levantou com a postura régia e estendeu o bebê na frente do corpo ao máximo que o suporte permitia, com a manta pendurada por cima.

Dê-lhe um lugar aonde ir. Starling colocou a arma no coldre pelo tato, estendeu os braços, mãos abertas.

– Evelda! Desista. Venha para cá.

Atrás de Starling, o rugido de um grande motor V-8 e o guincho de pneus. Ela não podia se virar. *Deve ser o pessoal de apoio.*

Evelda ignorou, andou em direção a Brigham, a manta do bebê flutuou enquanto a MAC 10 disparava por trás, e Brigham caiu com o visor do capacete cheio de sangue.

O homem branco e alto largou a sacola. Burke viu a metralhadora dele e disparou um sopro de pó de chumbo inofensivo do cartucho Avon que estava em sua espingarda. Em seguida engatilhou de novo, mas não deu tempo. O grandalhão disparou uma rajada, cortando-o na altura da virilha, abaixo do colete, girando na direção de Starling enquanto ela sacava e disparava duas vezes no meio da camisa havaiana antes que ele pudesse atirar.

Os tiros perseguiam Starling. Um homem negro e magro deixou a capa de chuva cair de cima de sua arma e voltou para o prédio, enquanto largou uma punhalada nas costas que impulsionou Starling para a frente, arrancando-lhe o fôlego. Ela girou e viu o tanque de guerra dos Crips na rua, um sedã Cadillac, janelas abertas, dois atiradores montados estilo cheyenne nas janelas do outro lado, disparando por cima do veículo, e um terceiro no banco de trás. Fogo e fumaça saindo de três canos, balas atravessando o ar ao redor. Starling mergulhou entre dois carros estacionados e viu Burke sacudindo-se na rua. Brigham estava imóvel, uma poça esparramando-se de seu capacete. Hare e Bolton disparavam por entre veículos em algum lugar no outro lado da rua, onde o vidro de um carro estraçalhou-se ao cair no chão e um pneu explodiu quando o fogo automático que vinha do Cadillac os obrigou a se abaixar. Com um dos pés na sarjeta cheia d'água, Starling esticou a cabeça para olhar.

Dois atiradores estavam sentados nas janelas disparando por cima do teto do carro e o motorista atirava com uma pistola na mão livre. Um quarto homem no banco de trás tinha aberto a porta e estava puxando Evelda com o bebê. Ela carregava a sacola. Estavam disparando contra Bolton e Hare do outro lado da rua. Saiu fumaça dos pneus traseiros do Cadillac e o carro começou a se afastar. Starling se levantou, girando junto com o veículo, e atirou na cabeça do motorista. Disparou duas vezes contra o atirador que se sentava na janela da frente e ele caiu de costas. Soltou o pente da .45 e colocou outro antes que o vazio batesse no chão, sem afastar os olhos do veículo.

O Cadillac foi raspando uma fileira de carros do outro lado da rua e só parou diante de um guincho.

Agora Starling caminhava na direção do Cadillac. Ainda havia um atirador sentado na janela de trás, os olhos arregalados e as mãos empurrando o teto do carro, o peito comprimido entre o Cadillac e um veículo estacionado. Sua arma escorregou do teto. Mãos vazias apareceram na janela traseira mais próxima. Um homem com um lenço azul na cabeça saiu com as mãos para o alto e correu. Starling ignorou-o.

Tiros vindos da sua direita fizeram-no cair para a frente, de cara no chão. Ele tentou se arrastar para debaixo de um carro. Lâminas de helicóptero estrondeavam acima dela.

Alguém gritou no mercado de peixe:

– Fiquem abaixados, fiquem abaixados.

Pessoas foram para debaixo dos balcões e, na mesa abandonada de limpar peixes, jorrava água para o alto.

Starling avançou para o Cadillac. Havia um movimento na parte de trás do carro. O Cadillac se movia. O carro balançava com o bebê gritando lá dentro. Os tiros de metralhadora fizeram a janela de trás despedaçar-se e o vidro cair para dentro.

Starling estendeu a mão e gritou sem se virar.

– PAREM. Cessar fogo. Vigiem a porta. Atrás de mim. Vigiem a porta da peixaria. Evelda. – Havia um movimento na parte de trás do carro. O bebê estava gritando lá dentro. – Evelda, ponha as mãos na janela.

Agora Evelda Drumgo estava saindo. O bebê gritava. “La Macarena” martelava nos alto-falantes do mercado de peixe.

Evelda estava fora do carro e caminhava na direção de Starling, a bela cabeça abaixada, com os braços envolvendo o bebê.

Burke retorcia-se no chão entre eles. Tremia menos, agora que sangrara quase completamente. "La Macarena" estremecia junto com Burke. Alguém chegou até ele arrastando-se e, deitado ao seu lado, pressionou o ferimento.

Starling estava com a arma apontada para o chão, na frente de Evelda.

– Evelda, mostre as mãos, ande, por favor, mostre as mãos.

Um volume na manta. Evelda, com suas tranças e olhos escuros de egípcia, levantou a cabeça e olhou para Starling.

– Ora, é você, Starling.

– Evelda, não faça isso. Pense no bebê.

– Vamos trocar líquidos corporais, sua puta.

A manta flutuou, levada pelo ar. Starling deu um tiro que atravessou o lábio superior de Evelda Drumgo, e a parte de trás de sua cabeça explodiu.

Por algum motivo, Starling sentou-se no chão, com uma pontada terrível na lateral da cabeça, sem fôlego. Evelda também foi ao chão, desmoronada sobre as próprias pernas, o sangue jorrando da boca e sobre o bebê, cujos gritos soavam abafados junto ao corpo dela. Starling arrastou-se até lá e tentou abrir as fivelas escorregadias do suporte do bebê. Em seguida, tirou a faca de mola do sutiã de Evelda, abriu-a sem olhar e cortou as correias. O bebê estava escorregadio e vermelho, difícil de segurar.

Starling pegou-o e ergueu os olhos, angustiada. Podia ver a água jorrando pelo ar no mercado de peixe, e correu até lá carregando a criança ensanguentada. Jogou para longe as facas e as entranhas de peixe, colocou a criança na tábua de cortar e apontou para ela o jato forte da mangueira. Aquela criança morena deitada sobre uma tábua de corte, branca, em meio às facas e às entranhas de peixe e com a cabeça de tubarão ao lado, sendo lavada do sangue HIV positivo, com o sangue de Starling caindo sobre ela, numa torrente única tão salgada quanto o mar.

Água voando, um arco-íris que zombava da Promessa de Deus em meio às gotículas, bandeira brilhante sobre a obra de seu martelo cego. Starling não podia ver qualquer buraco naquele menino. Nos alto-falantes, "La Macarena" martelando, uma luz estroboscópica aparecendo intermitente até que Hare afastou o fotógrafo para longe

2

Um beco sem saída num bairro de classe trabalhadora em Arlington, Virgínia, pouco depois da meia-noite. O ar se move inquieto diante de uma frente fria. No cheiro de terra molhada e folhas, um grilo toca uma canção. Fica quieto quando uma vibração forte o alcança, o estrondo abafado de um Mustang 5.0 com escapamentos de aço entrando no beco, seguido por um carro da polícia federal. Os dois carros param na entrada de veículos de um belo dúplex. O Mustang estremece um pouco em ponto morto. Quando o motor silencia, o grilo espera um momento e retoma sua canção, a última antes da geada, a última de sua vida.

Um oficial de justiça federal, uniformizado, sai do banco do motorista do Mustang. Ele contorna o carro e abre a porta do passageiro para Clarice Starling. Ela sai. Uma faixa segura um curativo acima de seu ouvido. O iodo vermelho-alaranjado mancha seu pescoço acima da roupa verde de hospital, que ela usa em vez de uma camisa.

Ela carrega seus objetos pessoais numa bolsa plástica com zíper – algumas balas de hortelã e chaves, sua identificação como agente especial do FBI, um carregador contendo cinco pentes de munição, um pequeno frasco de gás Mace. Além da bolsa, ela carrega um cinto e um coldre vazio.

O oficial entrega-lhe as chaves do carro.

– Obrigada, Bobby.

– Quer que eu e Pharon fiquemos um pouco com você? Ou prefere que eu chame Sandra? Ela está me esperando. Posso trazê-la daqui a pouco, se precisar de companhia...

– Não, vou entrar agora. Daqui a pouco Ardelia chega em casa. Obrigada, Bobby.

O oficial entra no veículo onde seu parceiro está esperando, e quando vê Starling segura dentro de casa, o carro federal parte.

A lavanderia da casa de Starling está quente e cheira a amaciante de roupas. As mangueiras da máquina de lavar e da secadora são presas com braçadeiras de plástico normalmente usadas como algemas. Starling coloca seus objetos pessoais em cima da máquina de lavar. As chaves do carro fazem um barulho alto na tampa de metal. Ela tira um monte de roupa da lavadora e enfia na secadora. Tira as calças do uniforme e joga no interior junto com o jaleco verde do hospital e o sutiã manchado de sangue, e liga a máquina. Está só de meias, calcinha e um .38 especial com percursor blindado fixo num coldre de tornozelo. Há hematomas lívidos nas suas costas, nas costelas, e uma abrasão no cotovelo. O olho e a bochecha do lado direito estão inchados.

A máquina de lavar aquece e começa a chacoalhar. Starling enrola-se numa grande toalha de praia e vai arrastando os pés até a sala de estar. Volta com 3 dedos de Jack Daniel's num copo. Senta-se no tapete de borracha diante da máquina de lavar e se encosta nela, no escuro, enquanto a máquina quente chacoalha e borbulha. Fica ali no chão, com o rosto virado para cima, e solta alguns soluços secos antes que as lágrimas cheguem. Lágrimas escaldantes na bochecha, descendo pelo rosto.

O NAMORADO DE ARDELIA MAPP trouxe-a para casa mais ou menos à meia-noite e quinze, depois de um longo passeio vindo de Cape May, e ela se despediu dele na porta. Mapp estava no seu banheiro quando ouviu a água correndo, o barulho nos canos à medida que a máquina de lavar avançava em seu ciclo.

Foi até a parte de trás da casa e acendeu as luzes da cozinha que dividia com Starling. Dava para ver dentro da lavanderia. Dava para ver Starling sentada no chão, com a bandagem na cabeça.

– *Starling!* Ah, menina. – Ajoelhando-se rapidamente ao lado dela. – O que foi?

– Levei um tiro na orelha, Ardelia. Eles deram um jeito, no Hospital Water Reed. Não acenda a luz, certo?

– Certo. Vou preparar alguma coisa para você. Eu não ouvi... nós estávamos escutando uma fita no carro... conte.

– John está morto, Ardelia.

– *Não o Johnny Brigham!* – Tanto Mapp quanto Starling tinham tido paixonites por Brigham quando ele era instrutor de tiro na Academia do FBI. Elas haviam tentado ler a tatuagem dele através da manga da camisa.

Starling confirmou com a cabeça e enxugou os olhos com as costas da mão, como uma criança.

– Evelda Drumgo e uns Crips. Evelda atirou nele. Pegaram Burke também, Marquez Burke, do BATF. Nós fomos todos juntos. Evelda foi informada antes e o pessoal da TV chegou lá na mesma hora em que nós. Eu peguei Evelda. Ela não quis se entregar, Ardelia. Não quis se entregar e estava segurando um bebê. Nós atiramos uma na outra. Ela está morta.

Mapp jamais tinha visto Starling chorar antes.

– Ardelia, hoje eu matei cinco pessoas.

Mapp sentou-se no chão ao lado de Starling e passou o braço ao redor dela. Juntas encostaram-se na máquina de lavar que continuava trabalhando.

– E o bebê de Evelda?

– Lavei o sangue dele, não tinha nenhum ferimento na pele, não que eu pudesse ver. O hospital disse que fisicamente ele está bem. Vão entregá-lo à mãe de Evelda dentro de alguns dias. Sabe qual foi a última coisa que Evelda me disse, Ardelia? "Vamos trocar líquidos corporais, sua puta."

– Deixe eu preparar alguma coisa para você.

– O quê? – perguntou Starling.

3

Com o cinza da madrugada chegaram os jornais e os primeiros noticiários da TV.

Mapp veio com alguns bolinhos quando ouviu Starling andando pela casa, e as duas assistiram juntas.

A CNN e as outras redes de TV haviam comprado o filme da câmera do helicóptero da WFUL-TV. Eram imagens extraordinárias, tomadas diretamente de cima.

Starling assistiu uma vez. Tinha de ver que Evelda havia atirado antes. Olhou para Mapp e viu raiva no rosto marrom da outra. Em seguida, Starling correu para vomitar.

– Isso é duro de ver – disse Starling quando voltou, com pernas trêmulas e pálida.

Como sempre, Mapp foi imediatamente ao ponto.

– A sua pergunta é: como eu me sinto por você ter matado aquela mulher afro-americana que estava segurando aquele bebê? Esta é a resposta: ela atirou primeiro. Quero que você fique viva. Starling, pense em quem está fazendo esta política insana aqui. Que tipo de imbecil colocou você e Evelda Drumgo juntas naquele lugar lamentável para vocês resolverem o problema das drogas usando armas? O que há de inteligente nisso? Espero que você pense se quer continuar sendo marionete deles. – Mapp serviu um pouco de chá como pontuação. – Quer que eu fique com você? Eu tiro um dia de folga.

– Obrigada. Não precisa fazer isso. Telefone para mim.

O *National Tattler*, principal beneficiário da expansão dos tabloides escandalosos nos anos 1990, publicou uma edição extra que foi extraordinária até mesmo para os padrões dele. Alguém arremessou-o contra a casa no meio da manhã. Starling encontrou-o quando foi investigar a origem do barulho. Estava esperando o pior, quando leu:

"ANJO DA MORTE: CLARICE STARLING, A MÁQUINA DE MATAR DO FBI", gritava a manchete do *National Tattler* em letras Railroad Gothic, corpo 72. As três fotos da primeira página eram: Clarice Starling uniformizada disparando uma pistola calibre .45 numa competição, Evelda Drumgo curvada sobre seu bebê na rua, a cabeça inclinada como de uma Madona de Cimabue, com o cérebro explodido, e Starling de novo, colocando um bebê moreno e nu sobre uma tábua de cortar branca, no meio de facas, entranhas de peixe e a cabeça de um tubarão.

A legenda das fotos dizia: "*A agente especial do FBI Clarice Starling, que matou o serial killer Jame Gumb, acrescenta pelo menos cinco marcas em sua arma. Uma mãe com um bebê no colo e dois policiais estão entre os mortos depois de uma incursão desastrosa contra um antro de drogas.*"

A matéria principal cobria as carreiras de Evelda e Dijon Drumgo como traficantes, e o surgimento da gangue Crip na paisagem despedaçada pela guerra em Washington, D.C. Havia uma breve menção ao serviço militar do falecido policial John Brigham, e suas condecorações foram citadas.

Starling mereceu toda uma coluna lateral, debaixo de uma foto ingênua em que ela aparecia num restaurante, usando vestido decotado, o rosto alegre.

> Clarice Starling, agente especial do FBI, teve seus 15 minutos de fama quando matou a tiros o serial killer Jame Gumb, o "Búfalo Bill", no porão da casa dele, há sete anos. Agora ela pode enfrentar acusações interdepartamentais e um processo civil pela morte, na quinta-feira, de uma mãe de Washington acusada de fabricar anfetaminas ilegais. (Veja a matéria principal na página 1)
>
> "Este pode ser o fim da carreira dela", disse uma fonte do Bureau de Álcool, Tabaco e Armas de Fogo, agência coirmã do FBI. "Não sabemos todos os detalhes de como isso aconteceu, mas John Brigham deveria estar vivo. Esta

e a última coisa que o FBI precisa depois de Ruby Ridge", disse a mesma fonte, que não quis ser identificada.

A carreira pitoresca de Clarice Starling começou pouco depois de ela entrar para a Academia do FBI. Formada com honras em psicologia e criminologia pela Universidade da Virgínia, foi designada para entrevistar o louco assassino Dr. Hannibal Lecter, apelidado por este jornal de "Hannibal, o Canibal", e com ele obteve informações importantes na busca de Jame Gumb e no resgate de sua refém, Catherine Martin, filha da ex-senadora do Tennessee.

A agente Starling foi campeã de tiros com pistola de combate durante três anos, antes de se retirar das competições. Ironicamente, o policial Brigham, que morreu ao lado dela, foi instrutor de armas de fogo em Quantico enquanto Starling estudou lá, e foi seu treinador nas competições.

Como disse um porta-voz do FBI, a agente Starling será retirada dos serviços de campo, sob licença remunerada, durante a investigação interna por parte do FBI. No final desta semana deve acontecer uma audiência no Departamento de Responsabilidade Profissional, a temível inquisição do FBI.

Parentes da falecida Evelda Drumgo disseram que abrirão um processo civil por perdas e danos contra o governo dos Estados Unidos, e contra Starling pessoalmente. O filho de Drumgo, de três meses, visto nos braços da mãe nas imagens dramáticas do tiroteio, não se feriu.

O advogado Telford Higgins, que defendeu a família Drumgo em vários processos criminais, alegou que a arma da agente especial Starling, uma pistola Colt .45 semiautomática e modificada, não era aprovada para o uso no trabalho policial na cidade de Washington. "É um instrumento mortal e perigoso, inadequado para o uso no trabalho policial", disse Higgins. "Seu simples uso constitui um risco imprudente contra a vida humana", observou o advogado.

O *Tattler* tinha comprado o número de telefone de Clarice Starling com um dos informantes dela e ficou ligando ininterruptamente até ela tirar o aparelho do gancho e ser obrigada a usar seu celular do FBI para falar com o escritório.

A dor na orelha e no lado inchado do rosto não era muito forte desde que ela não tocasse no curativo. Pelo menos não latejava. Dois comprimidos de Tylenol ajudavam. Ela não precisou do Percocet que o médico tinha prescrito. Cochilou encostada na cabeceira da cama, o *Washington Post* caindo do lençol para o chão, com resíduo de pólvora nas mãos, lágrimas secas e rígidas nas bochechas.

4

Você se apaixona pelo Bureau, mas o
Bureau não se apaixona por você.

– MÁXIMA DO SERVIÇO DE APOIO
AO DESLIGAMENTO DO FBI

A academia de ginástica do FBI, no edifício J. Edgar Hoover, estava quase vazia de manhã cedo. Dois homens de meia-idade corriam devagar na pista interna. O barulho de um aparelho de musculação num canto mais distante e os gritos e impactos de um jogo de *squash* ecoavam no salão.

As vozes dos dois corredores não se projetavam muito. Jack Crawford corria com o diretor Tunberry, do FBI, a pedido deste. Tinham passado de 3 quilômetros e estavam começando a bufar.

– Blaylock, da ATF, teve de ir às pressas para Waco. O negócio não vai acontecer agora, mas ele está acabado e sabe disso – falou o diretor. – Ele poderia muito bem notificar ao reverendo Moon a liberação do imóvel. – O fato de o Bureau de Álcool, Tabaco e Armas de Fogo alugar um espaço em Washington com o reverendo Sun Myung Moon é fonte de diversão para o FBI. – E Farriday foi para Ruby Ridge.

– Não consigo entender isso – disse Crawford. Ele tinha servido em Nova York com Farriday nos anos 1970, quando a Máfia fazia piquetes diante do escritório de campo do FBI na Terceira Avenida com a rua 69. – Farriday é um bom homem. Não foi ele quem determinou as regras de engajamento.

– Foi o que eu disse a ele ontem de manhã.

– Ele vai sair sem fazer nada? – perguntou Crawford.

– Digamos apenas que ele vai manter seus benefícios. É uma época perigosa, Jack.

Os dois homens estavam correndo com a cabeça inclinada para trás. O ritmo acelerou um pouquinho. Com o canto do olho, Crawford viu o diretor avaliando sua condição física.

– Você tem quantos anos, Jack? Cinquenta e seis?

– É.

– Mais um ano para a aposentadoria obrigatória. Um monte de caras saem aos 48, 50, enquanto ainda podem arranjar emprego. Você nunca quis isso. Quis se manter ocupado depois da morte de Bella.

Quando viu que Crawford continuara calado durante um tempo, o diretor percebeu que tinha falado o que não devia.

– Não quero ser superficial com relação a isso, Jack. Doreen estava dizendo um dia desses: quanto...

– Ainda há algumas coisas para serem feitas em Quantico. Queremos melhorar o PACV na Internet, para que qualquer policial possa usá-lo, você viu isso no orçamento.

– Algum dia você quis ser diretor, Jack?

– Nunca pensei que esse fosse o meu tipo de serviço.

– Não é, Jack. Você não faz o gênero político. Nunca poderia ter sido diretor. Você nunca poderia ter sido um Eisenhower, Jack, ou um Omar Bradley. – O diretor Tunberry fez um gesto para que Crawford parasse, e os dois ficaram ofegantes ao lado da pista. – Mas você poderia ter sido um Patton, Jack. Você é capaz de guiá-los através do inferno e ao mesmo tempo fazer com que o amem. É um dom que eu não tenho. Preciso forçá-los. – Tunberry olhou rapidamente ao redor, pegou sua toalha num banco e colocou-a sobre os ombros como a vestimenta de um juiz. Seus olhos estavam brilhantes.

Algumas pessoas precisam entrar em contato com a própria raiva para ser fortes, refletiu Crawford enquanto observava os movimentos labiais de Tunberry.

– Na questão da falecida Sra. Drumgo com sua MAC 10 e seu laboratório de anfetamina, morta enquanto segurava seu bebê, a fiscalização judiciária quer um bode expiatório. Carne fresca, balindo. E a mídia também. O DEA precisa jogar alguma carne para eles. O BATF precisa jogar alguma carne para eles. E nós também precisamos. Mas no nosso caso eles podem se satisfazer com carne de segunda. Krendler acha que podemos entregar Clarice Starling e eles vão nos deixar em paz. Eu concordo. O BATF e o DEA assumem a culpa por planejar a incursão. Starling puxou o gatilho.

– Contra uma assassina de policial que atirou primeiro contra ela.

– São as imagens, Jack. Você não entende, não é? O público não viu Evelda Drumgo atirar em John Brigham. Não viu Evelda atirar primeiro contra Starling. Você não vê se não souber para o que está olhando. Duzentos milhões de pessoas, um décimo das quais votam, viram Evelda Drumgo sentada na rua, numa postura protetora sobre o bebê, com o cérebro explodido. Não diga, Jack; eu sei que durante um tempo você pensou que Starling seria sua protegida. Mas ela tem a língua afiada, e começou errado com algumas pessoas...

– Krendler é um escroto.

– Escute o que estou dizendo e não diga nada até eu terminar. De qualquer modo, a carreira de Starling estava acabando. Ela receberá uma dispensa administrativa sem prejuízo, a papelada não parecerá pior do que se fosse por tempo de serviço. Ela conseguirá arranjar um emprego. Jack, você fez uma coisa fantástica no FBI, a Divisão de Ciência do Comportamento. Um monte de gente acha que se tivesse posto seus interesses um pouquinho na frente, seria muito mais do que chefe de seção, pois você merece muito mais. Serei o primeiro a dizer isso. Jack, você vai se aposentar como subdiretor. Eu lhe garanto.

– Quer dizer, se eu ficar de fora nisso?

– No curso normal dos acontecimentos, Jack. Com paz reinando, é isto que acontecerá. Jack, olhe para mim.

– Sim, diretor Tunberry.

– Não estou pedindo, estou dando uma ordem direta. Fique fora disso. Não desperdice tudo, Jack. Algumas vezes você só precisa virar o rosto. Eu já fiz isso. Escute, sei que é difícil, acredite: eu sei como você se sente.

– Como me sinto? Eu sinto que preciso de um banho de chuveiro.

5

Starling era uma dona de casa eficiente, mas não meticulosa. O seu lado do duplex era limpo e ela conseguia encontrar tudo, mas as coisas tendiam a se empilhar – roupa lavada e não separada, mais revistas do que lugares para colocá-las. Era uma magnífica passadeira de roupas de última hora, e não precisava se embonecar, de modo que dava para o gasto.

Quando queria ordem, atravessava a cozinha compartilhada para o lado do duplex ocupado por Ardelia Mapp. Se Ardelia estivesse lá, Starling recebia o benefício de seus conselhos, que eram sempre úteis, ainda que algumas vezes mais duros de ouvir do que ela desejava. Se Ardelia não estivesse, ficava implícito que Starling poderia sentar-se na ordem absoluta da moradia de Mapp para pensar, desde que não *deixasse* coisa alguma. E hoje ela estava ali. Numa daquelas residências que sempre contêm sua ocupante, quer ela esteja lá ou não.

Starling ficou sentada olhando para a apólice de seguro de vida da avó de Mapp, pendurada na parede numa moldura feita à mão, como estivera na casa da fazenda onde a avó tinha trabalhado e no apartamento dos Mapp, num conjunto residencial, durante a infância de Ardelia. Sua avó vendia legumes e flores e havia economizado os tostões para pagar os prêmios, e conseguiu pegar dinheiro emprestado usando a garantia da apólice para ajudar Ardelia no trecho final de sua passagem pela faculdade. Também havia uma foto da velha minúscula, sem fazer qualquer tentativa de sorrir acima da gola branca e engomada, um conhecimento ancestral brilhando nos olhos negros debaixo da aba do chapéu de palhinha.

Ardelia sentia o seu passado, encontrava força nele todos os dias. Agora Starling procurava a sua, tentava se reestruturar. O Lar Luterano em Bozeman a alimentou e vestiu, e lhe deu um modelo decente de comportamento, mas para aquilo de que precisava agora tinha de consultar alguém do seu sangue.

O que você possui quando vem de uma família branca e pobre? E de um lugar onde a Reconstrução só terminou na década de 1950? Se você descende de pessoas citadas nos *campi* universitários como caipiras ou, com condescendência, como proletários ou apalachianos brancos e pobres? Se até mesmo a nobreza insegura do Sul, que não via qualquer dignidade no trabalho físico, refere-se ao seu pessoal como pés-rapados, em que tradição você encontra um exemplo? Dizendo que nós fizemos com que eles se cagassem na primeira batalha em Bull Run? Que o bisavô agiu bem em Vickysburg, que um recanto em Shiloh é para sempre Yazoo City?

Há muita honra e mais senso em ter obtido sucesso com o que restou, fazendo alguma coisa com os míseros 16 hectares e uma mula enlameada, mas você precisa ser capaz de ver isso. Ninguém irá lhe dizer.

Starling havia obtido sucesso no treinamento para o FBI porque não tinha para onde voltar. Tinha sobrevivido a maior parte da vida em instituições, respeitando-as e jogando duro, segundo as regras. Sempre progrediu, conseguiu a bolsa, entrou para a equipe. Seu fracasso em progredir no FBI depois de um início brilhante era uma experiência nova e medonha para ela. Ficava batendo contra o teto de vidro da burocracia como uma abelha numa garrafa.

Teve quatro dias para chorar por John Brigham, morto diante de seus olhos. Há muito tempo, John Brigham tinha lhe pedido uma coisa e ela disse não. E depois ele perguntou se os dois poderiam ser amigos, e falava sério. Ela disse sim, e falou sério.

Teve de aceitar o fato de que havia matado cinco pessoas no mercado de peixes Feliciana. Repetidamente vislumbrava o Crip com o peito esmagado entre os carros, as mãos em garra sobre o topo do veículo enquanto a arma escorregava para longe.

Uma vez, em busca de alívio, foi ao hospital olhar o bebê de Evelda. A mãe de Evelda estava lá, segurando o neto, preparando-se para levá-lo para casa. Reconheceu Starling dos jornais, entregou o bebê para a enfermeira e, antes que Starling percebesse o que ela ia fazer, deu-lhe um tapa com força no rosto, no lado onde havia o curativo.

Starling não devolveu o tapa, mas apertou a velha contra a janela da ala da maternidade segurando seus punhos com força, até que ela parasse de lutar, o rosto distorcido de encontro ao vidro manchado de espuma e cuspe. Havia sangue escorrendo pelo pescoço de Starling e a dor a deixava tonta. Costuraram sua orelha de novo na Emergência, e ela recusou-se a dar parte contra a mulher. Uma auxiliar da Emergência informou ao *Tattler* e ganhou 300 dólares.

Teve de sair mais duas vezes – para fazer os acertos finais e comparecer ao enterro de John Brigham no Cemitério Nacional de Arlington. Os parentes de Brigham eram poucos e distantes, e nos últimos pedidos que tinha deixado por escrito, Brigham designou Starling para cuidar dele.

A extensão dos ferimentos no rosto exigiu um caixão fechado, mas ela tinha cuidado o melhor possível de sua aparência. Vestiu-lhe seu perfeito uniforme azul dos fuzileiros, com a estrela de prata e as fitas das outras condecorações.

Após a cerimônia, o oficial-comandante de Brigham mandou para Starling uma caixa contendo as armas pessoais do policial morto, os distintivos e alguns itens de sua mesa sempre atulhada, inclusive o "passarinho do tempo" que bebia de um copo.

Em cinco dias Starling enfrentaria uma audiência que poderia arruiná-la. A não ser por uma mensagem de Jack Crawford, seu telefone do trabalho permaneceu mudo, e não havia mais Brigham para conversar.

Ligou para seu advogado na Associação de Agentes do FBI. O conselho dele foi para não usar brincos compridos ou sapatos que mostrassem os dedos dos pés durante a audiência. Todos os dias a televisão e os jornais apresentavam a história da morte de Evelda Drumgo, e sacudiam-na como um rato morto.

Ali, na ordem absoluta da casa de Mapp, Starling tentava pensar.

O verme que destrói você é a tentação de concordar com seus críticos, de obter a aprovação deles.

Um ruído se introduzia.

Starling tentou se lembrar das palavras exatas que tinha dito no furgão camuflado. Teria falado mais do que era necessário? Um ruído se intrometia.

Brigham lhe disse para colocar os outros em dia sobre Evelda. Será que ela exprimiu alguma hostilidade, disse alguma calúnia...

Um ruído se intrometia.

Ela voltou a si e percebeu que estava escutando sua campainha na outra porta. Provavelmente um repórter. Também estava esperando uma intimação judicial. Puxou para o lado a cortina da janela de Mapp e espiou para ver o carteiro voltando ao seu furgão. Abriu a porta da frente de Mapp e chegou perto dele, virando as costas para o carro da imprensa do outro lado da rua, onde havia uma lente teleobjetiva apontando enquanto ela assinava a ficha da carta registrada. O envelope era cor de malva, com trama sedosa no fino papel de linho. Distraída como estava, aquilo fez com que ela se lembrasse de alguma coisa. Voltando para dentro, longe do clarão do dia, olhou para o endereço. Uma letra elegante.

Acima do zumbido constante de medo na mente de Starling, soou um alerta. Ela sentiu a pele da barriga estremecer como se alguma coisa fria tivesse pingado por dentro da blusa.

Pegou o envelope pelas pontas e levou-o para a cozinha. Da bolsa tirou as luvas brancas de coleta de provas, eternamente presentes. Apertou o envelope contra a superfície dura da mesa da cozinha e tateou-o cuidadosamente. Apesar de o papel ser grosso, ela teria detectado o volume de uma bateria de relógio pronta para disparar uma folha de C-4. Sabia que deveria levá-lo a um fluoroscópio. Se abrisse, poderia ter encrencas. Encrencas. Certo. Dane-se.

Abriu o envelope com uma faca de cozinha e tirou a folha de papel sedoso. Soube de imediato, antes de olhar a assinatura, quem lhe escrevera.

> Cara Clarice,
>
> Venho seguindo com entusiasmo o curso de sua desgraça e de sua vergonha pública. A minha jamais me incomodou, a não ser pela inconveniência de ser encarcerado, mas talvez você careça da perspectiva.
>
> Em nossas discussões na masmorra, ficou evidente para mim que seu pai, o vigilante noturno morto, tem grande importância em seu sistema de valores. Creio que o seu sucesso em pôr fim à carreira de costureiro de Jame Gumb a agradou mais porque você podia imaginar seu pai fazendo aquilo.
>
> Agora você está mal com o FBI. Será que sempre imaginou seu pai à sua frente lá? Será que o imaginou como chefe de seção ou – ainda melhor do que Jack Crawford – SUBDIRETOR, assistindo ao seu progresso com orgulho? E agora você o vê envergonhado e esmagado pela sua desgraça? Pelo seu fracasso? O final lamentável e mesquinho de uma carreira promissora? Você se vê fazendo as tarefas domésticas às quais sua mãe foi reduzida, depois de os viciados terem

enfiado uma bala no seu PAPAI? Hein? Será que seu fracasso irá se refletir neles? Será que as pessoas acreditarão para sempre, de modo equivocado, que seus pais eram a escória branca, morando num trailer, no caminho dos tornados? Diga-me sinceramente, agente especial Starling.

Pense nisso um instante antes de prosseguirmos.

Agora vou mostrar uma qualidade que irá lhe ajudar: você não está cega pelas lágrimas, tem capacidade de entender.

Eis um exercício que você pode considerar útil. Quero que faça isso fisicamente comigo:

Tem uma frigideira de ferro preta? Você é uma garota das montanhas do Sul, imagino que tenha. Coloque-a sobre a mesa da cozinha. Acenda a luz.

Mapp havia herdado a frigideira de sua avó e costumava usá-la frequentemente. Tinha uma superfície preta e vítrea que nenhum sabão jamais tocara. Starling colocou-a à sua frente sobre a mesa.

Olhe dentro da frigideira, Clarice. Incline-se sobre ela e olhe para baixo. Se era a frigideira de sua mãe, e pode muito bem ser, deve ter entre as moléculas as vibrações de todas as conversas tidas em sua presença. Todas as frases, as pequenas irritações, as revelações mortais, os anúncios cabais de desastre, os grunhidos e a poesia do amor.

Sente-se à mesa, Clarice. Olhe a frigideira. Se ela estiver bem curada, é como um poço preto, não é? É como olhar para um poço. Seu reflexo detalhado não está no fundo, mas paira ali, não é? A luz atrás de você. Ali está você num rosto negro, com uma aura como se seu cabelo estivesse pegando fogo.

Nós somos feitos de carbono, Clarice. Você, a frigideira e o papai morto e enterrado, tão frio quanto a frigideira. Tudo ainda está lá. Escute. Como eles realmente eram e viviam – seus pais que lutavam tanto. As lembranças concretas, e não as imagens que incham seu coração.

Por que o seu pai não era xerife, unha e carne com o pessoal do tribunal? Por que sua mãe precisava limpar motéis para sustentá-la, mesmo tendo fracassado em manter toda a família junta até você crescer?

Qual é a sua lembrança mais nítida da cozinha? Não do hospital, da cozinha.

Minha mãe lavando o sangue do chapéu do meu pai.

Qual é a sua melhor lembrança da cozinha?

Meu pai descascando laranjas com seu canivete velho, de ponta quebrada, e passando os gomos para nós.

O seu pai, Clarice, era um guarda-noturno. Sua mãe era uma camareira.

Uma grande carreira na polícia federal era esperança sua ou deles? Até que ponto seu pai se curvaria para se ajustar a uma burocracia rançosa? Quantos sapos ele engoliria? Alguma vez você o viu bajular ou puxar saco?

Seus supervisores demonstraram algum valor, Clarice? E quanto aos seus pais, eles demonstraram algum? Nesse caso, os valores são os mesmos?

Olhe para o ferro honesto e me diga. Você fracassou diante de seus familiares mortos? Eles gostariam que você babasse ovos? Que visão eles tinham da fortaleza? Você pode ser tão forte quanto quiser.

Você é uma guerreira, Clarice. A inimiga está morta, o bebê em segurança. Você é uma guerreira.

Os elementos mais estáveis, Clarice, aparecem no meio da tabela periódica, mais ou menos entre o ferro e a prata.

Entre o ferro e a prata. Acho que isso é adequado para você.

Hannibal Lecter.

P.S. Ainda me deve algumas informações, você sabe. Diga se ainda acorda ouvindo os cordeiros. Qualquer domingo desses, coloque um anúncio na coluna de mensagens pessoais da edição nacional do *Times*, do *International Herald-Tribune* e do *China Mail*. Enderece a A. A. Aaron, de modo que seja o primeiro, e assine Hannah.

Lendo, Starling ouvia as palavras na mesma voz que tinha zombado dela, atravessando-a, sondando sua vida e iluminando-a na ala de segurança máxima do asilo de loucos, quando ela teve de trocar com Hannibal Lecter informações de sua vida pelo conhecimento vital que ele tinha a respeito de Búfalo Bill. O som metálico daquela voz raramente utilizada ainda ecoava em seus sonhos.

Havia uma nova teia de aranha no canto do teto da cozinha. Starling ficou olhando para lá enquanto seus pensamentos desmoronavam. Feliz e lamentando, lamentando e feliz. Feliz pela ajuda, feliz por ter visto um modo de se curar. Feliz e lamentando porque o serviço de redirecionamento de correspondências do Dr. Lecter em Los Angeles devia estar contratando funcionários baratos. Dessa vez eles tinham usado uma máquina de registro postal. Jack Crawford ficaria deliciado com a carta, bem como as autoridades do correio e o laboratório.

6

O quarto onde Mason passa a vida é silencioso, mas tem sua própria pulsação suave, o sibilar e o suspiro da máquina que lhe dá fôlego. É escuro, a não ser pelo brilho do grande aquário, onde uma enguia exótica gira num interminável número oito, com a sombra projetada movendo-se pelo quarto como uma fita.

O cabelo trançado de Mason fica num rolo grosso sobre a concha da máquina de respiração que cobre seu peito em cima da cama elevada. Um equipamento com tubos, como uma flauta de Pã, está suspenso diante dele.

A língua comprida de Mason escorrega para fora entre seus dentes. Ele gira a língua ao redor do último tubo e sopra com a próxima pulsação do respirador.

Instantaneamente, uma voz responde de um alto-falante na parede.

– Sim, senhor?

– O *Tattler*.

O *T* inicial perde-se, mas a voz é profunda e sonora, uma voz de rádio.

– Na página 1 há...

– Não leia para mim. Ponha no monitor. – O *P* e o *M* desapareceram da fala de Mason.

A tela grande de um monitor elevado estala. Seu brilho azul-esverdeado fica cor-de-rosa quando aparece o cabeçalho do *Tattler*.

"*ANJO DA MORTE: CLARICE STARLING, A MÁQUINA DE MATAR DO FBI*", lê Mason, em meio a três sugadas lentas do respirador. Ele amplia as fotos com um zoom.

Um de seus braços está fora das cobertas. Ele faz algum movimento com a mão. Como uma pálida santola, a mão se mexe, mais pelo movimento dos dedos do que pela força do braço devastado. Como Mason não pode virar muito a cabeça para ver, o indicador e o dedo médio tateiam como antenas enquanto o polegar, o anular e o dedo mínimo fazem a mão prosseguir. Ela encontra o controle remoto, com o qual pode procurar detalhes e virar as páginas.

Mason lê devagar. O óculo sobre seu único olho produz um sibilo minúsculo duas vezes por minuto, borrifando umidade sobre a órbita sem pálpebra, frequentemente embaçando as lentes. Ele demora vinte minutos para ler a matéria principal e a coluna do lado.

– Coloque o raio X – disse ao terminar.

Isso demorou um instante. A grande folha de filme de raio X exigia uma mesa de luz para aparecer bem no monitor. Ali estava uma mão humana, aparentemente danificada. E ali estava outra radiografia, mostrando a mão e o braço inteiro. Um apontador sobre o raio X mostrava uma fratura antiga no úmero, mais ou menos a meio caminho entre o cotovelo e o ombro.

Mason ficou olhando em meio a muitas respirações.

– Ponha a carta – disse por fim.

A letra elegante apareceu na tela, absurdamente grande na ampliação.

Cara Clarice, leu Mason, *venho seguindo com entusiasmo o curso de sua desgraça e de sua vergonha pública...* o simples ritmo da voz provocou nele pensamentos antigos que o fizeram girar, fizeram girar sua cama, seu quarto, e arrancaram as crostas de seus sonhos indizíveis, fazendo o coração disparar adiante da respiração. A máquina sentiu sua agitação e preencheu os pulmões ainda mais depressa. Ele leu tudo, naquele ritmo doloroso, acima da máquina que se movia, como se cavalgasse. Mason não podia fechar o olho, mas quando terminou de ler, sua mente afastou-se de trás do olho durante um tempo, para pensar. O respirador diminuiu o ritmo. Em seguida ele soprou no tubo.

– Sim, senhor.

– Ligue para o senador Vellmore. Traga-me o fone de ouvido. Desligue o interfone.

Clarice Starling, disse a si mesmo, com a próxima respiração que a máquina lhe permitiu. O nome não tinha consoantes explosivas e ele conseguia dizê-lo muito bem. Nenhum dos sons se perdeu. Enquanto esperava o telefone, cochilou um momento, com a sombra da enguia arrastando-se sobre o lençol, sobre seu rosto e sobre o cabelo enrolado.

7

Buzzard's Point, o escritório de campo do FBI para Washington e o Distrito de Columbia, tem esse nome – ponto dos abutres – por causa de uma reunião de abutres junto a um hospital da Guerra Civil que existiu na região.

Hoje a reunião é de autoridades de administração intermediária do Departamento de Combate às Drogas, do Bureau de Álcool, Tabaco e Armas de Fogo e do FBI para discutir o destino de Clarice Starling.

Starling estava sozinha, de pé sobre o tapete grosso da sala de seu chefe. Dava para ouvir a própria pulsação martelando sob a bandagem ao redor da cabeça. Acima da pulsação escutava as vozes dos homens, abafadas pela porta de vidro fosco de uma sala de reunião contígua.

No vidro está o grande brasão do FBI, entre folhas douradas, com seu lema: "Fidelidade, Bravura, Integridade."

As vozes atrás do brasão subiam e desciam um tanto passionais; Starling podia ouvir seu nome quando nenhuma outra palavra soava clara.

A sala tinha uma bela vista para o Forte McNair, do outro lado da marina, onde os acusados de conspiração para o assassinato de Lincoln foram enforcados.

Starling visualizou fotos de Mary Surratt, passando por seu próprio caixão e subindo ao cadafalso no Forte McNair, parada sobre o alçapão com a cabeça coberta por um capuz, a saia amarrada nas pernas para impedir uma indecência quando ela caísse em direção ao estalo ruidoso e à escuridão.

Na sala ao lado, Starling ouviu as cadeiras sendo arrastadas para trás enquanto os homens se levantavam. Agora vinham para esta sala. Alguns dos rostos ela reconheceu. Meu Deus, ali estava Noonan, o diretor-assistente de toda a Divisão de Investigações.

E ali estava sua nêmese, Paul Krendler, do Departamento de Justiça, com o pescoço comprido e as orelhas redondas no alto da cabeça, como orelhas de hiena Krendler era um carreirista, a eminência parda por trás do secretário de Justiça. Desde que ela apanhou o serial killer Búfalo Bill antes dele, num caso célebre sete anos atrás, Krendler pingava veneno na ficha pessoal dela a cada oportunidade, e vivia sussurrando nos ouvidos da Comissão de Carreiras.

Nenhum daqueles homens estivera na linha de fogo com ela, nem fizera uma incursão com ela, ou recebera um tiro estando com ela ou tirara lascas de vidro do cabelo com ela.

Os homens não a olharam até que todos, ao mesmo tempo, pusessem os olhos nela, como uma matilha que volta a atenção subitamente para o aleijado do bando.

– Sente-se, agente Starling. – Seu chefe, o agente especial Clint Pearsall, esfregou o pulso grosso como se o relógio o machucasse.

Sem cruzar o olhar com Starling, ele fez um gesto para uma poltrona diante da janela. Num interrogatório, a poltrona não é o lugar de honra.

Os sete homens continuaram de pé, as silhuetas negras contra as janelas claras. Agora Starling não podia ver seus rostos, mas abaixo do clarão dava para ver as pernas e os pés. Cinco usavam os sapatos de solas grossas preferidos pelos vaselinas do interior que tinham conseguido chegar a Washington. Um par de calçados Thom McAn com solas de borracha e um par de Florsheim rodeavam os sete. No ar, um cheiro de graxa de sapato aquecida por pés quentes.

– No caso de você não conhecer todo mundo, agente Starling, este é o diretor-assistente Noonan, tenho certeza de que você sabe *quem* ele é; este é John Eldredge, do DEA, Bob Sneed, do BATF, Benny Holcomb, que é assistente do prefeito e Larkin Wainwright, examinador do nosso Departamento de Responsabilidade Profissional – disse Pearsall. – Paul Krendler, você conhece Paul, veio extraoficialmente, representando o

Departamento de Justiça. O fato de Paul estar aqui é um favor para nós, ele está e não está aqui, só para nos ajudar a não nos encrencarmos, se é que está me entendendo.

Starling sabia o que se dizia no serviço: um fiscal do governo é alguém que chega ao campo de batalha depois do final da luta e enfia a baioneta nos feridos.

As cabeças de algumas das silhuetas balançaram, cumprimentando. Os homens esticaram os pescoços e avaliaram a jovem diante da qual estavam reunidos. Durante alguns instantes, ninguém falou.

Bob Sneed rompeu o silêncio. Starling lembrava-se dele como o porta-voz do BATF que tinha tentado encobrir o desastre do caso da Seita Davidiana, em Waco. Ele era camarada de Krendler e também considerado um carreirista.

– Agente Starling, na cobertura dada pelos jornais e pela televisão, você foi amplamente identificada como a atiradora que matou Evelda Drumgo. Infelizmente, foi meio crucificada.

Starling não respondeu.

– Agente Starling?

– Não tenho nada a ver com o noticiário, Sr. Sneed.

– A mulher estava com um bebê no colo, você pode ver o problema que isso cria.

– Não no colo, e sim num suporte pendurado diante do peito. Os braços e as mãos estavam embaixo, sob uma manta, onde ela guardava a MAC 10.

– Viu o protocolo de autópsia? – perguntou Sneed.

– Não.

– Mas jamais negou que foi a pessoa que atirou.

– Acham que eu negaria porque vocês não recuperaram a bala? – Ela se virou para o chefe do Bureau. – Sr. Pearsall, esta é uma reunião amigável, certo?

– Totalmente.

– Então por que o Sr. Sneed está usando um microfone? A Divisão de Engenharia parou de fazer esses microfones em prendedores de gravatas há anos, ele está com um F-Bird no bolso do peito, gravando. Agora nós estamos usando microfones nos escritórios dos colegas?

O rosto de Pearsall ficou vermelho. Se Sneed estava usando microfone, esse era o pior tipo de traição, mas ninguém queria ser ouvido na fita mandando Sneed desligá-lo.

– Nós não precisamos de qualquer atitude ou qualquer acusação de sua parte – disse Sneed, pálido de fúria. – Estamos aqui para ajudá-la.

– Ajudar a fazer o quê? A sua agência ligou para este departamento e conseguiu que eu fosse designada para ajudar *vocês* naquela incursão. Dei duas chances a Evelda Drumgo para se render. Ela estava segurando uma MAC 10 debaixo da manta do bebê. Ela já tinha atirado em John Brigham. Eu gostaria que ela tivesse se entregado. Não se entregou. Ela atirou em mim. Eu atirei nela. Ela está morta. Talvez o senhor queira verificar o contador da sua fita agora, Sr. Sneed.

– Você tinha *conhecimento prévio* de que Evelda Drumgo estaria lá? – quis saber Eldredge.

– Conhecimento prévio? O agente Brigham me disse no furgão, enquanto íamos para lá, que Evelda Drumgo estava preparando drogas num laboratório, com guarda. Ele me designou para enfrentá-la.

– Lembre-se, Brigham está morto – disse Krendler. – Bem como Burke, ótimos agentes, os dois. Eles não estão aqui para confirmar ou negar qualquer coisa.

O estômago de Starling se revirou ao ouvir Krendler pronunciar o nome de John Brigham.

– Eu não me esqueço de que John Brigham está morto, Sr. Krendler, e ele *era* um bom agente, e um bom amigo. O fato é que ele pediu que eu lidasse com Evelda.

– Brigham lhe passou essa tarefa, mesmo você e Evelda Drumgo tendo tido um embate antes – disse Krendler.

– Qual é, Paul! – disse Clint Pearsall.

– Que embate? – perguntou Starling. – Foi uma prisão pacífica. Ela havia lutado com outros policiais antes, em prisões.

Ela não lutou comigo quando a prendi antes, e conversamos um pouco; ela era inteligente. Fomos educadas uma com a outra. Eu esperava ser capaz de fazer isso de novo.

– Você fez a declaração verbal de que iria "lidar com ela"? – perguntou Sneed.

– Obedeci às minhas instruções.

Holcomb, da prefeitura, e Sneed juntaram as cabeças.

Sneed repuxou os punhos da camisa.

– Srta. Starling, temos informações do policial Bolton, do DP de Washington, de que você fez declarações graves a respeito da Sra. Drumgo no furgão, a caminho do confronto. Gostaria de comentar isso?

– Seguindo as instruções do agente Brigham, expliquei aos outros policiais que Evelda tinha um histórico de violência, que geralmente andava armada e que era soropositiva. Disse que lhe daríamos uma chance de se render pacificamente. Pedi ajuda física para dominá-la, caso fosse necessário. Posso dizer que não houve muitos voluntários para o serviço.

Clint Pearsall fez um esforço:

– Depois que o carro dos atiradores da Crip bateu e um criminoso fugiu, você pôde ver o carro balançando e pôde ouvir o bebê chorando dentro do carro?

– Gritando – disse Starling. – Levantei a voz para que todo mundo parasse de atirar e deixei a cobertura.

– Isso vai contra o procedimento – disse Eldredge.

Starling ignorou-o.

– Eu me aproximei do carro em posição preparada, arma esticada, cano baixo. Marquez Burke estava morrendo no chão entre nós. Alguém saiu correndo e fez uma compressa nele. Evelda saiu com o bebê. Pedi que ela me mostrasse as mãos, falei algo do tipo "Evelda, não faça isso".

– Ela atirou, você atirou. Ela caiu imediatamente?

Starling confirmou com a cabeça.

– As pernas dela desmoronaram e ela se sentou na rua, inclinada sobre o bebê. Estava morta.

Você pegou o bebê e correu para a água. Exibiu preocupação – disse Pearsall.

Não sei o que exibi. Ele estava coberto de sangue. Eu não sabia se o bebê era soropositivo ou não, só sabia que ela era.

– E pensou que sua bala poderia ter acertado o bebê – disse Krendler.

– Não. Eu sabia onde a bala pegara. Posso falar à vontade, Sr. Pearsall?

Quando ele não a encarou, ela prosseguiu.

– A incursão foi uma confusão medonha. Isso me colocou numa posição em que eu tinha a escolha de morrer ou de atirar numa mulher que segurava uma criança. Eu escolhi, e o que tive de fazer me deixou arrasada. Atirei numa mulher carregando uma criança. Os *animais inferiores* não fazem isso. Sr. Sneed, talvez o senhor queira verificar a contagem do seu gravador de novo, para ver o ponto em que admito isso. Eu me ressinto tremendamente por ter sido colocada naquela posição. Ressinto-me pelo modo como me sinto agora. – Ela visualizou Brigham deitado de rosto para o chão na rua, e foi longe demais. – Ver vocês todos fugirem disso me deixa com o estômago revirado.

– Starling... – Pearsall, angustiado, olhou-a no rosto pela primeira vez.

– Sei que você ainda não teve a chance de redigir seu 302 – disse Larkin Wainwright. – Quando nós revisarmos...

– Sim, senhor, eu tive – disse Starling. – Uma cópia está indo para o Departamento de Responsabilidade Profissional. Tenho uma cópia comigo, se os senhores não quiserem esperar. Anotei tudo que vi e que fiz. Veja só, Sr. Smith, o senhor já tinha tudo o tempo todo.

A visão de Starling estava um pouco clara demais, sinal de perigo, que ela reconhecia, e conscientemente baixou a voz.

– A incursão deu errado por alguns motivos. O informante do BATF mentiu sobre a localização do bebê porque ele estava desesperado para que a incursao acontecesse antes da data do júri de instrução que ele teria de enfrentar em Illinois E Evelda Drumgo sabia que estávamos indo. Ela saiu com o dinheiro numa sacola e a droga em outra. Seu bipe ainda mostrava o número da estação de TV WFUL. Ela recebeu o aviso cinco minutos antes de chegarmos lá. O helicóptero da WFUL chegou lá conosco. Requisitem uma lista das ligações telefônicas da WFUL e veremos quem vazou a notícia. É alguém cujos interesses são locais, cavalheiros. Se o BATF tivesse feito o vazamento, como fizeram em Waco, ou se o DEA tivesse feito o vazamento, teriam feito isso para a mídia nacional, e não para a TV local.

Benny Holcomb falou em nome da prefeitura:

– Não há evidência de que qualquer pessoa do governo municipal ou do Departamento de Polícia de Washington tenha deixado vazar alguma coisa.

– Solicitem as listas e verifiquem – disse Starling.

– Você está com o bipe de Drumgo? – perguntou Pearsall.

– Ele está guardado na sala de propriedades em Quantico.

O bipe do diretor-assistente Noonan soou. Ele franziu a testa ao olhar o número, pediu licença e saiu da sala. Minutos depois, convocou Pearsall para juntar-se a ele lá fora.

Wainwright, Eldredge e Holcomb olharam pela janela para o Forte McNair, com as mãos nos bolsos. Poderiam muito bem estar esperando numa unidade de tratamento intensivo. Paul Krendler captou o olhar de Sneed e fez um gesto para que ele se virasse na direção de Starling.

Sneed pôs a mão nas costas da poltrona de Starling e inclinou-se sobre ela.

– Se o seu testemunho numa audiência for que, enquanto estava prestando serviço temporário cedida pelo FBI, sua arma matou Evelda Drumgo, o BATF está preparado para assinar uma declaração de que Brigham lhe pediu que prestasse... atenção especial em Evelda para prendê-la pacificamente. Sua arma matou-a, é nesse ponto que o seu departamento vai ter de assumir. Não haverá uma disputa entre agências com relação a regras de combate, e não teremos de levar a público qualquer declaração comprometedora ou hostil que você tenha feito no furgão, sobre que tipo de pessoa ela era.

Starling viu Evelda Drumgo por um instante, saindo pela porta do carro. Viu o porte de sua cabeça e, apesar da tolice e do desperdício da vida de Evelda, viu a decisão que ela tinha tomado de pegar seu filho e enfrentar seus atormentadores e não fugir daquilo. Starling inclinou-se perto do microfone na gravata de Sneed e disse claramente:

– Estou perfeitamente satisfeita em reconhecer o tipo de pessoa que ela era, Sr. Sneed. Ela era melhor do que o senhor.

Pearsall voltou para a sala sem Noonan e fechou a porta.

– O diretor-assistente Noonan voltou para o escritório dele. Cavalheiros, peço para interrompermos esta reunião, e entrarei em contato com vocês individualmente pelo telefone.

A cabeça de Krendler levantou-se. Subitamente ele estava alerta ao cheiro de política.

– Precisamos decidir algumas coisas – começou Sneed.

– Não, não precisamos.

– Mas...

– Acredite, Bob, não precisamos decidir coisa alguma. Eu entro em contato com você. Ah, Bob?

– Sim?

Pearsall agarrou o fio atrás da gravata de Sneed e puxou para baixo com força, fazendo estalar os botões da camisa dele e arrancando a fita adesiva de sua pele.

– Se vier se encontrar de novo comigo com um microfone, enfio o pé na sua bunda.

Nenhum deles olhou para Starling, enquanto saíam, a não ser Krendler.

Indo em direção à porta, deslizando os pés para não ter de olhar para onde ia, ele usou a extrema articulação de seu pescoço comprido para virar o rosto em direção a ela, como uma hiena faria junto de um rebanho, tentando espiar um candidato. Desejos misturados atravessaram seu rosto; era da natureza de Krendler apreciar a perna de Starling e ao mesmo tempo ver onde poderia cortar o tendão de Aquiles.

8

A Divisão de Ciência do Comportamento é a seção do FBI que trata dos assassinatos em série. Nos seus escritórios, no porão, o ar é frio e imóvel. Nos últimos anos os decoradores, com suas paletas de cor, tentaram alegrar o espaço subterrâneo. O resultado não é mais bem-sucedido do que os cosméticos de uma funerária.

O escritório do chefe da seção permanece com os tons de marrom originais, com as cortinas de xadrez cor de café nas janelas altas. Ali, rodeado por seus dossiês infernais, Jack Crawford estava sentado em sua mesa, escrevendo.

Uma batida e Crawford ergueu a cabeça para uma visão que lhe agradava – Clarice Starling estava na porta.

Crawford sorriu e levantou-se. Ele e Starling costumavam conversar de pé; era uma das formalidades tácitas que haviam imposto ao seu relacionamento. Os dois não precisavam se apertar as mãos.

– Ouvi dizer que você foi ao hospital – disse Starling. – Uma pena termos nos desencontrado.

– Fiquei feliz porque deixaram você sair tão depressa. Conte como está sua orelha, tudo ok?

– Está ótima, se você gosta de couve-flor. Eles disseram que vai desinchar, a maior parte. – A orelha de Starling estava coberta pelo cabelo. Ela não se ofereceu para mostrar.

Um pequeno silêncio.

– Eles estavam colocando em mim toda a culpa pela batida, Sr. Crawford, pela morte de Evelda Drumgo, por tudo. Pareciam hienas, quando de repente o negócio parou e eles foram embora. Alguma coisa os tirou de lá.

– Talvez você tenha um anjo, Starling.

– Talvez. O que isso lhe custou, Sr. Crawford?

Crawford balançou a cabeça.

– Feche a porta, por favor, Starling. – Crawford encontrou um lenço de papel embolado no bolso e limpou os óculos. – Eu teria feito isso, se pudesse. Sozinho não tinha como. Se a senadora Martin ainda estivesse no cargo, você teria alguma cobertura... Eles desperdiçaram o John Brigham naquela batida; simplesmente jogaram-no fora. Teria sido uma vergonha se tivessem desperdiçado você como desperdiçaram John. Eu senti como se estivesse empilhando você e John em cima de um jipe.

As bochechas de Crawford ficaram vermelhas, e ela se lembrou do rosto dele no vento cortante junto à sepultura de John Brigham. Crawford jamais falou com ela sobre a guerra que ele travava.

– O senhor fez *alguma coisa*, Sr. Crawford.

Ele assentiu.

– Fiz algo sim. Não sei até que ponto você vai ficar satisfeita. Um serviço.

Um serviço. *Serviço* era uma boa palavra no dicionário particular dos dois. Significava uma tarefa específica e imediata e limpava o ar. Eles jamais falavam, se fosse possível, sobre a complicada burocracia central do FBI. Crawford e Starling eram como missionários médicos, com pouca paciência para teologia. Cada um se concentrava muito no único bebê que havia na frente deles, sabendo, e não dizendo, que Deus não faria coisa alguma para ajudar. Que Ele não se incomodaria em mandar chuva nem para que cinquenta mil crianças africanas vivessem.

– Indiretamente, Starling, seu benfeitor é seu missivista recente.

– O Dr. Lecter. – Há muito tempo ela tinha percebido o desgosto de Crawford só de ouvir o nome dele ser pronunciado.

– Sim, o próprio. Durante todo esse tempo ele escapou de nós, saiu limpo e escreveu uma carta para você. Por quê?

Fazia sete anos desde que o Dr. Hannibal Lecter, conhecido assassino de dez pessoas, escapara da custódia policial em Memphis, tirando mais cinco vidas nesse processo.

Era como se Lecter tivesse desaparecido da Terra. O caso permanecia em aberto no FBI, e permaneceria em aberto para sempre, ou até que ele fosse apanhado. O mesmo se aplicava no Tennessee e em outras jurisdições, mas não havia qualquer força-tarefa designada para persegui-lo, apesar de parentes de suas vítimas terem chorado lágrimas furiosas diante da Assembleia Legislativa do Tennessee e exigido alguma ação.

Volumes inteiros de conjecturas eruditas sobre sua mentalidade estavam disponíveis, a maioria escrita por psicólogos que jamais tinham sido expostos ao doutor pessoalmente. Alguns textos de psiquiatras que ele havia espicaçado foram publicados em jornais da classe, que aparentemente achavam que agora era seguro divulgá-los. Alguns disseram que suas aberrações iriam levá-lo inevitavelmente ao suicídio, e que era provável que ele já estivesse morto.

Pelo menos no ciberespaço o interesse pelo Dr. Lecter permanecia bem vivo. O chão úmido da internet fazia brotar teorias sobre Lecter como se fossem cogumelos, e as aparições do doutor se rivalizavam em número com as de Elvis. Impostores empesteavam as salas de chat, e no pântano fosforescente do lado escuro da rede, fotografias policiais de seus ultrajes eram traficadas para colecionadores de souvenires bizarros. Em popularidade só perdiam para a execução de Fou-Tchou-Li.

Só havia um sinal do doutor após sete anos – sua carta a Clarice Starling quando ela estava sendo crucificada pelos tabloides de escândalos.

A carta não tinha impressões digitais, mas o FBI tinha quase certeza de que era genuína. Clarice Starling tinha certeza absoluta.

– Por que ele fez isso, Starling? – Crawford parecia estar com raiva dela. – Eu nunca fingi entendê-lo mais do que aqueles psiquiatras idiotas. Diga-me você.

– Ele achou que o que tinha acontecido comigo iria... me destruir, iria *me desiludir* com relação ao Bureau, e ele gosta de ver a destruição da fé. É o que lhe dá mais prazer. É como os desmoronamentos de igreja que ele costumava colecionar. A pilha de entulho na Itália quando a igreja desmoronou sobre todas as vovós naquela missa especial e alguém enfiou uma árvore de Natal em cima da pilha. Ele adorou aquilo. Eu o divirto, ele brinca comigo. Quando eu o estava entrevistando ele gostava de apontar furos na minha educação. Ele acha que sou muito ingênua.

Crawford falou a partir de sua própria idade e de seu isolamento quando disse:

– Já imaginou que ele poderia gostar de você, Starling?

– Acho que eu o divirto. As coisas o divertem ou não. Se não...

– Alguma vez você *sentiu* que ele gostava de você? – Crawford insistia na distinção entre pensamento e sentimento como um batista insiste no mergulho total.

– Conhecendo-me por muito pouco tempo, ele disse algumas coisas verdadeiras a meu respeito. Acho que é fácil confundir compreensão com empatia; já que queremos tanto a empatia. Talvez aprender a fazer essa distinção seja parte do crescimento. É duro e medonho saber que alguém pode entender você mesmo sem gostar. Quando a gente vê a compreensão usada como a ferramenta de um predador, é o pior. Eu... eu não tenho ideia do que o Dr. Lecter sente por mim.

– Que tipo de coisa ele lhe disse? Se é que você não se importa em contar.

– Disse que eu era uma caipirazinha ambiciosa e elétrica, e que meus olhos brilhavam como pedras baratas. Disse que eu usava sapatos baratos, mas que eu tinha algum gosto, um pouquinho de gosto.

– Isso impressionou você como sendo verdadeiro?

– É. Talvez ainda seja. Melhorei meus sapatos.

– Starling, acha que Lecter poderia estar interessado em ver se você iria entregá-lo quando ele mandou uma carta de encorajamento?

– Ele sabia que eu iria entregá-lo, é melhor que saiba disso.

– Ele matou seis pessoas depois de ser condenado. Ele matou Miggs no manicômio por ter jogado sêmen no seu rosto, e mais cinco pessoas ao fugir. No clima político atual, se o doutor for apanhado, vai receber pena de morte. – Crawford sorriu ante o pensamento. Ele fora pioneiro no estudo do assassinato em série. Agora estava diante da aposentadoria compulsória, e o monstro que mais o desafiara continuava livre. A perspectiva da morte do Dr. Lecter o agradava enormemente.

Starling sabia que Crawford havia mencionado o ato de Miggs para atrair sua atenção, para levá-la de volta àqueles dias terríveis em que estava tentando interrogar Hannibal, o Canibal, na masmorra do Manicômio Judiciário de Baltimore. Na época em que Lecter brincava com ela enquanto uma garota se encolhia no poço de Jame Gumb, esperando a morte. Geralmente Crawford procurava atrair sua atenção quando estava chegando ao ponto, como fazia agora.

– Você sabia, Starling, que uma das primeiras vítimas do Dr. Lecter ainda está viva?

– O rico. A família ofereceu uma recompensa.

– Sim, Mason Verger. Ele está atrelado a um aparelho de respiração em Maryland. Seu pai morreu este ano e lhe deixou a fortuna dos frigoríficos. Além disso, o velho Verger deixou para Mason um senador dos Estados Unidos e um membro do Comitê de Supervisão Judiciária do Senado, que simplesmente não conseguia resolver as coisas sem ele. Mason disse que tem uma coisa que pode nos ajudar a encontrar o doutor. Ele quer falar com você.

– *Comigo?*

– Sim. É isso que Mason quer, e subitamente todos concordaram que, de fato, é uma boa ideia.

– Isso é o que Mason quer, depois de o senhor ter sugerido a ele?

– Eles iam descartá-la, Starling, iam limpar o chão com você como se fosse um trapo. Você teria sido desperdiçada como John Brigham. Só para salvar alguns burocratas do BATF. Medo. Pressão. É só isso que eles entendem agora. Fiz alguém telefonar para Mason e dizer a ele como ficaria difícil a caçada a Lecter se você fosse posta para escanteio. Qualquer outra coisa que tenha acontecido, para quem Mason possa ter ligado depois disso, não quero saber. Provavelmente para o senador Vellmore.

Há um ano Crawford não teria jogado desse modo. Starling procurou no rosto dele algum traço da loucura que, algumas vezes, surge em pessoas que vão se aposentar em breve. Não encontrou, mas ele parecia cansado.

– Mason não é bonito, Starling, e não estou falando apenas do rosto. Descubra o que ele tem. Traga para cá, e nós trabalharemos com isso. Finalmente.

Starling sabia que durante anos, desde que tinha se formado na Academia do FBI, Crawford estava tentando trazê-la para a Divisão de Ciência do Comportamento.

Agora que era veterana do Bureau, veterana de muitas tarefas laterais, dava para ver que seu triunfo inicial ao pegar o assassino em série Jame Gumb teve uma parcela na destruição de sua carreira no Bureau. Ela era uma estrela em ascensão que atravancava o caminho. No processo de pegar Gumb, tinha feito pelo menos um inimigo poderoso e provocou o ciúme de vários de seus contemporâneos do sexo masculino. Isso, e um certo temperamento do contra, resultou em anos dando batidas, atuando em esquadrões que investigavam assaltos a banco, efetuando prisões, vendo Newark do outro lado do cano de uma espingarda. Por fim, considerada irascível demais para trabalhar com grupos, ela era uma agente técnica que grampeava telefones e carros de gângsteres e de gente que divulgava pornografia infantil, e mantinha vigilâncias solitárias ouvindo os resultados dos grampos. E vivia sendo emprestada, quando outra agência precisava de uma ajuda confiável numa batida. Ela era forte, rápida e cuidadosa com a arma.

Crawford viu isso como uma chance para Starling. Presumiu que ela sempre quisera caçar Lecter. A verdade era mais complicada do que isso.

Agora Crawford a estava observando.

– Você nunca tirou essa pólvora da bochecha.

Grãos de pólvora queimada do revólver do falecido Jame Gumb marcavam seu malar com um ponto negro.

– Nunca tive tempo.

– Sabe como os franceses chamam uma pinta, uma *mouche*, assim no alto da bochecha? Sabe o que isso significa? – Crawford tinha uma biblioteca considerável sobre tatuagem, simbologia corporal, rituais de mutilações.

Starling balançou a cabeça.

– Eles chamam isso de "coragem". Você pode usar essa. Se eu fosse você, não tiraria.

9

Há uma beleza enfeitiçante em Muskrat Farm, a mansão da família Verger perto do rio Susquehanna, ao norte de Maryland. A dinastia dos donos de frigorífico comprou-a na década de 1930, quando vieram de Chicago para estar mais próximo de Washington, e podiam se dar a esse luxo. A perspicácia comercial e política permitira que os Verger ganhassem os contratos para fornecer carne ao Exército americano desde a Guerra Civil.

O escândalo da "carne embalsamada" na Guerra Hispano-americana mal tocou os Verger. Quando Upton Sinclair e os caçadores de corruptos investigaram as condiçoes perigosas dos frigoríficos de Chicago, descobriram que vários empregados dos Verger tinham caído inadvertidamente dentro da banha de porco, sido enlatados e vendidos como pura banha Durham's, a predileta dos padeiros. A culpa não recaiu sobre os Verger. A questão não lhes custou um contrato sequer com o governo.

Os Verger evitavam esses embaraços potenciais e muitos outros subornando políticos – seu único contratempo foi a aprovação da lei de inspeção de carnes em 1906.

Hoje os Verger abatem 86 mil cabeças de gado por dia, e aproximadamente 36 mil porcos, um número que varia ligeiramente de acordo com a estação do ano.

Os gramados recém-cortados de Muskrat Farm, o tumulto dos lilases ao vento, não cheiravam de modo algum a curral de gado. Os únicos animais existentes são os pôneis para as crianças que visitam o lugar, e divertidos bandos de gansos pastando nos gramados, com os traseiros balançando, cabeças baixas junto à grama. Não há cães. A casa, o celeiro e os terrenos ao redor estão no centro de 10 quilômetros quadrados de floresta nacional, e permanecerão assim perpetuamente, com permissão especial garantida pelo Departamento do Interior.

Como muitos enclaves dos excessivamente ricos, Muskrat Farm não é fácil de encontrar na primeira vez em que se vai lá. Clarice Starling pegou um acesso errado, na via expressa. Voltando pela estrada secundária, encontrou primeiro a entrada de serviço, um grande portão trancado com corrente e cadeado na cerca alta que envolvia a floresta. Para além do portão, uma estrada de terra desaparecia sob as árvores em arco. Não havia interfone. Três quilômetros adiante, ela encontrou a guarita, uns 100 metros depois de uma bela entrada de veículos. O guarda uniformizado tinha o nome dela na prancheta.

Mais 3 quilômetros de um caminho bem cuidado levaram-na à fazenda.

Starling parou seu Mustang trovejante para deixar um bando de gansos atravessar o caminho. Pôde ver uma fila de crianças montadas em gordos pôneis Shetland saindo de um belo celeiro a 400 metros da casa. A construção principal diante dela era uma Stanford White – mansão cheia de estilo, acomodada elegantemente entre morros baixos. O lugar parecia sólido e fecundo, província de sonos agradáveis. Aquilo atraía Starling.

Os Verger tiveram o bom-senso de deixar a casa como era, com a exceção de um único acréscimo, que Starling ainda não podia ver, uma ala moderna que se projeta da elevação leste como um membro extra grudado num grotesco experimento médico.

Starling estacionou abaixo de um pórtico central. Quando desligou o motor, pôde ouvir a própria respiração. Pelo espelho viu alguém chegando a cavalo. Agora os cascos ressoavam no calçamento ao lado do carro enquanto ela saía.

Uma pessoa de ombros largos, com cabelos curtos e louros desceu da sela e entregou as rédeas a um cocheiro sem olhar para ele.

– Leve-o de volta – disse a pessoa numa voz profunda e áspera. – Eu sou Margot Verger. – Numa inspeção mais próxima, era uma mulher estendendo a mão, com o braço esticado na altura do ombro. Sem dúvida, Margot Verger fazia musculação. Abaixo do pescoço nodoso, os ombros enormes e os braços faziam esticar o tecido da camisa de tênis. Seus olhos tinham um brilho seco e pareciam irritados, como se ela sofresse de escassez de lágrimas. Usava calças de montaria, de sarja, e botas sem esporas.

– Que carro é esse? – perguntou ela. – Um velho Mustang?

– É um 88.

– De cinco litros? A suspensão parece meio rebaixada.

– É. É um Mustang Roush.

– Você gosta dele?

– Muito.

– Quanto ele faz?

– Não sei. O bastante, acho.

– Você tem medo dele?

– Respeito. Eu diria que uso com respeito.

– Você sabia algo a respeito desse carro, ou simplesmente o comprou?

– Eu sabia o bastante para comprar num leilão de material confiscado de traficantes, quando vi o que era. Mais tarde, fiquei sabendo mais.

– Você acha que ele venceria o meu Porsche?

– Depende de que Porsche. Srta. Verger, preciso falar com seu irmão.

– Vão terminar de limpá-lo em cinco minutos. Nós podemos começar lá em cima. – As calças de sarja faziam ruído nas coxas grandes de Margot Verger enquanto ela subia a escada. Seu cabelo que parecia de milho recuara o suficiente para fazer Starling se perguntar se ela tomava esteroides e se tinha de prender o clitóris com fita adesiva.

Para Starling, que tinha passado a maior parte da infância num orfanato luterano, a casa parecia um museu com seus vastos espaços e as traves pintadas, e as paredes cheias de retratos de pessoas mortas e de aparência importante. Nos patamares havia peças de esmaltado chinês e longas passadeiras marroquinas seguiam pelos corredores.

Há uma mudança abrupta de estilo na nova ala da mansão Verger. A moderna estrutura funcional é alcançada através de portas duplas de vidro fosco, incongruentes no corredor em abóbada.

Margot Verger parou junto à porta. Encarou Starling com seu olhar brilhante, irritado.

– Algumas pessoas têm problema para falar com Mason – disse ela. – Se isso incomodá-la, ou se você não suportar, mais tarde posso colocá-la a par de qualquer coisa que tenha se esquecido de perguntar a ele.

Há uma emoção comum que todos reconhecemos e que ainda não tem nome – a feliz antecipação de ser capaz de sentir desprezo. Starling viu-a no rosto de Margot Verger. Tudo que falou foi:

– Obrigada.

Para surpresa de Starling, o primeiro cômodo na ala era uma sala de brinquedos grande e bem-equipada. Duas crianças negras brincavam em meio a enormes animais de pelúcia, uma montada num carrinho elétrico e a outra empurrando um caminhão. Havia uma variedade de triciclos e carrinhos estacionados nos cantos, e o centro era uma área ampla com piso acolchoado.

Num dos cantos da sala de brinquedos, um homem alto com uniforme de enfermeiro estava sentado num sofá de dois lugares lendo a *Vogue*. Havia grande quantidade de câmeras de vídeo nas paredes, algumas no alto, outras ao nível do olhar. Uma câmera alta no canto acompanhava Starling e Margot Verger, com as lentes girando para focalizar.

Starling tinha passado do ponto em que a visão de uma criança de pele escura partia seu coração, mas teve uma consciência aguçada daquelas crianças. Sua atividade alegre com os brinquedos era agradável de ver, enquanto ela e Margot Verger atravessavam a sala.

– Mason gosta de olhar as crianças – disse Margot Verger. – Elas ficam apavoradas em vê-lo, a não ser as menorezinhas, de modo que ele faz a coisa assim. Depois elas vão andar nos pôneis. São crianças que estão sob os cuidados da assistência social de Baltimore.

O quarto de Mason Verger só pode ser alcançado passando-se pelo seu banheiro, uma instalação digna de um *spa*, que ocupa toda a largura da ala. Tem aparência institucional, todo de aço cromado e tapete industrial, com boxes de chuveiro e portas largas, banheiras de aço inoxidável com equipamentos de içamento acima, mangueiras laranja enroladas, saunas e vastos armários de vidro com unguentos da farmácia de Santa Maria Novella, em Florença. A atmosfera do banheiro ainda estava cheia de vapor, do uso recente, e os cheiros de bálsamo e gualtéria pairavam no ar.

Starling podia ver luz debaixo da porta do quarto de Mason Verger. A luz se apagou assim que a irmã dele tocou na maçaneta.

Uma área de estar no canto do quarto de Mason Verger era fortemente iluminada por cima. Uma reprodução passável de *The Ancient of Days*, de William Blake, estava pendurada acima do sofá – Deus medindo com seus calibres. A pintura estava envolta em pano preto para comemorar o falecimento recente do patriarca dos Verger. O resto do cômodo permanecia no escuro.

Da escuridão vinha o som de uma máquina trabalhando ritmicamente, suspirando a cada golpe.

– Boa tarde, agente Starling – uma voz sonora, mecanicamente amplificada.

– Boa tarde, Sr. Verger – disse Starling para a escuridão, sentindo a luz quente acima da cabeça. A tarde estava em algum outro lugar. A tarde não entrava ali.

– Faça o favor de sentar-se. – O *f* fricativo de *faça* tinha sido perdido.

Terei de fazer isso. Agora está bem. Agora é o que tem de ser.

– Sr. Verger, a conversa que teremos se caracteriza como um depoimento e precisarei gravá-la. Tudo bem para o senhor?

– Certamente. – A voz vinha por entre os suspiros do aparelho, e o *c* sibilante não soava na palavra. – Margot, acho que pode nos deixar agora.

Sem olhar para Starling, Margot Verger saiu num sussurro da calça de montaria.

– Sr. Verger, eu gostaria de prender este microfone à sua... roupa, ou ao seu travesseiro, se o senhor não se incomodar, ou posso chamar uma enfermeira para fazer isso, se preferir.

– De modo algum – disse ele, sem o *m*. Em seguida esperou a energia da próxima exalação mecânica. – Você mesma pode fazer, agente Starling. Estou aqui.

Não havia interruptores de luz que Starling pudesse encontrar de imediato. Ela pensou que enxergaria melhor não tendo o clarão nos olhos, e foi para o escuro, estendendo uma das mãos, em direção ao cheiro de gualtéria e bálsamo.

Estava mais perto da cama do que pensava quando ele acendeu a luz.

O rosto de Starling não mudou. Sua mão segurando o microfone com prendedor recuou bruscamente, talvez 2 centímetros.

Seu primeiro pensamento foi separar as sensações no peito e na barriga; era a observação de que as anomalias na fala dele resultavam da ausência total de lábios. Seu segundo pensamento foi a percepção de que ele não era cego. Seu único olho azul encarava-a através de uma espécie de monóculo que tinha um tubo para manter o olho úmido, já que não possuía pálpebra. Quanto ao resto, há anos cirurgiões tinham feito o possível com enxertos de pele expandida sobre os ossos.

Mason Verger, sem nariz e sem lábios, sem tecido mole sobre o rosto, era todo dentes, como uma criatura do oceano profundíssimo. Habituados como estamos às máscaras, o choque de vê-lo é retardado. O choque vem com o reconhecimento de que aquilo é um rosto humano com uma mente por trás. Aquilo remexe nossas entranhas com o movimento, a articulação do maxilar, a virada do olho para nos encarar. Para ver nosso rosto normal.

O cabelo de Mason Verger é bonito e, estranhamente, é a coisa mais difícil de se olhar. Preto com tiras de grisalho, arrumado numa trança suficientemente comprida para chegar ao chão se estivesse para trás, passando sob o travesseiro. Hoje, o cabelo trançado está num rolo comprido sobre o peito, acima do respirador que parece um casco de tartaruga.

Cabelo humano abaixo daquela ruína de beleza, as tranças brilhando como escamas superpostas.

Debaixo do lençol, o corpo há muito paralisado de Mason Verger estendia-se para o nada sobre a alta cama hospitalar.

Diante de seu rosto ficava o controle que parecia uma flauta de Pã ou uma gaita de plástico claro. Ele enrolou a língua ao redor de um tubo e soprou com o fôlego seguinte do aparelho de respiração. A cama respondeu com um zumbido, virou-o ligeiramente para encarar Starling e aumentou a elevação de sua cabeça.

– Agradeço a Deus pelo que aconteceu – disse Verger. – Foi minha salvação. Você aceitou Jesus, Srta. Starling? Você tem fé?

– Fui criada numa atmosfera religiosa, Sr. Verger. Tenho o que isso deixa com a gente. Agora, se o senhor não se importa, vou prender isto na fronha. Não vai atrapalhar aqui, vai?

A voz de Starling soou rápida demais, como de uma enfermeira, não combinando com ela.

Sua mão ao lado da cabeça dele, a visão das duas carnes juntas, não a ajudou, tampouco a pulsação dele nos vasos sanguíneos esticados sobre os ossos para dar sangue ao rosto; a palpitação regular fazia com que parecessem vermes engolindo.

Aliviada, ela soltou o cabo do microfone e voltou para a mesa, onde estava o gravador e outro microfone.

– Aqui é a agente especial Clarice M. Starling, FBI número 5143690, tomando depoimento de Mason R. Verger, número de seguro social 475989823, em sua casa na data carimbada acima, sob juramento e atestado. O Sr. Verger reconhece que recebeu imunidade com relação a qualquer processo por parte da Promotoria dos Estados Unidos no distrito 36, e das autoridades locais num memorando anexo, devidamente atestado. Agora, Sr. Verger...

– Quero lhe contar sobre o acampamento – interrompeu ele com a exalação seguinte. – Foi uma maravilhosa experiência infantil para a qual voltei, em essência.

– Podemos chegar a isso, Sr. Verger, mas pensei que...

– Ah, nós podemos chegar a isso *agora*, Srta. Starling. Veja só, tudo tem a ver. Foi como conheci Jesus, e jamais lhe direi alguma coisa mais importante do que isso. – Ele fez uma pausa para a máquina suspirar. – Foi um acampamento cristão, pelo qual meu pai pagou. Ele pagou pela coisa inteira, todos os 125 acampados no lago Michigan. Alguns eram desafortunados, e seriam capazes de fazer qualquer coisa por uma barra de chocolate. Talvez eu tenha me aproveitado disso, talvez tenha sido duro com eles se não aceitassem o chocolate e fizessem o que eu queria. Não estou escondendo coisa alguma, porque agora está tudo bem.

– Sr. Verger, vamos olhar algum material com o mesmo...

Ele não estava escutando, só esperando que a máquina lhe desse fôlego.

– Eu tenho imunidade, Srta. Starling, e está tudo bem agora. Recebi imunidade de Jesus, recebi imunidade da Promotoria dos Estados Unidos, recebi imunidade da Promotoria de Owing Mills, aleluia. Sou livre, Srta. Starling, e agora está tudo bem. Estou certo para com Ele e agora está tudo bem. Ele é o Jesus Ressuscitado e no acampamento o chamávamos de O Reisus. Ninguém vence o Reisus. Nós tornamos aquilo um negócio contemporâneo, sabe, o Reisus. Eu O servi na África, aleluia. Eu O servi em Chicago, louvado seja Seu nome, e eu O sirvo agora e Ele me levantará desta cama, derrotará meus inimigos e os trará diante de mim, e ouvirei as lamentações de suas mulheres, e agora está tudo bem. – Ele engasgou com saliva e parou, os vasos sanguíneos na frente de sua cabeça estavam escuros e pulsando.

Starling levantou-se para chamar uma enfermeira, mas a voz dele a impediu antes que ela chegasse à porta.

– Estou bem, agora está tudo bem.

Talvez uma pergunta direta fosse melhor do que tentar guiá-lo.

– Sr. Verger, o senhor já tinha visto o Dr. Lecter antes de o tribunal designá-lo para ser seu terapeuta? O senhor o conhecia socialmente?

– Não.

– Vocês dois faziam parte do conselho da Filarmônica de Baltimore.

– Não, eu tinha um cargo apenas porque nós contribuíamos financeiramente. Eu mandava meu advogado quando havia uma votação.

– O senhor jamais fez uma declaração durante o julgamento do Dr. Lecter. – Starling estava aprendendo a dosar o tempo de suas perguntas para que ele tivesse fôlego para respirar.

– Eles disseram que tinham o bastante para condená-lo seis vezes, nove vezes. E ele impediu tudo isso alegando insanidade.

– O tribunal o considerou insano. O Dr. Lecter não alegou coisa alguma.

– Considera essa distinção importante?

Com a pergunta, Starling sentiu pela primeira vez a mente dele, preênsil e aguçada, diferente do vocabulário que usava com ela.

A grande enguia, agora acostumada à luz, levantou-se das pedras do aquário e começou o círculo incansável, uma fita ondulada de marrom, com um belo padrão de manchas irregulares de cor creme.

Starling tinha consciência constante dela, movendo-se no canto da visão.

– É uma *Muraena Kidako* – disse Mason. – Há uma ainda maior num cativeiro em Tóquio. Esta é a segunda em tamanho. Seu nome comum é Moreia Brutal, gostaria de ver o porquê?

– Não – disse Starling e virou uma página em suas anotações. – Então, durante a terapia que fez por ordem do tribunal, Sr. Verger, o senhor convidou o Dr. Lecter à sua casa.

– Agora não tenho mais vergonha. Vou lhe contar praticamente tudo. Eu me livraria daquelas acusações infundadas de molestação se cumprisse quinhentas horas de serviço comunitário, trabalhasse no canil e fizesse terapia com o Dr. Lecter. Pensei que se conseguisse envolver o doutor em alguma coisa ele me daria alguma folga na terapia e não violaria minha condicional se eu não aparecesse o tempo todo, ou se chegasse meio drogado nas consultas.

– Isso foi quando o senhor tinha a casa de Owings Mills.

– É. Eu havia contado tudo ao Dr. Lecter, sobre a África, sobre Idi, tudo. Disse que mostraria a ele parte do meu material.

– O senhor iria mostrar...

– Minha parafernália. Meus brinquedos. Ali no canto está a pequena guilhotina portátil que eu usei para Idi Amin. Você pode colocá-la na parte de trás de um jipe, ir a qualquer lugar, o povoado mais distante. Montar em 15 minutos. O condenado leva uns dez minutos para montá-la usando um sarilho. Pouco mais se for uma mulher ou uma criança. Não tenho vergonha disso, porque estou limpo.

– O Dr. Lecter veio à sua casa.

– Eu o atendi à porta vestindo adereços de couro, você sabe. Para ver se causava alguma reação. Não vi reação alguma. Estava preocupado com a possibilidade de ele ter medo de mim, mas ele não parecia ter. *Medo* de mim; agora isso é engraçado. Eu o convidei para o andar de cima. Mostrei a ele. Eu tinha adotado alguns cães do abrigo, dois cães que eram amigos, e deixava os dois juntos numa jaula com bastante água, mas sem comida. Estava curioso com o que finalmente aconteceria.

"Mostrei a ele meu equipamento de laço corrediço, você sabe, asfixia autoerótica, você meio que se enforca, mas não de verdade, é bom enquanto você... você entende?

– Entendo.

– Bom, ele pareceu não entender. Perguntou como funcionava e eu disse: você é um psiquiatra muito estranho por não saber disso, e ele disse... nunca esquecerei do sorriso dele. Ele disse: "mostre". Eu pensei: *agora peguei você!*

– E você mostrou a ele.

– Não sinto vergonha disso. Nós crescemos com nossos erros. Estou limpo.

– Por favor, continue, Sr. Verger.

– Por isso baixei o nó corrediço na frente do meu espelho grande, coloquei-o no pescoço e fiquei segurando a alavanca de liberação na minha mão, e com a outra fiquei me masturbando e atento à reação dele, mas não dava para perceber coisa alguma. Em geral consigo ler as pessoas. Ele estava sentado numa poltrona no canto do cômodo. Tinha as pernas cruzadas e os dedos trançados sobre o joelho. Em seguida, ele se levantou e enfiou a mão no bolso do paletó, todo elegante, como James Mason pegando um isqueiro, e disse: "Quer um pouco de nitrito de amila?" Eu pensei: *Uau! Se ele me der um pouco agora vai ter que dar para sempre, para manter sua licença. Estou feito.* Bom, se você ler o relatório, vai saber que era muito mais do que nitrito de amila.

– Pó de anjo com mais algumas anfetaminas e um pouco de ácido – disse Starling.

– E foi *uau* mesmo! Ele foi até o espelho em que eu estava me olhando, chutou a parte de baixo e pegou um estilhaço. Eu estava voando. Ele veio, me deu o pedaço de vidro e me olhou nos olhos, e sugeriu que talvez eu gostasse de arrancar a pele de meu rosto com ele. Em seguida soltou os cachorros. Eu os alimentei com meu rosto. Dizem que demorou muito tempo para tirar tudo. Não lembro. O Dr. Lecter quebrou meu pescoço com o nó da forca. Eles pegaram meu nariz de volta quando abriram o estômago dos cachorros no canil, mas o enxerto não funcionou.

Starling demorou mais do que o necessário para arrumar os papéis sobre a mesa.

– Sr. Verger, a sua família ofereceu a recompensa depois de o Dr. Lecter ter escapado da prisão em Memphis.

– É, um milhão de dólares. Um milhão. Nós anunciamos no mundo inteiro.

– E também se ofereceu para pagar por qualquer tipo de informação relevante, não somente pela prisão e a condenação. Vocês deveriam compartilhar essa informação conosco. Já fizeram isso?

– Não exatamente, mas não havia coisa boa para ser compartilhada.

– Como sabe? Vocês seguiram alguma pista?

– Só o bastante para saber que não valia a pena. E por que deveríamos... vocês nunca nos contaram coisa alguma. Nós recebemos uma informação de Creta que não valeu nada. E uma do Uruguai que nunca pudemos confirmar. Quero que entenda. Isto não é vingança, Srta. Starling. Eu perdoei o Dr. Lecter assim como o nosso Salvador perdoou os soldados romanos.

– Sr. Verger, o senhor deu a entender ao meu departamento que poderia ter alguma coisa agora.

– Olhe na gaveta da mesinha de canto.

Starling pegou as luvas de algodão branco em sua bolsa e as calçou. Na gaveta havia um grande envelope de papel pardo. Era rígido e pesado. Tirou um raio X e o estendeu diante da luz forte sobre sua cabeça. O raio X era de uma mão esquerda que parecia ferida. Ela contou os dedos. Quatro mais o polegar.

– Olhe os metacarpos, sabe do que estou falando?

– Sei.

– Conte as articulações.

Cinco articulações. – Contando com o polegar, essa pessoa tinha seis dedos na mão esquerda. Como o Dr. Lecter.

– Como o Dr. Lecter.

O canto onde deveria estar o número e a origem do raio X tinha sido cortado.

– De onde isso veio, Sr. Verger?

– Do Rio de Janeiro. Para descobrir mais, eu preciso pagar. Muito. Você pode me dizer se é o Dr. Lecter. Preciso saber se devo pagar.

– Tentarei, Sr. Verger. Faremos o máximo. O senhor tem o pacote no qual veio o raio X?

– Margot colocou num saco plástico, ela vai lhe dar. Se nao se importa, Srta. Starling, estou exausto e preciso de alguns cuidados.

– O senhor receberá notícias de meu departamento, Sr. Verger.

Starling não saíra há muito tempo do cômodo quando Mason Verger encostou o dente no tubo da extremidade e disse:

– Cordell?

O enfermeiro que estava na sala de brinquedos entrou e leu para ele algo de uma pasta onde estava escrito DEPARTAMENTO DE BEM-ESTAR INFANTIL, CIDADE DE BALTIMORE.

– *Franklin*, não é? Mande *Franklin* entrar – disse Mason e apagou sua luz.

O MENININHO ESTAVA PARADO sozinho sob a luz forte da área de estar, forçando a vista para a escuridão enorme.

E veio a voz sonora:

– Você é *Franklin*.

– Franklin – disse o garotinho.

– Com quem você mora, *Franklin*?

– Com mamãe, Shirley e Stringbean.

– Stringbean fica lá o tempo todo?

– Ele vem e vai.

– Você disse “ele vem e vai”?

– É.

– Mamãe não é sua mãe de verdade, é, *Franklin*?

– É minha mãe adotiva.

– Não é a primeira mãe adotiva que você teve, é?

– Não.

– Você gosta da sua casa, *Franklin*?

Ele se iluminou.

– Nós temos a Gatinha. Mamãe faz bolinhos no forno.

– Há quanto tempo você está lá, na casa da mamãe?

– Não sei.

– Você já fez aniversário lá?

– Uma vez eu fiz. Shirley fez Kool-Aid.

– Você gosta de Kool-Aid?

– De morango.

– Você ama a mamãe e Shirley?

– Amo, hã, e a Gatinha.

– Você quer morar lá? Você se sente seguro quando vai dormir?

– Hã-hã. Eu durmo no quarto com Shirley. Shirley é uma garota grande.

– *Franklin*, você não pode mais morar lá com mamãe, Shirley e a Gatinha. Você tem de ir embora.

– Quem disse isso?

– O governo. Mamãe perdeu o emprego e a aprovação como mãe adotiva. A polícia encontrou um cigarro de maconha na sua casa. Você não vai poder mais ver mamãe depois deste fim de semana. Não vai poder mais ver Shirley nem a Gatinha depois deste fim de semana.

– Não – disse Franklin.

– Ou talvez elas só não queiram mais você, *Franklin*. Há alguma coisa errada com você? Você tem algum machucado ou alguma coisa feia? Acha que a sua pele é escura demais para que elas amem você?

Franklin levantou a camisa e olhou para sua barriguinha marrom. Balançou a cabeça. Estava chorando.

– Você sabe o que vai acontecer com a Gatinha? Qual é o nome da Gatinha?

– Ela chama ela de Gatinha, é o nome dela.

– Sabe o que vai acontecer com a Gatinha? Os policiais vão levar a Gatinha para o depósito público e o médico de lá vai dar uma injeção nela. Você já recebeu alguma injeção na creche? A enfermeira já deu uma injeção em você? Com uma agulha brilhante? Eles vão dar uma injeção na Gatinha. Ela vai ficar muito apavorada quando olhar para a agulha. Eles vão enfiar a agulha e a Gatinha vai sentir dor e morrer.

Franklin pegou a beira da camisa e levantou-a na frente do rosto. Enfiou o polegar na boca, algo que não fazia há um ano, desde que a mamãe lhe pedira para parar.

– Venha aqui – disse a voz vinda do escuro. – Venha aqui e vou lhe dizer como você pode impedir que a Gatinha receba uma injeção. Você quer que a Gatinha leve uma injeção, *Franklin*? Não? Então venha cá, *Franklin*.

Franklin, com os olhos jorrando, chupando o polegar, adiantou-se lentamente para o escuro. Quando estava a menos de 2 metros da cama, Mason soprou sua gaita e as luzes se acenderam.

Por uma coragem inata, ou pelo desejo de ajudar a Gatinha, ou pelo conhecimento desamparado de que não tinha mais para onde fugir, Franklin não estremeceu, não correu. Ficou firme e olhou para o rosto de Mason.

A sobrancelha de Mason teria se franzido, se ele tivesse sobrancelha, diante desse resultado decepcionante.

– Você pode impedir que a Gatinha leve a injeção se você mesmo der um pouco de veneno de rato para a Gatinha – disse Mason. O *t* não soou, mas Franklin entendeu.

Franklin tirou o polegar da boca.

– Você é um bicho-papão mau e velho – disse Franklin. – E é feio também. – Em seguida girou e saiu do quarto, atravessando o corredor cheio de mangueiras enroladas, de volta à sala de brinquedos.

Mason observou-o pelo vídeo.

O enfermeiro olhou para o garoto, olhou-o atentamente enquanto fingia ler sua *Vogue*.

Franklin não se importava mais com os brinquedos. Foi sentar-se debaixo da girafa, olhando para a parede. Era tudo o que ele podia fazer para não chupar o polegar.

Cordell observou-o atentamente procurando lágrimas. Quando viu os ombros do menino sacudindo-se, o enfermeiro foi até ele e enxugou gentilmente as lágrimas com gaze esterilizada. Em seguida, colocou as gazes úmidas na taça de martíni de Mason, que esfriava na geladeira da sala de brinquedos, ao lado do suco de laranja e das Cocas.

10

Não era fácil encontrar informações médicas sobre o Dr. Hannibal Lecter. Quando se considera seu absoluto desprezo pela instituição médica e pela maioria dos profissionais de medicina, não é surpreendente que ele jamais tivesse tido um médico pessoal.

O Manicômio Judiciário de Baltimore, onde o Dr. Lecter foi mantido até sua desastrosa transferência para Memphis, era agora um prédio depredado esperando a demolição.

A polícia estadual do Tennessee tinha sido a última guardiã do Dr. Lecter antes de sua fuga, mas lá eles afirmaram que jamais tinham recebido seus registros médicos. Os policiais que o haviam trazido de Baltimore para Memphis, agora falecidos, haviam trazido o prisioneiro, e nenhum registro médico.

Starling passou um dia inteiro ao telefone e diante do computador, depois fez uma busca nas salas de depósito de provas em Quantico e no edifício J. Edgar Hoover. Subiu pela gigantesca sala de provas do Departamento de Polícia de Baltimore, empoeirada e fétida, durante toda uma manhã, e passou uma tarde enlouquecedora lidando com a coleção Hannibal Lecter, não catalogada, na biblioteca jurídica Fitzhugh Memorial, onde o tempo para enquanto os zeladores tentam localizar as chaves.

No final, ela ficou com uma única folha de papel – o exame físico superficial feito no Dr. Lecter quando ele foi preso pela primeira vez pela polícia estadual de Maryland. Não havia qualquer histórico médico anexo.

Inelle Corey tinha sobrevivido à transferência do Manicômio Judiciário de Baltimore e passado para situações melhores na Comissão Estadual de Hospitais de Maryland. Não queria ser entrevistada por Starling em seu escritório, por isso as duas se encontraram numa cafeteria do térreo.

A prática de Starling era chegar cedo às reuniões e observar de longe o ponto de encontro. Corey foi absolutamente pontual. Tinha uns 35 anos, era gorda e pálida, sem maquiagem ou joias. O cabelo ia quase até a cintura, como ela usava no ensino médio, e calçava sandálias brancas com meias para varizes.

Starling pegou pacotinhos de açúcar no balcão e olhou enquanto Corey sentava-se à mesa, conforme haviam combinado.

Você pode ter a ideia errada de que todos os protestantes são parecidos. Não é bem isso. Assim como uma pessoa do Caribe frequentemente pode identificar uma ilha específica, Starling, criada por luteranos, olhou para aquela mulher e disse para si mesma: *Igreja de Cristo, no máximo talvez uma Nazarena.*

Starling tirou suas joias, uma pulseira simples e um brinco de ouro, e colocou na bolsa. Seu relógio era de plástico, tudo bem. Não podia fazer muita coisa quanto ao resto da aparência.

– Inelle Corey? Quer um pouco de café? – Starling estava trazendo dois copos.

– Pronuncia-se *Eynelle*. Eu não bebo café.

– Eu bebo os dois, quer alguma outra coisa? Sou Clarice Starling.

– Não quero nada. Pode me mostrar alguma identificação?

– É claro – disse Starling. – Srta. Corey... posso chamar você de Inelle?

A mulher deu de ombros.

– Inelle, preciso de ajuda numa questão que na verdade não a envolve pessoalmente. Só preciso de orientação para encontrar alguns registros do Manicômio Judiciário de Baltimore.

Inelle Corey falou com precisão exagerada para exprimir retidão ou raiva.

– Nós passamos por tudo isso com a Comissão Estadual, na época do fechamento, Srta...

– Starling.

– Srta. Starling. Você descobrirá que nenhum paciente saiu daquele hospital sem uma pasta. Descobrirá que nenhuma pasta saiu daquele hospital sem ser aprovada por um supervisor. Quanto aos falecidos, o departamento de saúde não precisava das pastas deles, o Bureau de Estatísticas Vitais não queria as pastas deles e, pelo que sei, as pastas mortas, isto é, as pastas dos falecidos, continuaram no hospital de Baltimore depois de meu afastamento, e eu fui praticamente a última a sair. O material dos evadidos ia para a Polícia Municipal e o Departamento do Xerife.

– Evadidos?

– Isso é quando alguém foge. Às vezes os internos fugiam.

– O Dr. Hannibal Lecter seria considerado um evadido? Você acha que os registros dele podem ter ido para a polícia?

– Ele *não* foi um evadido. Ele jamais foi considerado evadido de *nossas* instalações. Ele não estava sob nossa custódia quando fugiu. Fui lá embaixo e olhei para o Dr. Lecter uma vez, mostrei-o para minha irmã quando ela esteve aqui com os meninos. Eu me sinto meio malévola e fria quando penso nisso. Ele provocou um daqueles outros para jogar um pouco de – ela baixou a voz – *porra* em cima de nós. Sabe o que é isso?

– Já ouvi esse termo – disse Starling. – Por acaso foi o Sr. Miggs? Ele tinha boa pontaria.

– Afastei isso da minha mente. Lembro de *você*. Você foi ao hospital e falou com Fred, o Dr. Chilton, e desceu lá naquele porão com Lecter, não foi?

– Foi.

O Dr. Frederick Chilton era diretor do Manicômio Judiciário de Baltimore, e desapareceu enquanto estava de férias depois da fuga do Dr. Lecter.

– Você sabe que Fred desapareceu.

– É, ouvi falar.

A Srta. Corey produziu lágrimas rápidas, brilhantes.

– Ele era meu noivo – disse ela. – Ele sumiu e depois o hospital foi fechado, foi como se o teto tivesse caído em cima de mim. Se eu não tivesse minha igreja, não suportaria.

– Sinto muito. Agora você tem um bom emprego.

– Mas não tenho Fred. Ele era um homem ótimo, ótimo. Nós tínhamos um amor, um amor que não se encontra todo dia. Ele foi eleito Rapaz do Ano em Canton, quando estava no ensino médio.

– Deixe-me fazer uma pergunta, Inelle. O Dr. Frederick mantinha os registros na sala dele, ou na recepção, onde ficava sua mesa...

– Ficavam nos armários de parede da sala dele, e eram tantos que tínhamos outros arquivos grandes na área da recepção. Estavam sempre trancados, claro. Quando nos mudamos, eles foram colocados temporariamente na clínica de metadona, e um bocado de material ficou circulando de um lado para o outro.

– Alguma vez você viu e manuseou o dossiê do Dr. Lecter?

– Claro.

– Lembra de ter visto algum raio X nele? As radiografias eram arquivadas junto com os relatórios médicos ou separadamente?

– Junto. Eram arquivados juntos. Elas eram maiores do que as pastas, e isso atrapalhava. Tínhamos um aparelho de raio X, mas não havia radiologista em horário integral para manter um arquivo separado. Honestamente, não lembro se havia um raio X no material dele ou não. Havia uma fita de eletrocardiograma que Fred costumava mostrar às pessoas. O Dr. Lecter, nem quero chamá-lo de *doutor*, estava todo preso no eletrocardiógrafo quando pegou aquela pobre enfermeira. Veja bem, foi uma coisa maluca. A pulsação dele nem aumentou muito quando atacou a mulher. Ele teve o ombro destroncado quando todos os auxiliares, você sabe, o agarraram e arrancaram de cima dela. Tiveram de fazer um raio X por causa disso. Eles teriam causado muito mais do que um ombro destroncado se eu tivesse alguma coisa a dizer a respeito.

– Se você se lembrasse de algum lugar, qualquer lugar onde possa estar o dossiê, você me telefonaria?

– Faremos o que chamamos de busca global – disse a Srta. Corey, saboreando a palavra –, mas não creio que encontraremos alguma coisa. Muito material foi simplesmente abandonado, não por nós, mas pelo pessoal da clínica.

Os copos de café tinham o tipo de borda grossa que faz o líquido escorrer pelos lados. Starling ficou olhando Inelle Corey afastar-se pesadamente como se fosse a própria opção do inferno, e tomou meio copo com o lenço enfiado sob o queixo.

Starling foi voltando a si aos poucos. Sabia que estava cansada de alguma coisa. Talvez fosse de besteiras, pior do que de besteiras, talvez da falta de estilo. Da indiferença às coisas que agradam ao olhar. Talvez ansiasse por um pouco de estilo. Até mesmo um estilo de rainha do esnobismo era melhor do que nada, era uma declaração, quer você quisesse ouvi-la ou não.

Examinou-se em busca de esnobismo e percebeu que tinha muito pouca coisa para esnobar. Depois, pensando em estilo, lembrou-se de Evelda Drumgo, que tinha muito. Com esse pensamento, outra vez Starling desejou ardentemente sair de si mesma.

11

E assim Clarice Starling voltou ao lugar onde tudo começou para ela, o Manicômio Judiciário Estadual de Baltimore, agora defunto. O velho prédio marrom, casa da dor, está acorrentado e trancado, cheio de pichações e esperando os tratores da demolição.

O lugar já vinha afundando há anos antes de seu diretor, o Dr. Frederick Chilton, desaparecer durante as férias. Revelações subsequentes de desperdício, má administração e a decrepitude do prédio logo fizeram com que o legislativo cortasse as verbas. Alguns pacientes foram levados para outras instituições estaduais, alguns morreram e outros caminhavam pelas ruas de Baltimore como zumbis da Thorazine num programa malconcebido de ambulatório externo, que levou mais de um deles a morrer congelado.

Esperando na frente do velho prédio, Clarice Starling percebeu que tinha esgotado primeiro as outras possibilidades porque não queria voltar a esse local novamente.

O zelador estava 45 minutos atrasado. Era um homem velho e atarracado, usando um dos sapatos com sola de plataforma, barulhento, e um corte de cabelo do leste europeu que parecia ter sido feito em casa. Seu peito chiava enquanto ele a guiava até uma porta lateral, alguns degraus abaixo da calçada. A fechadura tinha sido arrancada por ladrões, e a porta estava presa com uma corrente e dois cadeados. Havia teias de aranha nos elos da corrente. O capim que crescia nas rachaduras dos degraus pinicava os tornozelos de Starling enquanto o zelador procurava as chaves. O fim de tarde estava com céu pesado, a luz granulosa e sem sombras.

– Não conheço bem esse prédio, só verifico os alarmes de incêndio – disse o homem.

– O senhor sabe se há algum papel guardado aqui? Algum arquivo, algum registro?

Ele deu de ombros.

– Depois do hospital, a clínica de metadona ficou aqui alguns meses. Eles colocaram tudo no porão, umas camas, uns lençóis, não sei o que era. Aqui é ruim para minha asma, o mofo tomou conta de tudo. Os colchões das camas estão mofados, mofo incrustado. Não dá para respirar lá embaixo. As escadas são ruins para a minha perna. Eu mostraria para a senhora, mas...

Starling teria gostado de alguma companhia, mesmo que fosse a dele, mas o sujeito iria fazer com que ela andasse devagar.

– Agora pode ir. Onde fica a sua sala?

– No final do quarteirão, onde antigamente ficava o departamento de licença para motoristas.

– Se eu não voltar em uma hora...

Ele olhou para o relógio.

– Eu devo sair em meia hora.

De jeito nenhum.

– O que o senhor fará por mim é esperar pelas suas chaves em sua sala. Se eu não voltar em uma hora, ligue para o número que está neste cartão e mostre para eles aonde eu fui. Se não estiver lá quando eu sair; se tiver fechado a sala e ido para casa, informarei pessoalmente ao seu supervisor amanhã de manhã. Além disso... além disso, o senhor passará por uma auditoria do imposto de renda e sua situação será revista pelo Bureau de Imigração e... Naturalização. Está entendendo? Eu gostaria de uma resposta, senhor.

– Eu esperarei pela senhora, claro. Não precisa dizer essas coisas.

– Muito obrigada, senhor.

O zelador pôs as mãos grandes no corrimão para içar-se ao nível da calçada, e Starling ouviu seu passo irregular afastar-se até o silêncio. Ela empurrou a porta e entrou num patamar da escada de incêndio. Janelas altas e gradeadas no poço da escada deixavam entrar a luz cinzenta. Ela pensou se deveria trancar a porta, e decidiu dar um nó na corrente pelo lado de dentro, de modo que pudesse abri-la se perdesse a chave.

Nas idas anteriores ao asilo, para entrevistar o Dr. Hannibal Lecter, ela tinha entrado pela porta principal, e agora demorou um tempo para se orientar.

Subiu a escada de incêndio até o andar principal. As janelas de vidro fosco cortavam a luz do dia, e o cômodo estava em penumbra. Com sua lanterna pesada, Starling encontrou um interruptor e acendeu a luz, três lâmpadas ainda funcionando numa luminária quebrada. As extremidades partidas dos fios de telefone estavam sobre a mesa de recepção.

Vândalos com latas de tinta spray haviam entrado no prédio. Um falo de 3 metros de altura, com testículos, decorava a parede da sala de recepção, junto com a inscrição: A MÃE DE FARON TOCA PUNHETA EM MIM.

A porta da sala do diretor estava aberta. Starling parou na entrada. Foi ali que ela havia estado em sua primeira tarefa para o FBI, quando ainda estava em treinamento, ainda acreditava em tudo, ainda pensava que se a pessoa pudesse fazer o serviço, se pudesse resolvê-lo, seria aceita, independentemente de raça, credo, cor, nacionalidade ou se era ou não gente fina. De tudo isso lhe restava apenas um ponto de fé. Ela acreditava que poderia fazer o serviço.

Ali, Chilton, o diretor do hospital, tinha lhe estendido a mão gordurosa e dado em cima dela. Ali ele tinha trocado segredos, espiado e, acreditando ser tão inteligente quanto Hannibal Lecter, tomado as decisões que permitiram a Lecter escapar com um derramamento de sangue tão grande.

A mesa de Chilton continuava na sala, mas não havia cadeira, já que era suficientemente pequena para ser roubada. As gavetas estavam vazias, a não ser por um Alka-Seltzer esmagado. Dois arquivos permaneciam na sala. Tinham fechaduras simples e a ex-agente técnica Starling abriu-as em menos de um minuto. Um sanduíche ressecado num saco de papel e alguns formulários para a clínica de metadona estavam na gaveta de baixo, junto com refrescante bucal e um tubo de tônico capilar, um pente e algumas camisinhas.

Starling pensou no porão do asilo, parecido com uma masmorra, onde o Dr. Lecter tinha vivido durante oito anos. Não queria descer até lá. Podia usar seu celular e pedir uma unidade da polícia municipal para descer com ela. Podia pedir ao escritório de campo de Baltimore para mandar outro agente do FBI com ela. A tarde cinzenta já ia avançada, e não havia como, mesmo agora, evitar a hora do rush em Washington. Se esperasse, seria pior.

Apoiou-se na mesa de Chilton, apesar da poeira, e tentou decidir. Será que realmente achava que poderia haver dossiês no porão, ou será que se sentia atraída ao primeiro lugar onde tinha visto Hannibal Lecter?

Se a carreira de Starling no serviço policial tinha lhe ensinado alguma coisa sobre si própria, era o seguinte: ela não buscava emoções, e ficaria feliz se nunca sentisse medo de novo. Mas *poderia* haver documentos no porão. Ela poderia descobrir isso em 5 minutos.

Dava para lembrar o barulho das portas de segurança máxima quando tinha descido lá há alguns anos. Para o caso de alguém fechar uma delas dessa vez, depois que ela passasse, ligou para o escritório de campo de Baltimore, disse onde estava e combinou telefonar de volta dentro de uma hora, para dizer se havia saído.

As luzes estavam funcionando na escada interna, onde há anos Chilton a havia levado até o porão. Ali ele explicara os procedimentos de segurança usados com Hannibal Lecter, e ali ele havia parado, debaixo daquela luz, para mostrar a foto na carteira, da enfermeira cuja língua o Dr. Lecter havia comido durante uma tentativa de exame físico. Se o ombro do Dr. Lecter tinha sido deslocado enquanto o dominavam, certamente haveria um raio X.

Um sopro de ar na escada tocou sua nuca, como se houvesse uma janela aberta em algum lugar.

Havia uma caixa de hambúrguer do McDonald's no patamar e guardanapos de papel espalhados. Um copo sujo de feijão. Comida para viagem. Alguns cagalhões e guardanapos de papel num canto. A luz terminava no final da escada, antes da grande porta de aço para a ala dos violentos, agora aberta e presa com um gancho junto à parede. A lanterna de Starling tinha cinco pilhas tamanho D e lançava um feixe de luz bem amplo.

Apontou-a para o corredor comprido da antiga unidade de segurança máxima. Havia alguma coisa grande na extremidade mais distante. Era fantasmagórico ver as portas das celas abertas. O chão estava cheio de papel de pão e copos. Sobre a antiga mesa do auxiliar havia uma lata de refrigerante, escurecida pelo uso como cachimbo de crack.

Starling apertou os interruptores atrás do posto do auxiliar de enfermagem. Nada. Pegou seu telefone celular. A luz vermelha parecia muito forte em meio à escuridão. O telefone era inútil no subterrâneo, mas ela falou alto para ele.

– Barry, coloque a caminhonete na entrada lateral. Traga uma luz de serviço. Você vai precisar de uns carrinhos para levar esse material escada acima... Sim, pode descer.

Em seguida, gritou para a escuridão:

– Atenção aí. Sou da polícia federal. Se vocês estão morando aqui ilegalmente, estão livres para sair. Não vou prendê-los. Não estou interessada em vocês. Se voltarem depois de eu terminar meus negócios, isso não me interessa. Vocês podem sair agora. Se tentarem reagir a mim sofrerão sérios danos pessoais quando eu acertar uma bala na sua bunda. Obrigada.

Sua voz ecoou pelo corredor onde tantos haviam falado sem parar até ficarem roucos e mordido as barras até ficarem sem dentes.

Starling lembrou-se da presença tranquilizadora do grande auxiliar de enfermagem, Barney, quando ela viera entrevistar o Dr. Lecter. A cortesia curiosa com que Barney e o Dr. Lecter se tratavam mutuamente. Nada do Barney agora. Alguma coisa da época de escola chocou-se na sua cabeça e, por disciplina, ela se obrigou a lembrar.

> Passos ecoam na memória.
> Descendo a passagem que não tomamos
> Em direção à porta que jamais abrimos
> Para o jardim de rosas.

Jardim de rosas, certo. Sem dúvida isto não era de jeito algum o jardim de rosas.

Starling, que em editoriais recentes tinha sido encorajada a odiar sua arma tanto quanto a si própria, descobriu que o toque da pistola não era odioso quando ela estava inquieta. Segurou a .45 de encontro à coxa e começou a andar pelo corredor, atrás da lanterna. É difícil vigiar os dois flancos ao mesmo tempo, e é imperativo não deixar alguém atrás de você. Havia água pingando em algum lugar.

Camas desmontadas e empilhadas nas celas. Em outras, colchões. A água ficava no centro do corredor e Starling, sempre preocupada com os sapatos, pisava num lado e no outro da poça estreita enquanto seguia. Lembrou-se do conselho de Barney há anos, quando todas as celas estavam ocupadas.

Fique no meio.

Arquivos, certo. No centro do corredor, bem no final, um verde-oliva opaco no feixe da lanterna.

Ali estava a cela que tinha sido ocupada pelo Múltiplo Miggs, pela qual mais odiava passar. Miggs, que sussurrava imundícies para ela e arremessava fluidos corporais. Miggs, que o Dr. Lecter matou instruindo-o a engolir a própria língua vil. E quando Miggs morreu, Sammie passou a morar na cela, Sammie, cuja poesia o Dr. Lecter encorajava com um efeito espantoso sobre o poeta. Mesmo agora ela podia ouvir Sammie uivando seus versos.

QUERO IR PRA JERUSALÉM
QUERO IR COM O MAIORAL
POSSO IR COM JESUS ALÉM
SE EU FOR UM CARA LEGAL

Havia ainda ali o laborioso texto em creiom, em algum lugar.

Agora a cela estava cheia de colchões empilhados e trouxas de roupas de cama.

E finalmente, a cela do Dr. Lecter.

A mesa forte onde ele costumava ler ainda estava aparafusada no chão no meio do cômodo. Não havia mais as prateleiras que guardavam seus livros, mas os suportes continuavam presos às paredes.

Starling deveria ir para os arquivos, mas estava fixa na cela. Ali tivera o encontro mais notável de sua vida. Ali fora espantada, chocada, surpreendida.

Ali ouvira coisas a respeito de si própria, tão terrivelmente verdadeiras que seu coração ressoava como um sino grande e profundo.

Queria entrar. Queria entrar. Queria como queremos saltar de varandas altas, como o brilho dos trilhos nos tentam quando ouvimos o trem que se aproxima.

Starling girou a lanterna, olhou para a parte de trás da fileira de arquivos, passou a luz pelas celas vizinhas.

A curiosidade fez com que atravessasse a passagem. Ficou no meio da cela onde o Dr. Hannibal Lecter tinha passado oito anos. Ocupou o espaço dele, onde o viu de pé, e esperou sentir arrepios, mas não sentiu. Colocou o revólver e a lanterna sobre a mesa dele, com cuidado para que a lanterna não rolasse, e pôs as mãos chapadas sobre a mesa, e debaixo das mãos sentiu apenas migalhas.

No geral, o efeito foi decepcionante. A cela estava tão vazia de seu ex-ocupante como a pele descartada de uma cobra. Então Starling pensou que tinha entendido alguma coisa: a morte e o perigo não precisam vir com armadilhas. Elas podem chegar no hálito doce de seu amado. Ou numa tarde ensolarada no mercado de peixes com "La Macarena" tocando numa caixa de som.

Aos negócios. Havia quase 3 metros de arquivos, quatro arquivos no total, até a altura do queixo. Cada um com cinco gavetas, com uma única fechadura de quatro pinos ao lado da gaveta de cima. Nenhuma estava trancada. Todas cheias de dossiês, alguns gordos, todos em pastas. Velhas pastas de papel marmorizado que tinham ficado frouxas com o tempo, e outras novas, de papel pardo. Dossiês sobre a saúde de homens mortos, datando da fundação do hospital em 1932. Estavam mais ou menos em ordem alfabética, com algum material empilhado atrás das pastas nas gavetas compridas. Starling folheou rapidamente, segurando a lanterna pesada no ombro, caminhando com os dedos da mão livre através das pastas, desejando ter trazido uma lanterna pequena que pudesse segurar entre os dentes. Assim que percebeu a organização das pastas, podia pular gavetas inteiras, passando pelos *J*, pelos raríssimos *K*, chegando ao *L* e *bam*: Lecter, Hannibal.

Tirou a pasta comprida de papel pardo, tateou imediatamente em busca da rigidez de um negativo de raio X, colocou a pasta em cima das outras e abriu-a para encontrar a história da saúde do falecido I. J. Miggs. Que droga! Miggs iria perturbá-la até do outro lado da sepultura. Colocou a pasta em cima do armário e foi depressa até os *M*. A pasta de papel pardo de Miggs estava lá, em ordem alfabética. Vazia. Erro de arquivamento? Será que alguém por acidente colocou os registros de Miggs na pasta de Hannibal Lecter? Ela folheou todos os *M* procurando um dossiê sem pasta. Voltou para os *J*. Consciente de um transtorno cada vez maior. O cheiro do lugar a incomodava ainda mais. O zelador estava certo, era difícil respirar neste local. Estava na metade dos *J* quando percebeu que o fedor ia... aumentando rapidamente.

Um barulho fraco na poça, atrás, e ela girou, com a lanterna preparada para um golpe, com a mão entrando rápida no blazer, em direção à coronha da arma. Um homem alto, vestido em trapos imundos, estava no facho da luz, com um dos pés enormes e inchados na água. Uma das mãos dele estava esticada ao lado do corpo. A outra segurava um pedaço de prato quebrado. Uma das pernas e os dois pés estavam enrolados com tiras de lençol.

– Olá – disse ele, a língua grossa cheia de sapinho. A quase 2 metros de distância Starling podia sentir o mau hálito. Atrás do paletó a mão dela afastou-se da pistola e passou para o spray de Mace.

– Olá – disse Starling. – Por favor, pode ficar ali contra as barras?

O homem não se mexeu.

– Você é Jesus? – perguntou ele.

– Não – disse Starling. – Não sou Jesus. – A voz. Starling lembrava-se da voz.

– Você é Jesus! – O rosto dele estava se retorcendo.

Aquela voz. Ande, pense.

– Olá, Sammie – disse ela. – Como vai? Eu estava pensando agora mesmo em você.

O que é que tinha o Sammie? A afirmação, apanhada depressa, não estava exatamente em ordem. *Colocou a cabeça da mãe na cesta da coleta enquanto as pessoas na igreja cantavam* "Dê o melhor que você tem para o Senhor". *Disse que era a melhor coisa que ele tinha. A Igreja Batista de algum lugar. Com raiva, disse o Dr. Lecter, porque Jesus demora tanto.*

– Você é Jesus? – perguntou Sammie, dessa vez implorando. Ele enfiou a mão no bolso e pegou uma guimba de cigarro, boa, com mais de 5 centímetros. Colocou-a no pedaço de prato e estendeu-a em oferenda.

– Sammie, sinto muito, eu não sou. Eu...

Sammie subitamente lívido, furioso porque ela não era Jesus, começou a ressoar no corredor úmido.

QUERO IR PRA JERUSALÉM
QUERO IR COM O MAIORAL!

Ele ergueu o pedaço de prato, a ponta afiada parecendo uma picareta, e deu um passo na direção de Starling, agora com os dois pés na água e o rosto contorcido, a mão livre agarrando o ar entre os dois.

Ela sentiu os arquivos duros nas costas.

– *VOCÊ PODE IR COM JESUS ALÉM... SE FOR UM CARA LEGAL* – recitou Starling, alto e claro como se gritasse para ele de um lugar distante.

– É – disse Sammie, calmo, e parou.

Starling enfiou a mão na bolsa, encontrou sua barra de chocolate.

– Sammie, eu tenho um Snickers. Você gosta de Snickers?

Ele ficou quieto.

Ela colocou o Snickers numa pasta de papel pardo e estendeu-a como ele havia estendido o prato.

Ele deu a primeira mordida antes de tirar a embalagem, cuspiu o papel e mordeu de novo, comendo metade da barra.

– Sammie, mais alguém esteve aqui embaixo?

Ele ignorou a pergunta, colocou o resto da barra de chocolate no prato e desapareceu atrás de uma pilha de colchões em sua antiga cela.

– Que diabo é isso? – Uma voz de mulher. – Obrigada, Sammie.

– Quem é você? – gritou Starling.

– Não é da sua conta.

– Você mora aqui com Sammie?

– Claro que não. Só estou aqui namorando. Você pode nos deixar sozinhos?

– Posso. Responda a minha pergunta. Há quanto tempo você está aqui?

– Duas semanas.

– Alguém mais esteve aqui?

– Uns vagabundos que Sammie expulsou.

– Sammie te protege?

– Mexa comigo e você vai descobrir. Eu consigo andar muito bem. Consigo coisa para comer, ele tem um lugar seguro para comer. Um monte de gente faz acordos desse tipo

– Algum de vocês dois participa de um programa de auxílio em algum lugar? Querem participar? Posso dar uma ajuda.

– Ele já fez tudo isso. Você vai para o mundo, faz aquela merda toda e volta para as coisas que conhece. O que você está procurando? O que quer?

– Uns documentos.

– Se não está aí, alguém roubou. É preciso ser inteligente para descobrir isso?

– Sammie? – disse Starling. – Sammie?

Sammie não respondeu.

– Ele está dormindo – disse a amiga.

– Se eu deixar um dinheiro aqui, vocês vão comprar comida?

– Não, vou comprar bebida. A gente pode *achar* comida. Não pode achar bebida. Não deixe a maçaneta prender na sua bunda quando sair.

– Vou colocar o dinheiro na mesa.

Starling sentia vontade de correr, lembrava-se de quando deixou o Dr. Lecter, lembrava-se de se abraçar enquanto ia na direção do que, na época, era a ilha calma do organizado posto de Barney.

À luz da escada, pegou uma nota de 20 dólares na carteira. Colocou o dinheiro sobre a mesa arranhada e abandonada de Barney e prendeu-o com uma garrafa de vinho vazia. Desdobrou uma bolsa de compras de plástico e colocou dentro a pasta de Lecter contendo os registros de Miggs e a pasta vazia de Miggs.

– Tchau. Tchau, Sammie – gritou para o homem que girara pelo mundo e voltara para o inferno que conhecia. Queria lhe falar que esperava que Jesus viesse em breve, mas parecia idiota demais para dizer.

Subiu de novo para a luz, para continuar seu giro pelo mundo.

12

Se existem paradas no caminho do inferno, elas devem se parecer com a entrada de ambulâncias do Hospital Geral da Misericórdia de Maryland. Acima do uivo agonizante das sirenes, dos uivos dos agonizantes, do barulho das macas gotejantes, dos gritos e berros, as colunas de vapor saindo dos bueiros, tingidas de vermelho por um grande letreiro de néon anunciando EMERGÊNCIA, sobem como o pilar de fogo de Moisés na escuridão e transformam-se em nuvem no dia.

Barney saiu do vapor, encolhendo os ombros fortes para dentro do paletó, a cabeça redonda e de cabelos curtos inclinada para a frente enquanto percorria a calçada cheia de rachaduras em direção ao leste, em direção à manhã.

Ficara 25 minutos a mais no trabalho – a polícia tinha trazido um cafetão drogado, que gostava de brigar com mulheres. Tinha sido baleado e o enfermeiro-chefe lhe pediu que ficasse. Eles sempre pediam a Barney que ficasse quando recebiam um paciente violento.

Clarice Starling olhava para Barney de dentro do capuz de seu casaco e deixou-o percorrer meio quarteirão do outro lado da rua antes de colocar a bolsa de lona no ombro e segui-lo. Quando ele passou pelo estacionamento e pelo ponto de ônibus, ela ficou aliviada. Seria mais fácil seguir Barney a pé. Não tinha certeza de onde ele morava, e precisava saber antes que ele a visse.

A vizinhança atrás do hospital era calma, ocupada por operários e com mistura racial. Um bairro onde você colocava uma tranca de direção no carro mas não precisava chegar a levar a bateria para casa à noite, e onde as crianças podiam brincar na rua.

Depois de três quarteirões, Barney esperou que um furgão liberasse um cruzamento e virou para o norte numa rua de casas estreitas, algumas com escadas de mármore e jardins bem arrumados na frente. As poucas vitrines vazias estavam intactas, com os vidros limpos. As lojas começavam a abrir e havia algumas pessoas na rua. Caminhões estacionados durante a noite nos dois lados da rua bloquearam a visão de Starling durante meio minuto, e ela alcançou Barney antes de perceber que ele havia parado. Estava diante dele, do outro lado da rua, quando o viu. Talvez ele também a tivesse visto, não dava para ter certeza.

Ele estava parado com as mãos no bolso do paletó, a cabeça para a frente, olhando por baixo das sobrancelhas para alguma coisa que se movia no centro da rua. Havia um pombo morto na rua, uma das asas balançava com o deslocamento de ar dos carros que passavam. O companheiro do pássaro morto o rodeava repetidamente, inclinando um olho na direção dele, a cabeça pequena balançando a cada passo dos pés rosados. Rodeando e rodeando, com o murmúrio baixo dos pombos. Vários carros e um furgão passaram. O pássaro sobrevivente mal se desviava do tráfego com curtos voos de último minuto.

Talvez Barney tivesse erguido o olhar para ela, Starling não tinha certeza. Precisava continuar, ou seria vista. Quando olhou por sobre o ombro, Barney estava agachado no meio da rua, o braço erguido para o trânsito.

Ela virou a esquina, saindo de vista, tirou o casaco com gorro, pegou na bolsa de lona um suéter, um boné de beisebol e uma bolsa de ginástica, e se trocou rapidamente, enfiando o casaco e a bolsa de lona na bolsa de ginástica, e escondeu o cabelo no boné. Acertou o passo com algumas faxineiras que iam para casa e virou de novo a esquina para a rua de Barney.

Ele estava com o pombo morto nas mãos. O parceiro do pássaro voou com barulho de asas até os fios de eletricidade e ficou vigiando. Barney colocou o pássaro morto num gramado e ajeitou suas penas. Ergueu o rosto largo para o pássaro que estava no fio e disse alguma coisa. Quando ele continuou seu caminho, o sobrevivente do casal desceu e continuou a circundar o corpo, andando no meio da grama. Barney não olhou para trás. Quando subiu a escada de um pequeno prédio de apartamentos, 100 metros adiante, e pegou as chaves, Starling correu por meio quarteirão para alcançá-lo antes que abrisse a porta.

– Barney. Oi.

Ele se virou na escada sem muita pressa e a encarou. Starling havia esquecido que os olhos de Barney eram estranhamente separados. Viu a inteligência que havia neles e sentiu o pequeno estalo eletrônico da conexão.

Ela tirou o boné e deixou os cabelos caírem.

– Sou Clarice Starling. Lembra? Eu...

– A agente federal – disse Barney, sem expressão.

Starling juntou as mãos e confirmou com a cabeça.

– Bom, é, eu *sou* a agente. Barney, preciso falar com você. É só informal, preciso perguntar umas coisas.

Barney desceu a escada. Quando parou na calçada diante de Starling, ela ainda precisava erguer a cabeça para olhá-lo. Não se sentia ameaçada por seu tamanho, como um homem ficaria.

– Só para constar, agente Starling: você concorda que ainda não leu os meus direitos? – A voz dele era alta e áspera como a do Tarzan de Johnny Weismuller.

– Concordo. Eu não li seus direitos. Reconheço.

– Que tal dizer isso para a sua bolsa?

Starling abriu a bolsa e falou para dentro dela, numa voz alta como se ali dentro houvesse um bicho-papão:

– Eu não li os direitos de Barney, ele não tem consciência de seus direitos.

– Há um café muito bom ali adiante – disse Barney. – Quantos chapéus você tem nessa bolsa? – perguntou ele enquanto caminhavam.

– Três.

Quando passou o furgão com placas de deficiente físico, Starling percebeu que os ocupantes a olhavam, mas os deficientes costumam sentir tesão, como é de seu direito. Os rapazes que ocupavam um carro no cruzamento seguinte também a olharam, mas não disseram nada por causa de Barney. Qualquer coisa que se estendesse das janelas teria atraído a atenção instantânea de Starling – ela estava atenta para a vingança dos Crips, mas os olhares de cobiça podem ser suportados.

Quando entrou com Barney na cafeteria, o furgão entrou de ré num beco para manobrar e voltou para a direção de onde viera.

Tiveram de esperar a liberação de um reservado na lanchonete cheia enquanto o garçom gritava em indiano para o cozinheiro, que manuseava a carne com pinças compridas e uma expressão de culpa.

– Vamos comer – disse Starling quando se sentaram. – Por conta do Tio Sam. Como vão as coisas, Barney?

– O serviço é bom.

– O que você faz?

– Sou auxiliar de enfermagem.

– Eu achava que agora você seria um enfermeiro registrado, ou talvez estivesse estudando medicina.

Barney deu de ombros e estendeu a mão para o bule de leite. Em seguida, olhou para Starling.

– Eles sacanearam você por ter atirado em Evelda?

– Veremos isso. Você a conhecia?

– Vi uma vez, quando levaram o marido dela, Dijon, para a Emergência. Ele estava morto, sangrou até morrer antes mesmo de ser posto na ambulância. Estava vazando líquido intravenoso transparente quando chegou. Ela não queria deixá-lo e tentou brigar com as enfermeiras. Eu precisei... você sabe... mulher bonita, e forte também. Não foi trazida para cá depois do...

– Não, ela foi declarada morta no local.

– Foi o que pensei.

– Barney, depois de você entregar o Dr. Lecter ao pessoal do Tennessee...

– Não foram educados com ele.

– Depois de você...

– E agora estão todos mortos.

– É. Os zeladores conseguiram ficar vivos por três dias. Você durou oito anos cuidando do Dr. Lecter.

– Foram seis anos; ele já estava lá antes de eu chegar.

– Como conseguiu isso, Barney? Se não se importa de eu perguntar, como conseguiu durar tanto com ele? Não foi só por ser educado.

Barney olhou para o próprio reflexo na colher, primeiro convexo, depois côncavo, e pensou por um instante.

– O Dr. Lecter tinha modos notáveis, não era rígido, era tranquilo e elegante. Eu estava fazendo uns cursos por correspondência, e ele compartilhou sua mente comigo. Isso não quer dizer que ele não me *mataria* a qualquer segundo se tivesse a chance; uma qualidade numa pessoa não exclui qualquer outra. Elas podem existir lado a lado, as boas e as ruins. Sócrates disse de modo muito melhor. Num local de segurança máxima você não pode se dar ao luxo de esquecer isso, nunca. Se mantiver isso em mente, você ficará bem. Talvez o Dr. Lecter lamente ter me mostrado Sócrates. – Para Barney, que tinha uma educação formal cheia de carências, Sócrates era uma experiência nova, com a qualidade de um encontro.

– A segurança era uma coisa separada da conversa, uma coisa totalmente diferente – disse ele. – A segurança jamais era pessoal, mesmo quando eu tinha de trancar a correspondência dele ou amarrá-lo.

– Você conversava muito com o Dr. Lecter?

– Algumas vezes ele passava meses sem dizer nada, e algumas vezes a gente conversava; tarde da noite, quando os gritos diminuíam. De fato, eu fazia aqueles cursos por correspondência e não sabia de nada, e ele me mostrou todo um mundo, literalmente, de coisas: Suetônio, Gibbon, aquilo tudo.

Barney pegou seu copo. Estava com uma mancha de iodo alaranjado num corte recente nas costas da mão.

– Alguma vez você pensou que quando ele escapasse poderia vir atrás de você?

Barney balançou a enorme cabeça.

– Uma vez ele me disse que, sempre que fosse "factível", preferia comer os rudes. "Os rudes desbragados", era como ele dizia. – Barney riu, uma visão rara. Tinha dentes pequenos como os de um bebê, e sua diversão parecia um tanto maníaca, como a alegria de um bebê quando sopra a papinha na cara de um tio que faz graça.

Starling se perguntou se ele não tinha ficado tempo demais no subterrâneo com os pirados.

– E você? Alguma vez se sentiu... assustada depois de ele ter fugido? Pensou que ele poderia vir atrás de você? – perguntou Barney.

– Não.

– Por quê?

– Ele disse que não faria isso.

Essa resposta pareceu estranhamente satisfatória para ambos.

Os ovos chegaram. Barney e Starling estavam famintos e comeram durante alguns minutos. Depois...

– Barney, quando o Dr. Lecter foi transferido para Memphis, pedi que você tirasse os desenhos dele da cela, e você os trouxe para mim. O que aconteceu com o restante do material: livros, papéis? O hospital não tem nem mesmo os registros médicos dele.

– Houve uma reviravolta enorme. – Barney fez uma pausa, batendo com o saleiro na palma da mão. – Houve uma grande reviravolta, você sabe, no hospital. Fui despedido, um monte de gente foi mandada embora, e o material se espalhou. Não dá para dizer...

– *O que houve?* Não pude ouvir o que você disse por causa deste barulho. Ontem à noite descobri que o exemplar anotado e autografado pelo Dr. Lecter do *Dicionário de cozinha de*

Alexandre Dumas apareceu num leilão particular em Nova York há dois anos. Foi comprado por 16 mil dólares por um colecionador particular. O certificado de propriedade usado pelo vendedor estava assinado por "Cary Phlox". Você conhece "Cary Phlox", Barney? Espero que conheça, porque foi ele quem preencheu sua ficha de emprego no hospital onde você está trabalhando, só que assinou "Barney". Também foi ele quem preencheu sua declaração de imposto de renda. Desculpe se perdi o que você estava dizendo antes. Quer recomeçar? Quanto ganhou pelo livro, Barney?

– Mais ou menos dez – disse Barney, olhando direto para ela.

Starling assentiu.

– O recibo diz dez e quinhentos. Quanto ganhou por aquela entrevista para o *Tattler* depois da fuga do Dr. Lecter?

– Mil e quinhentos.

– Legal. Bom para você. Você inventou toda a baboseira que contou para aquelas pessoas.

– Eu sabia que o Dr. Lecter não ia se importar. Ele ficaria desapontado se eu não os sacaneasse um pouco.

– Ele atacou aquela enfermeira antes de você ir para o manicômio?

– Sim.

– O ombro dele foi deslocado.

– Foi o que eu soube.

– Foi tirado um raio X?

– Provavelmente.

– Eu quero o raio X.

– Hummm.

– Eu descobri que os autógrafos de Lecter estão divididos em dois grupos, os escritos a tinta, ou antes do encarceramento, e os a craiom ou caneta de ponta de feltro, do asilo. O craiom vale mais, mas creio que você sabe disso. Barney, acho que você está com todo esse material e pensa em ir se desfazendo aos poucos, no comércio de autógrafos.

Barney deu de ombros e ficou quieto.

– Acho que você está esperando que ele volte a ser uma notícia importante. O que você *quer*, Barney?

– Quero ver cada Vermeer do mundo antes de morrer.

– Será que preciso perguntar o que fez você se interessar por Vermeer?

– Nós falávamos sobre muita coisa no meio da noite.

– Falavam sobre o que ele gostaria de fazer se estivesse livre?

– Não. O Dr. Lecter não se interessa por hipóteses. Não acredita em silogismo, em síntese, ou em qualquer absoluto.

– Em que ele acredita?

– No caos. E você nem precisa acreditar nisso. É evidente por si só.

Starling queria ser indulgente com Barney por enquanto.

– Você fala isso como se acreditasse. Mas o seu serviço no manicômio era manter a ordem. Você era o principal encarregado da *ordem*. Você e eu estamos no negócio da ordem. O Dr. Lecter nunca se afastou de você.

– Já te expliquei isso.

– Porque você jamais baixou a guarda. Ainda que de certo modo vocês confraternizassem...

– Eu não *confraternizava*. Ele não é fraterno com ninguém. Nós discutimos questões de interesse mútuo. Pelo menos a coisa era interessante para mim quando eu aprendia a respeito.

– Alguma vez o Dr. Lecter zombou de você por não saber de algo?

– Não. Ele zombou de você?

– Não – disse ela, para não ferir os sentimentos de Barney, como se reconhecesse pela primeira vez o elogio implícito no escárnio do monstro. – Ele poderia ter zombado de mim se quisesse. Sabe onde está o material, Barney?

– Há alguma recompensa para encontrá-lo?

Starling dobrou seu guardanapo e colocou-o debaixo do prato.

– A recompensa é eu nao acusá-lo por obstrução da justiça. Já lhe dei uma folga antes quando você colccou um microfone na minha mesa no hospital.

– Aquele microfone pertencia ao falecido Dr. Chilton.

– *Falecido?* Como você sabe que ele é o *falecido* Dr. Chilton?

– Bom, ele já está sete anos atrasado. Eu não o espero em breve. Deixe-me fazer uma pergunta: o que satisfaria a *você*, agente especial Starling?

– Quero ver o raio X. Quero o raio X. Se há livros do Dr. Lecter, quero vê-los também.

– Digamos que encontremos o material. O que aconteceria com ele depois?

– Bom, a verdade é que não tenho certeza. Talvez a Promotoria Federal pegue tudo como prova para a investigação da fuga. E depois vai ficar mofando no depósito. Se eu examinar o material e descobrir que não há nada de útil nos livros, e se eu disser isso, você pode afirmar que o Dr. Lecter lhe deu tudo. Ele está ausente há sete anos, de modo que você pode fazer uma reivindicação judicial. Ele não tem parentes conhecidos. Eu recomendaria que qualquer material inócuo lhe fosse entregue. Você deve saber que minha recomendação está na parte mais baixa da escala de valores burocráticos. Provavelmente você não ficaria com o raio X ou as fichas médicas, já que, como não eram dele, ele não poderia dar.

– E se eu disser que não tenho esse material?

– O material de Lecter vai ficar realmente difícil de vender porque vamos divulgar um boletim a respeito e alertar o mercado de que confiscaremos tudo e abriremos processo pela receptação e posse. E conseguirei um mandado de busca e apreensão para sua casa.

– Agora que você sabe onde é minha casa.

– E posso lhe dizer o seguinte: se entregar o material, não sofrerá qualquer represália por tê-lo sob sua posse, considerando o que teria acontecido com ele caso o deixasse no lugar onde estava. Quanto a prometer que você irá tê-lo de volta, não posso garantir. – Starling remexeu na bolsa, fazendo uma pausa. – Sabe, Barney, tenho a sensação de que você não tem um diploma de medicina porque talvez não consiga se prender às coisas. Talvez tenha o rabo preso em algum lugar. Está vendo? Agora veja só: eu nunca procurei sua ficha policial, nunca verifiquei.

– Não, só olhou meu imposto de renda e minha ficha de emprego. Estou emocionado.

– Se você tiver uma ficha, talvez a promotoria federal daquela jurisdição possa dar uma palavra e apagar os registros.

Barney usou um pedaço de torrada para limpar o molho do prato.

– Já terminou? Vamos andar um pouco.

– Eu vi Sammie. Lembra que ele ficou com a cela de Miggs? Ele ainda mora lá – disse Starling quando os dois saíram.

– Pensei que o lugar tivesse sido condenado.

– E foi.

– Sammie está participando de algum programa?

– Não, ele só mora lá, no escuro.

– Acho que você deveria denunciá-lo. Ele é diabético, vai morrer. Sabe por que o Dr. Lecter fez Miggs engolir a língua?

– Acho que sim.

– Ele o matou por ter ofendido você. Esse foi o motivo específico. Não se sinta mal, ele poderia ter feito aquilo, de qualquer modo.

Continuaram passando pelo prédio de Barney até o gramado onde o pombo ainda rodeava o corpo do companheiro morto. Barney tentou afastá-lo com as mãos.

– Ande – disse ao pássaro. – Já chega de velório. Vai ficar andando por aí até um gato te pegar. – O pombo voou para longe, assobiando. Os dois não puderam ver para onde ele foi.

Barney pegou o pássaro morto. O corpo de plumas macias escorregou facilmente para dentro de seu bolso.

– Sabe, uma vez o Dr. Lecter falou um pouco sobre você. Talvez na última vez em que conversei com ele, uma das últimas vezes. O pássaro me fez lembrar. Quer saber o que ele disse?

– Claro – disse Starling. Seu lanche revirou-se um pouco no estômago e ela estava decidida a não recuar.

– Estávamos conversando sobre comportamento herdado. Ele estava usando a genética dos pombos roladores como exemplo. Eles voam alto e ficam rolando de costas para se mostrar, caindo em direção ao chão. Há os roladores rasos e os roladores profundos. Não se pode cruzar dois roladores profundos, caso contrário a prole vai rolar até o chão, bater e morrer. O que ele disse foi: "A policial Starling é uma roladora profunda, Barney. Espero que um dos pais dela não tenha sido."

Starling teve de pensar um pouco naquilo.

– O que você vai fazer com o pássaro?

– Depenar e comer. Venha até minha casa e eu lhe dou o raio X e os livros.

Enquanto carregava o pacote comprido para o carro, Starling ouviu o pombo sobrevivente chamar uma vez, das árvores.

13

Graças à consideração de um louco e à obsessão de outro, agora Starling tinha, por um tempo, o que sempre quis, uma sala no corredor subterrâneo onde ficava a Divisão de Ciência do Comportamento. Era amargo ter conseguido desse modo.

Ela nunca esperou ir direto para a seção de elite da Ciência do Comportamento quando se formou na Academia do FBI, mas acreditava que poderia merecer um lugar lá. Sabia que primeiro passaria vários anos em pesquisas de campo.

Starling era boa no serviço, mas não era boa na política, e demorou anos para ver que jamais iria para a Ciência do Comportamento, apesar dos desejos de seu chefe, Jack Crawford.

Um dos principais motivos permaneceu invisível para ela até que, como um astrônomo localizando um buraco negro, ela encontrou o subsecretário Paul Krendler através da influência nos corpos ao redor. Krendler jamais a perdoou por ter encontrado o serial killer Jame Gumb antes dele, e não podia suportar a atenção da imprensa sobre ela, causada por isso.

Uma vez Krendler ligou para sua casa numa noite chuvosa de inverno. Ela atendeu o telefone vestida de roupão e com chinelos de coelhinho, o cabelo enrolado numa toalha. Iria se lembrar para sempre da data, porque foi na primeira semana da operação Tempestade no Deserto. Na época, Starling era uma agente técnica, tinha acabado de voltar de Nova York, onde trocara o rádio da limusine dos representantes do Iraque na ONU. O novo rádio era exatamente igual ao antigo, a não ser o fato de transmitir as conversas do carro para um satélite do Departamento de Defesa. Tinha sido uma manobra arriscada numa garagem particular, e ela ainda estava tensa.

Durante um único segundo louco, pensou que Krendler tinha ligado para dizer que ela havia feito um bom serviço.

Lembrava-se da chuva batendo na janela e da voz de Krendler ao telefone, a fala meio engrolada, ruídos de bar ao fundo.

Convidou-a para sair. Disse que poderia passar lá em meia hora. Ele era casado.

– Acho que não, Sr. Krendler – disse ela e apertou o botão de gravação de sua secretária eletrônica, que fez o bipe obrigatório por lei e a linha emudeceu.

Agora, anos depois e na sala que desejava merecer, Starling escreveu com caneta seu nome num pedaço de papel e prendeu com fita adesiva à porta. Não foi engraçado, e ela arrancou de novo o papel e jogou-o no lixo.

Havia uma correspondência em sua bandeja de entrada. Era um questionário do *Guiness de Recordes Mundiais*, que estava se preparando para citá-la como tendo matado mais criminosos do que qualquer outra policial feminina na história dos Estados Unidos. A palavra *criminosos* estava sendo usada deliberadamente, explicava o editor, já que todos os mortos tinham muitas condenações por crimes e três estavam com vários mandados de prisão. O questionário foi para o lixo, junto com seu nome.

Estava há duas horas pesquisando no computador, soprando madeixas de cabelo para longe do rosto, quando Crawford bateu na porta e enfiou a cabeça para dentro do cômodo.

– Brian ligou do laboratório, Starling. O raio X de Mason e o que você pegou com Barney combinam. É o braço de Lecter. Eles vão digitalizar as imagens e compará-las, mas Brian disse que não há dúvida. Vamos mandar tudo para o arquivo de Lecter no PACV.

– E quanto a Mason Verger?

– Vamos contar a verdade. Você e eu sabemos que ele não vai partilhar informações, Starling, a não ser que consiga alguma coisa a partir da qual ele próprio não possa agir. Mas se tentarmos pegar agora a pista que ele conseguiu no Brasil, ela vai evaporar.

– Você me disse para deixar isso de lado, e eu deixei.

– Você estava fazendo *alguma coisa* aqui.

– O raio X de Mason veio pela DHL Express. A DHL pegou o código de barras e a informação da etiqueta e descobriu a localização do remetente. Fica no Hotel Ibarra, no Rio. – Starling levantou a mão para impedir qualquer interrupção. – Essas são fontes de Nova York, por enquanto. Não foi feito qualquer inquérito no Brasil.

– Mason faz seus negócios por telefone, uma quantidade enorme, através da mesa telefônica de um serviço de apostas esportivas em Las Vegas. Você pode imaginar o volume de ligações que eles recebem.

– Será que eu devo saber como você descobriu isso?

– Estritamente legítimo – disse Starling. – Bom, bastante legítimo; eu não deixei coisa alguma na casa dele. Consegui os códigos para olhar na conta telefônica dele, só isso. Todos os agentes técnicos os têm. Digamos que ele obstrui a justiça. Com a influência dele, durante quanto tempo teríamos de implorar por um mandado de busca? De qualquer modo, o que você poderia fazer com ele se ele fosse condenado? Mas ele está usando um serviço de apostas *esportivas*.

– Sei – disse Crawford. – A Comissão de Jogos de Nevada poderia grampear o telefone ou espremer o serviço de apostas para o que precisamos saber, ou seja, para onde são dados os telefonemas.

Ela assentiu.

– Eu deixei Mason em paz, como você disse.

– Dá para ver. Você pode dizer a Mason que esperamos ajudar através da Interpol e da embaixada. Diga-lhe que precisamos mobilizar gente por lá e começar a estrutura para a extradição. Lecter provavelmente cometeu crimes na América do Sul, de modo que é melhor o extraditarmos antes que a polícia do Rio comece a procurar nos fichários de *canibalismo* de lá. Se é que ele está na América do Sul. Starling, você se sente mal em falar com Mason?

– Preciso entrar no clima. Você me fez passar por isso quando pegamos aquela andarilha na Virgínia Ocidental. O que estou dizendo, "andarilha"? Ela era uma *pessoa* chamada Fredericka Bimmel, e, sim, Mason me deixa enojada. Um monte de coisas me deixa enojada ultimamente, Jack.

Starling surpreendeu-se e ficou em silêncio. Nunca antes tinha se dirigido ao chefe de seção, Jack Crawford, por seu primeiro nome, jamais havia planejado chamá-lo de "Jack", e isso chocou-a. Estudou o rosto dele, um rosto notoriamente difícil de ser decifrado.

Ele assentiu, com o sorriso torto e triste.

– Eu também, Starling. Quer uns dois comprimidos de antiácido para mastigar antes de falar com Mason?

Mason Verger não se deu o trabalho de atender ao telefonema de Starling. Uma secretária agradeceu pelo recado e disse que ele ligaria mais tarde. Mas não ligou pessoalmente. Para Mason, que estava bem à frente de Starling na lista de notificação, os raios X que combinavam eram notícia velha.

14

Mason sabia que o raio X era realmente do braço do Dr. Lecter muito antes de Starling ser informada, porque suas fontes no Departamento de Justiça eram melhores do que as dela.

Mason foi informado através de um e-mail assinado com o codinome Token 287. Este é o segundo codinome do senador Parton Vellmore na Comissão Judiciária do Senado. O escritório de Vellmore recebera um e-mail de Cassius 199, o segundo codinome do próprio Paul Krendler, do Departamento de Justiça.

Mason estava empolgado. Não achava que o Dr. Lecter estivesse no Brasil, mas o raio X provava que agora o doutor tinha um número normal de dedos na mão esquerda. Essa informação se misturava com uma nova pista vinda da Europa, sobre o paradeiro do doutor. Mason acreditava que a informação tinha vindo de dentro de algum serviço policial italiano e era a dica mais quente sobre Lecter que ele tivera em anos.

Não pretendia partilhar sua pista com o FBI. Graças a sete anos de esforço implacável, acesso aos dossiês confidenciais federais, muitas mexidas de pauzinhos, nenhuma restrição internacional e grandes gastos de dinheiro, Mason estava adiante do FBI na perseguição de Lecter. E só passava informações para o Bureau quando precisava "mamar" em suas fontes.

A fim de manter as aparências, instruiu a secretária para ficar incomodando Starling em busca de novidades. A ordem de Mason era ligar para ela pelo menos três vezes por dia.

Imediatamente, Mason transferiu 5 mil dólares para seu informante no Brasil, pedindo para descobrir a fonte do raio X. A verba de contingência que ele mandou para a Suíça era muito maior, e estava preparado para mandar mais ainda quando tivesse informações relevantes.

Acreditava que sua fonte na Europa tinha encontrado o Dr. Lecter, mas já havia sido enganado muitas vezes e aprendeu a ser cuidadoso. Logo viriam provas. Até lá, para aliviar a agonia da espera, Mason se preocupava com o que aconteceria depois que o médico estivesse em suas mãos. Essas preparação também vinha sendo feita há muito tempo, porque Mason era um estudante do sofrimento...

As escolhas de Deus para infligir sofrimento não são satisfatórias para nós, tampouco são compreensíveis, a não ser que a inocência O ofenda. Sem dúvida Ele precisa de alguma ajuda para dirigir a fúria cega com que flagela a Terra.

Mason passou a entender seu papel em tudo isso no 12º ano de sua paralisia, quando se transformou em algo mirrado debaixo do lençol e sabia que jamais se levantaria de novo. Seus alojamentos na mansão de Muskrat Farm foram terminados e ele tinha meios, mas não meios ilimitados, porque Molson, o patriarca dos Verger, ainda comandava.

Era o Natal do ano em que o Dr. Lecter tinha fugido. Sujeito ao tipo de sentimentos que em geral surgem no Natal, Mason desejava amargamente ter conseguido que o Dr. Lecter fosse morto no asilo; sabia que em algum lugar o Dr. Lecter circulava pela Terra, andando por aí, e muito provavelmente se divertindo.

O próprio Mason estava sob seu respirador, com um lençol macio cobrindo tudo, uma enfermeira ali perto parecendo inquieta, desejando poder se sentar. Algumas crianças pobres tinham sido levadas para cantar em Muskrat Farm. Com permissão do médico, as janelas de Mason foram abertas brevemente para o ar límpido e, abaixo das janelas, segurando velas nas mãos em concha, as crianças cantavam.

As luzes estavam apagadas no quarto de Mason, c no ar negro acima da fazenda as estrelas pareciam próximas.

"Ó cidadezinha de Belém, tão imóvel estás!"

Tão imóvel estás.
Tão imóvel estás.

A zombaria do verso pesava sobre ele. *Tão imóvel estás, Mason!*

As estrelas de Natal do lado de fora da janela mantinham seu silêncio sufocante. As estrelas não lhe diziam nada quando ele as encarava com seu olho suplicante, por trás do monóculo, quando fazia gestos para elas com os dedos que era capaz de mover. Mason achava que não poderia respirar. Se estivesse sufocando no espaço, pensava, a última coisa que veria seriam as estrelas lindas, silenciosas e sem ar. Estava sufocando agora, pensou, seu respirador não conseguia manter o ritmo, ele tinha de *esperar para respirar*, as linhas de seus sinais vitais, verde-natal, nos monitores, formando picos, pinheirinhos na floresta negra dos monitores. Picos de suas batidas cardíacas, pico sistólico, pico diastólico.

A enfermeira se assustou, em vias de apertar o botão de alarme, em vias de pegar a adrenalina.

Zombaria dos versos, *tão imóvel estás, Mason.*

E então uma epifania no Natal. Antes que a enfermeira pudesse apertar a campainha ou pegar um medicamento, os primeiros arrepios ásperos da vingança de Mason roçaram sua mão pálida e fantasmagórica, como um caranguejo, e começaram a acalmá-lo.

Nas comunhões de Natal, por toda a Terra, o devoto acredita que, através do milagre da transubstanciação, come o corpo e o sangue de Cristo. Mason começou os preparativos para uma cerimônia ainda mais impressionante, sem transubstanciação necessária. Começou os arranjos para que o Dr. Hannibal Lecter fosse comido vivo.

15

A educação de Mason foi estranha, mas perfeitamente adequada à vida que seu pai visualizava para ele e à tarefa que ele se propunha agora.

Na infância esteve num colégio interno para o qual seu pai contribuía com grandes quantias, e onde suas ausências frequentes eram desculpadas. Durante semanas o velho Verger conduzia a verdadeira educação de Mason, levando o garoto aos currais e aos matadouros que eram a base de sua fortuna.

Molson Verger foi pioneiro em muitas áreas da criação de gado, particularmente na área da economia. Suas primeiras experiências de alimentação barata para o gado são comparáveis às de Batterham, cinquenta anos antes. Molson Verger adulterava a dieta dos porcos com farinha de pelo de porco, pena de frango moída e esterco numa quantidade considerada ousada na época. Foi visto como um visionário imprudente na década de 1940, quando primeiro tirou a água potável dos porcos, e depois os fazia beber uma bebida alcoólica feita de esterco animal fermentado, para apressar o ganho de peso. O deboche parou quando seus lucros começaram a aumentar, e os concorrentes apressaram-se em copiá-lo.

A liderança de Molson Verger na indústria de embutidos de carne não parou por aí. Ele lutou bravamente, e com verbas próprias, contra a lei de abate humanitário, seguindo estritamente o ponto de vista da economia, e conseguiu se sustentar com argumentos legais, apesar disso ter lhe custado muito dinheiro dado para o legislativo. Com Mason a seu lado, supervisionou experiências em larga escala para determinar quanto tempo era possível privar os animais de comida e água antes de serem abatidos sem perda significativa de peso.

Foi a pesquisa genética patrocinada pelos Verger que finalmente chegou às linhagens suínas belgas, de musculatura dupla, sem as concomitantes perdas que assolavam os belgas.

Molson Verger comprava reprodutores em todo o mundo, e patrocinava uma certa quantidade de programas de reprodução no estrangeiro.

Mas, basicamente, os matadouros são um negócio que envolve pessoas, e ninguém entendia disso melhor do que Molson Verger. Ele conseguia dobrar a liderança dos sindicatos quando estes tentavam se aproveitar de seus lucros com exigências de salário e segurança. Nessa hora seus relacionamentos sólidos com o crime organizado serviram-lhe bem durante trinta anos.

Na época, Mason tinha uma grande semelhança com o pai, as sobrancelhas escuras e brilhantes acima de olhos azul-claros, de açougueiro, e o contorno do couro cabeludo inclinado na testa, descendo da direita para a esquerda. Frequentemente, de modo afetuoso, Molson Verger gostava de segurar a cabeça do filho e simplesmente senti-la, como se estivesse confirmando a paternidade do filho através da fisionomia, assim como podia sentir o rosto de um porco e dizer, pela estrutura óssea, sua origem genética.

Mason aprendia bem e, mesmo depois de seus ferimentos o terem confinado a essa cama, era capaz de tomar boas decisões de negócios a ser implementadas por seus lacaios. Foi ideia do filho Mason conseguir com que o governo dos Estados Unidos e as Nações Unidas abatessem todos os porcos nativos do Haiti, alegando o perigo de transmissão da gripe suína africana. Em seguida, ele pôde vender ao governo grandes porcos brancos americanos para substituir os suínos nativos. Os grandes suínos esguios, diante das condições do Haiti, morriam o mais rápido possível, e tinham de ser substituídos repetidamente a partir do rebanho de Mason, até que os haitianos substituíram seus porcos pelos animais pequenos e fortes da República Dominicana.

Agora, enquanto arquitetava minuciosamente sua vingança com toda uma vida de conhecimento e experiência, Mason se sentia como Stradivarius ao se aproximar da bancada de trabalho.

Que riqueza de informações e recursos possuía em seu rosto sem face! Deitado na cama, compondo na mente como o surdo Beethoven, ele se lembrava de ter caminhado pelas feiras de suínos com o pai, verificando a concorrência, o canivetezinho de prata de Molson, sempre pronto para sair de seu colete e penetrar no lombo de um porco para verificar a profundidade da gordura, afastando-se do guincho ultrajado, digno demais para ser questionado, a mão de volta ao bolso, o polegar marcando o lugar na lâmina.

Mason teria rido, se tivesse lábios, ao lembrar-se do pai furando um porco 4-H concorrente, que pensava que todo mundo era seu amigo, enquanto a criança que era sua dona chorava. O pai da criança vindo furioso e os capangas de Molson levando-o para fora da barraca. Ah, houve tempos bons, engraçados.

Nas feiras de suínos Mason tinha visto porcos exóticos de todo o mundo. Para seu novo projeto, ele juntou os melhores que viu.

Começou o programa de cruzamento imediatamente após a epifania natalina, e o centralizou numa pequena instalação apropriada para tal fim, que os Verger possuíam na Sardenha, litoral da Itália. Escolheu o lugar pela distância e pela conveniência com relação à Europa.

Mason acreditava – corretamente – que a primeira parada do Dr. Lecter fora dos Estados Unidos, depois de fugir, seria a América do Sul. Mas sempre estivera convencido de que a Europa era o lugar onde um homem com os gostos do Dr. Lecter iria se estabelecer – e ele contava com vigilantes todos os anos no Festival de Música de Salzburgo e em outros eventos culturais.

Foi por isso que Mason mandou seus reprodutores para a Sardenha, para preparar o teatro da morte do Dr. Lecter:

O gigantesco porco da floresta, *Hylochoerus meinertzhageni*, de seis tetas e 38 cromossomos, bom produtor de alimentos, onívoro oportunista, como o homem. Dois metros de comprimento nas famílias das terras altas, pesa cerca de 275 quilos. O gigantesco porco da floresta é a nota fundamental de Mason.

O clássico porco selvagem europeu, *S. scrofa scrofa*, 36 cromossomos em sua forma mais pura, sem verrugas faciais, cheio de pelos e grandes presas, um animal grande, rápido e feroz, capaz de matar uma víbora com os cascos afiados e comer a cobra como se fosse uma linguiça. Quando excitado, cruzando, ou protegendo os filhotes, ataca qualquer coisa que o ameace. As porcas têm 12 tetas e são boas mães. No *S. scrofa scrofa*, Mason encontrou seu tema e a aparência facial adequada para proporcionar ao Dr. Lecter uma última visão infernal dele próprio sendo consumido. (Ver *Harris on the pig*, 1881.)

Comprou o porco da ilha Ossabaw pela agressividade, e o Jiaxing negro pelos altos níveis de estradiol.

Houve uma nota falsa quando ele introduziu um Babirusa, *Babirousa babyrussa*, do leste da Indonésia, conhecido como porco-cervo, pelo tamanho exagerado das presas. Era um reprodutor lento, com apenas duas tetas, e, com 100 quilos, custou-lhe muito em tamanho. Mas não se perdeu tempo, já que havia outras linhagens paralelas que não incluíam o Babirusa.

Na dentição, Mason tinha pouca variedade para escolher. Quase toda a espécie tinha dentes adequados à tarefa, três pares de incisivos afiados, um par de caninos longos, quatro pares de pré-molares e três pares de molares fortes, superiores e inferiores, num total de 44 dentes.

Qualquer porco comerá um homem morto, mas para comer um homem vivo é necessário um pouco de educação. Os empregados de Mason na Sardenha estavam se encarregando da tarefa.

Agora, depois de um empenho de sete anos e muitas gerações de animais, os resultados eram... notáveis.

16

Com todos os atores, menos o Dr. Lecter, em seus lugares nas montanhas Gennargentu, na Sardenha, Mason preocupou-se em registrar a morte do doutor para a posteridade e seu prazer pessoal. Os arranjos tinham sido feitos há muito tempo, mas agora devia ser dado o alerta.

Ele realizou esse negócio delicado pelo telefone, através da central telefônica de sua casa de apostas legítima, perto das Castaways, em Las Vegas. Seus telefonemas eram fiapos minúsculos perdidos no grande volume de ação a cada fim de semana por lá.

A voz radiofônica de Mason, sem as consoantes explosivas e as fricativas, ricocheteava da Floresta Nacional perto da costa de Chesapeake até o deserto, e voltava atravessando o oceano, primeiro até Roma:

No apartamento do sétimo andar de um prédio na Via Archimede, atrás do hotel de mesmo nome, o telefone está tocando, o tilintar áspero e duplo de um telefone tocando em italiano. No escuro, vozes sonolentas.

– *Cosa? Cosa c'è?*

– *Accendi la luce, idiota.*

O abajur da mesinha de cabeceira se acende. Há três pessoas na cama. O rapaz mais próximo do telefone pega-o e entrega-o a um homem corpulento no meio. Do outro lado está uma garota loura, de 20 e poucos anos. Ela ergue um rosto sonolento para a luz, depois deixa-se cair de novo.

– *Pronto, chi? Chi parla?*

– Oreste, meu amigo. É Mason.

O homem corpulento ajeita-se, sinaliza para o rapaz pedindo um copo de água mineral.

– Ah, Mason, meu amigo, desculpe, eu estava dormindo. Que horas são aí?

– É tarde em todo o lugar, Oreste. Lembra o que eu disse que faria por você e o que você deveria fazer por mim?

– Sim, claro.

– Chegou a hora, meu amigo. Você sabe o que eu quero. Quero um conjunto de duas câmeras, quero som de melhor qualidade do que nos seus filmes de sexo, e você precisará levar sua própria eletricidade, de modo que quero um gerador muito longe do local de filmagem. Também quero umas belas tomadas da natureza, para quando editarmos, e sons de pássaros. Quero que verifique a locação amanhã e ajeite tudo. Você pode deixar o material lá, eu resolvo a segurança, e você pode voltar para Roma até a hora da filmagem. Mas esteja preparado para aparecer com um aviso de duas horas. Entende isso, Oreste? Há um depósito esperando por você no Citibank, no EUR, entendeu?

– Mason, neste momento eu estou filmando...

– Você quer fazer isso, Oreste? Você *disse* que estava cansado de fazer filmes de sacanagem, filmes de assassinatos e aquela merda histórica para a RAI. Você realmente quer fazer uma coisa diferente, Oreste?

– Quero, Mason.

– Então vá hoje. O dinheiro está no Citibank. Eu quero que você vá.

– Para onde, Mason?

– Sardenha. Pegue um avião até Cagliari. Tem alguém lá esperando por você.

O próximo telefonema foi para Porto Torres, na costa leste da Sardenha. A ligação foi breve. Não havia muito a dizer porque a maquinaria estava estabelecida há muito tempo, e era tão eficiente quanto a guilhotina portátil de Mason. Também era mais legítimo ecologicamente, mas não tão rápido.

Parte II

Florença

17

Noite no coração de Florença, a velha cidade iluminada artisticamente.

O Palazzo Vecchio erguendo-se da praça escura, totalmente iluminado, intensamente medieval com suas janelas em arco e as ameias como dentes de abóbora do Dia das Bruxas, a torre do sino subindo para o infinito no céu negro.

Morcegos caçarão mosquitos diante do mostrador luminoso do relógio até a alvorada, quando as andorinhas voam espantadas pelos sinos.

O investigador-chefe Rinaldo Pazzi, da Questura, capa de chuva preta em contraste com as estátuas de mármore fixadas em atos de estupro e assassinato, saiu das sombras da Loggia e atravessou a praça, o rosto pálido virando-se como um girassol para a luz do palácio. Parou no lugar onde o reformador Savonarola foi queimado e olhou para as janelas onde seu antepassado encontrou o sofrimento.

Ali, daquela janela alta, Francesco de' Pazzi foi jogado nu com um laço ao redor do pescoço para morrer retorcendo-se e girando de encontro à parede áspera. O arcebispo enforcado ao lado de Pazzi, com todas as suas vestes sagradas, não deu qualquer conforto espiritual; olhos esbugalhados, feroz enquanto engasgava, o arcebispo trincou os dentes na carne de Pazzi.

Naquele domingo, 26 de abril de 1478, toda a família Pazzi foi rebaixada por ter matado Giuliano de' Medici e ter tentado matar Lorenzo, o Magnífico, na catedral, durante a missa.

Agora Rinaldo Pazzi, um Pazzi dos Pazzi, odiando o governo tanto quanto seu ancestral, desonrado e infeliz, ouvindo o machado descer sibilante, chegou a esse lugar para decidir a melhor maneira de usar uma sorte singular:

O investigador-chefe Pazzi acreditava ter encontrado Hannibal Lecter vivendo em Florença. Teve a chance de recuperar sua reputação e desfrutar as honras do serviço capturando o bandido. Além disso, Pazzi teve a chance de vender Hannibal Lecter a Mason Verger em troca de mais dinheiro do que podia imaginar – se o suspeito realmente fosse Lecter. Claro, Pazzi também estaria vendendo sua honra esfarrapada.

Não era à toa que Pazzi chefiava a Divisão de Investigação da Questura – ele era talentoso e na juventude tinha sido impulsionado por uma fome lupina de ter sucesso na profissão. Também levava as cicatrizes de um homem que, na pressa e no calor da ambição, uma vez havia medido seu talento com a lâmina.

Escolheu esse lugar para lançar a sorte porque certa vez tinha experimentado ali um momento de epifania que o tornou famoso, e que depois o arruinou.

O sentimento italiano de ironia era forte em Pazzi: como era adequado sua revelação fatídica ter acontecido debaixo dessa janela, onde o espírito furioso de seu antepassado ainda podia girar contra a parede. Neste mesmo lugar ele poderia mudar para sempre a sorte dos Pazzi.

Foi a caçada de outro serial killer, *Il Mostro*, que tornou Pazzi famoso e depois deixou os corvos picarem seu coração. Aquela experiência tornou possível sua nova descoberta. Mas resolver o caso de *Il Mostro* teve gosto de cinza amarga na boca de Pazzi, e agora o colocava na direção de um jogo perigoso fora da lei.

Il Mostro, o monstro de Florença, foi predador de amantes na Toscana durante 17 anos, entre as décadas de 1980 e 1990. O monstro se aproximava furtivamente de casais abraçados nas muitas estradinhas da Toscana. Era seu costume matar os amantes com uma pistola de pequeno calibre, arrumá-los num quadro cuidadoso, com flores, e expor o seio esquerdo da mulher. Seus arranjos tinham uma familiaridade estranha, deixavam uma sensação de *déjà vu*.

Além disso, o monstro extirpava troféus anatômicos, a não ser na única vez em que trucidou dois alemães homossexuais, de cabelos compridos, aparentemente por engano.

A pressão pública para a Questura pegar *Il Mostro* foi intensa, e acabou tirando do cargo o predecessor de Rinaldo Pazzi. Quando Pazzi assumiu como investigador-chefe, parecia um homem lutando contra abelhas, com a imprensa enxameando sua sala sempre que tinha permissão, e fotógrafos espreitando na Via Zara atrás da sede da Questura, por onde ele tinha de sair para pegar o carro.

Os turistas que estiveram em Florença no período devem se lembrar dos cartazes pregados em toda a parte, com o olho vigilante que alertava os casais contra o monstro.

Pazzi trabalhou como um homem possesso.

Ligou para a Divisão de Ciência do Comportamento do FBI americano pedindo ajuda para fazer o perfil do assassino, e lia tudo que pudesse encontrar sobre os métodos usados pelo FBI para estabelecer os perfis.

Usava medidas preventivas: algumas estradas e cemitérios usados para encontros de amantes tinham mais policiais do que amantes sentados em pares nos carros. Não havia policiais femininas suficientes para ir junto. Durante o tempo de calor duplas do sexo masculino se revezavam usando peruca, e muitos bigodes foram sacrificados. Pazzi estabeleceu o exemplo raspando seu próprio bigode.

O monstro tinha cuidado. Ele atacava, mas suas necessidades não o forçavam a atacar com frequência.

Pazzi percebeu que nos anos anteriores houvera longos períodos em que o monstro simplesmente não atacou – um intervalo de oito anos. Avaliou isso. Dolorosamente, laboriosamente, tentando conseguir ajuda de funcionários de todas as agências que podia ameaçar, confiscando o computador do sobrinho para usar junto com a única máquina da Questura, listou cada criminoso do norte da Itália cujos períodos de prisão coincidiam com os hiatos na série de assassinatos de *Il Mostro*. O número era de 97.

Pazzi confiscou um velho Alfa-Romeo GTV de um ladrão de banco aprisionado e, fazendo mais de 5 mil quilômetros no carro por mês, olhou pessoalmente 94 dos condenados e os interrogou. Os outros estavam incapacitados ou mortos.

Praticamente não havia provas nas cenas dos crimes para ajudá-lo a diminuir a lista. Nenhum líquido corporal do assassino, nenhuma impressão digital.

Um único cartucho de bala foi recuperado de um local de assassinato em Impruneta. Era uma Winchester-Western calibre .22, com marcas de extrator combinando com uma pistola semiautomática Colt, possivelmente uma Woodsman. As balas em todos os crimes eram calibre .22, vindas da mesma arma. Não havia marcas de silenciador nas balas, mas um silenciador não poderia ser descartado.

Pazzi era um Pazzi, e acima de tudo ambicioso, e tinha uma esposa jovem e adorável que sempre queria mais. Os esforços lhe custaram 10 quilos de seu corpo magro. Membros mais jovens da Questura observavam em particular a semelhança dele com o personagem de desenho animado, o Coiote Wile.

Quando uns engraçadinhos colocaram um programa de *morph* no computador da Questura, que trocava os rostos dos Três Tenores pelos de um jumento, um porco e um bode, Pazzi ficou olhando para o *morph* durante alguns minutos e sentiu seu próprio rosto indo e voltando para as feições do jumento.

A janela do laboratório da Questura tem uma guirlanda de alho para manter longe os espíritos malignos. Depois de visitar e interrogar seus últimos suspeitos sem qualquer solução, Pazzi ficou parado naquela janela, olhando para o pátio poeirento, e entrou em desespero.

Pensou na jovem esposa, nos tornozelos bonitos e rígidos dela e no trecho de penugem na parte de trás da cintura. Pensou em como os seios estremeciam e balançavam quando ela escovava os dentes, e como ela ria ao vê-lo espiando. Pensou nas coisas que queria lhe dar. Imaginou-a abrindo os presentes. Ele pensava na mulher em termos visuais; ela também era perfumada e maravilhosa de se tocar, mas o visual era a primeira coisa em sua lembrança.

Pensou no modo como queria aparecer aos olhos dela. Certamente não em seu papel atual de objeto de zombaria da imprensa – o quartel-general da Questura em Florença localiza-se num ex-hospício, e os cartunistas se aproveitavam enormemente deste fato.

Pazzi imaginava que o sucesso vinha como resultado da inspiração. Sua memória visual era excelente e, como muitas pessoas cujo sentido primário é a visão, ele pensava na revelação como o desenvolvimento de uma imagem, primeiro borrada e depois clareando-se. Meditava do modo como a maioria de nós procura um objeto perdido: revemos a imagem na mente e comparamos essa imagem com o que vemos, renovando mentalmente a imagem muitas vezes por minuto, e girando-a no espaço.

Então um atentado político, uma bomba atrás da Galleria degli Uffizi, atraiu a atenção da polícia e o tempo de Pazzi para longe do caso do *Il Mostro* durante um curto período.

Ao mesmo tempo que trabalhava no importante caso da bomba no museu, as imagens criadas por *Il Mostro* permaneciam na mente de Pazzi. Ele via os quadros do monstro na periferia da visão, assim como olhamos para o lado de um objeto para vê-lo no escuro. Particularmente, ele se demorava no casal encontrado morto na carroceria de uma pick-up em Impruneta, os corpos arrumados cuidadosamente pelo monstro, enfeitados com guirlandas de flores, o seio esquerdo da mulher exposto.

Pazzi deixara a Galleria degli Uffizi no início de uma tarde e estava atravessando a Piazza della Signoria, ali perto, quando uma imagem de um mostruário de postais saltou em sua direção.

Sem ter certeza de onde a imagem vinha, ele parou no lugar exato em que Savonarola fora queimado, virou-se e olhou ao redor. Turistas apinhavam a praça. Pazzi sentiu um frio na espinha. Talvez tudo estivesse na sua cabeça, a imagem, o tranco em sua memória. Voltou alguns passos e veio andando de novo.

Ali estava: um pequeno cartaz, sujo de cocô de mosca e deformado pela chuva, da *Primavera* de Botticelli. A pintura original estava atrás dele, na Galleria degli Uffizi. *Primavera.* A ninfa enfeitada com guirlandas à direita, o seio esquerdo exposto, flores caindo de sua boca enquanto o pálido zéfiro saía da floresta em direção a ela.

Ali. A imagem do casal morto na carroceria da pick-up, com guirlandas de flores, flores na boca da garota. Igual. Igual.

Ali, onde seu ancestral havia girado, engasgado de encontro à parede, veio a ideia, a imagem magistral que Pazzi procurava, e era uma imagem criada há quinhentos anos por Sandro Botticelli – o mesmo artista que por 40 florins tinha pintado na parede da prisão Bargello a imagem de Francesco de' Pazzi enforcado, com laço no pescoço e tudo. Como Pazzi podia resistir a essa inspiração, com sua origem tão atrativa?

Precisou sentar-se. Todos os bancos estavam cheios. Foi obrigado a mostrar seu distintivo e requisitar o lugar de um homem velho cujas muletas ele honestamente só viu quando o veterano levantou-se sobre o único pé e reagiu alto e com grosseria.

Pazzi estava empolgado por dois motivos. Encontrar a imagem que *Il Mostro* usava era um triunfo, porém muito mais importante, Pazzi tinha visto uma cópia da *Primavera* em seus interrogatórios dos suspeitos de crime.

Ele fez mais do que instigar sua memória; inclinou-se, folheou-a e convidou-a. Voltou até a Uffizi e ficou parado diante da *Primavera* original, mas não por muito tempo. Foi até o mercado público e tocou o focinho do porco de bronze, *Il Porcellino.* Foi de carro até o Ippocampo e, encostado no capô do veículo empoeirado, com o cheiro de óleo quente no nariz, ficou olhando as crianças jogarem futebol...

Viu primeiro a escada na mente, e o patamar acima, a parte superior do cartaz da *Primavera* aparecendo enquanto ele subia os degraus; podia voltar e ver a moldura da porta por um segundo, mas nada da rua, e nenhum rosto.

Conhecendo os processos de interrogatório, ele se questionou, indo para os sentidos secundários:

Quando viu *o cartaz, o que você* ouviu?... *Panelas fazendo barulho numa cozinha do andar térreo. Quando você subiu até o patamar e ficou parado diante do cartaz, o que você* ouviu? *A televisão. Uma televisão numa sala de estar. Robert Stack fazendo o papel de Eliot Ness em* Gli Intoccabili. *Sentiu* cheiro *de algo cozinhando? Sim, cozinhando. Sentiu* cheiro *de alguma outra coisa? Eu vi o cartaz. NÃO. Não o que você* viu. *Você sentiu* cheiro *de alguma outra coisa? Eu ainda podia sentir o cheiro do Alfa, quente dentro, ainda estava no meu nariz, cheiro de óleo quente, quente da... da Raccordo, indo rápido na autoestrada Raccordo para onde? San Casciano. Também ouvi um cão latindo, em San Casciano, um ladrão de residências e estuprador chamado Girolamo não sei das quantas.*

Naquele momento em que a conexão é feita, naquele espasmo sináptico de conclusão no qual o pensamento atravessa o fusível vermelho, está o nosso prazer mais agudo. Rinaldo Pazzi teve o melhor momento de sua vida.

Dentro de uma hora e meia Pazzi estava com Girolamo Tocca sob custódia. A mulher de Tocca jogou pedras no pequeno comboio que levou seu marido.

18

Tocca era um suspeito digno de sonho. Na juventude tinha cumprido nove anos de prisão pelo assassinato de um homem que ele apanhou abraçando a noiva numa estrada deserta. Também foi acusado de molestar sexualmente as filhas e de outros abusos domésticos, e cumpriu sentença de prisão por estupro.

A Questura praticamente destruiu a casa de Tocca tentando encontrar provas. No final o próprio Pazzi, dando uma busca no terreno de Tocca, encontrou um cartucho de arma que foi uma das poucas peças de prova física usadas pela Promotoria.

O julgamento foi uma sensação. Aconteceu num prédio de alta segurança chamado de Bunker, onde na década de 1970 aconteciam julgamentos de terroristas, em frente à redação do jornal *La Nazione* em Florença. O júri, cinco homens e cinco mulheres, condenaram Tocca a partir de praticamente prova nenhuma, a não ser seu caráter. A maior parte do público acreditava que ele era inocente, mas muitos diziam que Tocca era um maluco que merecia estar na cadeia. Com 65 anos, recebeu uma sentença de quarenta anos em Volterra.

Os meses seguintes foram de ouro. Nos últimos quinhentos anos nenhum Pazzi foi tão célebre em Florença, desde que Pazzo de' Pazzi voltou da primeira cruzada com lascas de pedra do Santo Sepulcro.

Rinaldo Pazzi e sua linda esposa ficaram ao lado do arcebispo no Duomo quando, no tradicional ritual de Páscoa, aquelas mesmas lascas sagradas foram usadas para acender o pombo artificial, movido a rojão, que voou da igreja ao longo de um fio para fazer explodir uma carroça de fogos de artifício diante da multidão que aplaudia.

Os jornais reproduziram praticamente cada palavra de Pazzi enquanto ele fazia elogios, com motivo, aos seus subordinados pelo enorme esforço que eles haviam feito. A *signora* Pazzi foi aconselhada em questões de moda, e ela realmente parecia maravilhosa nas roupas que os costureiros a encorajaram a usar. O casal foi convidado para chás pródigos nos lares dos poderosos, e jantaram com um conde em seu castelo, rodeados por armaduras.

Pazzi foi indicado para um cargo político, elogiado acima de todo o barulho do Parlamento italiano e recebeu a incumbência de chefiar o esforço cooperativo da Itália com o FBI americano contra a Máfia.

Esse mandado, e uma bolsa para estudar e participar de seminários em criminologia na Universidade de Georgetown, levaram o casal Pazzi a Washington, D.C. O inspetor-chefe passou bastante tempo na Divisão de Ciência do Comportamento em Quantico, e sonhou em criar uma Divisão de Ciência do Comportamento em Roma.

Então, depois de dois anos, o desastre: numa atmosfera mais calma, uma corte de apelação, não sem pressão pública, concordou em rever a condenação de Tocca. Pazzi foi levado de volta para enfrentar a investigação. Entre os ex-colegas que deixara para trás, muitos estavam sacando suas facas contra ele.

Um júri de apelação cancelou a condenação de Tocca e repreendeu Pazzi, dizendo ao tribunal acreditar que ele tinha plantado a prova.

Seus antigos aliados em altos postos fugiram como fugiriam de um mau cheiro. Ele ainda era uma autoridade importante na Questura, mas sem possibilidades de ascensão, e todo mundo sabia disso. O governo italiano move-se devagar, mas em breve o machado cairia.

19

Foi no tempo medonho e desgastante em que Pazzi esperava pelo machado que viu pela primeira vez o homem conhecido entre os eruditos de Florença como Dr. Fell...

Rinaldo Pazzi, subindo a escada do Palazzo Vecchio numa tarefa mesquinha, uma das muitas que lhe eram passadas por seus ex-subordinados na Questura enquanto desfrutavam sua queda. Pazzi via apenas as pontas de seus sapatos na pedra desgastada, e não as maravilhas da arte ao redor, enquanto subia ao lado da parede coberta de afrescos. Há quinhentos anos seu ancestral tinha sido arrastado por essas escadas acima, sangrando.

Num patamar, ajeitou os ombros como o homem que era, e forçou-se a encarar os olhos das pessoas nos afrescos, algumas delas parentes. Já podia ouvir o barulho no Salão dos Lírios acima, onde os diretores da Galleria degli Uffizi e do Comitê de Belas-Artes estavam em reunião.

O serviço de Pazzi hoje era o seguinte: o antigo curador do Palazzo Capponi estava desaparecido. Acreditava-se que o velho tinha fugido com uma mulher ou com o dinheiro de alguém ou ambas as coisas. Nas últimas quatro reuniões mensais ele tinha deixado de se encontrar com seus colegas ali e no Palazzo Vecchio.

Pazzi foi mandado para continuar com a investigação. O investigador-chefe Pazzi, que depois da bomba no museu tinha feito palestras sobre segurança para esses mesmos diretores de rostos cinzentos da Uffizi e os membros do rival Comitê de Belas-Artes. Agora precisava aparecer diante deles com a importância reduzida, para fazer perguntas sobre a vida amorosa de um curador. E não estava ansioso por isso.

Os dois comitês formavam uma assembleia cheia de disputas e irritações de ambas as partes – há anos eles não conseguiam sequer concordar num ponto de encontro, já que ninguém parecia disposto a se reunir na sede do outro. Em vez disso, reuniam-se no magnífico Salão dos Lírios do Palazzo Vecchio, cada membro acreditando que a sala magnífica era adequada à sua eminência e distinção. Uma vez estabelecidos ali, recusavam-se a se reunir em qualquer outro lugar, ainda que o Palazzo Vecchio estivesse passando por uma de suas milhares de restaurações, com andaimes, panos cobrindo as obras de arte e maquinaria no andar térreo.

O professor Ricci, velho colega de escola de Rinaldo Pazzi, estava no saguão do lado de fora da sala, tendo um ataque de espirros por causa do pó de reboco. Quando se recuperou o suficiente, revirou os olhos lacrimejantes para Pazzi.

– *La solita arringa* – disse Ricci. – Eles estão discutindo como sempre. Você veio por causa do sumiço do curador do

Capponi? Neste momento estão brigando pelo cargo dele. Sogliato quer o cargo para o sobrinho. Os eruditos estão impressionados com o curador temporário que eles nomearam há meses, o Dr. Fell. Querem mantê-lo.

Pazzi deixou o amigo batendo nos bolsos em busca de lenços de papel, e entrou na câmara histórica com o teto de lírios dourados. Panos pendurados em duas das paredes ajudavam a abafar o barulho.

O adepto do nepotismo, Sogliato, tinha a palavra:

– A correspondência de Capponi remonta ao século XIII. O Dr. Fell poderia segurar em sua mão, em sua mão *não italiana*, um bilhete do próprio Dante Alighieri. Será que ele o reconheceria? Creio que *não*. Vocês o examinaram para avaliar seu italiano medieval, e não negarei que a linguagem dele é admirável. Para um *straniero*. Mas ele é familiarizado com as personalidades da Florença pré-renascentista? Creio que *não*. E se ele encontrasse na Biblioteca Capponi um bilhete de... de Guido de Cavalcanti, por exemplo. Será que ele reconheceria? Creio que *não*. Poderia falar disso, Dr. Fell?

Rinaldo Pazzi examinou a sala e não viu qualquer pessoa que ele reconhecesse como o Dr. Fell, mesmo tendo examinado uma foto do homem há menos de uma hora. Não viu o Dr. Fell porque o doutor não estava sentado com os outros. Pazzi escutou a voz primeiro, depois o localizou.

O Dr. Fell estava de pé, imóvel, ao lado da grande estátua de bronze de Judite e Holofernes, de costas para o homem que tinha a palavra e para o grupo. Falou sem se virar, e era difícil saber de que figura vinha a voz. De Judite, com a espada para sempre erguida para golpear o rei bêbado, de Holofernes, agarrado pelo cabelo, ou do Dr. Fell, esguio e imóvel ao lado das figuras de bronze de Donatello. Sua voz atravessava o barulho como um laser cortando fumaça, e os homens que falavam sem parar ficaram quietos.

– Cavalcanti respondeu publicamente ao primeiro soneto de Dante em *La Vita Nuova*, onde Dante descreve seu estranho sonho com Beatrice Portinari. Talvez Cavalcanti também tenha feito algum comentário particular. Se ele escreveu a algum Capponi, teria de ser para Andrea, que era mais literário do que seus irmãos. – O Dr. Fell virou-se para encarar o grupo quando quis, depois de um intervalo desconfortável para todos, menos para ele. – O senhor conhece o primeiro soneto de Dante, professor Sogliato? *Conhece?* Ele fascinou Cavalcanti, e merece sua atenção. Em parte diz:

As primeiras três horas da noite haviam quase passado
O tempo em que cada estrela brilha sobre nós
Quando o Amor me apareceu de súbito
E eu ainda estremeço com a lembrança.
Amor me pareceu alegre, enquanto segurava
Meu coração nas mãos, e nos seus braços
Minha dama dormia, envolta num véu.
Então ele acordou-a e, trêmula e obediente,
Ela comeu o coração ardente;
Chorando, eu o vi partir para longe.

– Ouçam como ele faz uso do italiano vernacular, o que ele chamava, *vulgari eloquentia* do povo:

Allegro mi sembrava Amor tenendo
Meo core in mano, e ne le braccia avea
Madonna involta in un drappo dormendo.
Poi la svegliava, e d'esto core ardendo
Lei paventosa umilmente pascea
Appreso gir lo ne vedea piangendo.

Nem mesmo os florentinos mais briguentos poderiam resistir aos versos de Dante ressoando naquelas paredes forradas de afrescos, no claro sotaque toscano do Dr. Fell. Primeiro aplausos, e depois, por aclamação com os olhos úmidos, os membros confirmaram o Dr. Fell como curador do Palazzo

Capponi, deixando Sogliato fumegante. Pazzi não podia dizer se a vitória agradava ao doutor, porque ele virou as costas de novo. Mas Sogliato não terminara.

– Se ele é tão especialista em Dante, que fale sobre Dante ao *Studiolo*. – Sogliato sibilou o nome como se fosse a Inquisição. – Deixe-o enfrentá-los *extempore*, na próxima sexta-feira, se ele puder.

O *Studiolo*, que tinha recebido este nome por causa de uma sala particular ornamentada, era um grupo pequeno e feroz de estudiosos que havia arruinado várias reputações acadêmicas e se reunia com frequência no Palazzo Vecchio. Preparar-se para eles era visto como uma tarefa considerável; apresentar-se diante deles, um perigo. O tio de Sogliato apoiou sua moção, e o cunhado de Sogliato pediu uma votação, que sua irmã registrou imediatamente. Foi aprovada. A indicação permanecia, mas, para mantê-la, o Dr. Fell precisava satisfazer ao *Studiolo*.

Os comitês tinham um novo curador para o Palazzo Capponi, não sentiam falta do antigo, e não deram muita importância às perguntas desanimadas de Pazzi sobre o desaparecimento do sujeito. Pazzi comportou-se admiravelmente.

Como qualquer bom investigador, tinha avaliado as circunstâncias em busca de vantagens. Quem iria se beneficiar com o desaparecimento do velho curador? O curador desaparecido era um solteirão, um estudioso respeitável e quieto, de vida ordeira. Tinha algumas economias, não muitas. Tudo que possuía era seu cargo e com ele o privilégio de morar no sótão do Palazzo Capponi.

Ali estava o novo indicado, confirmado pela diretoria depois de um interrogatório sobre história florentina e italiano arcaico. Pazzi havia examinado os formulários de candidatura do Dr. Fell, e as fichas do Serviço Nacional de Saúde.

Pazzi aproximou-se dele enquanto os membros da diretoria fechavam as pastas para ir embora.

– Dr. Fell.

– Sim, *Commendatore*?

O novo curador era baixo e esguio. Seus óculos eram escuros na metade superior da lente e as roupas escuras maravilhosamente cortadas, mesmo para a Itália.

– Eu gostaria de saber se o senhor conheceu seu antecessor.

– As antenas de um policial experiente estão sempre atentas para captar o medo. Observando cuidadosamente o Dr. Fell, Pazzi registrou calma absoluta.

– Nunca me encontrei com ele. Li várias de suas monografias na *Nuova Antologia*. – O toscano tranquilo do doutor era tão claro quanto sua recitação. Se havia algum traço de sotaque estrangeiro, Pazzi não pôde identificar.

– Sei que os policiais que iniciaram a investigação verificaram o Palazzo Capponi em busca de algum bilhete, uma nota de despedida, de suicídio, e não encontraram coisa alguma. Se o senhor encontrar alguma coisa no meio dos papéis, qualquer coisa pessoal, mesmo que seja trivial, poderia telefonar para mim?

– Claro, *Commendator* Pazzi.

– Os objetos pessoais dele ainda estão no Palazzo?

– Em duas malas, com um inventário.

– Vou mandar... vou passar por lá e pegá-las.

– Poderia me telefonar primeiro, *Commendatore*? Eu posso desarmar o sistema de segurança antes de sua chegada, e lhe economizar tempo.

O sujeito é calmo demais. Ele deveria me temer um pouco. Ele pede que eu telefone antes de ir.

O comitê havia irritado Pazzi. Ele não podia fazer coisa alguma a respeito. Agora sentia-se cutucado pela presunção desse sujeito. Cutucou de volta.

– Dr. Fell, posso lhe fazer uma pergunta pessoal?

– Se o serviço exigir, *Commendatore*.

– O senhor tem uma cicatriz relativamente nova nas costas da mão esquerda.

– E o senhor tem uma nova aliança de casamento na sua: *La Vita Nuova?* – o Dr. Fell sorriu. Tinha dentes pequenos, muito brancos. No instante de surpresa de Pazzi, antes que ele decidisse ficar ofendido, o Dr. Fell levantou a mão com a cicatriz e disse: – Síndrome do túnel do carpo, *Commendatore*. A História é uma profissão perigosa.

– Por que o senhor não declarou síndrome do túnel do carpo nos formulários do Serviço Nacional de Saúde quando veio trabalhar aqui?

– Minha impressão, *Commendatore*, é que os danos só são relevantes se estamos recebendo pagamento por deficiência física; eu não estou. Tampouco sou deficiente.

– Então a cirurgia foi feita no Brasil, seu país de origem?

– Não foi na Itália, não recebi coisa alguma do governo italiano – disse o Dr. Fell, como se acreditasse ter respondido completamente.

Os dois foram os últimos a sair da sala de reuniões. Pazzi tinha chegado à porta quando o Dr. Fell dirigiu-se a ele.

– *Commendator* Pazzi?

O Dr. Fell era uma silhueta preta de encontro à janela alta. Atrás dele, à distância, erguia-se o Duomo.

– Sim?

– Creio que o senhor é um Pazzi dos Pazzi, estou certo?

– Sim. Como sabia? – Pazzi consideraria extremamente grosseira uma referência à cobertura recente nos jornais.

– O senhor lembra uma figura dos rondéis de Della Robbia na capela de sua família em Santa Croce.

– Ah, aquele era Andrea de' Pazzi, representado como João Batista – disse Pazzi, com um pequeno toque de prazer em seu coração ácido.

Quando Rinaldo Pazzi deixou a figura esguia parada na sala do conselho, sua última impressão foi da extraordinária imobilidade do Dr. Fell.

Muito em breve ele acrescentaria outras impressões.

20

Agora que o contato incessante nos deixou calejados para tudo que é obsceno e vulgar, é instrutivo saber o que ainda nos parece maligno. O que ainda atinge a massa cinzenta de nossa consciência submissa com força bastante para atrair nossa atenção?

Em Florença foi a exposição chamada Instrumentos de Torturas Atrozes, e foi ali que Rinaldo Pazzi encontrou pela segunda vez o Dr. Fell.

A exposição, mostrando mais de vinte instrumentos clássicos de tortura com ampla documentação, foi montada no intimidante Forte di Belvedere, uma fortaleza dos Medici, do século XVI, que guarda a muralha sul da cidade. A mostra recebeu uma multidão enorme e inesperada; a excitação saltava como uma truta dentro das calças do público.

O prazo programado era de um mês. A exposição de Instrumentos de Torturas Atrozes permaneceu seis meses, igualando o público da Galleria degli Uffizi e superando o do Museu do Palazzo Pitti.

Os promotores, dois taxidermistas fracassados que anteriormente sobreviviam comendo as entranhas dos troféus que montavam, tornaram-se milionários e fizeram uma turnê triunfal pela Europa com a mostra, usando seus novos smokings.

Os visitantes vinham principalmente em casais, de toda a Europa, aproveitando as extensas horas em fila no meio dos engenhos de dor, para ler cuidadosamente em qualquer uma das quatro línguas a proveniência e o modo de uso dos equipamentos. Ilustrações de Dürer e outros, junto com diários da época, esclareciam ao público questões como os detalhes da tortura na roda.

Escrito em inglês numa placa:

> Os príncipes italianos preferiam quebrar suas vítimas no chão, usando uma roda com aro de ferro como agente de pressão, e blocos debaixo dos membros, como está sendo

mostrado, ao passo que no norte da Europa o método popular era amarrar a vítima na roda, quebrar seus membros com uma barra de ferro e depois passá-los através dos raios ao redor do perímetro da roda, com as várias fraturas proporcionando a flexibilidade exigida, enquanto a cabeça ainda fazendo barulho e o tronco permaneciam no centro. Este último método era um espetáculo mais satisfatório, mas a recreação poderia acabar rapidamente se um pedaço de osso entrasse no coração.

A exposição de Instrumentos de Torturas Atrozes não podia deixar de atrair um conhecedor do que há de pior na humanidade. Mas a essência do pior, a verdadeira assa-fétida do espírito humano, não é encontrada na Donzela de Ferro ou na lâmina afiada; a Feiura Básica é encontrada nos rostos da multidão.

Na semiescuridão daquela grande sala de pedra, debaixo das gaiolas dos condenados penduradas, estava o Dr. Fell, conhecedor de rostos, segurando os óculos na mão cicatrizada, encostando a ponta da armação nos lábios, o rosto fascinado enquanto olhava as pessoas que passavam.

Rinaldo Pazzi viu-o ali.

Pazzi estava na segunda tarefa enfadonha do dia. Em vez de jantar com a mulher, passava pela multidão para colocar novos alertas para os casais sobre o Monstro de Florença, que ele não conseguira pegar. Um daqueles cartazes estava colado acima da sua mesa, colocado ali pelos novos superiores, junto com outros cartazes de procurados de todo o mundo.

Os dois taxidermistas, cuidando juntos da bilheteria, ficaram satisfeitos em acrescentar um pouquinho do horror contemporâneo à sua mostra, mas pediram que o próprio Pazzi colocasse o cartaz, já que nenhum dos dois parecia disposto a deixar o outro sozinho com o dinheiro do caixa. Alguns moradores da cidade reconheceram Pazzi e o vaiaram em meio ao anonimato da multidão.

Pazzi apertou tachinhas nos cantos do cartaz azul, onde aparecia o olho único, vigilante, num quadro de avisos perto da saída, onde atrairia mais atenção, e virou uma luz da exposição para cima dele. Observando os casais que saíam, Pazzi podia ver que muitos estavam excitados, esfregando-se uns contra os outros no meio da muvuca. Não queria ver mais um arranjo montado, não queria ver mais sangue e flores.

Queria falar com o Dr. Fell – seria conveniente pegar os objetos do curador desaparecido já que estava tão perto do Palazzo Capponi. Mas, quando se virou do quadro de avisos, o doutor havia desaparecido. Não estava na multidão que saía. Havia apenas a parede de pedra junto à qual ele estivera, debaixo da gaiola onde se encontrava um esqueleto em posição fetal, ainda implorando para ser alimentado.

Pazzi ficou chateado. Abriu caminho pela multidão até sair, mas não encontrou o doutor.

O guarda na saída reconheceu Pazzi e não disse coisa alguma quando ele passou por cima da corda e deixou o caminho, indo para o terreno escuro do Forte di Belvedere. Foi até o parapeito, olhando para o norte, por sobre o Arno. A velha Florença estava aos seus pés, a grande corcova do Duomo, a torre do Palazzo Vecchio erguendo-se em meio à luz.

Pazzi era uma alma muito velha, retorcendo-se na ponta de uma lança em circunstâncias ridículas. Sua cidade zombava dele.

O FBI americano terminara de enfiar a faca nas suas costas, dizendo na imprensa que o perfil feito pelo FBI para *Il Mostro* não tinha qualquer semelhança com o homem que Pazzi prendera. *La Nazione* acrescentou que Pazzi "carregara Tocca para a prisão".

A última vez em que Pazzi prendera o cartaz azul do *Il Mostro* tinha sido nos Estados Unidos; foi um triunfo orgulhoso que ele pendurou na parede da Divisão de Ciência do Comportamento, e ele o autografara a pedido dos agentes do FBI americano. Todos sabiam a seu respeito, admiravam-no, queriam sua presença. Ele e a esposa tinham sido convidados de muitos no litoral de Maryland.

De pé no parapeito escuro, olhando para sua cidade antiga, ele sentiu o cheiro do ar salgado da baía de Chesapeake, viu a esposa na praia, calçando os tênis brancos novos.

Havia uma imagem de Florença na Divisão de Ciência do Comportamento, em Quantico, que lhe mostraram como uma curiosidade. Era a mesma vista que tinha diante de si agora, a velha Florença vista do Belvedere, a melhor vista que há. Mas não em cores. Não, era um desenho a lápis, sombreado a carvão. O desenho estava numa foto, no fundo de uma foto. Era uma fotografia do serial killer americano, o Dr. Hannibal Lecter. Hannibal, o Canibal. Lecter desenhara Florença de memória, e o desenho estava pendurado em sua cela no asilo, um lugar tão triste quanto este.

Quando foi que baixou sobre Pazzi aquela ideia que vinha amadurecendo? Duas imagens, a Florença real à sua frente e o desenho do qual ele se lembrava. Colocando o cartaz do *Il Mostro* há minutos. O cartaz de Mason Verger mostrando Hannibal Lecter na parede da sala de Pazzi, com a imensa recompensa e os alertas:

O DR. LECTER PRECISARÁ ESCONDER A MÃO ESQUERDA, E TALVEZ TENTE ALTERÁ-LA CIRURGICAMENTE, JÁ QUE SEU TIPO DE POLIDACTILIA, O SURGIMENTO DE DEDOS EXTRAS PERFEITOS, É EXTREMAMENTE RARO E INSTANTANEAMENTE IDENTIFICÁVEL.

O Dr. Fell segurando os óculos junto aos lábios com a mão cicatrizada.

Um desenho detalhado desta vista na parede da sala de Hannibal Lecter.

Será que a ideia veio a Pazzi enquanto ele olhava para a cidade de Florença abaixo, ou para a escuridão acima das luzes? E por que o que a atraíra fora o cheiro da brisa salgada em Chesapeake?

Estranhamente, para um homem visual, a conexão chegou com um som, o som que uma pedra faria caindo num poço.

Hannibal Lecter tinha fugido para Florença.
Plop.
Hannibal Lecter era o Dr. Fell.

A voz interior de Rinaldo Pazzi lhe disse que ele poderia ter enlouquecido na gaiola de seu sofrimento; sua mente frenética poderia estar trincando os dentes contra as barras como o esqueleto na gaiola da exposição.

Sem ter lembrança de se mexer, ele se viu no Portão da Renascença, que ia do Belvedere para a íngreme Costa di San Giorgio, uma rua estreita que serpenteia e mergulha até o coração da velha Florença em menos de 800 metros. Seus passos pareciam levá-lo por sobre os pedregulhos íngremes independentemente da vontade. Ia mais rápido do que desejava, olhando sempre à frente em busca do homem chamado Dr. Fell, porque este era o caminho para a casa dele – na metade do caminho, Pazzi entrou na Costa Scarpuccia, sempre descendo, até chegar à Via de' Bardi, perto do rio. Perto do Palazzo Capponi, lar do Dr. Fell.

Bufando por causa da descida, encontrou um lugar à sombra da luz da rua, a entrada de um prédio de apartamentos em frente ao Palazzo. Se alguém viesse, ele poderia se virar e fingir que estava apertando uma campainha.

O Palazzo estava escuro. Pazzi podia ver acima da grande porta dupla a luz vermelha de uma câmera de vigilância. Não tinha certeza se ela funcionava o tempo inteiro, ou se era ligada apenas quando alguém tocava a campainha. Ficava bem dentro da entrada coberta. Pazzi não acreditava que ela pudesse captar a imagem ao longo da fachada.

Esperou meia hora, ouvindo a própria respiração, e o doutor não chegou. Talvez estivesse lá dentro, sem luzes acesas.

A rua estava vazia. Pazzi atravessou rapidamente e ficou perto da parede. Fracamente, um som fino veio de dentro. Pazzi encostou a cabeça nas barras frias da janela para ouvir. Um cravo, as *Variações Goldberg*, de Bach, bem tocadas.

Pazzi precisava esperar, espreitar e pensar. Era cedo demais para estragar sua busca. Precisava decidir o que fazer. Não queria bancar o idiota outra vez. Enquanto recuava para a sombra do outro lado da rua, seu nariz foi a última coisa a desaparecer.

21

O mártir cristão São Miniato pegou sua cabeça cortada na areia do anfiteatro romano de Florença e levou-a debaixo do braço até a montanha do outro lado do rio, onde, segundo a tradição, está enterrado em sua igreja esplêndida.

Sem dúvida, o corpo de São Miniato, ereto ou não, passou pela rua antiga onde estamos agora, a Via de' Bardi. Agora a noite chega, e a rua está vazia, o padrão em leque das pedras do calçamento brilhando numa garoa de inverno que não é suficientemente fria para matar o cheiro dos gatos. Estamos em meio aos palácios construídos há seiscentos anos pelos príncipes mercadores, fazedores de reis e eminências pardas da Florença renascentista. A poucos metros, do outro lado do rio Arno, estão as espiras cruéis da Signoria, onde o monge Savonarola foi enforcado e queimado, e aquele grande açougue de Cristos crucificados, a Galleria degli Uffizi.

Esses locais familiares, comprimidos numa rua antiga, congelados na burocracia da Itália moderna, são por fora arquitetura de prisão, mas contêm espaços grandes e graciosos, salões altos e silenciosos que ninguém jamais vê, com cortinas de seda apodrecendo, manchadas de chuva, onde obras menores dos grandes mestres da Renascença estão penduradas no escuro há anos, e são iluminadas pelos raios depois que as cortinas desmoronam.

Aqui, atrás de vocês, está o palácio dos Capponi, uma família distinta durante mil anos, que rasgou o ultimato de um rei francês na cara dele e produziu um papa.

Agora as janelas do Palazzo Capponi estão escuras, atrás de seus portões de ferro. Os aros para as tochas estão vazios. Naquele vidro velho e craquelado está um buraco de bala da década de 1940. Chegue mais perto. Encoste a cabeça no ferro frio como fez o policial, e ouça. Você pode ouvir fracamente um cravo. As *Variações Goldberg*, de Bach, tocadas não perfeitamente, mas muito bem, com uma compreensão envolvente da música. Tocadas não perfeitamente, mas tremendamente bem; talvez haja uma ligeira rigidez na mão esquerda.

Se você acreditasse que não corre risco, entraria lá dentro? Entraria nesse lugar tão proeminente em sangue e glória, seguiria seu rosto através do escuro cheio de teias, em direção ao barulho exótico do cravo? Os alarmes não podem nos ver. O policial molhado, espreitando na porta, não pode nos ver. Venha...

Dentro do saguão o escuro é quase absoluto. Uma comprida escada de pedra, o corrimão frio debaixo de nossa mão que escorrega, os degraus côncavos pelas centenas de anos de passos, irregulares sob nossos pés enquanto subimos na direção da música.

A alta porta dupla do salão principal guincharia e uivaria se tivéssemos de abri-la. Para você ela está aberta. A música vem do canto mais distante, e do canto vem a única luz, luz de muitas velas escorrendo vermelhas através da porta pequena de uma capela no canto do salão.

Vamos até a música. Temos uma leve consciência de passar por grandes grupos de móveis cobertos de pano, formas vagas não totalmente imóveis à luz das velas, como um rebanho adormecido. Acima de nós, o cume da sala desaparece na escuridão.

A luz brilha avermelhada sobre um cravo ornamentado, e sobre o homem conhecido pelos eruditos da Renascença como o Dr. Fell, o doutor elegante, de costas retas enquanto se inclina para a música, a luz refletindo-se no cabelo e nas costas do roupão de seda xadrez com um brilho que faz parecer pelúcia.

A tampa erguida do cravo é decorada com uma cena intricada de um banquete, e as pequenas figuras parecem um enxame à luz das velas, acima das cordas. Ele toca de olhos fechados. Não precisa da partitura. À frente, no suporte em forma de lira, está um exemplar do tabloide americano de escândalos, o *National Tattler*. Está dobrado para mostrar apenas o rosto na primeira página, o rosto de Clarice Starling.

Nosso músico sorri, termina a peça, repete uma vez a sarabanda por seu próprio prazer, e a última corda tangida por uma pena vibra até o silêncio no grande salão, ele abre os olhos, cada pupila com um ponto de luz vermelha no centro. Ele inclina a cabeça para o lado e olha para o jornal.

Levanta-se sem qualquer ruído e leva o tabloide americano para a minúscula capela ornamentada, construída antes da descoberta da América. Enquanto o segura à luz das velas e o desdobra, os ícones religiosos acima do altar parecem ler o tabloide sobre seus ombros, como se estivessem numa fila de mercearia. O tipo é Railroad Gothic, de corpo 72. Diz: "*ANJO DA MORTE: CLARICE STARLING, A MÁQUINA DE MATAR DO FBI.*"

Rostos pintados em agonia e beatitude ao redor do altar desaparecem quando ele sopra as velas. Ao atravessar o grande salão ele não precisa de luz. Um sopro de ar enquanto o Dr. Hannibal Lecter passa por nós. A grande porta estala, fecha-se com um ruído oco que podemos sentir no chão. Silêncio.

Passos entrando em outro cômodo. Nas ressonâncias deste lugar as paredes parecem mais perto, o teto ainda alto – sons agudos ecoam tardios de cima – e o ar imóvel segura o cheiro de pergaminho e velas apagadas.

O barulho de papel no escuro, os estalos de uma poltrona. O Dr. Lecter senta-se numa grande poltrona da famosa Biblioteca Capponi. Seus olhos refletem a luz vermelha, mas não brilham vermelhos no escuro, como alguns de seus prisioneiros teriam jurado. A escuridão é completa. Ele está meditando...

É verdade que o Dr. Lecter criou a vaga no Palazzo Capponi removendo o antigo curador – um processo simples que exigiu alguns segundos de trabalho no velho homem e uma moldagem modesta de dois sacos de cimento – mas assim que o caminho estava livre ele conseguiu o cargo facilmente, demonstrando ao Comitê de Belas-Artes uma capacidade linguística extraordinária, traduzindo à primeira vista o italiano medieval e o latim dos manuscritos mais densos em letras góticas.

Encontrara uma paz que iria preservar – praticamente não matara ninguém, a não ser seu predecessor, durante o período em que morava em Florença. Seu cargo como tradutor e curador da Biblioteca Capponi é um prêmio considerável para ele por vários motivos:

Os cômodos, a altura das salas do palácio, são importantes para o Dr. Lecter depois de anos confinado num espaço pequeno. Mais importante, ele sente uma ressonância com o lugar; é o único prédio particular que ele já viu e que se aproxima, em dimensão e detalhes, ao palácio de memórias que mantém desde a juventude.

A biblioteca, essa coleção única de manuscritos e correspondências que remontam ao início do século XIII, pode proporcionar a ele o luxo de uma certa curiosidade a respeito de si próprio.

O Dr. Lecter acreditava, a partir de fragmentados registros familiares, que descendia de um certo Giuliano Bevisangue, uma temível figura do século XII na Toscana, e dos Marchiavelli, bem como dos Visconti. Este era o lugar ideal para a pesquisa. Apesar de ter uma certa curiosidade abstrata na questão, ela não se relacionava com o ego. O Dr. Lecter não precisa de um reforço convencional. Seu ego, como sua cota de inteligência, e o grau de sua racionalidade, não são mensuráveis por meios convencionais.

De fato, não há consenso na comunidade psiquiátrica de que o Dr. Lecter deva ser considerado um homem. Há muito ele tem sido visto pelos seus pares na psiquiatria, muitos dos quais temem sua pena ácida nos jornais da classe, como algo totalmente Estranho. Por conveniência, eles o chamam de "monstro".

O monstro está sentado na biblioteca negra, a mente pintando cores no escuro, e um ar medieval atravessando sua cabeça. Está pensando no policial.

Estalo de um interruptor, e uma lâmpada baixa se acende.

Agora podemos ver o Dr. Lecter sentado numa mesa de refeitório do século XVI na Biblioteca Capponi. Atrás dele há uma parede cheia de manuscritos dispostos em escaninhos e grandes livros encadernados de tecido remontando há oitocentos anos. Uma correspondência do século XIV com um ministro da República de Veneza está empilhada diante dele, segura por um pequeno molde feito por Michelangelo como estudo para o seu Moisés de chifre, e diante do tinteiro há um laptop ligado para pesquisa on-line na Universidade de Milão.

Em vermelho e azul luminosos, em meio às pilhas de pergaminho castanho e amarelo, está um exemplar do *National Tattler.* E ao lado dele, a edição do *La Nazione* de Florença.

O Dr. Lecter pega o jornal italiano e lê o último ataque contra Rinaldo Pazzi, provocado por uma declaração do FBI sobre o caso do *Il Mostro.* "Tocca jamais se ajustou ao nosso perfil", dizia um porta-voz do FBI.

La Nazione citava a formação de Pazzi e seu treinamento na América, na famosa Academia de Quantico, e dizia que ele não deveria ter se enganado tão facilmente.

O caso do *Il Mostro* não interessava em absoluto ao Dr. Lecter, mas o passado de Pazzi sim. Que infelicidade ele encontrar um policial treinado em Quantico, onde Hannibal Lecter era um caso estudado com afinco.

Quando o Dr. Lecter fitou o rosto de Rinaldo Pazzi no Palazzo Vecchio e ficou suficientemente perto para cheirá-lo, teve certeza de que Pazzi não suspeitava de coisa alguma, mesmo tendo perguntado sobre a cicatriz na sua mão. Pazzi nem mesmo tinha um interesse sério nele com relação ao desaparecimento do curador.

O policial o viu na exposição de instrumentos de tortura. Teria sido melhor encontrá-lo numa exposição de orquídeas.

O Dr. Lecter tinha consciência de que todos os elementos da epifania estavam presentes na cabeça do policial, entrechocando-se aleatoriamente com as milhares de outras coisas que ele sabia.

Será que Rinaldo Pazzi deveria se juntar ao falecido curador do Palazzo Vecchio no fundo do poço? Será que o corpo de Pazzi deveria ser encontrado depois de um aparente suicídio? O *La Nazione* ficaria satisfeito em tê-lo provocado até a morte.

Agora não, refletiu o monstro, e voltou-se para seus grandes rolos de pergaminho.

O Dr. Lecter não se preocupava. Estava se deliciando com o estilo de escrita de Neri Capponi, banqueiro e emissário a Veneza no século XV, e lia suas cartas, em voz alta de vez em quando, para seu próprio prazer, tarde da noite.

22

Antes do amanhecer Pazzi tinha nas mãos as fotografias tiradas para o visto de trabalho do Dr. Fell, junto com as certidões negativas de seu *permesso di soggiorno* nos arquivos dos Carabinieri. Além disso, Pazzi recebera as excelentes fotos reproduzidas a partir do cartaz de Mason Verger. Os rostos eram semelhantes, mas se o Dr. Fell era o Dr. Hannibal Lecter, fora feito algum trabalho no nariz e nas bochechas, talvez injeções de colágeno.

As orelhas pareciam promissoras. Como Alphonse Bertillon cem anos antes, Pazzi examinou as orelhas com sua lente de aumento. Pareciam iguais.

No computador obsoleto da Questura, ele digitou seu código de acesso à Interpol para o Programa de Apreensão de Criminosos Violentos, do FBI americano, e baixou o volumoso dossiê Lecter. Xingou seu modem lento e tentou ler o texto turvo na tela até que as letras saltaram em sua vista. Conhecia a maior parte do caso. Duas coisas fizeram-no prender o fôlego. Uma antiga e uma nova. A atualização mais recente citava um raio X indicando que Lecter provavelmente fizera cirurgia na mão. No item antigo, a imagem de um relatório da polícia do Tennessee escrito a mão, observava que enquanto matava seus guardas em Memphis, Hannibal Lecter ouvia uma fita com as *Variações Goldberg.*

O cartaz divulgado pela rica vítima americana, Mason Verger, encorajava os informantes a ligar para o número do FBI. Dava o alerta padrão sobre o fato de que o Dr. Lecter andava armado e era perigoso. Também era fornecido um número de telefone particular – logo abaixo do parágrafo sobre a grande recompensa.

A PASSAGEM AÉREA DE Florença a Paris é ridiculamente cara, e Pazzi teve de pagar do próprio bolso. Não acreditava que a polícia francesa pudesse lhe fornecer uma conexão telefônica sem se intrometer, e não conhecia outro modo de conseguir. De uma cabine telefônica da American Express, perto da Ópera, ele telefonou para o número particular do cartaz de Mason. Presumia que o telefonema seria rastreado. Pazzi falava inglês muito bem, mas sabia que o sotaque iria denunciá-lo como italiano.

A voz era masculina, americana, muito calma.

– Poderia dizer o assunto, por favor?

– Talvez eu tenha informações sobre Hannibal Lecter.

– Sim, ok, obrigado por ter telefonado. O senhor sabe onde ele está agora?

– Acho que sim. A recompensa continua de pé?

– Sim, continua. Que prova tem de que é ele? O senhor deve entender que recebemos muitos telefonemas falsos.

– Posso dizer que ele fez cirurgia plástica no rosto e operou a mão esquerda. Ainda é capaz de tocar as *Variações Goldberg*. Tem documentos brasileiros.

Uma pausa. E depois:

– Por que não ligou para a polícia? Eles exigem que eu o encoraje a fazer isso.

– A recompensa vale em todas as circunstâncias?

– A recompensa é em troca de informações que levem à prisão e à condenação.

– A recompensa seria paga em... circunstâncias especiais?

– O senhor está falando de um prêmio especial pelo Dr. Lecter? Digamos, no caso de alguém que normalmente não poderia receber uma recompensa?

– Sim.

– Nós dois estamos em busca do mesmo objetivo. Fique no telefone, por favor, enquanto faço uma sugestão. É contra a convenção internacional e a lei dos Estados Unidos oferecer um prêmio pela morte de alguém, senhor. Fique no telefone, por favor. Posso perguntar se está ligando da Europa?

– Sim, estou, e é só isso que vou lhe dizer.

– Bom, escute. Sugiro que entre em contato com um advogado para discutir a legalidade desse tipo de prêmio e que não tome qualquer atitude ilegal contra o Dr. Lecter. Posso recomendar um advogado? Em Genebra há um excelente para esses assuntos. Posso lhe dar um número para telefonar sem precisar pagar tarifa? Eu o aconselho a telefonar para ele e ser franco.

Pazzi comprou um cartão telefônico e fez a ligação seguinte de uma cabine na loja de departamentos Bon Marché. Falou com uma pessoa que tinha uma voz seca e sotaque suíço. Levou menos de cinco minutos.

Mason pagaria um milhão de dólares americanos pela cabeça e as mãos do Dr. Hannibal Lecter. Pagaria a mesma quantia por informações que levassem à sua prisão. Em particular pagaria 3 milhões de dólares pelo doutor vivo, sem perguntas, com discrição garantida. Os termos incluíam 100 mil dólares adiantados. Para se candidatar ao adiantamento, Pazzi teria de fornecer uma impressão digital positivamente identificável do Dr. Lecter, a impressão teria de ser sobre um objeto, e não uma cópia. Se fizesse isso, ele teria o restante do dinheiro à sua disposição num cofre de banco na Suíça.

Antes de sair do Bon Marché para o aeroporto, Pazzi comprou um penhoar para a mulher, de *moiré* de seda pêssego.

23

Como você se comporta quando sabe que as honras convencionais não passam de lixo? Quando passa a acreditar, junto com Marco Aurélio, que a opinião das gerações futuras não valerá mais do que a atual? Nesse caso será possível se comportar bem? Será desejável se comportar bem?

Agora Rinaldo Pazzi, um Pazzi dos Pazzi, investigador-chefe da Questura florentina, tinha de decidir quanto valia sua honra, ou se há uma sabedoria mais duradoura do que as considerações de honra.

Chegou de Paris na hora do jantar e dormiu um pouco. Queria consultar a mulher, mas não podia, mas recebeu conforto dela. Ficou acordado por longo tempo depois, depois de a respiração dela se acalmar. Tarde da noite desistiu do sono, foi caminhar e pensar.

A avareza não é desconhecida na Itália, e Rinaldo Pazzi se embebera suficientemente em seu ar nativo. Mas seu consumismo e sua ambição natural haviam crescido nos Estados Unidos, onde cada influência é sentida mais rapidamente, inclusive a morte de Jeová e a ascensão de Mamon.

Quando Pazzi saiu das sombras da Loggia e parou no lugar onde Savonarola fora queimado na Piazza della Signoria ergueu os olhos para a janela do Palazzo Vecchio todo iluminado, onde seu ancestral morrera, e pensou que estava deliberando. Não estava. Já havia decidido.

Nós designamos um momento para a decisão, para dignificar o processo como o resultado de um pensamento racional e consciente. Mas as decisões são feitas de sentimentos amalgamados; frequentemente eles são mais um amontoado do que uma soma.

Pazzi decidira quando entrou no avião para Paris. E decidira há uma hora, depois de a esposa, com seu penhoar novo, ter se mostrado apenas obedientemente receptiva. E minutos depois quando, deitado no escuro, estendeu a mão para acariciar-lhe o rosto e dar-lhe um beijo terno de boa-noite, e sentiu uma lágrima debaixo da palma. Então, sem perceber, ela comeu seu coração.

Honras de novo? Outra chance de suportar o hálito do arcebispo enquanto as lascas sagradas eram golpeadas para acender o foguete na bunda do pombo de pano? Mais elogio dos políticos cujas vidas privadas ele conhecia bem o bastante? De que valeria ser conhecido como o policial que apanhara o Dr. Hannibal Lecter? Para um policial, o crédito tem vida curta. Era melhor VENDÊ-LO.

O pensamento rasgou e golpeou Rinaldo, deixou-o pálido e decidido, e quando o Rinaldo visual lançou sua sorte, ele estava com dois cheiros misturados na mente, o da mulher e o do litoral de Chesapeake.

VENDÊ-LO. VENDÊ-LO. VENDÊ-LO. VENDÊ-LO. VENDÊ-LO. VENDÊ-LO.

Francesco de' Pazzi não golpeou com mais força em 1478, quando lançou Giuliano no chão da catedral, e em seu frenesi esfaqueou a própria coxa.

24

A ficha de impressões digitais do Dr. Hannibal Lecter é uma curiosidade, e uma espécie de objeto de culto. O original está emoldurado na parede da Seção de Identificação do FBI. Segundo o costume do FBI para imprimir as mãos de pessoas com mais de cinco dedos, normalmente o polegar e os quatro dedos adjacentes ficam na parte da frente do cartão, e o sexto no verso.

Cópias do cartão de impressões rodaram a terra assim que o doutor escapou, e a impressão do polegar aparece ampliada no cartaz de "procura-se", divulgado por Mason Verger, com um número suficiente de pontos indicados para que um examinador minimamente treinado possa fazer a comparação.

Captar impressões simples não é uma habilidade difícil, e Pazzi era extremamente capaz disso, e podia fazer comparações aproximadas para se certificar. Mas Mason Verger exigia uma impressão digital recente, em um objeto e não retirada, para que seus especialistas examinassem com independência; Mason já fora enganado antes com impressões antigas retiradas há anos nos locais dos primeiros crimes do Dr. Lecter.

Mas como conseguir as impressões digitais do Dr. Fell sem alertá-lo? Acima de tudo, não devia alarmar o doutor. O sujeito poderia desaparecer e Pazzi ficaria de mãos abanando.

O doutor não saía com frequência do Palazzo Capponi, e um mês se passaria antes da próxima reunião do Belas-Artes. Tempo demais a esperar para plantar um copo d'água na casa dele, já que o Comitê jamais fornecia esse tipo de cortesia.

Uma vez que decidira vender Hannibal Lecter a Mason Verger, Pazzi tinha de trabalhar sozinho. Não podia se dar ao luxo de atrair a atenção da Questura para o Dr. Fell conseguindo um mandado para entrar no Palazzo. E o prédio era muito bem- guardado com alarmes, para que ele o invadisse e tirasse suas impressões digitais.

A lata de lixo do Dr. Fell era muito mais limpa e mais nova do que as outras do quarteirão. Pazzi comprou uma lata nova e, na calada da noite, trocou as tampas das duas. A superfície galvanizada não era ideal e, num esforço que durou a noite inteira, ele conseguiu um pesadelo pontilhista de impressões que jamais poderia decifrar.

Na manhã seguinte, apareceu de olhos vermelhos na Ponte Vecchio. Numa joalheria em cima da velha ponte comprou um bracelete de prata largo, muito polido, e o suporte de veludo onde o objeto ficava exposto. Na área dos artesãos ao sul do Arno, nas ruas estreitas em frente ao Palazzo Pitti, pediu que outro joalheiro raspasse o nome do fabricante do bracelete. O joalheiro se ofereceu para aplicar uma cobertura antimanchas sobre a prata, mas Pazzi recusou.

A TEMÍVEL SOLLICIANO, a cadeia florentina na estrada para Prato.

No segundo andar da divisão feminina, Romula Cjesku, inclinada sobre um tanque de lavar roupas, ensaboava os seios, lavando-se e enxugando-se cuidadosamente antes de colocar uma blusa limpa de algodão. Outra cigana, voltando da sala de visitas, falou em romani enquanto passava por Romula. Uma ruga minúscula apareceu entre os olhos de Romula. Seu rosto bonito manteve o ar solene de sempre.

Ela tinha permissão de sair da ala às 8h30 da manhã, mas quando se aproximou da sala de visitas um carcereiro a interceptou e levou-a para uma sala de entrevistas particular, no andar térreo da prisão. Lá dentro, em vez da enfermeira de sempre, Rinaldo Pazzi estava segurando seu bebê.

– Olá, Romula – disse ele.

Ela foi direto até o alto policial e não houve dúvida de que ele iria entregar a criança imediatamente. O bebê queria mamar e começou a esfregar o nariz na mãe.

Pazzi apontou com o queixo para um biombo no canto da sala.

– Há uma cadeira ali atrás. Podemos conversar enquanto você dá de mamar para ele.

– Conversar sobre o quê, *dottore*?

O italiano de Romula era passável, bem como o francês, inglês, espanhol e romani. Ela falava sem afetação – sua capacidade teatral não havia evitado esses três meses de cadeia por ter batido carteiras.

Foi para trás do biombo. Num saco plástico escondido nas roupas do bebê havia quarenta cigarros e 55 mil liras, pouco mais de 41 dólares, em notas velhas. A cigana tinha uma escolha a fazer. Se o policial colocara aquilo no bebê, poderia acusá-la quando ela pegasse o contrabando, e revogaria todos os seus privilégios. Pensou por um momento, olhando para o teto enquanto o bebê mamava. Por que ele se incomodaria com isso? Ele tinha a vantagem, de qualquer modo. Romula pegou o saco e escondeu-o na roupa de baixo. A voz do homem veio do outro lado do biombo.

– Você é um incômodo aqui, Romula. Mães que estão amamentando na cadeia são uma perda de tempo. Há pessoas doentes aqui para que as enfermeiras cuidem. Você não detesta ter de entregar seu bebê quando acaba a hora de visita?

O que ele podia querer? Ela sabia quem ele era, um chefe, um *pezzo da novanta*, um sacana calibre 90.

O negócio de Romula era ganhar a vida na rua, e bater carteiras fazia parte disso. Estava com 35 anos, gasta, e tinha antenas como uma grande mariposa-luna. *Esse policial* – ela o examinou por cima do biombo –, *olha só como ele é arrumado, o anel de casamento, os sapatos brilhando, mora com a mulher mas tem uma boa empregada – o colarinho fica onde foi posto, depois de ter sido passado a ferro. Carteira no bolso do paletó, chave no bolso direito da frente da calça, dinheiro no bolso esquerdo da frente da calça, dobrado, provavelmente com um elástico. O pau no meio. Ele era magro e masculino, uma pequena couve-flor na orelha e uma cicatriz de um soco perto da linha dos cabelos. Não iria lhe pedir sexo – se fosse essa a ideia, não teria trazido o bebê. O sujeito não era grande coisa, mas ela não acreditava que ele reivindicasse sexo das mulheres da cadeia. Melhor não olhar seus olhos escuros e amargos enquanto o bebê estava mamando. Por que tinha trazido o bebê? Porque ele quer que ela veja seu poder, sugerir que poderia tirá-lo. O que ele quer? Informação? Ela diria qualquer coisa que ele quisesse sobre 15 ciganos que jamais existiram. Tudo bem. O que posso conseguir com isso? Veremos. Vamos mostrar um pouquinho do que sou.*

Observou o rosto dele enquanto saía de trás do biombo, com metade do mamilo aparecendo ao lado do rosto do bebê.

– Está quente ali atrás – disse ela. – O senhor poderia abrir uma janela?

– Posso fazer mais do que isso, Romula. Eu poderia abrir *a porta*, e você sabe disso.

Silêncio na sala. Lá fora o barulho de Solliciano como uma dor de cabeça constante, oca.

– Diga-me o que quer. Há coisas que eu faria de boa vontade, mas não tudo. – Seu instinto lhe dizia, corretamente, que ele iria respeitá-la pela bravata.

– É somente *la tua solita cosa*, a coisa que você faz sempre – disse Pazzi. – Mas quero que faça de um modo especial.

25

Durante o dia eles vigiaram a frente do Palazzo Capponi a partir da janela fechada num apartamento do outro lado da rua – Romula, e uma cigana mais velha que ajudava com o bebê e talvez fosse prima dela, e Pazzi, que ficava o máximo de tempo possível longe de sua sala na Questura

O braço de madeira que Romula usava em sua profissão esperava numa cadeira do quarto.

Pazzi conseguira a permissão de usar durante o dia o apartamento de um professor que dava aula na Escola Dante

Alighieri, ali perto. Romula insistiu numa prateleira para ela e o bebê na pequena geladeira.

Não precisaram esperar muito. Às 9h30 da manhã do segundo dia, a ajudante de Romula chamou da cadeira junto à janela. Um buraco preto apareceu do outro lado da rua, quando uma das enormes portas do palácio girou para dentro.

Ali estava ele, o homem conhecido em Florença como Dr. Fell, pequeno e magro nas roupas pretas, esguio como um *vison* enquanto testava o ar junto à entrada e olhava a rua nas duas direções. Em seguida, apertou um controle remoto para acionar os alarmes e fechou a porta com sua grande maçaneta de ferro fundido, cheia de ferrugem e impossível de reter impressões digitais. Carregava uma sacola de compras.

Ao ver o Dr. Fell pela primeira vez através da fresta da janela, a cigana mais velha agarrou a mão de Romula como se quisesse impedi-la, fitou-a no rosto e deu-lhe uma sacudida rápida enquanto o policial não estava olhando.

Pazzi soube de imediato para onde ele estava indo.

No lixo do Dr. Fell Pazzi vira os distintos papéis de embrulho da loja de comidas finas, a Vera dal 1926, na Via San Jacopo, perto da Ponte Santa Trinità. Agora o doutor ia naquela direção enquanto Romula vestia o casaco e Pazzi vigiava a janela.

– *Dunque*, são compras – disse Pazzi. Ele não conseguia parar de repetir as instruções para Romula pela quinta vez. – Vá indo, Romula. Espere deste lado da Ponte Vecchio. Você vai pegá-lo voltando, carregando a sacola cheia. Estarei meio quarteirão na frente dele, você me verá primeiro. Eu vou ficar perto. Se houver algum problema, se você for presa, eu cuido disso. Se ele for a algum outro lugar, volte ao apartamento. Eu ligo para você. Ponha este passe no para-brisa de um táxi e venha me procurar.

– *Eminenza* – disse Romula, elevando o título honorífico no irônico estilo italiano –, se houver um problema e outra pessoa me ajudar, não o machuque, meu amigo não vai pegar nada, deixe ele ir embora.

Pazzi não esperou o elevador, desceu correndo a escada vestindo um sobretudo sebento, usando boné. É difícil acompanhar alguém em Florença porque as calçadas são estreitas e a vida não vale coisa alguma na rua. Pazzi tinha um *motorino* velho junto ao meio-fio, com uma dúzia de vassouras amarradas. A motoneta deu partida na primeira tentativa e, num sopro de fumaça azul, o investigador-chefe seguiu pela rua, o pequeno veículo saltando sobre as pedras do calçamento como um burrico a pleno trote.

Pazzi ia devagar, o tráfego feroz buzinava para ele. Comprou cigarros, matou o tempo ficando para trás, até ter certeza do lugar para onde o Dr. Fell se dirigia. No final da Via de' Bardi o Borgo San Jacopo era de mão única, vindo na direção dele. Pazzi abandonou a motoneta na calçada e seguiu a pé, virando o corpo magro de lado para atravessar a multidão de turistas na extremidade sul da Ponte Vecchio.

Os florentinos dizem que a Vera dal 1926, com sua riqueza de queijos e trufas, cheira como os pés de Deus.

Sem dúvida, o doutor se demorou lá dentro. Estava fazendo uma seleção das primeiras trufas brancas da estação. Pazzi podia ver as costas dele através da vitrine, atrás do maravilhoso mostruário de presuntos e massas.

Virou a esquina e voltou, lavou o rosto na fonte que jorrava água de um rosto com bigode e orelhas de leão.

– Você precisaria se barbear, para o meu gosto – disse à fonte, por cima da bola fria de seu estômago.

O doutor estava saindo com alguns pacotes leves na sacola. Começou a voltar pelo Borgo San Jacopo na direção de casa. Pazzi adiantou-se pelo outro lado da rua. A multidão na calçada estreita forçou Pazzi a ir para o calçamento, e o retrovisor de uma radiopatrulha dos Carabinieri esbarrou dolorosamente em seu relógio de pulso.

– *Stronzo! Analfabeta!* – gritou o motorista pela janela, e Pazzi jurou vingança. Quando chegou à Ponte Vecchio, conseguira uma dianteira de 40 metros.

Romula estava numa porta, o bebê aninhado no braço de madeira, a outra mão estendida para as pessoas, a mão livre preparada debaixo das roupas largas para bater outra carteira que iria se somar às mais de duzentas que ela roubara durante a vida. No braço escondido estava o bracelete de prata, largo e bem-polido.

Num instante a vítima passaria em meio à multidão, saindo da velha ponte. Assim que saísse da multidão para a Via de' Bardi, Romula iria ao seu encontro, fazer o que devia e misturar-se na torrente de turistas que atravessavam a ponte.

Romula tinha um amigo na multidão, com quem poderia contar. Não sabia coisa alguma sobre a vítima, e não confiava que o policial fosse protegê-la. Giles Prevert, conhecido em algumas fichas da polícia como Giles Dumain ou Roger LeDuc, mas localmente conhecido como Gnocco, esperava na multidão ao sul da Ponte Vecchio. Gnocco vinha se exaurindo com seu vício, e o rosto começava a mostrar o crânio por baixo, mas ele ainda era musculoso e forte, e podia ajudar Romula caso o roubo desse errado.

Vestido como um funcionário público, podia se misturar à multidão, aparecendo de vez em quando como se a multidão fosse um rebanho urbano. Se a vítima pretendida agarrasse Romula e a segurasse, Gnocco poderia tropeçar, cair sobre a vítima e ficar embolado com ela, desculpando-se profusamente até que Romula estivesse longe. Já fizera isso antes.

Pazzi passou por ela, parou numa fila de fregueses de uma loja de sucos, de onde poderia assistir à cena.

Romula saiu do vão da porta. Avaliou com olhar experiente o tráfego na calçada entre ela e a figura esguia que vinha em sua direção. Era capaz de se movimentar maravilhosamente em meio à multidão com um bebê na frente do corpo, apoiado no braço falso, feito de madeira e lona. Tudo bem. Como sempre, ela iria beijar os dedos da mão visível e estendê-la para o rosto dele, para colocar o beijo ali. Com a mão livre, iria cutucar as costelas dele, perto da carteira, até que o homem agarrasse o seu pulso. Em seguida, iria se soltar dele.

Pazzi prometera que aquele homem não podia se dar ao luxo de segurá-la para a polícia, pois ele desejaria se livrar dela. Em todas as suas tentativas para bater uma carteira, ninguém jamais fora violento com uma mulher segurando um bebê. Frequentemente, a vítima achava que era outra pessoa ao lado que enfiava a mão no seu paletó. A própria Romula denunciara vários passantes inocentes como batedores de carteira, para não ser apanhada.

Romula moveu-se com a multidão na calçada, liberou o braço escondido mas o manteve sob o braço falso que aninhava o bebê. Podia ver o homem chegando em meio ao campo de cabeças que balançavam, a 10 metros e se aproximando.

Madonna! O Dr. Fell estava se desviando no meio da multidão, indo com a torrente de turistas *para cima* da Ponte Vecchio. Ele não ia para casa. Ela forçou caminho na multidão, mas não pôde alcançá-lo. O rosto de Gnocco, ainda à frente do doutor, olhava-a, interrogativo. Ela balançou a cabeça e Gnocco deixou-o passar. Não adiantaria coisa alguma se Gnocco batesse a carteira dele.

Pazzi rosnava ao lado dela, como se fosse sua culpa.

– Vá para o apartamento. Eu telefono para você. Está com o passe de táxi para a Cidade Velha? Vá. *Vá!*

Pazzi pegou sua motoneta e empurrou-a atravessando a Ponte Vecchio, por sobre o Arno opaco como jade. Pensou que perdera o doutor, mas ali estava ele, do outro lado do rio, sob a arcada ao lado do Lungarno, espiando por um instante por cima do ombro de um desenhista, e em seguida prosseguindo com passos rápidos e leves. Pazzi achou que o Dr. Fell estaria indo para a Igreja de Santa Croce, e o seguiu a uma boa distância em meio ao tráfego infernal.

26

A Igreja de Santa Croce, dos franciscanos, com o vasto interior ressoando em oito línguas enquanto as hordas de turistas passavam atrás dos guarda-chuvas brilhantes de seus guias, procurando moedas de 200 liras no escuro para que pudessem pagar pela iluminação, durante um precioso minuto de suas vidas, dos grandes afrescos nas capelas.

Romula entrou, vindo da manhã luminosa, e teve de parar perto ao túmulo de Michelangelo enquanto seus olhos ofuscados se ajustavam. Quando percebeu que estava parada sobre um túmulo no chão, sussurrou: "*Mi dispiace*", e saiu rapidamente de cima da lápide. Para Romula, a multidão de mortos debaixo do chão era tão real quanto as pessoas acima, e talvez mais influente. Era filha e neta de leitores de espíritos e mãos, e via as pessoas acima do piso e as pessoas abaixo como duas multidões separadas pelo plano mortal. As de baixo, sendo mais inteligentes e mais velhas, tinham a vantagem na opinião dela.

Olhou ao redor procurando o sacristão, um homem com grande preconceito contra ciganos, e refugiou-se na primeira coluna, sob a proteção da *Madonna del Latte*, de Rossellino, enquanto o bebê procurava seu seio. Pazzi, espreitando perto do túmulo de Galileu, encontrou-a lá.

Ele apontou com o queixo para os fundos da igreja onde, do outro lado do transepto, luzes fortes e câmeras proibidas espocavam como raios através da escuridão vasta e alta enquanto os temporizadores comiam notas de 200 liras e alguma ficha ocasional, ou 25 centavos australianos.

Repetidamente Cristo nascia, era traído, e os cravos eram pregados enquanto os grandes afrescos apareciam sob luz brilhante e mergulhavam de novo numa escuridão fechada e apinhada, enquanto a enorme quantidade de peregrinos segurava-se nos guias de turismo dizendo que eles não podiam enxergar, e o odor de corpos e de incenso subia cozinhando no calor das lâmpadas.

O Dr. Fell estava ocupado na Capela Capponi, no transepto da esquerda. A gloriosa Capela Capponi fica em Santa Felicità. Esta, refeita no século XIX, interessava ao Dr. Fell porque ele podia olhar para o passado, através da restauração. Estava fazendo uma cópia, esfregando carvão num papel fino sobre uma inscrição em pedra, tão gasta que nem mesmo a iluminação oblíqua era capaz de fazê-la aparecer.

Olhando através de seu pequeno monóculo, Pazzi descobriu por que o doutor saíra de casa apenas com a bolsa de compras – ele mantinha seu material de arte atrás do altar da capela. Por um momento pensou em chamar Romula e deixar que ela fosse embora. Talvez ele pudesse pegar impressões digitais nos materiais de arte. Não, o doutor estava usando luvas de algodão para não sujar as mãos com o carvão.

Na melhor das hipóteses seria uma situação incômoda. A técnica de Romula destinava-se à rua. Mas Romula era óbvia, e nem de longe algo que um criminoso temeria. Era a pessoa com menor probabilidade de fazer com que o doutor fugisse. Não. Se o doutor a agarrasse, iria entregá-la ao sacristão, e Pazzi poderia intervir mais tarde.

O homem era louco. E se ele a matasse? E se matasse o bebê? Pazzi fez-se as duas perguntas. Será que lutaria com o doutor caso a situação parecesse letal? Sim. Será que estava disposto a arriscar um ferimento menor em Romula e na criança para conseguir o dinheiro? Sim.

Eles teriam simplesmente de esperar até que o Dr. Fell tirasse as luvas para ir almoçar. Andando de um lado para o outro ao longo do transepto, houve tempo para Pazzi e Romula sussurrarem. Pazzi identificou um rosto na multidão.

– Quem a está seguindo, Romula? É melhor me dizer. Eu já vi o rosto dele na cadeia.

– Meu amigo. Só para bloquear o caminho, se eu precisar correr. Ele não sabe de nada. Nada. É melhor para o senhor. O senhor não precisa se sujar.

Para passar o tempo, os dois rezaram em várias capelas, Romula sussurrando numa língua que Rinaldo não entendia, e ele com uma lista extensa de coisas pelas quais rezar, particularmente a casa no litoral de Chesapeake e outra coisa na qual não deveria pensar na igreja.

Doces vozes do coral ensaiavam, erguendo-se acima do ruído geral.

Um sino, estava na hora de fechar para o meio-dia. Sacristãos saíram, sacudindo as chaves, prontos para esvaziar as caixas de moedas.

O Dr. Fell levantou-se de seu trabalho e saiu de trás da *Pietà* de Andreotti na capela, tirou as luvas e vestiu o paletó. Um grupo grande de japoneses, apinhado na frente do santuário, com o suprimento de moedas exaurido, estava perplexo no escuro, ainda sem saber por que precisavam sair.

Pazzi cutucou Romula, desnecessariamente. Ela sabia que chegara a hora. Beijou o topo da cabeça do bebê apoiado no braço de madeira.

O doutor vinha. A multidão iria forçá-lo a passar perto dela e, com três passos longos, a cigana foi ao encontro dele, parou à sua frente, estendeu a mão na área de visão dele, para atrair o olhar, beijou os dedos e se preparou para colocar o beijo no rosto dele, com o braço escondido pronto para o roubo.

Luzes se acenderam quando alguém na multidão encontrou uma moeda de 200 liras e, no momento de tocar o Dr. Fell, Romula olhou no rosto dele e sentiu-se sugada para os centros vermelhos dos dois olhos, sentiu o gigantesco vácuo frio puxar seu coração contra as costelas, e sua mão se afastou do rosto dele para cobrir o do bebê. Ela ouviu a própria voz dizendo: "*Perdonami, perdonami, signore.*" Depois virou-se e fugiu, enquanto o doutor a olhava durante um longo instante, até que a luz se apagou e ele era de novo uma silhueta contra as velas numa capela e, com passos rápidos e leves, seguiu seu caminho.

Pálido de raiva, Pazzi encontrou Romula apoiando-se na fonte, banhando a cabeça do bebê repetidamente com água benta, banhando os olhos do menino para o caso de ele ter olhado para o Dr. Fell. Xingamentos ásperos travaram-se em sua boca quando ele olhou o rosto chocado da mulher.

Os olhos dela estavam enormes na escuridão.

– Aquele é o demônio – disse ela. – Shaitan, filho da manhã, eu o vi agora.

– Vou levar você de volta para a cadeia – disse Pazzi.

Romula olhou o rosto do bebê e suspirou, um suspiro massacrante, tão profundo e resignado que era horrível de ouvir. Tirou a larga pulseira de prata e lavou-a em água benta.

– Ainda não – disse ela.

27

Se Rinaldo Pazzi tivesse decidido cumprir seu dever como agente da lei, poderia ter detido o Dr. Fell e descoberto rapidamente se ele era Hannibal Lecter. Dentro de meia hora poderia ter obtido um mandado para tirar o Dr. Fell do Palazzo Capponi e nenhum dos alarmes do palácio teriam impedido. Por sua própria autoridade poderia ter apreendido o Dr. Fell sem acusá-lo, por tempo suficiente para determinar sua identidade.

Impressões digitais tiradas no quartel-general da Questura revelariam se o Dr. Fell era o Dr. Lecter. Exames de DNA confirmariam a identificação.

Agora todos esses recursos eram negados a Pazzi. Uma vez que decidira vender o Dr. Lecter, o policial tornou-se um caçador de recompensa, fora da lei e sozinho. Nem mesmo os informantes sob seu controle lhe eram úteis, porque se apressariam em dedurar o próprio Pazzi.

Os atrasos frustravam-no, mas ele estava decidido. Teria de se virar com aquelas porcarias de ciganos...

– Gnocco faria isso por você, Romula? Você pode encontrá-lo?

Os dois estavam na sala do apartamento emprestado na Via de' Bardi, do outro lado do Palazzo Capponi, 12 horas depois do acontecido na Igreja de Santa Croce. Um abajur pequeno iluminava o quarto até a altura da cintura. Acima da luz, os olhos pretos de Pazzi brilhavam na semiescuridão.

– Eu mesma vou fazer, mas não com o bebê – disse Romula. – Mas você precisa me dar...

– Não. Não posso deixar que ele veja você duas vezes. Gnocco faria isso por você?

Romula estava sentada, curvada sobre o vestido comprido e brilhante, os seios grandes tocando as coxas, com a cabeça quase nos joelhos. O braço de madeira estava largado numa poltrona. No canto estava sentada a mulher mais velha, a suposta prima, segurando o bebê. As cortinas estavam fechadas. Espiando através de uma fresta minúscula, Pazzi podia ver uma luz fraca no alto do Palazzo Capponi.

– Eu posso fazer, posso mudar minha aparência para ele não me reconhecer. Eu posso...

– Não.

– Então Esmeralda pode fazer.

– Não. – Esta voz veio do canto, a mulher mais velha falando pela primeira vez. – Eu cuido do seu bebê, Romula, até que eu morra. Mas nunca tocaria em Shaitan. – Seu italiano era praticamente ininteligível para Pazzi.

– Sente-se direito, Romula – disse Pazzi. – *Olhe* para mim. Gnocco faria isso por você? Romula, você vai voltar para Solliciano esta noite. Faltam seis meses de pena para cumprir. É possível que na próxima vez em que você tirar dinheiro e cigarros das roupas do bebê você seja apanhada... eu poderia garantir seis meses a mais, por causa da última vez em que você fez isso. Eu poderia facilmente declarar que você é uma mãe inadequada. O Estado ficaria com o bebê. Mas se eu conseguir as impressões, você vai ser solta, vai receber 2 milhões de liras e sua ficha vai desaparecer, e eu a ajudo com um visto para a Austrália. Gnocco faria isso por você?

Ela não respondeu.

– Você poderia encontrar Gnocco? – Pazzi soltou o ar pelo nariz. – *Senti*, junte suas coisas, você pode pegar seu braço falso no depósito dentro de três meses, ou talvez no ano que vem. O bebê terá de ir para o asilo dos enjeitados. A velha pode visitar essa coisa lá.

– *Essa coisa?* Está chamando meu filho de *essa coisa*, *commendatore*? O nome dele é... – Ela balançou a cabeça, não querendo dizer o nome da criança para esse homem. Romula cobriu o rosto com as mãos, sentindo os dois pulsos latejarem de encontro às bochechas, e depois falou por trás das mãos. – Eu posso encontrá-lo.

– Onde?

– Na Piazza Santo Spirito, perto da fonte. Vai haver uma fogueira, e alguém terá vinho.

– Vou com você.

– Melhor não. O senhor vai arruinar a reputação dele. O senhor tem Esmeralda e o bebê aqui; sabe que vou voltar.

A Piazza Santo Spirito, uma bela praça na margem esquerda do Arno, mal frequentada à noite, a igreja escura e trancada naquela hora, barulho e cheiro de comida da Casalinga, a *trattoria* popular.

Perto da fonte, o brilho de uma pequena fogueira e o som de um violão cigano, tocado com mais entusiasmo do que talento. Há um bom cantor de fado na multidão. Assim que o cantor é descoberto, é empurrado para a frente e lubrificado com vinho de várias garrafas. Começa com uma canção sobre o destino, mas é interrompido com pedidos de uma música mais alegre.

Roger LeDuc, também conhecido como Gnocco, está sentado na beira da fonte. Fumou alguma coisa. Seus olhos estão turvos, mas ele vê Romula imediatamente, na parte de trás da multidão, do outro lado da fogueira. Compra duas laranjas num vendedor e segue-a para longe da cantoria. Os dois param debaixo de um poste, longe do fogo. Ali a luz é mais fria do que a da fogueira, pintalgada pelas folhas que restavam num bordo resistente. A luz é esverdeada contra a palidez de Gnocco, as sombras das folhas parecendo hematomas móveis em seu rosto enquanto Romula olha para ele, com a mão em seu braço.

Uma lâmina salta de seu punho como uma linguazinha brilhante e ele descasca as laranjas, a casca pendendo numa tira comprida. Dá a ela a primeira, e Romula põe um gomo na boca enquanto ele descasca a segunda.

Os dois falam rapidamente em romani. Uma vez ele deu de ombros. Ela entregou-lhe um telefone celular e apertou os botões. Em seguida, a voz de Pazzi soou no ouvido de Gnocco. Depois de um momento, Gnocco dobrou o telefone e o colocou no bolso.

Romula pegou algo pendurado numa corrente ao pescoço, beijou o pequeno amuleto e pendurou-o no pescoço do homenzinho encurvado. Ele olhou para o objeto, dançou um pouco, fingindo que a imagem santa o queimava, e recebeu um pequeno sorriso de Romula. Ela tirou a pulseira larga e colocou-a no braço dele. Coube facilmente. O braço de Gnocco não era mais grosso do que o dela.

– Você pode se encontrar comigo dentro de uma hora? – perguntou Gnocco.

– Sim.

28

Novamente é noite e o Dr. Fell está na vasta sala de pedra da exposição de Instrumentos de Torturas Atrozes no Forte di Belvedere, encostado tranquilo na parede debaixo das jaulas suspensas dos condenados.

Está registrando aspectos de danação nos rostos ávidos dos *voyeurs*, que se comprimem ao redor dos instrumentos de tortura e uns contra os outros numa *frottage* quente e arregalada, pelos eriçando-se nos antebraços, bafo quente nas nucas e nos rostos dos outros. Algumas vezes o doutor encosta um lenço perfumado no rosto, protegendo-se de uma overdose de perfumes e ruídos.

Os perseguidores do doutor esperam-no lá fora.

Horas passam. O Dr. Fell, que jamais prestou mais do que uma atenção passageira à exposição em si, parece não se fartar da turba. Alguns sentem sua atenção e ficam constrangidos. Frequentemente mulheres na multidão olham-no com interesse especial antes que o movimento de pés arrastados na fila da exposição as force a prosseguir. Uma bagatela paga aos dois taxidermistas que administram a exposição permite que o doutor fique à vontade, intocável por trás das cordas, imóvel encostado à pedra.

Do lado de fora da saída, esperando junto ao parapeito numa garoa constante, Rinaldo Pazzi mantém sua vigília. Está acostumado a esperar.

Pazzi sabia que o doutor não iria a pé para casa. Ao sopé da colina atrás do forte, numa pequena praça, o automóvel do Dr. Fell o esperava. Era um Jaguar Saloon preto, um elegante Mark II, de trinta anos, brilhando na garoa, o melhor que Pazzi já vira, e tinha placas da Suíça. Sem dúvida, o Dr. Fell não precisava trabalhar em troca de um salário. Pazzi anotou o número da placa, mas não podia se arriscar a passá-lo para a Interpol.

Na íngreme Via San Leonardo, entre o Forte di Belvedere e o carro, Gnocco esperava. A rua mal-iluminada tinha altos muros de pedra de ambos os lados, protegendo as vilas por trás. Gnocco encontrara um nicho escuro na frente de um velho portão, onde podia ficar fora do caminho dos turistas que desciam do forte. A cada dez minutos o celular no bolso vibrava de encontro à sua coxa, e ele tinha de confirmar que estava no posto.

Alguns turistas seguravam mapas e programações sobre a cabeça, protegendo-se da chuva fina, enquanto desciam pela calçada estreita e apinhada, com gente se derramando pela rua, diminuindo a velocidade dos poucos táxis que desciam do forte.

Sob a câmara abobadada onde estavam os instrumentos de tortura, o Dr. Fell finalmente afastou-se da parede onde estivera encostado, revirou os olhos para o esqueleto na jaula no alto, como se os dois compartilhassem um segredo, e atravessou a multidão em direção à saída.

Pazzi viu-o emoldurado na porta, e de novo sob uma luz forte no pátio. Seguiu-o a alguma distância. Quando teve certeza de que o doutor estava descendo em direção ao carro, abriu o celular e alertou Gnocco.

A cabeça do cigano saiu do colarinho como se fosse a de uma tartaruga, olhos fundos, mostrando, como uma tartaruga, o crânio debaixo da pele. Ele enrolou a manga acima do cotovelo e cuspiu na pulseira, enxugando-a com um trapo. Agora que a prata estava polida com cuspe e água benta, ele manteve o braço atrás do corpo, debaixo do casaco, para que ficasse seco enquanto espiava o morro acima. Uma coluna de cabeças vinha descendo. Gnocco abriu caminho na turba e saiu para a rua, onde poderia andar contra a corrente e enxergar melhor. Sem alguém para ajudar, teria de fazer sozinho o esbarrão e o roubo – o que não era problema, já que ele queria fracassar no roubo. Lá vinha o homem magro – perto do meio-fio, graças a Deus. Pazzi estava 30 metros atrás do doutor, descendo.

Gnocco fez um gesto hábil, saindo do meio da rua. Aproveitando um táxi que se aproximava e saltando como se quisesse sair do tráfego, olhou para trás a fim de xingar o motorista e esbarrou de barriga com o Dr. Fell, os dedos enfiando-se dentro do casaco do doutor. Em seguida sentiu o braço agarrado num aperto incrível com um golpe e se retorceu para longe. Livre, o Dr. Fell praticamente não diminuiu o passo e prosseguiu na torrente de turistas. Gnocco estava livre e afastando-se.

Pazzi alcançou-o quase de imediato, no nicho em frente ao portão de ferro. Gnocco se curvou brevemente, em seguida se empertigou, respirando com dificuldade.

– Consegui. Ele me agarrou. O *cornuto* tentou me dar um soco nos bagos, mas errou.

Pazzi se abaixara, apoiando-se num dos joelhos, e estava cuidadosamente tentando tirar a pulseira do braço de Gnocco quando o cigano sentiu uma coisa quente e molhada descer pela perna e, enquanto ajeitava o corpo, um jorro quente de sangue arterial se projetou de um rasgo na frente de suas calças, batendo no rosto e nas mãos de Pazzi, que tentava tirar o bracelete segurando apenas pelas bordas. O sangue espirrou por toda a parte, e quando Gnocco se curvou para olhar, as pernas cederam. Desmoronou contra o portão, agarrou-se a ele com uma das mãos e apertou o trapo contra o lugar onde a perna se juntava ao corpo, tentando estancar a sangria da artéria femural cortada.

Com a sensação gélida que sempre tinha em ação, Pazzi rodeou Gnocco com o braço e o manteve virado para longe da multidão, deixou-o jorrando sangue através das barras do portão, e depois deitou-o vagarosamente de lado.

Pazzi pegou o telefone celular e falou como se estivesse chamando uma ambulância, mas não ligou o telefone. Desabotoou a capa e abriu-a como um gavião envolvendo a presa. A multidão prosseguia atrás dele, sem parecer curiosa. Pazzi tirou a pulseira de Gnocco e a colocou numa pequena caixa que trazia. Em seguida, colocou o telefone celular de Gnocco no bolso.

Os lábios de Gnocco se moveram:

– *Madonna, che freddo.*

Com um grande esforço, Pazzi tirou a mão de Gnocco do ferimento, segurou-a como se quisesse consolá-lo, e deixou que ele sangrasse. Quando teve certeza de que Gnocco estava morto, largou-o deitado junto ao portão, a cabeça pousada no braço como se dormisse, e misturou-se à multidão em movimento.

Na praça, Pazzi olhou para o estacionamento vazio, enquanto a chuva começava a molhar as pedras do calçamento onde estivera o Jaguar do Dr. Lecter.

Dr. Lecter – Pazzi não pensava mais nele como o Dr. Fell. Era o Dr. Hannibal Lecter.

A prova suficiente para Mason podia estar no bolso da capa de Pazzi. A prova suficiente para Pazzi pingava de sua capa sobre seus sapatos.

29

A estrela da manhã ia desaparecendo sobre Gênova por causa da luz no leste quando o velho Alfa de Rinaldo Pazzi chegou ao cais. Um vento frio agitava as águas do porto. Num cargueiro ancorado alguém estava soldando, fagulhas alaranjadas caindo como um chuveiro sobre a água escura.

Romula ficou no carro, protegida do vento, com o bebê no colo. Esmeralda estava espremida no pequeno banco traseiro do cupê *berlinetta*, com as pernas viradas de lado. Não falara de novo desde que se recusara a tocar em Shaitan.

Estavam tomando café preto e grosso em copos de papel e comendo *pasticcini*.

Rinaldo Pazzi entrou no escritório da Companhia de Navegação. Quando saiu de novo o sol estava alto, brilhando cor de laranja no casco manchado de ferrugem do cargueiro *Astra*

Philogenes, que terminava de ser carregado junto ao cais. Sinalizou para as mulheres no carro.

O *Astra Philogenes*, de 27 mil toneladas, registro grego, podia carregar legalmente 12 passageiros sem um médico de bordo na rota para o Rio. Ali, segundo Pazzi explicou a Romula, elas iriam fazer baldeação para Sydney, na Austrália, baldeação esta que seria supervisionada pelo comissário do *Astra*. A passagem estava paga e não era reembolsável. Na Itália, a Austrália é considerada uma alternativa atraente, onde se pode conseguir empregos, e tem uma grande população cigana.

Pazzi prometera a Romula 2 milhões de liras, cerca de 250 dólares ao câmbio atual, e entregou o dinheiro num envelope gordo.

A bagagem das ciganas tinha muito pouca coisa. Uma pequena mala de mão e o braço de madeira de Romula, guardado num estojo de trompa de orquestra.

As ciganas estariam no mar, e sem possibilidades de ser contatadas, durante a maior parte do mês.

– Gnocco também vai – disse Pazzi a Romula pela décima vez –, mas não pôde vir hoje. – Acrescentou que Gnocco entraria em contato com elas através da posta-restante do correio central de Sydney. – Vou manter a promessa que fiz a ele, como fiz com vocês – disse quando elas pararam ao pé da rampa de embarque, com o sol da manhã lançando as sombras compridas dos três pela superfície áspera do cais.

No momento da partida, quando Romula e o bebê já estavam subindo a rampa, a velha falou pela segunda e última vez para Pazzi.

Com olhos negros como azeitonas Kalamata, ela o encarou.

– Você deu Gnocco a Shaïtan – disse em voz baixa. – Gnocco está morto.

Curvando-se firmemente, como se fosse decepar a cabeça de uma galinha, Esmeralda cuspiu cuidadosamente na sombra de Pazzi e subiu depressa a rampa, atrás de Romula e da criança.

30

A caixa de entrega da DHL Express tinha sido bem-preparada. O técnico em impressões digitais, sentado junto a uma mesa sob as luzes quentes da área de estar do quarto de Mason, tirou cuidadosamente os parafusos com uma parafusadeira elétrica.

A pulseira de prata, larga, estava num suporte de veludo, de joalheiro, de modo que as superfícies externas da joia não tocassem em coisa alguma.

– Traga aqui – disse Mason.

Teria sido muito mais fácil colher a impressão digital da pulseira na Seção de Identificação do Departamento de Polícia de Baltimore, onde o técnico trabalhava durante o dia, mas Mason estava pagando em dinheiro uma quantia muito elevada e insistiu que o serviço fosse feito diante de seus olhos. Ou diante de seu olho, refletiu o técnico azedamente enquanto colocava o bracelete, com o suporte, num prato de porcelana sustentado por um auxiliar de enfermagem.

O auxiliar segurou o prato diante do óculo de Mason. Não podia pousá-lo nos cabelos encaracolados sobre o coração de Mason, porque o respirador fazia seu peito se mover constantemente para cima e para baixo.

A pulseira pesada estava manchada com uma crosta de sangue, e partículas de sangue seco caíram dela sobre o prato de porcelana. Mason examinou-a com seu olho por trás do monóculo. Não tendo carne no rosto, ele não tinha expressão, mas o olho estava brilhante.

– Faça o serviço – disse ele.

O técnico tinha uma cópia da frente da ficha do Dr. Lecter no FBI. A sexta impressão, que se encontrava no verso, e a identificação, não estavam reproduzidas.

Ele aplicou o pó entre as crostas de sangue. O pó para impressões digitais Sangue de Dragão, que ele preferia, tinha uma cor muito próxima do sangue seco na pulseira, de modo que usou um preto, aplicando-o cuidadosamente.

– Temos impressões – disse ele, parando para enxugar a cabeça debaixo das luzes quentes da área de estar. A luz era boa para fotografia, e ele tirou fotos das impressões no lugar, antes de destacá-las para comparação microscópica. – Dedo médio e polegar da mão esquerda, combinando em 16 pontos; seria aceita no tribunal – disse por fim. – Não há dúvidas, é o mesmo sujeito.

Mason não estava interessado em tribunal. Sua mão pálida já se arrastava sobre a colcha em direção ao telefone.

31

Manhã ensolarada numa pastagem nas montanhas Gennargentu, no centro da Sardenha.

Seis homens, quatro sardos e dois romanos, trabalham sob um telheiro construído de madeira cortada da floresta ao redor. Os sons baixos que eles fazem parecem ampliados no vasto silêncio das montanhas.

Atrás do telheiro, pendurado em caibros que ainda estão soltando a casca, está um espelho gigantesco com moldura rococó dourada. O espelho está suspenso acima de um curral com dois portões, um dando para a pastagem. O outro portão é partido ao meio horizontalmente, de modo que a parte de cima e a de baixo podem ser abertas em separado. A área atrás desse portão é pavimentada com cimento, mas o restante do curral está coberto de palha limpa como se fosse um cadafalso.

O espelho, com moldura de querubins esculpidos, pode ser inclinado para dar uma visão superior do curral, assim como um espelho de uma escola de culinária permite que os alunos tenham a visão superior do fogão.

O cineasta, Oreste Pini, e o capataz sardo de Mason, um sequestrador profissional chamado Carlo, sentiram uma aversão mútua desde o início.

Carlo Deogracias era um homem atarracado, ostentoso, que usava um chapéu alpino com um tufo de pelos de javali preso à faixa. Tinha o hábito de mastigar a cartilagem de um par de dentes de porco que ele mantinha no bolso do colete.

Carlo era um exímio praticante da antiga profissão sarda do sequestro, e também um vingador profissional.

Se você tivesse de ser sequestrado para exigência de resgate, os italianos ricos lhe diriam que é melhor cair nas mãos dos sardos. Pelo menos são profissionais e não irão matá-lo por acidente, ou pânico. Se seus parentes pagarem, você pode ser devolvido sem ferimentos, sem ser estuprado e sem ser mutilado. Se não pagarem, seus parentes podem esperar recebê-lo aos pedaços pelo correio.

Carlo não estava satisfeito com os arranjos elaborados de Mason. Era experiente no ramo, e há vinte anos já dera um homem para os porcos comerem na Toscana – um nazista aposentado, conde de mentira, que obrigara crianças de uma aldeia toscana, meninas e meninos, a manter relações sexuais com ele. Carlo foi contratado pelo serviço e pegou o homem em seu próprio jardim, a 3 quilômetros da Badia di Passignano, e o deu de comer a cinco enormes porcos domésticos numa fazenda abaixo do Paggio alle Corti, mas para isso teve de deixar os animais sem ração durante três dias. O nazista lutava contra as amarras, implorando e suando com os pés no curral, e mesmo assim os suínos estavam tímidos quanto a começar a comer seus dedos que se retorciam até que Carlo, com uma pontada de culpa por violar o contrato, deu ao nazista uma gostosa salada com as verduras prediletas dos porcos, em seguida cortou sua garganta para facilitar o trabalho deles.

Carlo era alegre e enérgico por natureza, mas a presença do cineasta o incomodava. Havia tirado o espelho de um bordel que ele possuía em Cagliari, segundo as ordens de Mason, só para agradar a esse pornógrafo, Oreste Pini.

O espelho era um favor para Oreste, que usara espelhos como um instrumento predileto em seus filmes pornográficos e em um genuíno filme de tortura – no qual uma pessoa foi morta diante da câmera – que ele fizera na Mauritânia. Inspirado pela advertência impressa no retrovisor de seu carro, foi pioneiro no uso de reflexos deformados para fazer com que alguns objetos parecessem maiores do que o normal.

Oreste deveria usar duas câmeras e som de boa qualidade, como exigira Mason, e deveria conseguir filmar de primeira. Mason queria um *close* do rosto sem interrupções, afora todo o resto.

Para Carlo, ele parecia embromar interminavelmente.

– Você pode ficar aí falando comigo que nem uma mulher, ou pode olhar o ensaio e perguntar o que não entender – disse Carlo.

– Eu quero *filmar* o ensaio.

– *Va bene.* Arrume a sua merda e vamos começar logo.

Enquanto Oreste colocava as câmeras no lugar, Carlo e os três sardos silenciosos que estavam com ele faziam seus preparativos.

Oreste, que adorava dinheiro, sempre ficava espantado com o que o dinheiro poderia comprar.

Numa mesa comprida num dos lados do telheiro, o irmão de Carlo, Matteo, desembrulhou uma trouxa de roupas usadas. Escolheu na pilha uma camisa e calças, enquanto os outros dois sardos, os irmãos Piero e Tommaso Falcione, empurravam uma maca de ambulância lentamente até o telheiro. A maca estava manchada e era velha.

Matteo tinha a postos vários baldes de carne moída, uma quantidade de galinhas mortas ainda com penas e umas frutas podres, já atraindo moscas, um balde de tripas e intestinos de boi.

Pôs uma calça cáqui sobre a maca e começou a enchê-la com as galinhas, um pouco de carne e fruta. A seguir pegou um par de luvas de algodão e encheu-as com carne moída e bolotas de carvalho, preenchendo cada dedo cuidadosamente, e as colocou nas extremidades das pernas da calça. Escolheu uma camisa e abriu-a sobre a maca, enchendo-a com tripa e intestinos e melhorando os contornos com pão, antes de abotoá-la e enfiar as abas cuidadosamente dentro da calça. Um par de luvas cheias foi colocado nas extremidades das mangas. O melão que ele usou como cabeça estava coberto com uma rede de cabelo cheia de carne moída, e dois ovos cozidos ocupavam o lugar dos olhos. Quando terminou, o resultado parecia um manequim frouxo, de aparência melhor na maca do que alguns suicidas quando são virados, depois de saltar de um prédio. Como toque final, Matteo borrifou uma colônia pós-barba extremamente cara na frente do melão e nas luvas postas nas extremidades das mangas.

Carlo apontou com o queixo para o magro assistente de Oreste, que estava inclinado sobre a cerca, estendendo o microfone por cima do curral, medindo o alcance.

– Diga a esse babaca que, se ele cair, eu não vou pegá-lo.

Finalmente, tudo estava pronto. Piero e Tommaso dobraram os pés da maca até a posição mais baixa e empurraram-na para o portão do curral.

Carlo trouxe de casa um gravador e um amplificador. Tinha uma boa quantidade de fitas, algumas das quais ele próprio fizera enquanto cortava as orelhas de vítimas de sequestro para mandar pelo correio aos parentes. Carlo sempre tocava as fitas para os animais enquanto eles comiam. Não precisaria das fitas quando tivesse uma vítima de verdade para proporcionar os gritos.

Os dois velhos alto-falantes estavam pregados nos postes debaixo do telheiro. O sol estava brilhante sobre o pasto agradável que descia até o bosque. A cerca forte que rodeava o pasto prosseguia penetrando na floresta. No silêncio do meio-dia, Oreste podia ouvir um besouro zumbindo sob as telhas.

– Você está pronto? – perguntou Carlo.

Oreste ligou a câmera fixa.

– *Giriamo* – gritou para seu cinegrafista.

– *Pronti!* – veio a resposta.

– *Motore!* – As câmeras estavam rodando.

– *Partito!* – O som rodava junto com o filme.

– *Azione!* – Oreste cutucou Carlo.

O sardo apertou o play de seu gravador e teve início uma gritaria infernal, soluços, rogos. O cinegrafista estremeceu ao ouvir o som, depois controlou-se. Os berros eram medonhos, mas formavam uma abertura adequada para os focinhos que saíram do bosque, atraídos pelos gritos que anunciavam o jantar.

32

Viagem de ida e volta a Genebra num dia, para ver o dinheiro.

O avião para Milão, um turbo-hélice barulhento da Aerospatiale, decolou em Florença no início da manhã, girando sobre os vinhedos com as largas fileiras separadas como se fossem uma maquete da Toscana. Havia algo de errado nas cores da paisagem – as novas piscinas ao lado das vilas dos estrangeiros ricos estavam com o azul errado. Para Pazzi, olhando pela janela do avião, as piscinas tinham o azul leitoso dos olhos de um inglês velho, um azul deslocado entre os ciprestes escuros e as oliveiras prateadas.

O ânimo de Rinaldo Pazzi subia junto com o avião, sabendo que não envelheceria ali, dependendo da vontade de seus superiores na polícia, tentando se manter para conseguir a aposentadoria.

Tivera um medo terrível de que o Dr. Lecter desaparecesse depois de matar Gnocco. Quando Pazzi viu de novo a luz de trabalho na Santa Croce, sentiu uma espécie de salvação; o doutor acreditava estar em segurança.

A morte do cigano não causou qualquer impacto na calma da Questura, e acreditou-se que era relacionada a drogas

– felizmente havia seringas descartáveis no chão ao redor dele, uma visão comum em Florença, onde as seringas eram gratuitas.

Ia ver o dinheiro. Pazzi insistira nisso.

O Rinaldo Pazzi visual lembrava-se completamente das visões: a primeira vez em que viu seu pênis ereto, a primeira vez em que viu o próprio sangue, a primeira mulher que viu nua, o borrão do primeiro punho que veio golpeá-lo. Lembrava-se de ter caminhado casualmente numa capela lateral de uma igreja em Siena e olhado o rosto de Santa Catarina de Siena, inesperadamente, a cabeça mumificada na touca imaculadamente branca, repousando num relicário com a forma de uma igreja.

A visão de 3 milhões de dólares teve o mesmo impacto sobre ele.

Trezentos maços de notas de 100 dólares em números não sequenciais.

Numa saleta austera como uma capela, no Crédit Suisse de Genebra, o advogado de Mason Verger mostrou o dinheiro a Rinaldo Pazzi. Foi trazido do cofre em quatro caixas fundas, com placas de latão onde estavam gravados números. O Crédit Suisse também forneceu uma máquina de contar, uma balança e um funcionário para operá-las. Pazzi dispensou o funcionário. Pousou as mãos uma vez no topo do dinheiro.

Rinaldo Pazzi era um investigador muito competente. Durante vinte anos encontrara e prendera artistas da fraude. Parado na presença daquele dinheiro, ouvindo os arranjos, não detectou qualquer tom de falsidade; se ele entregasse Hannibal Lecter, Mason iria lhe dar o dinheiro.

Sentindo uma onda de alegria, Pazzi percebeu que aquelas pessoas não estavam brincando – Mason Verger iria realmente pagar. E ele não tinha qualquer ilusão quanto ao destino de Lecter. Estava vendendo o homem para a tortura e a morte. Para crédito de Pazzi, ele reconhecia a si mesmo o que estava fazendo.

Nossa liberdade vale mais do que a vida do monstro. Nossa felicidade é mais importante do que o sofrimento dele, pensava com o egoísmo frio dos desgraçados. Difícil era sabeı se o "nosso" era um plural majestático ou se significava Rinaldo e a esposa, e talvez não houvesse uma única resposta para isso.

Naquela sala limpa e suíça, arrumada como uma touca de freira, Pazzi fez o voto final. Virou-se de costas para o dinheiro e assentiu para o advogado, Sr. Konie. O advogado tirou da primeira caixa 100 mil dólares, contou-os e entregou a Pazzi.

O Sr. Konie falou brevemente ao telefone e entregou o aparelho a Pazzi.

– Esta linha é codificada – disse ele.

A voz americana que Pazzi ouviu tinha um ritmo peculiar, as palavras apressadas num único fôlego e depois uma pausa, e as consoantes explosivas não existiam. Aquele som deixou Pazzi ligeiramente tonto, como se estivesse se esforçando para respirar junto com a pessoa que falava.

Sem qualquer preâmbulo, a pergunta:

– Onde está o Dr. Lecter?

Pazzi, com o dinheiro numa das mãos e o telefone na outra, não hesitou.

– Ele é uma das pessoas que estuda o Palazzo Capponi em Florença. Ele é o... curador.

– Por favor, poderia mostrar sua identificação para o Sr. Konie e entregar a ele o telefone? Ele não dirá o seu nome no telefone.

O Sr. Konie consultou uma lista no bolso e disse algumas palavras em código, pré-combinadas, para Mason, depois devolveu o telefone a Pazzi.

– O senhor receberá o restante do dinheiro quando ele estiver vivo nas nossas mãos – disse Mason. – Não é necessário pegar o doutor, mas precisa identificá-lo e colocá-lo nas nossas mãos. Também quero sua documentação, tudo o que conseguiu sobre ele. O senhor estará de volta a Florença esta noite? Receberá instruções ainda esta noite para uma reunião perto de Florença. A reunião acontecerá no máximo amanhã à noite. Lá o senhor receberá instruções do homem que pegará o Dr.

Lecter. Ele perguntará se o senhor conhece um florista. Diga que todos os floristas são ladrões. Está entendendo? Quero que coopere com ele.

– Não quero o Dr. Lecter na minha... eu não o quero perto de Florença quando...

– Entendo sua preocupação. Não se preocupe. Ele não estará lá.

A linha emudeceu.

Depois de poucos minutos preenchendo uma papelada, 2 milhões de dólares foram postos à disposição de Pazzi para quando estivessem cumpridas as estipulações. Mason Verger não poderia pegar o dinheiro de volta, mas poderia liberá-lo para Pazzi. Um funcionário do Crédit Suisse, convocado à sala de reunião, informou a Pazzi que o banco iria cobrar dele um juro negativo para facilitar um depósito ali, se ele convertesse para francos suíços e pagasse três por cento de juros compostos apenas sobre os primeiros 100 mil francos. O funcionário deu de presente a Pazzi uma cópia do artigo 47 da *Bungdesgesetz über Banken und Sparkassen*, que regulamentava o sigilo bancário, e concordou em fazer uma transferência eletrônica para o Royal Bank da Nova Escócia, ou para as ilhas Caimãs, imediatamente depois da liberação dos fundos, se esse fosse o desejo de Pazzi.

Com a presença de um tabelião, Pazzi garantiu à esposa o acesso alternativo à conta, no caso de sua morte. Concluídos os negócios, apenas o funcionário do banco suíço estendeu a mão. Pazzi e o Sr. Konie não se olharam diretamente, apesar de o Sr. Konie ter dado um adeus da porta.

No último trecho da viagem para casa, o avião de Milão se desviou de uma tempestade, a hélice do lado de Pazzi pareceu um círculo escuro contra o céu cinza. Raios e trovões se propagavam acima da velha cidade, o campanário e a cúpula da catedral debaixo deles agora, luzes se acendendo no crepúsculo antecipado, um clarão e um barulho como os que fazia Pazzi lembrar da infância, quando os alemães explodiram as pontes do Arno, poupando apenas a Ponte Vecchio. E por um clarão tão curto quanto o de um relâmpago ele se lembrou de ter visto na infância um traidor capturado, acorrentado à Madona das Correntes, para rezar antes de ser morto a tiros.

Descendo através do cheiro de ozônio dos raios, sentindo o reboar dos trovões na estrutura do avião, Pazzi, dos antigos Pazzi, voltou à sua cidade ancestral com objetivos tão velhos quanto o tempo.

33

Rinaldo Pazzi preferiria manter vigilância constante sobre sua presa no Palazzo Capponi, mas não podia.

Em vez disso, ainda em êxtase pela visão do dinheiro, teve de enfiar-se nas roupas de cerimônia e se encontrar com a mulher num concerto há muito marcado, da Orquestra de Câmara de Florença.

O Teatro Piccolomini, uma cópia reduzida do glorioso Teatro La Fenice de Veneza, feito no século XIX, é uma caixa de joias barroca, de ouro e veludo, com querubins desafiando as leis da aerodinâmica no teto esplêndido.

Além disso, é bom o teatro ser lindo, porque os artistas frequentemente precisam de toda a ajuda possível.

É injusto, mas inevitável, que a música em Florença seja julgada pelos padrões altíssimos da arte na cidade. Os florentinos são um grupo grande e bem-informado de amantes da música, típicos da Itália, mas algumas vezes carecem de artistas musicais.

Pazzi enfiou-se na cadeira ao lado da mulher, em meio aos aplausos depois da abertura.

Ela deu-lhe o rosto perfumado. Ele sentiu o coração crescer por dentro, olhando-a no vestido de noite, suficientemente decotado para emitir uma fragrância quente dos seios, com a partitura da música na elegante capa Gucci que Pazzi lhe dera.

– Eles ficam cem por cento melhores com o novo violista – sussurrou ela na orelha de Pazzi. O excelente tocador de viola da gamba fora trazido para substituir um músico terrivelmente inepto, primo de Sogliato, que estranhamente desaparecera há algumas semanas.

O Dr. Hannibal Lecter olhou de um camarote no alto, sozinho, imaculado com a gravata branca, o rosto e a frente da camisa parecendo flutuar na caixa escura emoldurada pelas douradas esculturas barrocas.

Pazzi avistou-o quando as luzes se acenderam brevemente após o primeiro movimento, e num instante, antes que o policial pudesse olhar para outro lado, a cabeça do doutor girou como a de uma coruja, e os olhos dos dois se encontraram. Pazzi espremeu involuntariamente a mão da mulher, com força bastante para que ela o encarasse. Depois disso, manteve os olhos resolutamente no palco, sentindo as costas da mão quentes contra a coxa da mulher, enquanto ela segurava sua mão.

No intervalo, quando Pazzi virou-se do bar para entregar uma bebida à esposa, o Dr. Lecter estava parado ao lado dela.

– Boa noite, Dr. Fell – disse Pazzi.

– Boa noite, *Commendatore* – disse o doutor. Ele esperou com uma ligeira inclinação da cabeça até que Pazzi teve de fazer a apresentação.

– Laura, deixe-me apresentar o Dr. Fell. Doutor, esta é a *signora* Pazzi, minha esposa.

A *signora* Pazzi, acostumada a ser elogiada por sua beleza, achou o que veio em seguida curiosamente encantador, apesar de seu marido não concordar.

– Obrigado por este privilégio, *Commendatore* – disse o doutor. Sua língua vermelha e pontuda apareceu por um instante antes de ele se curvar sobre a mão da *signora* Pazzi, os lábios talvez mais perto da pele do que é o costume em Florença, sem dúvida suficientemente perto para que ela sentisse a respiração dele.

Os olhos dele se ergueram antes da cabeça.

– Creio que a senhora gosta particularmente de Scarlatti, *signora* Pazzi.

– Gosto sim.

– Foi agradável vê-la acompanhando a partitura. Praticamente ninguém mais faz isso. Espero que isto aqui possa interessá-la. – Ele tirou um caderno de sob o braço. Era uma antiga partitura em pergaminho, copiada a mão. – Isto é do Teatro Capranica em Roma, de 1688, o ano em que a peça foi escrita.

– *Meraviglioso!* Olhe só, Rinaldo!

– Marquei num papel transparente algumas diferenças da partitura moderna enquanto o primeiro movimento era tocado – disse o Dr. Lecter. – Talvez a senhora ache divertido continuar no segundo. Por favor, pegue. Posso recuperá-lo depois com o Sr. Pazzi. Pode ser, *Commendatore*?

O doutor olhou profundamente enquanto Pazzi respondia.

– Se é do seu agrado, Laura – disse Pazzi. Um instante de pensamento. – O senhor vai se apresentar ao *Studiolo*, doutor?

– Sim, na sexta-feira à noite. Sogliato mal pode esperar para me desafiar.

– Eu precisarei estar na Cidade Velha. Então, devolvo a partitura. Laura, o Dr. Fell vai ter de mostrar o que sabe para os dragões do *Studiolo*.

– Tenho certeza de que vai se sair *muito* bem, doutor – disse ela, oferecendo-lhe os grandes olhos escuros; dentro dos limi tes da compostura, mas quase escapando.

O Dr. Lecter sorriu, com seus pequenos dentes brancos.

– Madame, se eu fabricasse Fleur du Ciel, iria oferecer-lhe o Cape Diamond para usar junto. Até sexta à noite, *Commendatore*.

Pazzi certificou-se de que o doutor voltara ao seu camarote. Não olhou para ele de novo até que se despediram com um aceno distante, na escada do teatro.

– Eu lhe dei aquele Fleur du Ciel pelo seu aniversário – disse Pazzi.

– Sim, e eu adoro, Rinaldo – disse a *signora* Pazzi. – Você tem muito bom gosto.

34

Impruneta é uma antiga cidade toscana onde foram feitas as telhas do Duomo. Seu cemitério é visível à noite das vilas no topo dos morros a quilômetros de distância, por causa dos lampiões eternamente acesos nas sepulturas. A luz ambiente é fraca, mas o suficiente para que os visitantes achem o caminho entre os mortos, ainda que seja necessária uma lanterna para ler os epitáfios.

Rinaldo Pazzi chegou às 20h55 com o pequeno buquê de flores que planejava colocar numa sepultura qualquer. Caminhou lentamente por um caminho de cascalho entre os túmulos.

Sentiu a presença de Carlo, apesar de não vê-lo.

Carlo falou do outro lado de um mausoléu mais alto do que uma pessoa.

– O senhor conhece um bom florista na cidade?

A voz parecia de um sardo. Isso era bom, talvez ele soubesse o que estava fazendo.

– Todos os floristas são ladrões – respondeu Pazzi.

Carlo surgiu rapidamente de trás da estrutura de mármore, sem espiar antes.

Para Pazzi ele pareceu feroz, baixo, atarracado e forte, ágil nas extremidades. Usava colete de couro e tinha um tufo de pelo de javali no chapéu. Pazzi avaliou que teria uns 8 centímetros a mais do que Carlo no tamanho do braço, e 10 a mais na altura. O peso devia ser aproximadamente o mesmo. Carlo não tinha um dos polegares. Pazzi achou que poderia encontrar sua ficha nos registros da Questura com uns cinco minutos de trabalho. Os dois estavam iluminados por baixo, pelos lampiões da sepultura.

– A casa dele tem bons alarmes – disse Pazzi.

– Eu olhei. O senhor precisa apontá-lo para mim.

– Ele terá de comparecer a uma reunião amanhã à noite, sexta-feira. Pode estar pronto até lá?

– Está bom. – Carlo queria provocar um pouco o policial, estabelecer seu controle. – O senhor é capaz de andar com ele, ou tem medo? O senhor terá de fazer aquilo por que é pago. O senhor irá apontá-lo para mim.

– Não fale bobagem. Farei o que estou sendo pago para fazer, e você também. Ou você pode se aposentar como michê em Volterra. Como preferir.

Enquanto trabalhava, Carlo era tão imune aos insultos quanto aos choros de dor. Viu que julgara errado o policial. Abriu as mãos.

– Diga o que preciso saber – falou, movendo-se para ficar ao lado de Pazzi, como se os dois estivessem pranteando juntos diante do pequeno mausoléu. Um casal passou pelo caminho, de mãos dadas. Carlo tirou o chapéu e os dois abaixaram a cabeça. Pazzi colocou suas flores na porta do túmulo. Do chapéu quente de Carlo veio um cheiro, um cheiro rançoso, como salsicha de um animal inadequadamente castrado.

Pazzi ergueu o rosto para afastar o odor.

– Ele é rápido com a faca. Golpeia baixo.

– Ele tem revólver?

– Não sei. Nunca usou um, que eu saiba.

– Eu não quero ter de tirá-lo de um carro. Quero que ele esteja na rua, sem muita gente ao redor.

– Como vai dominá-lo?

– Isso é problema meu. – Carlo colocou um dente de animal na boca e mastigou a cartilagem, de vez em quando fazendo o dente se projetar entre os lábios.

– É problema meu também – disse Pazzi. – Como fará isso?

– Vou atordoá-lo com uma arma de impacto, jogar uma rede em cima, depois posso lhe dar uma injeção. Preciso verificar os dentes dele rápido, para o caso de ter veneno sob uma coroa.

– Ele precisa fazer uma palestra numa reunião. Começa às 19 horas no Palazzo Vecchio. Se na sexta-feira ele trabalhar na Capela Capponi, em Santa Croce, terá que caminhar de lá até o Palazzo Vecchio. Conhece Florença?

– Conheço bem. Você pode me arrumar um passe de veículo para a Cidade Velha?

– Posso.

– Eu não vou tirá-lo da igreja.

Pazzi assentiu.

– É melhor que ele apareça na reunião. Depois, provavelmente, não sentirão falta dele por duas semanas. Tenho motivos para caminhar com ele até o Palazzo Capponi depois da reunião...

– Não quero pegá-lo em casa. É terreno que ele conhece e eu não. Ele estará alerta, vai olhar ao redor quando chegar junto à porta. Quero que esteja na calçada aberta.

– Então escute: nós vamos sair pela porta da frente do Palazzo Vecchio, o lado da Via dei Leoni estará fechado. Seguiremos pela Via Neri e vamos atravessar o rio na Ponte alle Grazie. Há árvores na frente do Museo Bardini, do outro lado, bloqueando as luzes da rua. É um lugar calmo nessa hora, quando a escola está fechada.

– Então digamos em frente ao Museo Bardini, mas talvez eu faça antes se tiver chance, mais perto do Palazzo, ou mais cedo ainda, se ele desconfiar e tentar fugir. Talvez a gente esteja numa ambulância. Fique com ele até que ele seja acertado, e então afaste-se rapidamente.

– Quero que ele esteja fora da Toscana antes que qualquer coisa aconteça.

– Acredite, ele sairá da face da Terra, *começando pelos pés* – disse Carlo, sorrindo de sua piada particular, projetando o dente de porco através do sorriso.

35

Manhã de sexta-feira. Um pequeno cômodo no sótão do Palazzo Capponi. Três das paredes pintadas de branco estão nuas. Na quarta há uma grande Madona da escola de Cimabue, do século XIII, gigantesca no quarto pequeno, a cabeça inclinada em direção ao ângulo da assinatura como a de um pássa ro curioso, e os olhos amendoados olhando para uma pequena figura adormecida debaixo do quadro.

O Dr. Hannibal Lecter, veterano de catres de prisões e asilos, está deitado imóvel nessa cama estreita, as mãos sobre o peito.

Seus olhos se abrem e, de súbito, ele está totalmente desperto, o sonho com a irmã Mischa, há muito morta e digerida, penetrando sem cessar na vigília atual: perigo na época, perigo agora.

Saber que está em perigo não perturbou seu sonho mais do que ter matado o batedor de carteira.

Vestido para o seu dia agora, esguio e perfeitamente arrumado no terno de seda escura, ele vira os sensores de movimento para o topo da escada de serviço e desce para os grandes espaços do palácio.

Agora está livre para se mover através do vasto silêncio dos muitos cômodos, no que para ele é sempre uma liberdade inebriante, depois de tantos anos confinado em uma cela de porão.

Assim como as paredes cobertas de afrescos da Santa Croce ou do Palazzo Vecchio são cheias de alma, o ar da Biblioteca Capponi ressoa de presença para o Dr. Lecter, enquanto trabalha na grande parede cheia de escaninhos com manuscritos. Escolhe pergaminhos enrolados, sopra a poeira, cujos grãos dançam num raio de sol como se os mortos, que agora são pó, viessem lhe contar o destino deles e o dele. Trabalha com eficiência, mas sem pressa indevida, colocando algumas coisas em sua pasta, juntando livros e ilustrações para a palestra que fará esta noite no *Studiolo*. Há muitas coisas que ele gostaria de ler.

O Dr. Lecter abre seu laptop e, conectando-se pelo Departamento de Criminologia da Universidade de Milão, verifica a homepage do FBI na Internet, no endereço www.fbi.gov, como qualquer cidadão particular pode fazer. Fica sabendo que a audiência do subcomitê judiciário sobre a ação de Clarice

Starling contra uma quadrilha de drogas ainda não foi marcada. Ele não tem os códigos de acesso que precisaria para olhar seu próprio dossiê no FBI. Na página dos mais procurados, seu rosto antigo o encara, flanqueado pelo de um terrorista e o de um incendiário.

Em seguida ele pega o tabloide colorido numa pilha de pergaminhos e olha para a foto de Clarice Starling na primeira página, toca o rosto dela com o dedo. A lâmina brilhante aparece em sua mão como se tivesse brotado para substituir o sexto dedo. Esse tipo de canivete é chamado de Harpia, e tem uma lâmina serrilhada na forma de uma presa de águia. Corta com tanta facilidade o *National Tattler* quanto cortou a artéria femural do cigano – a lâmina penetrou no cigano e saiu tão rapidamente que o Dr. Lecter nem precisou enxugá-la.

O Dr. Lecter corta a imagem do rosto de Clarice Starling e cola num pedaço de pergaminho em branco.

Pega uma caneta e, com facilidade fluida, desenha no pergaminho o corpo de uma leoa alada, um grifo com o rosto de Starling. Abaixo escreve em sua caligrafia distinta: *Alguma vez você pensou, Clarice, por que os filisteus não a entendem? É porque você é a resposta para a charada de Sansão: você é o mel na leoa.*

A 15 QUILÔMETROS de distância, estacionado escondido atrás de um alto muro de pedra em Impruneta, Carlo Deogracias examinava o equipamento, enquanto seu irmão Matteo treinava uma série de golpes de judô na grama macia com os outros dois sardos, Piero e Tommaso Falcione. Os dois Falcione eram rápidos e muito fortes – Piero jogou como profissional durante pouco tempo no time de futebol de Cagliari. Tommaso já estudara para ser padre e falava um inglês razoável. Algumas vezes rezava com suas vítimas.

O furgão Fiat branco de Carlo, com placas de Roma, fora alugado legalmente. Para serem grudados nas laterais já estavam a postos letreiros onde se lia: OSPEDALE DELLA MI-

SERICORDIA. As paredes e o piso estavam acolchoados com o mesmo material usado em mudança, para o caso de a vítima lutar dentro do veículo.

Carlo pretendia realizar o projeto exatamente como Mason desejava, mas se o plano desse errado e ele precisasse matar o Dr. Lecter na Itália e abortar a filmagem na Sardenha, nem tudo estava perdido. Sabia que poderia esquartejar o Dr. Lecter e ter sua cabeça e suas mãos em menos de um minuto.

Se não tivesse tanto tempo assim, poderia pegar o pênis e um dos dedos, que com testes de DNA serviriam de prova. Lacrados em plástico e guardados imersos em gelo, estariam nas mãos de Mason em menos de 24 horas, permitindo a Carlo uma recompensa além do salário atual.

Bem-guardada atrás dos bancos estava uma pequena motosserra, torqueses de cabo comprido, uma serra cirúrgica, facas afiadas, sacos plásticos com zíper, um torno Black & Decker para manter os braços do doutor imóveis e um caixote da DHL Express com pagamento de entrega pré-pago, avaliando o peso da cabeça do Dr. Lecter em 6 quilos e suas mãos em 1 quilo cada uma.

Carlo pensava na possibilidade de registrar em vídeo um esquartejamento de emergência, mas sabia que Mason faria um pagamento extra para ver o Dr. Lecter esquartejado vivo, mesmo depois de ter entregue o milhão de dólares pela cabeça e as mãos do doutor. Pensando nisso trouxera uma boa câmera de vídeo, uma fonte de luz e tripé, e ensinara a Matteo os rudimentos de operação.

Seu equipamento de captura recebera atenção igual. Piero e Tommaso eram especialistas com a rede, agora dobrada com tanto cuidado quanto um paraquedas. Carlo tinha uma seringa hipodérmica e uma arma de dardos carregada com acepromazina, um tranquilizante para animais, suficiente para derrubar em segundos uma fera do tamanho do Dr. Lecter. Carlo dissera a Rinaldo Pazzi que começaria com uma arma de impacto, que estava carregada e pronta, porém se tivesse a chance de colocar a agulha hipodérmica em alguma parte das nádegas ou das pernas do Dr. Lecter, a arma de impacto não seria necessária.

Os sequestradores só precisariam ficar com o cativo na parte continental da Itália durante cerca de quarenta minutos, o tempo necessário para levá-lo até o aeroporto em Pisa, onde um avião-ambulância estaria esperando. O campo de aviação de Florença ficava mais perto, mas ali o tráfego aéreo era menor e um voo particular seria mais perceptível.

Em menos de uma hora e meia estariam na Sardenha, onde o comitê de recepção do doutor estava ficando cada vez mais empolgado.

Carlo pesara tudo em sua cabeça inteligente e maldosa. Mason não era idiota. Os pagamentos eram organizados para que nenhum dano acontecesse com Rinaldo Pazzi – custaria dinheiro a Carlo matar Pazzi e tentar reivindicar toda a recompensa. Mason não queria o incômodo gerado por um policial morto. Melhor fazer a coisa como Mason queria. Mas Carlo sentia comichões por todo o corpo em pensar o que poderia ter conseguido com alguns golpes da serra caso ele próprio tivesse encontrado o Dr. Lecter.

Experimentou a motosserra. Ela pôs-se a funcionar no primeiro puxão.

Conversou brevemente com os outros e foi para a cidade num pequeno *motorino*, armado apenas com uma faca, um revólver e uma seringa hipodérmica.

O Dr. Hannibal Lecter saiu cedo da rua barulhenta para a Farmacia di Santa Maria Novella, um dos lugares mais perfumados da Terra. Ficou parado alguns minutos com a cabeça inclinada para trás e os olhos fechados, captando os aromas de sabonetes, loções e cremes maravilhosos, e dos ingredientes nas salas de trabalho. O porteiro estava acostumado com ele, e os vendedores, normalmente dados a uma certa arrogância, tinham-lhe grande respeito. As compras do cortês Dr. Fell, nos meses em que estava em Florença, não totalizariam mais de 100 mil liras, porém as fragrâncias e essências eram escolhidas e combinadas com uma sensibilidade espantosa e gratificante para aqueles mercadores do aroma, que vivem de acordo com o nariz.

Foi para preservar esse prazer que o Dr. Lecter não alterara seu nariz com qualquer rinoplastia além das injeções externas de colágeno. Para ele, o ar era pintado com perfumes tão distintos e vívidos quanto cores, e era capaz de identificá-los em camadas como se fossem veladuras num quadro. Ali nada havia que lembrasse a cadeia. Ali o ar era música. Ali havia lágrimas pálidas de olíbano esperando para ser extraído, bergamota amarela, sândalo, canela e mimosa em concerto, sobre as notas de sustentação do âmbar-gris genuíno, almíscar, castor e essência do veado almiscarado.

Algumas vezes o Dr. Lecter tinha a ilusão de que podia sentir cheiro com as mãos, os braços e as bochechas, que o odor o envolvia. Que podia sentir cheiro com o rosto e o coração.

Por motivos anatômicos, o cheiro faz brotar a memória mais rápido do que qualquer outro sentido.

Ali o Dr. Lecter tinha fragmentos e clarões de memória, parado sob a luz suave das grandes lâmpadas *art déco* da farmácia, respirando, respirando. Ali não havia nada da cadeia. A não ser – o que era? – Clarice Starling, por quê? Não o L'Air du Temps que ele captara quando ela abriu a bolsa perto das grades da jaula no manicômio. Não era isso. Aqueles perfumes não eram vendidos nesta farmácia. Tampouco era a loção de pele que ela usava. Ah. *Sapone di mandorle.* O famoso sabão de amêndoa da farmácia. Onde ele sentira esse cheiro? Memphis, quando ela ficara parada do lado de fora da cela, quando ele tocou brevemente o dedo dela pouco antes da fuga. Starling, então. Texturas limpas e ricas. Algodão seco ao sol e passado a ferro. Clarice Starling, então. Envolvente e saborosa. Tediosa na seriedade e absurda em seus princípios. Rápida em citar os ditados da mãe. Hummm.

Por outro lado, as más lembranças para o Dr. Lecter eram associadas a odores desagradáveis, e ali na farmácia talvez ele estivesse mais distante do que jamais estivera das masmorras fétidas e negras que havia por trás de seu palácio da memória.

Contrariamente ao seu costume, o Dr. Lecter comprou uma boa quantidade de sabonetes, loções e óleos de banho naquela sexta-feira cinzenta. Alguns ele levou e mandou a farmácia despachar o resto, fazendo ele mesmo as etiquetas de entrega em sua letra elaborada.

– O *dottore* gostaria de incluir um bilhete? – perguntou o funcionário.

– Por que não? – respondeu o Dr. Lecter e enfiou o desenho do grifo dobrado dentro da caixa.

A FARMACIA DI SANTA MARIA Novella é ligada a um convento na Via Scala, e Carlo, sempre devoto, tirou o chapéu para se esgueirar debaixo de uma imagem da virgem perto da entrada. Ele percebera que a pressão do ar das portas internas do saguão fazia com que as portas exteriores se abrissem segundos antes de uma pessoa sair. Isso lhe dava tempo para se esconder e espiar cada vez que um cliente saía.

Quando o Dr. Lecter saiu com sua pasta fina, Carlo estava bem escondido atrás de uma barraca de cartões-postais. O doutor partiu. Quando passou pela imagem da virgem, sua cabeça se ergueu, as narinas se abriram enquanto ele olhava para a estátua e testava o ar.

Carlo pensou que poderia ser um gesto de devoção. Perguntou-se se o Dr. Lecter era religioso, como costuma acontecer com os loucos. Talvez pudesse fazer o doutor xingar Deus no final – isso agradaria a Mason. Primeiro teria de mandar o piedoso Tommaso para longe, claro.

NO FINAL DA TARDE, Rinaldo Pazzi escreveu uma carta para a esposa, incluindo seu esforço na criação de um soneto, composto no início do namoro, e que na época ele fora tímido demais para mandar. Colocou junto os códigos necessários para pegar o dinheiro na Suíça, além de uma carta para ela mandar a Mason, caso este tentasse negar a liberação da quantia. Colocou a carta onde ela só encontraria se estivesse examinando seus pertences.

Às 18 horas foi até o Museo Bardini em seu pequeno *motorino*, que acorrentou a um corrimão de ferro onde os últimos alunos do dia estavam pegando suas bicicletas. Viu o furgão branco com letreiros de ambulância estacionado perto do museu, e achou que poderia ser o de Carlo. Havia dois homens sentados dentro. Quando Pazzi virou as costas, sentiu o olhar deles.

Tinha bastante tempo. As luzes da rua já estavam acesas e ele caminhou devagar em direção ao rio, através das sombras negras e úteis sob as árvores do museu. Atravessando a Ponte alle Grazie, olhou durante um tempo para o Arno que se movia lentamente, e ruminou os últimos pensamentos longos que teria tempo de desfrutar. A noite seria escura. Bom. Nuvens baixas corriam para o leste por cima de Florença, passando perto da torre cruel do Palazzo Vecchio, e a brisa fazia girar a areia e excrementos de pombo que tinham virado pó na praça à frente da Santa Croce, por onde Pazzi passava agora, os bolsos pesados com uma Beretta .380, um cassetete de couro chato e uma faca para enfiar no Dr. Lecter, caso fosse necessário matá-lo de imediato.

A Igreja de Santa Croce fecha às 18 horas, mas um sacristão deixou Pazzi entrar por uma porta pequena perto da frente. Não queria perguntar ao homem se o "Dr. Fell" estava trabalhando, de modo que foi cuidadosamente conferir. As velas nos altares junto às paredes lhe davam luz suficiente. Seguiu pela grande extensão da igreja até que pôde enxergar o braço direito da estrutura em forma de cruz. Era difícil ver se o Dr. Fell estava na Capela Capponi, para além das velas votivas. Andando em silêncio pelo transepto direito, procurando. Uma grande sombra se afastou da parede da capela, e por um segundo a respiração de Pazzi parou. Era o Dr. Lecter, encurvado sobre a lâmpada no chão, trabalhando em suas cópias. O doutor levantou-se, espiou para o escuro como uma coruja, a cabeça virando, o corpo imóvel, iluminado por baixo pela luz de trabalho, a sombra imensa atrás. Em seguida, a sombra se encolheu pela parede da capela enquanto ele se curvava de novo para a tarefa.

Pazzi sentiu o suor escorrer pelas costas sob a camisa, mas seu rosto estava frio.

Ainda faltava uma hora para a reunião no Palazzo Vecchio, e Pazzi tinha a intenção de chegar atrasado.

Em sua beleza severa, a capela que Brunelleschi construíra para a família Pazzi na igreja de Santa Croce é uma das glórias da arquitetura renascentista. Ali o círculo e o quadrado estão reconciliados. É uma estrutura separada do lado de fora do santuário da Santa Croce, ao qual se pode chegar somente através de um claustro em arcos.

Pazzi rezou na Capela Pazzi, ajoelhado na pedra, observado pela figura parecida com ele no rondel de Della Robbia no alto. Sentiu que as orações eram comprimidas pelo círculo de apóstolos no teto, e pensou que talvez elas poderiam ter escapado para o claustro escuro atrás dele e flutuado dali até o céu aberto e Deus.

Com esforço, visualizou algumas coisas boas que poderia fazer com o dinheiro que recebera em troca do Dr. Lecter. Viu-se junto com a esposa entregando moedas para algumas crianças de rua, e alguma espécie de aparelhagem médica que os dois doariam a um hospital. Viu as ondas da Galileia, que para ele se pareciam com as da baía de Chesapeake. Viu a mão rosada e bonita da esposa ao redor de seu pênis, apertando-o para inchar ainda mais a cabeça.

Olhou ao redor, e não vendo pessoa alguma, disse em voz alta para Deus:

– Obrigado, Pai, por permitir que eu remova este monstro, monstro dos monstros, de Vossa Terra. Obrigado em nome das almas cuja dor nós pouparemos. – Não ficou claro se esse "nós" era um plural majestático ou uma referência à parceria entre Pazzi e Deus, e talvez não haja uma resposta simples.

Alguma parte dentro dele disse-lhe que ele e o Dr. Lecter haviam matado juntos, que Gnocco era vítima de ambos, já que Pazzi não fez coisa alguma para salvá-lo e ficou aliviado quando a morte fez sua boca parar.

Havia um certo conforto na oração, refletiu Pazzi ao deixar a capela – enquanto saía do claustro escuro teve a sensação de que não estava sozinho.

Carlo esperava sob a aba do telhado do Palazzo Piccolomini e acertou o passo com o policial. Os dois não trocaram muitas palavras.

Passaram por trás do Palazzo Vecchio e confirmaram que a saída dos fundos, para a Via dei Leoni, estava trancada, e as janelas acima, fechadas.

A única porta aberta era a entrada principal do Palazzo.

– Nós vamos sair por aqui, descer a escada para a Via Neri – disse Pazzi.

– Meu irmão e eu estaremos do outro lado da praça, na Loggia. Estaremos um pouco atrás de vocês. Os outros estão no Museo Bardini.

– Eu os vi.

– Eles também viram você.

– A arma de impacto faz muito barulho?

– Não muito, não como uma pistola, mas você vai ouvir, e ele cairá rápido. – Carlo não lhe disse que Piero atiraria com a arma de impacto das sombras na frente do museu, enquanto Pazzi e o Dr. Lecter ainda estivessem na luz. Carlo não queria que Pazzi tentasse se afastar do doutor e o alertasse antes do tiro.

– Você precisa confirmar com Mason que o pegou. Precisa fazer isso esta noite – disse Pazzi.

– Não se preocupe. Esse escroto vai passar a noite implorando a Mason pelo telefone – disse Carlo, olhando de lado para Pazzi, esperando vê-lo desconfortável. – A princípio ele implorará que Mason o poupe, depois de um tempo irá implorar para morrer.

36

Chegou a noite, e os últimos turistas foram mandados embora do Palazzo Vecchio. Muitos, sentindo o peso do castelo medieval nas costas enquanto se espalhavam pela praça, tiveram que se virar e olhar uma última vez para os parapeitos que lembravam dentes de lanternas de Dia das Bruxas, lá no alto.

Refletores se acenderam, lavando a pedra áspera, afiando as sombras debaixo das altas ameias. Enquanto as andorinhas iam para seus ninhos, os primeiros morcegos apareceram, mais perturbados na sua caçada pelos guinchos de alta frequência das ferramentas dos restauradores do que pela luz.

Dentro do Palazzo o serviço interminável de conservaçao e manutenção aconteceria durante mais uma hora, a não ser no Salão dos Lírios, onde o Dr. Lecter conferenciava com o chefe da equipe de manutenção.

O chefe, acostumado à penúria e às exigências difíceis do Comitê de Belas-Artes, achou o doutor cortês e extremamente generoso.

Minutos depois, seus trabalhadores estavam guardando o equipamento, levando as grandes enceradeiras e os compressores para perto das paredes e enrolando os cabos elétricos. Rapidamente montaram as cadeiras dobráveis para a reunião do *Studiolo* – só era necessária uma dúzia – e abriram as janelas para afastar o cheiro de tinta, cera e material de douração.

O doutor insistiu num pódio adequado, e um móvel grande como um púlpito foi encontrado na antiga sala de Niccolò Machiavelli, adjacente ao salão, e trazido sobre um carrinho grande, junto com o projetor de slides do palácio.

A pequena tela que veio com o projetor não agradou ao Dr. Lecter, e ele dispensou-a. Em vez dela, tentou mostrar as imagens em tamanho natural num dos panos que protegia uma parede que estava sendo restaurada. Após ajustar o pano e alisar as dobras, descobriu que serviria muito bem.

Em seguida, marcou o lugar com vários tomos pesados que estavam sob o pódio, e parou junto à janela de costas para a sala, enquanto os membros do *Studiolo*, com seus ternos escuros e empoeirados, chegavam e sentavam-se, o tácito ceticismo dos eruditos evidente enquanto tiravam as cadeiras do semicírculo e as arrumavam numa configuração que mais parecia um júri.

Olhando pela janela alta, o Dr. Lecter podia ver o Duomo e o campanário de Giotto, escuro contra o oeste, mas não o amado batistério de Dante, abaixo deles. Os refletores virados para cima impediam que visse o escuro da praça onde os assassinos o esperavam.

Assim, com os mais renomados estudiosos da Idade Média e da Renascença acomodados em suas cadeiras, o Dr. Lecter compôs na mente a palestra que faria. Demorou pouco mais de três minutos para organizá-la. O assunto era o *Inferno* de Dante e Judas Iscariotes.

BEM DE ACORDO COM o gosto do *Studiolo* pela pré-Renascença, o Dr. Lecter começou com o caso de Pier della Vigna, filólogo do reino da Sicília, cuja avareza o fez merecer um lugar no Inferno de Dante. Durante a primeira meia hora, o doutor os fascinou com as intrigas da vida real por trás da queda de della Vigna.

– Della Vigna foi posto em desgraça e cegado por trair a confiança do imperador através de sua avareza – disse o Dr. Lecter, aproximando-se do assunto principal. – O peregrino de Dante encontrou-o no sétimo nível do inferno, reservado para os suicidas. Como Judas Iscariotes, ele morreu enforcado.

"Judas, Pier della Vigna e Ahitophel, o ambicioso conselheiro de Absalão, estão ligados em Dante pela avareza que ele viu neles e pela morte subsequente por enforcamento.

"A avareza e o enforcamento estão ligados na mente antiga e medieval: São Jerônimo escreve que o próprio sobrenome de Judas, Iscariotes, significa 'dinheiro', ou 'preço', enquanto o padre Origen diz que Iscariotes deriva da expressao hebraica 'por sufocação' e que o nome dele significa 'Judas, o Sufocado'.

De seu pódio, o Dr. Lecter olhou por cima dos óculos em direção à porta.

– Ah, *Commendator* Pazzi, seja bem-vindo. Como está mais próximo da porta, poderia fazer a gentileza de diminuir as luzes? O senhor irá se interessar por isto, *Commendatore*, uma vez que já existem dois Pazzi no *Inferno* de Dante... – Os professores do *Studiolo* soltaram risinhos secos. – Camicion de' Pazzi, que assassinou um parente, e ele está esperando a chegada de um segundo Pazzi. Mas não é o senhor, é Carlino, que será colocado ainda mais abaixo no inferno por traição aos Guelfos Brancos, o partido do próprio Dante.

Um pequeno morcego voou através de uma das janelas abertas e fez alguns círculos sobre as cabeças dos professores, acontecimento comum na Toscana e ignorado por todos.

O Dr. Lecter retomou sua voz no discurso.

– Avareza e enforcamento, então, estão ligados desde a Antiguidade, e a imagem aparece repetidamente na arte. – O Dr. Lecter apertou o interruptor que estava segurando e o projetor foi ligado, lançando uma imagem sobre o pano que cobria a parede. Numa rápida sucessão, outras imagens se seguiram enquanto ele falava:

– Aqui está a representação mais antiga que se conhece da crucificação, esculpida numa caixa de marfim na Gália, mais ou menos em 440 d.C. Inclui a morte de Judas por enforcamento, o rosto virado para cima, em direção ao galho que o sustenta. E aqui, num relicário de Milão, do século IV, e num díptico de marfim do século IX, está Judas enforcado. Ele *ainda* está olhando para cima.

O pequeno morcego passou diante da tela, caçando insetos.

– Neste painel das portas da catedral de Benevento vemos Judas enforcado com as entranhas caindo do corpo enquanto São Lucas, o médico, o descrevia nos Atos dos Apóstolos. Aqui ele está enforcado e assediado por harpias; sobre ele, no céu, está o rosto de Caim na lua; e aqui ele está representado pelo Giotto de vocês, de novo com vísceras pendendo para fora.

"E finalmente aqui, de uma edição do século XV do *Inferno*, está o corpo de Pier della Vigna pendurado de uma árvore ensanguentada. Não enfatizarei o paralelo óbvio com Judas Iscariotes.

"Mas Dante não precisava desenhar ilustrações; é o gênio de Dante Alighieri fazer Pier della Vigna, agora no inferno, falar em sussurros tensos e tosses sibilantes, como se ainda estivesse enforcado. Ouçam enquanto ele conta que arrastou, junto com os outros condenados, seu próprio cadáver para pendurar numa árvore de espinheiro:

> Surge in vermena e in pianta silvestra:
> l'Arpie, pascendo poi de le sue foglie,
> fanno dolore, e al dolor fenestra.

O rosto normalmente branco do Dr. Lecter ruboriza enquanto ele cria para o *Studiolo* o gorgolejo das palavras do agonizante Pier della Vigna, e enquanto ele aperta o controle remoto, as imagens de della Vigna e de Judas com as entranhas para fora alternam-se no grande campo do pano pendurado.

> Come l'altre verrem per nostre spoglie,
> ma non però ch'alcuna sen rivesta,
> ché non è giusto aver ciò ch'om si toglie.
>
> Qui le strascineremo, e per la mesta
> selva saranno i nostri corpo appesi,
> ciascuno al prun de l'ombra sua molesta.

– De modo que Dante lembra, em sons, a morte de Judas na morte de Pier della Vigna, pelos mesmos crimes de avareza e traição.

"Ahitophel, Judas, e o Pier della Vigna de vocês. Avareza, enforcamento, autodestruição, com a avareza tendo tanta importância quanto o enforcamento para a autodestruiçao. E o que diz o anônimo suicida florentino em seu tormento no final do canto?

Io fei gibetto a me de le mie case.

"E eu... eu fiz de minha própria casa meu patíbulo.

"Na próxima ocasião talvez vocês gostassem de discutir Pietro, o filho de Dante. Incrivelmente, ele foi o único dos primeiros escritores que ligaram Pier della Vigna a Judas no canto 13. Creio também que seria interessante abordar a questão do mastigar em Dante. O conde Ugolino, mastigando a nuca do arcebispo, Satã com seus três rostos mastigando Judas, Brutos e Cássio, todos traidores como Pier della Vigna. Obrigado pela gentil atenção dos senhores.

Os eruditos aplaudiram-no entusiasticamente, ao seu modo baixo e poeirento, e o Dr. Lecter manteve as luzes reduzidas enquanto se despedia deles, cada um por seu nome, segurando livros nos braços para não ter de apertar as mãos. Enquanto saíam da luz suave do Salão dos Lírios, eles pareciam carregar o feitiço da palestra.

O Dr. Lecter e Rinaldo Pazzi, agora sozinhos na grande câmara, podiam ouvir observações sobre a palestra começando a ser feitas entre os estudiosos que desciam a escada.

– O senhor diria que salvei meu emprego, *Commendatore*?

– Não sou um erudito, Dr. Fell, mas qualquer um pode ver que os impressionou. Doutor, se for conveniente, posso caminhar com o senhor até sua casa e pegar os objetos de seu predecessor.

– São duas malas, *Commendatore*, e o senhor já está com sua pasta. Vai querer carregá-las?

– Mandarei uma radiopatrulha me pegar no Palazzo Capponi – Pazzi insistiria se fosse necessário.

– Ótimo – disse o Dr. Lecter. – Vai demorar um minuto, é só pegar as coisas.

Pazzi assentiu e foi com seu telefone celular até a janela alta, jamais afastando os olhos de Lecter.

Dava para ver que o doutor estava perfeitamente calmo. Dos andares de baixo vinham sons de ferramentas elétricas.

Pazzi digitou um número, e quando Carlo Deogracias atendeu, ele disse:

– Laura, *amore*, vou chegar em casa daqui a pouco.

O Dr. Lecter pegou os livros no pódio e os colocou numa sacola. Em seguida, virou-se para o projetor; o ventilador ainda zumbia, a poeira nadava no facho de luz.

– Deveria ter mostrado este a eles, não consigo aceitar por que esqueci. – O Dr. Lecter projetou outro desenho, um homem nu pendurado debaixo das ameias do palácio. – Isso irá interessá-lo, *Commendator* Pazzi, deixe-me ver se posso melhorar o foco.

O Dr. Lecter mexeu na máquina, em seguida se aproximou da imagem na parede, a silhueta negra sobre o tecido, do mesmo tamanho do enforcado.

– Está conseguindo ver isto? Não dá para ampliar mais. Foi aqui que o arcebispo o mordeu. E abaixo está escrito o nome dele.

Pazzi não chegou mais perto do Dr. Lecter, mas enquanto se aproximava da parede sentiu cheiro de alguma substância química, e por um instante pensou que fosse algo que os restauradores usavam.

– Consegue ver as letras? Diz: "Pazzi", junto com um poema grosseiro. Este é o seu ancestral, Francesco, enforcado do lado de fora do Palazzo Vecchio, debaixo destas janelas – disse o Dr. Lecter. Ele sustentou o olhar de Pazzi através do facho de luz entre os dois. – Quanto a um assunto relacionado, *signore* Pazzi, devo lhe confessar: estou pensando seriamente em comer a sua mulher.

O Dr. Lecter puxou para cima de Pazzi o grande pano que cobria a parede. Pazzi lutou contra o tecido, tentando descobrir a cabeça enquanto o coração afundava no peito. O Dr. Lecter veio rapidamente por trás, apertando seu pescoço com força terrível e colocando uma esponja encharcada em éter sobre o pano que cobria seu rosto.

Sacudindo-se com força, com os pés e os braços emaranhados no pano, Rinaldo Pazzi ainda pôde colocar a mão na pistola enquanto os dois caíam juntos no chão. Tentou apontar a Beretta para trás do corpo, debaixo do pano cheio de dobras, apertou o gatilho e deu um tiro atravessando a própria coxa enquanto afundava para um redemoinho negro...

O disparo da pequena .380 por baixo do pano não fez muito mais barulho do que as marteladas nos andares de baixo. Ninguém subiu a escada. O Dr. Lecter trancou as grandes portas do Salão dos Lírios..

ENQUANTO RECOBRAVA A consciência, Pazzi sentiu uma certa náusea e algo que o amordaçava, o gosto de éter na garganta e um peso no peito.

Descobriu que ainda estava no Salão dos Lírios, e que não podia se mexer. Rinaldo Pazzi estava amarrado com o pano e cordas, rígido como um relógio de parede, preso ao carrinho alto que os trabalhadores tinham usado para transportar o pódio. Sua boca estava presa com fita adesiva. Uma bandagem havia estancado o sangramento do tiro na coxa.

Observando, encostado ao púlpito, o Dr. Lecter lembrou-se de si próprio, amarrado de modo semelhante quando o transportavam pelo manicômio, sobre um carrinho.

– Está me ouvindo, *signore* Pazzi? Respire fundo enquanto pode, e clareie a mente.

As mãos do Dr. Lecter estavam ocupadas enquanto ele falava. Ele havia trazido uma grande enceradeira para a sala e estava trabalhando com o fio grosso e cor de laranja, fazendo um nó de enforcado na extremidade do fio. O cabo coberto de borracha guinchou enquanto ele fazia as 13 voltas tradicionais.

Completou o nó de enforcado com um puxão e o colocou sobre o púlpito. A tomada se projetava das voltas na extremidade do nó.

A arma de Pazzi, suas algemas de plástico, o conteúdo de seus bolsos e de sua pasta estavam em cima do pódio.

O Dr. Lecter examinou os papéis. Colocou no bolso da camisa o arquivo dos Carabinieri contendo seu *permesso di soggiorno*, sua licença de trabalho e as fotos e os negativos de seu rosto novo.

E ali estava a partitura musical que havia emprestado à *signora* Pazzi. Pegou a partitura e bateu com ela nos dentes. Suas narinas se abriram e ele inspirou profundamente, o rosto perto do de Pazzi.

– Laura, se é que posso chamá-la de Laura, deve usar um maravilhoso creme para as mãos à noite, *signore*. Escorregadio. Frio a princípio, e depois quente. Cheiro de flores de laranja. Laura, *l'orange*. Hummm. Não comi nada o dia inteiro. Na verdade o fígado e os rins serviriam para um jantar imediatamente, esta noite, mas o resto da carne deve ficar pendurado por uma semana no tempo frio que está fazendo agora. Não vi a previsão do tempo, o senhor viu? Acho que isto significa "não".

"Se me disser o que preciso saber, *Commendatore*, seria conveniente para mim partir sem minha refeição; a *signora* Pazzi permanecerá intocada. Vou lhe fazer as perguntas e então veremos. Pode confiar em mim, sabe, apesar de eu imaginar que o senhor considere difícil confiar, conhecendo a si próprio.

"No teatro percebi que o senhor tinha me identificado, *Commendatore*. O senhor se mijou quando me inclinei sobre a mão da *signora*? Quando a polícia não veio, estava claro que o senhor tinha me vendido. Foi para Mason Verger que me vendeu? Pisque duas vezes para dizer sim.

"Obrigado, imaginei que fosse. Uma vez liguei para o número que está no cartaz dele, de longe daqui, só para diversão. Os homens dele estão esperando lá fora? Hum-hum. E um deles cheira a salsicha de porco podre? Sei. O senhor contou a meu respeito para alguém na Questura? Isso foi uma piscada só? Achei que sim. Agora quero que pense um minuto e diga qual é o seu código de acesso para o computador da PACV em Quantico.

O Dr. Lecter abriu seu canivete Harpia.

– Vou tirar a fita adesiva e o senhor poderá dizer. – O Dr. Lecter estendeu o canivete. – Não tente gritar. Acha que consegue não gritar?

Pazzi estava rouco por causa do éter.

– Juro por Deus que não sei o código. Não consigo pensar no número inteiro. Podemos ir até o meu carro, eu tenho papéis...

O Dr. Lecter girou Pazzi de frente para a tela e ficou passando para a frente e para trás as imagens de Pier della Vigna enforcado e Judas enforcado com as entranhas para fora.

– O que prefere, *Commendatore*? Entranhas para fora ou para dentro?

– O código está na minha caderneta de anotações.

O Dr. Lecter segurou a caderneta na frente do rosto de Pazzi até ele encontrar a anotação, no meio de números de telefone.

– E é possível se conectar remotamente, como convidado?

– Sim – grasnou Pazzi.

– Obrigado, *Commendatore*. – O Dr. Lecter inclinou o carrinho para trás e empurrou Pazzi até as grandes janelas.

– *Escute!* Eu tenho *dinheiro*, cara! Você vai precisar de *dinheiro* para fugir. Mason Verger não vai desistir nunca. Você não pode ir para casa pegar *dinheiro*, eles estão vigiando sua casa.

O Dr. Lecter pegou duas tábuas do andaime e colocou-as como uma rampa sobre o peitoral baixo, e empurrou Pazzi, sobre o carrinho, até a sacada do lado de fora.

A brisa estava fria no rosto molhado de Pazzi. Falando rapidamente agora:

– Você nunca sairá vivo deste prédio. Eu tenho *dinheiro*. Eu tenho *160 milhões de liras* em dinheiro vivo, *100 mil dólares*! Deixe-me telefonar para minha mulher. Eu digo para ela pegar o dinheiro e colocar no meu carro, e deixar o carro na frente do palácio.

O Dr. Lecter pegou o nó de forca em cima do púlpito e levou para fora, arrastando o fio laranja. A outra extremidade estava presa com uma série de voltas ao redor da pesada enceradeira.

Pazzi ainda estava falando:

– Ela vai telefonar para mim pelo celular quando estiver lá fora, e depois vai deixar o dinheiro para você. Tenho o passe da polícia, ela pode vir de carro pela praça até a entrada. Ela vai fazer o que eu disser. O carro *solta fumaça*, cara, você pode olhar para baixo e ver que ele vai estar ligado, a chave vai estar dentro.

O Dr. Lecter inclinou Pazzi para a frente, de encontro ao parapeito da sacada, que chegava à altura das suas coxas.

Pazzi podia olhar para a praça embaixo e identificar, por entre os refletores, o lugar onde Savonarola foi queimado, onde ele havia jurado vender o Dr. Lecter para Mason Verger. Olhou para o alto, para as nuvens baixas, coloridas pelos refletores, e esperava, ansiosamente, que Deus pudesse ver.

Para baixo é a direção medonha, e ele não podia deixar de olhar para lá, esperando, contra o bom-senso, que os fachos dos refletores dessem alguma substância ao ar, que de algum modo eles iriam sustentá-lo, que ele poderia se agarrar nos fachos de luz.

A borracha laranja do nó corrediço estava fria em seu pescoço, e o Dr. Lecter parado perto dele.

– *Arrivederci, Commendatore.*

Movimento rápido da Harpia na frente de Pazzi, outro movimento cortou sua ligação ao carrinho e ele se inclinou, passou por cima do parapeito levando atrás o fio laranja, o chão subindo rapidamente, a boca livre para gritar, e dentro do salão a enceradeira disparou pelo piso até se chocar contra o parapeito. Pazzi sacudiu-se com a cabeça para cima, seu pescoço se quebrou e as entranhas se projetaram para fora.

Pazzi e seu prolongamento genital balançando e girando na frente da parede áspera do palácio iluminado, sacudindo-se em espasmos póstumos mas sem sufocar, morto, a sombra gigantesca projetada na parede pelos refletores, balançando, com as entranhas balançando embaixo num arco mais curto, mais rápido, sua masculinidade se projetando das calças rasgadas numa ereção de morte.

Carlo saiu rapidamente de um portal, e Matteo ao lado, atravessou a praça em direção à entrada do palácio, empurrando turistas, dois dos quais estavam com câmeras de vídeo apontadas para o castelo.

– É um truque – disse alguém em inglês enquanto ele passava correndo.

– Matteo, cubra a porta dos fundos. Se ele sair, simplesmente mate-o e esquarteje-o – disse Carlo, pegando o telefone celular enquanto corria. Entrando no palácio agora, subia a escada até o primeiro andar, depois o segundo.

As grandes portas do salão estavam escancaradas. Dentro, Carlo apontou a arma para a figura projetada na parede, correu para a varanda, deu uma busca em segundos no escritório de Machiavelli.

Usou o celular para entrar em contato com Piero e Tommaso, que esperavam no furgão em frente ao museu.

– Vão à casa dele, cubram a frente e os fundos. Simplesmente matem-no e esquartejem-no.

Carlo discou de novo.

– Matteo?

O telefone de Matteo zumbiu no bolso do peito quando ele parou, respirando ofegante, diante da porta dos fundos do palácio, que estava trancada. Havia examinado o telhado e as janelas escuras, experimentado a porta, a mão debaixo do paletó, apoiada na pistola à cintura.

Abriu o telefone.

– Pronto!

– O que você está vendo?

– A porta está trancada.

– O telhado?

Matteo olhou para cima de novo, mas não a tempo de ver os postigos da janela acima dele se abrirem.

Carlo ouviu um barulho e um grito no telefone, e saiu correndo, desceu a escada, caiu num patamar, levantou-se de novo e correu, passou pelo guarda em frente à entrada do palácio, pelas estátuas que flanqueavam a portaria, virou a esquina e agora ia decisivamente em direção aos fundos do palácio, empurrando alguns casais. Ali atrás estava escuro, ele corria, o celular guinchando como uma pequena criatura em sua mão. Uma pessoa atravessou correndo a rua à sua frente, envolvida em branco, corria cegamente no caminho de um *motorino*. A motoneta derrubou-a, a pessoa se levantou de novo e se chocou com a vitrine de uma loja do outro lado da rua estreita, bateu contra o vidro, virou-se e correu cegamente, uma aparição de branco, gritando: "Carlo, Carlo", grandes manchas se espalharam no pano que o cobria, e Carlo pegou o irmão nos braços, cortou a algema de plástico que rodeava seu pescoço, prendeu o pano sobre a cabeça, o pano que era uma máscara de sangue. Descobriu Matteo e viu que ele estava muito cortado, no rosto, no abdome, tão fundo no peito que o ferimento parecia sugado para dentro. Carlo deixou-o por tempo suficiente para correr até a esquina e olhar dos dois lados, depois voltou para junto do irmão.

Com sirenes se aproximando, luzes piscando e preenchendo a Piazza della Signoria, o Dr. Lecter ajeitou os punhos da camisa e caminhou até uma *gelateria* na Piazza dei Giudici, ali perto. Havia motocicletas e *motorinos* enfileirados no meio-fio.

Aproximou-se de um rapaz vestido de couro que dava partida numa grande Ducatti.

– Meu jovem, estou desesperado – disse ele com um sorriso triste. – Se eu não chegar à Piazza Bellosguardo em dez minutos, minha mulher vai me matar. – E mostrou ao jovem uma nota de 50 mil liras. – Isto é o que minha mulher vale para mim.

– É só isso que o senhor quer? Uma carona?

O Dr. Lecter mostrou-lhe as mãos abertas.

– Uma carona.

A motocicleta rápida costurava as linhas de trânsito na Lungarno, com o Dr. Lecter curvado atrás do jovem motociclista, tendo na cabeça um capacete extra que fedia a laquê e perfume. O motociclista sabia para onde estava indo, disparando pela Via de' Serragli em direção à Piazza Tasso, e saiu na

Via Villani, pegando a viela minúscula ao lado da igreja de São Francisco de Paula, que leva para a estrada serpenteante que sobe até Bellosguardo, o elegante bairro residencial no morro ao sul, de onde se vê Florença. O grande motor Ducatti ecoava nos muros de pedra ao lado da rua com um som que parecia lona sendo rasgada, que agradava ao Dr. Lecter enquanto ele se inclinava nas curvas e tentava suportar o cheiro de laquê e perfume barato no capacete. Pediu que o rapaz o deixasse na entrada da Piazza Bellosguardo, não longe da casa do conde Montalto, onde vivera Nathaniel Hawthorne. O motociclista enfiou o pagamento no bolso do peito da jaqueta de couro e a luz traseira da motocicleta foi se afastando rapidamente pela estrada cheia de curvas.

Estimulado pela corrida, o Dr. Lecter caminhou mais 40 metros até o Jaguar preto, pegou as chaves atrás do para-choque e deu partida no motor. Estava com uma ligeira queimadura de tecido na mão, onde a luva se esfregou quando ele jogou o pano sobre Matteo e saltou sobre ele da janela do primeiro andar do palácio. Passou um pouco de Cicatrine, um unguento antibacteriano da Itália, e sentiu-se melhor de imediato.

O Dr. Lecter procurou uma de suas fitas de música enquanto o motor esquentava. Decidiu-se por Scarlatti.

37

O helicóptero-ambulância ergueu-se acima dos telhados vermelhos e virou para o sudoeste em direção à Sardenha, enquanto a torre inclinada de Pisa aparecia acima da asa numa curva mais inclinada do que o piloto teria feito se levasse um paciente vivo.

A maca destinada ao Dr. Hannibal Lecter tinha, em vez disso, o corpo de Matteo Deogracias, que ia esfriando. Carlo, o irmão mais velho, estava sentado junto ao cadáver, a roupa dura de sangue.

Carlo Deogracias fez o enfermeiro colocar fones de ouvido e aumentar o volume da música enquanto falava no celular com Las Vegas, onde um codificador repassava sua ligação para o litoral de Maryland...

PARA MASON VERGER, noite e dia são praticamente a mesma coisa. Por acaso ele estava dormindo. Até mesmo as luzes do aquário estavam apagadas. Sua cabeça estava virada sobre o travesseiro, o único olho sempre aberto, como os da grande enguia, que também estava dormindo. Os únicos sons eram o sibilo regular do respirador e o borbulho suave do oxigenador do aquário.

Acima desses ruídos constantes veio outro som, suave e urgente. O zumbido do telefone mais particular de Mason. Sua mão pálida caminhou sobre os dedos como um caranguejo para apertar o botão do telefone. O alto-falante ficava debaixo do travesseiro, o microfone perto da ruína que era seu rosto.

Primeiro Mason ouviu o avião no fundo, e depois uma canção enjoativa, *Gli innamorati*.

– Estou aqui. Diga.

– Foi um jogo sangrento – disse Carlo.

– Conte.

– Meu irmão Matteo está morto. Agora estou com a mão em cima dele. Pazzi também está morto. O Dr. Fell matou os dois e fugiu.

Mason não respondeu de imediato.

– Você deve 200 mil dólares ao Matteo – disse Carlo. – Para a família dele. – Os contratos com os sardos sempre implicavam benefícios pelas mortes.

– Entendo.

– Vai rolar uma tremenda merda por causa do Pazzi.

– É melhor que Pazzi esteja metido com algo errado – disse Mason. – Eles vão aceitar se ele estiver sujo. Ele estava sujo?

– A não ser por isto, não sei. E se rastrearem o Pazzi até você?

– Posso cuidar disso.

– E eu preciso cuidar de *mim mesmo* disse Carlo. – Isto já é demais. Um investigador-chefe da Questura morto, não posso me livrar desse negócio.

– Você não fez nada, fez?

– Nós não fizemos nada, mas se a Questura colocou meu nome nisso... *Porca Madonna!* Eles vão me vigiar pelo resto da vida. Ninguém vai aceitar pagamento meu, não vou poder aparecer na rua. E quanto ao Oreste? Ele sabia quem deveria filmar?

– Não creio.

– A Questura terá identificado o Dr. Fell amanhã ou depois de amanhã. Oreste vai somar dois e dois assim que vir o noticiário, simplesmente pela questão de tempo.

– Oreste está sendo bem pago. Ele é inofensivo para nós.

– Talvez para você. Mas ele vai ser julgado em Roma no mês que vem por um caso de pornografia. Agora ele tem algo para barganhar. Se já não sabe disso, deveria chutar algumas bundas. Você precisa de Oreste?

– Eu falo com ele – disse Mason cuidadosamente, os tons ricos de um anunciante de rádio saindo de seu rosto devastado. – Carlo, você ainda está no jogo? Você *quer* encontrar o Dr. Fell agora, não quer? Você *precisa* encontrá-lo pelo Matteo.

– Sim, mas à sua custa.

– Então mantenha a fazenda de pé. Consiga certificados de vacina de gripe suína e cólera para os porcos. Arranje caixotes de embarque para eles. Você tem um passaporte bom?

– Tenho.

– Estou falando de um passaporte *bom*, Carlo, não uma merda qualquer do Trastevere.

– Eu tenho um bom.

– Você terá notícias minhas.

Ao encerrar a ligação dentro do helicóptero barulhento, sem querer Carlo apertou o botão de discagem automática do celular. O telefone de Matteo fez um barulho alto em sua mão morta, ainda preso no aperto do espasmo cadavérico. Por um instante Carlo pensou que o irmão levaria o telefone ao ouvido. Vendo que Matteo não poderia atender, Carlo apertou o botão de desligar. Seu rosto se contorceu e o enfermeiro não conseguia olhar para ele.

38

A Armadura do Diabo, com seu capacete chifrudo, é uma esplêndida peça italiana do século XV que desde 1501 está pendurada no alto da parede da Igreja de Santa Reparata, ao sul de Florença. Além dos graciosos cornos, na forma de chifres de camurça, os punhos pontudos das luvas estão presos no lugar dos sapatos, nas extremidades das grevas, sugerindo os cascos fendidos de Satã.

Segundo a lenda local, um rapaz que usava a armadura tomou o nome da Virgem em vão enquanto passava pela igreja, e descobriu que depois disso não podia tirar a armadura até que pedisse perdão a Nossa Senhora. Como agradecimento, ele doou a armadura para a igreja. É uma presença impressionante, e passou por uma grande prova quando um obus de artilharia explodiu na igreja em 1942.

A armadura, com as superfícies superiores cobertas por uma camada de poeira que parecia feltro, olha para o pequeno santuário agora enquanto uma missa vai chegando ao final. O incenso sobe, passa através da viseira vazia.

Apenas três pessoas estão ali, duas mulheres idosas, ambas vestidas de preto, e o Dr. Hannibal Lecter. Todos os três tomam a comunhão, ainda que o Dr. Lecter encoste os lábios na taça com alguma relutância.

O padre termina a bênção e se retira. As mulheres partem. O Dr. Lecter continua com suas devoções até ficar sozinho no santuário.

Da galeria do órgão o Dr. Lecter pode estender a mão sobre o parapeito e, inclinando-se entre os chifres, levantar a viseira empoeirada do capacete da Armadura do Diabo. Lá dentro, um anzol passado sobre a aba do gorjal suspende um barbante e um pacote que está pendurado dentro da couraça, onde ficaria o coração. Cuidadosamente, o Dr. Lecter retira-o.

Um pacote: passaportes brasileiros da melhor qualidade, identificação, dinheiro, talões de cheque, chaves. Ele o coloca sob o braço, por dentro do paletó.

O DR. LECTER NÃO GOSTA de lamentar, mas lamenta estar deixando a Itália. Havia coisas no Palazzo Capponi que ele gostaria de ter encontrado e lido. Gostaria de tocar o cravo e talvez compor... poderia ter cozinhado para a viúva Pazzi, quando ela superasse o sofrimento.

39

Enquanto o sangue ainda caía do corpo suspenso de Rinaldo Pazzi para fritar e soltar fumaça nos refletores quentes debaixo do Palazzo Vecchio, a polícia convocou o corpo de bombeiros para retirá-lo.

Os *pompieri* usaram uma extensão sobre o caminhão de escadas. Sempre práticos, e certos de que o enforcado estava morto, demoraram-se para retirar Pazzi. Era um processo delicado, exigindo que levassem até o corpo as vísceras suspensas e o enrolassem com uma rede, antes de prender uma corda para baixá-lo ao chão.

Assim que o corpo chegou aos braços estendidos dos que estavam no chão, o *La Nazione* conseguiu uma excelente foto que fez muitos leitores se lembrarem das grandes pinturas de Cristo sendo baixado da cruz.

A polícia deixou o laço da forca no pescoço até que pudessem ser tiradas impressões digitais, depois cortou o grosso fio elétrico no centro do laço, para preservar a integridade do nó.

Muitos florentinos achavam que a morte fora um suicídio espetacular, decidindo que Rinaldo amarrara as próprias mãos como um suicida de cadeia, ignorando o fato de que os pés também estavam amarrados. Na primeira hora a rádio local informou que Pazzi cometera haraquiri com uma faca, além de se enforcar.

De imediato a polícia sabia que não fora bem assim – as amarras cortadas na sacada e o carrinho, a arma de Pazzi que estava faltando, testemunhas contando sobre Carlo ter entrado correndo no palácio e a figura ensanguentada e envolta num pano correndo cegamente atrás do Palazzo Vecchio lhes diziam que Pazzi fora assassinado.

Então o público italiano decidiu que *Il Mostro* matara Pazzi.

A Questura começou com o desventurado Girolamo Tocca, que uma vez fora acusado de ser *Il Mostro*. Pegaram-no em casa e o levaram enquanto a mulher uivava de novo na rua. Seu álibi era sólido. Ele estava bebendo um Ramazzotti num café, à vista de um padre. Tocca foi solto em Florença e teve de voltar de ônibus para San Casciano, pagando a própria passagem.

Os funcionários do Palazzo Vecchio foram interrogados nas primeiras horas, e o interrogatório se espalhou para os membros do *Studiolo*.

A polícia não pôde localizar o Dr. Fell. Ao meio-dia do sábado a atenção foi atraída para ele. A Questura lembrou-se de que Pazzi fora designado para investigar o desaparecimento do predecessor do Dr. Fell.

Um funcionário dos Carabinieri disse que nos últimos dias Pazzi estivera examinando um *permesso di soggiorno*. Os registros de Fell, inclusive suas fotos, negativos e impressões digitais tinham sido entregues a alguém que usara um nome falso, assinado com o que parecia ser a letra de Pazzi. A Itália ainda não informatizara seus registros em todo o país, e os vistos ainda eram mantidos em nível local.

Os registros de imigração revelaram o número do passaporte de Fell, o que chamou a atenção no Brasil.

Mesmo assim a polícia não percebeu a verdadeira identidade do Dr. Fell. Eles tiraram impressões digitais dos nós da forca e do pódio, do carrinho e da cozinha no Palazzo Capponi. Com uma grande quantidade de artistas disponíveis, um desenho do Dr. Fell foi preparado em minutos.

Domingo de manhã, hora da Itália, um perito em impressões digitais em Florença havia determinado laboriosamente, ponto por ponto, que as mesmas impressões estavam no pódio, na forca e nos utensílios da cozinha do Dr. Fell no Palazzo Capponi.

A impressão do polegar de Hannibal Lecter, no cartaz pendurado na sede da Questura, não foi examinada.

As impressões digitais da cena do crime foram para a Interpol no domingo à noite, e chegaram à sede do FBI em Washington, D.C., junto com outros 7 mil conjuntos de impressões digitais tiradas em cenas de crimes. Submetidas ao sistema de classificação de impressões digitais automatizado, as impressões de Florença registraram um choque de tamanha magnitude que um alarme audível soou na sala do diretor-assistente encarregado da seção de identificação. O policial de plantão na noite viu o rosto e os dedos de Hannibal Lecter se arrastarem para fora da impressora e ligou para o diretor-assistente em casa, que ligou primeiro para o diretor, e depois para Krendler, no Departamento de Justiça.

O telefone de Mason tocou à 1h30. Ele fingiu estar surpreso e interessado.

O telefone de Jack Crawford tocou à 1h35. Ele grunhiu várias vezes e rolou para o lado vazio, assombrado, de sua cama matrimonial onde a falecida esposa, Bella, costumava ficar. Estava frio ali, e ele pareceu pensar duas vezes.

Clarice Starling foi a última a saber que o Dr. Lecter matara de novo. Depois de desligar o telefone, ficou deitada por vários minutos no escuro, e seus olhos ardiam por algum motivo que ela não sabia, mas não chorou. Deitada no travesseiro e olhando para cima, podia ver o rosto dele na escuridão. Era o antigo rosto do Dr. Lecter, claro.

40

O piloto do helicóptero-ambulância não queria descer no escuro na pista curta e sem controle de Arbatax. Pousaram em Cagliari, reabasteceram e esperaram até o amanhecer, depois voaram pela costa numa aurora espetacular que dava um tom falso de rosa ao rosto morto de Matteo.

Um furgão com um caixão esperava na pista de Arbatax. O piloto discutiu por causa de dinheiro e Tommaso interveio antes que Carlo lhe desse um tapa no rosto.

Três horas subindo as montanhas e eles estavam em casa.

Carlo caminhou sozinho até o telheiro de madeira rústica que construíra com Matteo. Tudo estava preparado ali, as câmeras no lugar para filmar a morte de Lecter. Carlo ficou parado abaixo da obra feita pelas mãos de Matteo e olhou para si mesmo no grande espelho rococó acima do curral. Olhou ao redor para as madeiras que os dois haviam serrado juntos, pensou nas grandes mãos quadradas de Matteo segurando a serra, e um grito enorme escapou dele, um grito em seu coração angustiado, suficientemente alto para ecoar nas árvores. Rostos com presas compridas apareceram entre os arbustos da pastagem.

Piero e Tommaso, também irmãos, deixaram-no a sós.

Pássaros cantavam no pasto de montanha.

Oreste Pinni saiu da casa abotoando a braguilha com uma das mãos e acenando com o celular na outra.

– Então vocês perderam o Lecter. Que azar.

Carlo parecia não ouvi-lo.

– Escute, nem tudo está perdido. Isso ainda pode dar certo – disse Oreste Pinni. – Estou com Mason aqui. Ele vai querer um *teste*. Algo que possa mostrar a Lecter quando pegá-lo. Já que estamos com tudo pronto, temos um corpo... Mason disse que era apenas um capanga que você contratou.

Mason disse que poderíamos simplesmente, ah, simplesmente jogá-lo por debaixo da cerca quando os porcos vierem, e tocar a música. Aqui, fale com Mason.

Carlo virou-se e olhou para Oreste como se ele tivesse acabado de chegar da Lua. Finalmente, pegou o celular. Enquanto falava com Mason, seu rosto se desanuviou e uma certa paz pareceu baixar sobre ele.

Carlo fechou o celular.

– Prepare-se – disse ele.

Carlo falou com Piero e Tommaso e, com a ajuda do *cameraman*, levaram o caixão até o telheiro.

– Você não vai querer ficar tão perto a ponto de entrar em cena – disse Oreste. – Vamos filmar os animais se juntando, e depois seguimos em frente.

Vendo a atividade no telheiro, os primeiros porcos saíram do abrigo.

– *Giriamo!* – gritou Oreste.

Eles vieram correndo, os porcos selvagens, marrons e prateados, grandes, chegando à altura da cintura de um homem, com peito fundo, pelos compridos nas costas, movendo-se com a velocidade de um lobo sobre os cascos pequenos, olhos pequenos e inteligentes nos rostos infernais, músculos maciços no pescoço debaixo da cordilheira de pelos eriçados, capazes de levantar um homem nas grandes presas.

– *Pronti!* – gritou o *cameraman*.

Eles não comiam há três dias, outros vinham agora numa fileira que avançava, sem se incomodar com os homens atrás da cerca.

– *Motore!* – gritou Oreste.

– *Partito!* – gritou o *cameraman*.

Os porcos pararam a 3 metros do telheiro numa fila cerrada, uma floresta de cascos e presas, a porca grávida no centro. Balançavam para a frente e para trás como uma fileira de atacantes no futebol americano, e Oreste enquadrou-os com as mãos.

– *Azione!* – gritou ele para os sardos, e Carlo, vindo por trás, cortou-o na fenda entre as nádegas e o fez gritar, agarrou-o pelos quadris e lançou-o de cabeça no curral. Os porcos atacaram. Oreste tentou se levantar, apoiou-se num dos joelhos e a porca golpeou suas costelas, derrubando-o esparramado. Em seguida, estavam todos sobre ele, rosnando e guinchando. Dois animais arrancaram sua mandíbula e a dividiram como um osso da sorte. Mesmo assim Oreste quase conseguiu ficar de pé e, em seguida estava caído de costas outra vez, a barriga exposta e aberta, os braços e as pernas balançando acima das costas dos animais, Oreste gritando sem o maxilar, sem poder formar palavras.

Carlo ouviu um tiro e se virou. O *cameraman* abandonara a câmera e tentava fugir, mas não foi suficientemente rápido para escapar ao tiro de Piero.

Agora os porcos estavam se acomodando, arrastando pedaços para longe.

– *Azione* é o caralho – disse Carlo e cuspiu no chão.

Parte III

Para o novo mundo

41

Um silêncio cauteloso rodeava Mason Verger. Seus empregados tratavam-no como se ele tivesse perdido um bebê. Quando perguntavam como se sentia, ele dizia:

– Me sinto como se tivesse acabado de pagar um monte de dinheiro para um carcamano morto.

Depois de várias horas de sono, Mason mandou que trouxessem as crianças para a sala de brinquedos junto à sua câmara, e quis conversar com uma ou duas das mais levadas, mas não havia crianças levadas para serem trazidas imediatamente, e nem tempo para que seu fornecedor nas favelas de Baltimore conseguisse algumas para ele.

Na falta disso, mandou seu auxiliar Cordell mutilar carpas ornamentais e jogá-las para a enguia, até que a enguia não pudesse comer mais e fosse para dentro da sua pedra, a água nublada de rosa e cinza, cheia de escamas douradas e iridescentes.

Tentou perturbar sua irmã Margot, mas ela foi para a sala de musculação e durante horas ignorou os bips que ele passava. Ela era a única pessoa em Muskrat Farm que ousava ignorar Mason.

UM CURTO TRECHO filmado por um turista, muito cortado, e que mostrava Rinaldo Pazzi, passou no noticiário de televisão de sábado à noite, antes que o Dr. Lecter fosse identificado como o assassino. Áreas borradas da imagem poupavam detalhes anatômicos para os espectadores.

Imediatamente, a secretária de Mason fez uma ligação para conseguir o filme não editado. O material chegou por helicóptero quatro horas depois.

O filme tinha uma origem curiosa:

Dos dois turistas que estavam filmando o Palazzo Vecchio no momento da morte de Rinaldo Pazzi, um entrou em pânico e a câmera balançou para longe no momento da queda. O outro turista era suíço e se mantivera firme durante todo o episódio, até mesmo fazendo uma imagem panorâmica para a corda que balançava.

O cinegrafista amador, um funcionário de patentes chamado Viggert, teve medo de que a polícia pegasse o filme e que a RAI, a televisão italiana, o conseguisse de graça. Ligou imediatamente para seu advogado em Lausanne, fez os arranjos para garantir os direitos autorais sobre as imagens e, depois de uma guerra de tarifas, vendeu-os para a ABC em troca de pagamento por cada exibição. Os primeiros direitos para divulgação nos Estados Unidos foram para o *New York Post*, seguido pelo *National Tattler*.

Instantaneamente, o filme ocupou seu lugar entre os espetáculos clássicos de horror – Zapruder, o assassinato de Lee Harvey Oswald e o suicídio de Edgar Bolger – mas Viggert iria se arrepender amargamente de ter vendido tão rápido, antes de o Dr. Lecter ser acusado do crime.

A cópia do filme das férias de Viggert estava completa. Vemos a família suíça Viggert orbitando obedientemente os bagos do Davi na Galleria della'Accademia, horas antes dos acontecimentos no Palazzo Vecchio.

Examinando o vídeo com seu olho único, Mason tinha pouco interesse no caro pedaço de carne que se retorcia na extremidade do fio elétrico. A pequena aula de história que o *La Nazione* e o *Corriere de la Sera* publicaram sobre os dois Pazzi pendurados pela mesma janela com uma diferença de 520 anos também não lhe interessou. O que o atraiu, o que ele passou repetidamente, foi o movimento da câmera pelo fio que se sacudia, até o balcão onde uma figura esguia estava parada numa silhueta turva contra a luz fraca de dentro, acenando. O

Dr. Lecter acenava para Mason com o pulso, como as pessoas dão *bye bye* para uma criança.

– *Bye bye* – respondeu Mason de sua escuridão. – *Bye bye* – a profunda voz radiofônica embargada de fúria.

42

A identificação do Dr. Hannibal Lecter como o assassino de Rinaldo Pazzi deu alguma coisa séria para Clarice Starling fazer, graças a Deus. Ela se tornou a ligação de fato entre o FBI e as autoridades italianas. Era bom estar se esforçando numa tarefa.

O mundo de Starling mudara desde o tiroteio contra a quadrilha de traficantes. Ela e os outros sobreviventes do mercado de peixes Feliciana foram mantidos numa espécie de purgatório administrativo, à mercê de um relatório do Departamento de Justiça para um subcomitê judiciário do Senado.

Depois de encontrar o raio X de Lecter, Starling era tratada como uma funcionária temporária altamente qualificada, tendo de comparecer à Academia Nacional de Polícia, em Quantico, para substituir instrutores doentes ou em férias.

Durante o outono e o inverno Washington estivera obcecada com um escândalo na Casa Branca. Os frívolos reformadores usavam mais saliva do que a triste pecadora, e o presidente dos Estados Unidos engolira mais sapos do que de costume na tentativa de evitar o *impeachment*.

Nesse circo, a pequena questão do massacre no mercado de peixes Feliciana foi posta de lado.

Dia a dia crescia dentro de Starling um sentimento penoso: o serviço federal jamais seria o mesmo para ela. Estava marcada. Seus colegas exibiam cautela no rosto quando a encontravam, como se ela estivesse com algo contagioso. Starling era suficientemente jovem para que este comportamento a surpreendesse e desapontasse.

Era bom estar ocupada – os pedidos de informações sobre Hannibal Lecter, feitos pelos italianos, chegavam aos montes na Divisão de Ciência do Comportamento, geralmente em duplicata – uma cópia era mandada para o Departamento de Estado. E Starling respondia de boa vontade, atulhando as linhas de fax e mandando os dossiês de Lecter por e-mail. Estava surpresa ao ver como o material periférico se espalhara nos sete anos desde a fuga do doutor.

Seu pequeno cubículo no porão da Divisão de Ciência do Comportamento era um amontoado de papéis, faxes da Itália, cópias de documentos italianos.

O que poderia mandar que fosse de maior valor para os italianos? O item que interessava a eles era o pedido feito pelo computador da Questura, alguns dias antes da morte de Pazzi, para ter acesso ao dossiê de Lecter no PACV em Quantico. A imprensa italiana ressuscitou com ele a reputação de Pazzi, afirmando que este estava trabalhando em segredo para capturar o Dr. Lecter e recuperar sua honra.

Por outro lado, pensava Starling, que informação sobre a morte de Pazzi poderia ser útil aqui, caso o doutor voltasse aos Estados Unidos?

Jack Crawford não costumava entrar na sala para aconselhá-la. Ficava muito no tribunal e, à medida que sua aposentadoria se aproximava, depunha em muitos casos abertos. Cada vez mais tirava licenças e quando entrava na sala parecia cada vez mais distante.

A ideia de não poder contar com o conselho dele provocava surtos de pânico em Starling.

Em seus anos no FBI, Starling vira muita coisa. Sabia que se o Dr. Lecter matasse de novo nos Estados Unidos as trombetas da flatulência soariam no Congresso, um rugido enorme surgiria no Departamento de Justiça, e num instante começaria a sanha para cortar cabeças. A alfândega e a patrulha de fronteira seriam os primeiros a sofrer por tê-lo deixado entrar.

A jurisdição local onde o crime ocorresse exigiria tudo que se relacionasse com Lecter, e o esforço do FBI iria centrar-se no Bureau local. Depois, quando o doutor atacasse de novo em outro lugar, tudo se movimentaria.

Se Lecter fosse apanhado, as autoridades brigariam pelo crédito como ursos ao redor de uma foca ensanguentada.

O serviço de Starling era se preparar para a eventualidade da vinda dele, quer viesse algum dia ou não, deixando de lado todo o conhecimento cauteloso do que aconteceria ao redor da investigação.

Fez a si mesma uma simples pergunta que soaria piegas para os carreiristas do serviço: como poderia fazer exatamente o que havia jurado? Como poderia proteger os cidadãos e pegá-lo, se ele viesse?

Obviamente, o Dr. Lecter tinha bons documentos e dinheiro. Ele era brilhante em se esconder. É só ver a elegante simplicidade de seu primeiro esconderijo depois da fuga de Memphis – ele se hospedou num hotel quatro estrelas perto de uma grande clínica de cirurgia plástica em St. Louis. Metade dos hóspedes tinha o rosto coberto por bandagens. Ele cobriu o próprio rosto e viveu em grande estilo com o dinheiro de um defunto.

Em meio às centenas de pedaço de papel, ela estava com os recibos do serviço de quarto do hotel em St. Louis. Astronômicos. Uma garrafa de Bâtard-Montrachet custando 125 dólares. Como o gosto deve ter sido bom depois de todos aqueles anos de comida da cadeia!

Ela pedira cópias de tudo que havia em Florença, e os italianos mandaram. Pela qualidade da impressão, pensou que eles deviam fazer cópias com alguma espécie de soprador de fuligem.

Não havia ordem em lugar algum. Ali estavam os papéis pessoais do Dr. Lecter tirados do Palazzo Capponi. Algumas anotações sobre Dante em sua letra familiar, um bilhete para a faxineira, um recibo de duas garrafas de Bâtard-Montrachet e alguns *tartufi bianchi* da mercearia florentina Vera dal 1926. O mesmo vinho de novo, e o que era a outra coisa?

O *Bantam New College Italian & English Dictionary* de Starling informou-lhe que *tartufi bianchi* eram trufas brancas. Ela telefonou para o chef de um bom restaurante italiano em Washington e perguntou a respeito. Teve de desligar o telefone depois de cinco minutos enquanto ele falava sem parar sobre o gosto das iguarias.

Gosto. O vinho, as trufas. Gosto em todas as coisas era uma constante nas vidas que o Dr. Lecter tivera nos Estados Unidos e na Europa, tanto como um bem-sucedido médico quanto como um monstro fugitivo. Seu rosto podia ter mudado, mas os gostos não, e ele não era um homem que negasse prazeres a si próprio.

Gosto era um assunto delicado para Starling, porque tinha sido através do gosto que o Dr. Lecter a tocara pela primeira vez, elogiando-a pelo livro de bolso e zombando de seus sapatos baratos. De que foi que a havia chamado? De uma caipirazinha bem-lavada e com um pouco de gosto.

Foi o gosto que ficou lhe provocando comichões na ronda cotidiana de sua vida institucional, com seus equipamentos puramente funcionais em arranjos utilitários.

Ao mesmo tempo, sua fé na *técnica* estava morrendo e deixando espaço para outra coisa.

Starling estava cansada da técnica. A crença na técnica é a religião dos negócios perigosos. Para enfrentar um bandido armado num tiroteio ou lutar contra ele na poeira é preciso acreditar que a técnica perfeita e o treinamento duro garantirão que você seja invencível. Isso não é verdade, particularmente nos tiroteios. Você pode avaliar as chances a seu favor, mas se entrar num número suficiente de tiroteios, num deles você será morto.

Starling já vira isso.

Como passou a duvidar da religião da técnica, em que deveria acreditar?

Em suas dificuldades, na monotonia incômoda de seus dias, ela começou a olhar para a forma das coisas. Começou a dar crédito a suas reações viscerais às coisas, sem quantificá-las ou restringi-las com palavras. Mais ou menos nessa época percebeu uma mudança em seus hábitos de leitura. Antes ela leria uma legenda antes de olhar para uma foto. Agora não. Algumas vezes simplesmente não lia a legenda.

Durante anos lera às escondidas publicações sobre moda, sentindo-se envergonhada como se fossem pornografia. Agora começava a admitir para si própria que havia algo naquelas fotos que lhe dava fome. Dentro da moldura de sua mente, galvanizada pelos luteranos contra a ferrugem corruptora, ela sentia-se como se estivesse cedendo a uma deliciosa perversão.

De qualquer modo, com o tempo, ela teria chegado à sua tática, mas foi ajudada pelo mar de mudanças por dentro: isso apressou-a em constatar que o gosto do Dr. Lecter pelas coisas raras, coisas que tinham um mercado pequeno, poderiam ser a barbatana dorsal do monstro, cortando a superfície e tornando-o visível.

Usando e comprando listas computadorizadas de clientes, Starling poderia descobrir uma de suas identidades alternativas. Para fazer isso, precisava conhecer suas preferências. Precisava conhecê-lo melhor do que qualquer outra pessoa no mundo.

De que coisas eu sei que ele gosta? Ele gosta de música, vinho, livros, comida. E gosta de mim.

O primeiro passo no desenvolvimento do gosto é estar preparado para dar crédito à própria opinião. Nas áreas de comida, vinho e música, Starling teria de seguir os precedentes do doutor, procurando o que ele usava no passado, mas pelo menos numa área ela era pelo menos igual a ele. Automóveis. Starling era fanática por automóveis, como poderia perceber qualquer pessoa que visse o seu carro.

O Dr. Lecter possuíra um Bentley turbinado antes de cair em desgraça. Turbinado, não envenenado. Turbinado sob medida com um ventilador de deslocamento positivo tipo Rootes, de modo que não tinha retardamento de turbo. Ela percebeu rapidamente que o mercado de Bentleys feitos sob encomenda é tão pequeno que o doutor correria um certo risco para voltar a ele.

O que Lecter compraria agora? Starling sabia do que ele gostava. Um V8 aspirado de grande deslocamento, e sem picos. O que ele compraria no mercado atual?

Sem dúvida, um Jaguar XJR sedã turbinado. Ela passou faxes para os distribuidores de Jaguar das costas leste e oeste pedindo relatórios semanais de venda.

De que outra coisa o Dr. Lecter gosta e sobre a qual Starling conhece muito?

Ele gosta de mim, pensou.

Com que rapidez ele reagira às dificuldades pela qual ela estava passando! Mesmo considerando o atraso de usar um serviço tortuoso de correspondência para lhe escrever. Uma pena que a máquina de registro postal não servisse como pista – ficava num lugar tão público que qualquer ladrão poderia usá-la.

Com que rapidez o *National Tattler* chegava à Itália? Foi naquele jornal que ele viu a encrenca de Starling, um exemplar foi encontrado no Palazzo Capponi. Será que o tabloide escandaloso tinha um site na Internet? Além disso, se ele possuía um computador na Itália, poderia ter lido um resumo do tiroteio no site público do FBI. O que poderia ser descoberto no computador do Dr. Lecter?

Nenhum computador estava listado entre os objetos pessoais no Palazzo Capponi.

Mesmo assim, ela vira *alguma coisa.* Pegou as fotos da biblioteca do Palazzo Capponi. Ali estava uma imagem da linda mesa onde ele escrevera para ela. Sobre a mesa havia um computador. Nas fotos seguintes o objeto desaparecera.

Com a ajuda de um dicionário, Starling compôs com enorme dificuldade um fax para a Questura em Florença:

Fra le cose personali del dottor Lecter, c'è un computer portatile?

E assim, com pequenos passos, Clarice Starling começou a perseguir o Dr. Lecter pelos corredores do gosto dele, com mais confiança em seus passos do que era racionalmente justificável.

43

Cordell, o assistente de Mason Verger, com um exemplo emoldurado sobre a mesa, reconheceu de imediato a letra distinta. O timbre era do Hotel Excelsior em Florença, Itália.

Tal como acontece com um número cada vez maior de pessoas ricas na era do Unabomber, Mason tinha seu próprio fluoroscópio para correspondência, semelhante ao usado no correio dos Estados Unidos.

Cordell calçou luvas e verificou a carta. O fluoroscópio não mostrou qualquer fio ou bateria. Seguindo as instruções rígidas de Mason, ele usou uma copiadora para copiar a carta e o envelope, segurando-os com pinças, e trocou de luvas antes de pegar a cópia e entregar a Mason.

Na letra familiar e elaborada do Dr. Lecter:

Caro Mason,

Obrigado por ter oferecido uma recompensa tão gigantesca pela minha captura. Eu gostaria que você a aumentasse. Como um sistema de alerta antecipado, o prêmio funciona melhor do que um radar. Ele inclina as autoridades de toda a parte a abrir mão de seu dever e me procurar particularmente, com os resultados que você vê.

Na verdade, estou escrevendo para refrescar sua memória na questão de seu antigo nariz. Na sua inspiradora entrevista contra as drogas, publicada há algum tempo no *Ladies' Home Journal*, você afirma que deu o seu nariz, junto com o restante do rosto, para alimentar os cachorros,

Skippy e Spot, que viviam abanando o rabo aos seus pés. Não foi bem assim: você mesmo o comeu, como aperitivo. Pelo som crocante quando você mastigou, eu diria que tinha uma consistência semelhante à de moela de galinha – "tem gosto de galinha!", foi seu comentário na hora. Eu me lembrei desse som num bistrô, quando um francês comia salada de moela.

Você não lembra disso, Mason?

Por falar em galinha, na terapia você me contou que, enquanto subvertia crianças carentes no seu acampamento de verão, ficou sabendo que o chocolate irrita a sua uretra. Também não se lembra disso, lembra?

Você não acha provável que tenha me contado todo tipo de coisas de que não se lembra agora?

Há um paralelo inevitável entre você e Jezebel, Mason. Sendo um aplicado estudante da Bíblia, você irá se lembrar de que os cães comeram o rosto de Jezebel, bem como o restante do corpo, depois que os eunucos a atiraram pela janela.

O seu pessoal poderia ter me assassinado na rua. Mas você me queria vivo, não é? Pelo aroma dos seus capangas, é óbvio que você planejava me divertir. Mason, Mason. Já que quer tanto me ver, deixe-me lhe dar algumas palavras de consolo, e você sabe que jamais minto.

Antes de morrer, você verá meu rosto.

Atenciosamente,

Dr. Hannibal Lecter.

P.S. Desculpe, mas eu me preocupo com a possibilidade de você não viver tanto assim, Mason. Você deve evitar as novas cepas de pneumonia, pois é muito suscetível (e continuará sendo). Eu recomendaria uma vacinação imediatamente, junto com injeções de imunização contra hepatite A e B. Não quero perdê-lo antes da hora.

Mason parecia meio sem fôlego quando terminou de ler. Esperou, esperou, e depois de um bom tempo disse alguma coisa a Cordell, mas ele não conseguiu ouvir.

Cordell se inclinou para perto e foi recompensado com um jorro de cuspe quando Mason falou de novo:

– Telefone para Paul Krendler. E entre em contato com o treinador dos porcos.

44

O mesmo helicóptero que trazia diariamente jornais italianos para Mason Verger também trouxe o subsecretário Paul Krendler a Muskrat Farm.

A presença maligna de Mason, de seu quarto escuro com os aparelhos sibilando e suspirando, e da enguia sempre se movendo já incomodaria Krendler o bastante, mas além disso ele teve de assistir repetidamente ao vídeo da morte de Pazzi.

Por sete vezes Krendler observou os Viggert em volta do Davi, viu Pazzi mergulhar e suas entranhas caírem. Pela sétima vez, Krendler esperou que as entranhas do Davi também caíssem.

Finalmente, as luzes fortes se acenderam no alto da área de estar, acima da cabeça de Krendler, fazendo seu couro cabeludo brilhar através do corte à escovinha, com pelos que iam rareando.

Os Verger têm uma compreensão sem paralelo da glutonice, de modo que Mason começou com o que Krendler queria para si próprio. Mason falava do escuro, as frases medidas pelos golpes de seu respirador.

– Não quero saber... toda a sua plataforma... quanto dinheiro será necessário?

Krendler queria falar em particular com Mason, mas não estavam sozinhos no quarto. Uma figura de ombros largos, fantasticamente musculosa, pairava numa silhueta negra contra o aquário luminoso. A ideia de um guarda-costas ouvindo-os enervou Krendler.

– Eu preferiria que ficássemos só nós dois. Você se importaria em pedir que ele saia?

– Esta é minha irmã, Margot – disse Mason. – Ela pode ficar.

Margot saiu do escuro, com as calças de ciclista sibilando.

– Ah, desculpe – disse Krendler, se levantando da poltrona.

– Olá – disse Margot. Mas, em vez de tomar a mão estendida de Krendler, pegou duas nozes na tigela sobre a mesa e, apertando-as juntas na mão até estalarem ruidosamente, voltou para a semiescuridão na frente do aquário, onde presumivelmente comeu-as. Krendler pôde ouvir as cascas caindo no chão.

– Certo, vamos ouvir isso – disse Mason.

– Para eu derrotar Lowenstein no 27º distrito, um mínimo de 10 milhões de dólares. – Krendler cruzou as pernas e olhou para algum ponto no escuro. Não sabia se Mason podia vê-lo. – Vou precisar disso apenas para a mídia. Mas eu lhe garanto que ele é vulnerável. Estou em posição de saber.

– Qual é o negócio dele?

– Digamos apenas que a conduta dele foi...

– Bom, é dinheiro ou boceta?

Krendler não se sentia confortável em dizer "boceta" na frente de Margot, ainda que isso não parecesse incomodar Mason.

– Ele é casado e tem um caso antigo com uma pessoa da Corte Estadual de Apelações. Essa pessoa deu algumas sentenças em troca de suas contribuições. Provavelmente as sentenças são coincidência, mas quando a TV condená-lo é só disso que precisarei.

– Essa pessoa é uma mulher? – perguntou Margot.

Krendler confirmou com a cabeça. Sem ter certeza se Mason podia vê-lo, acrescentou:

– É. Uma mulher.

– Que pena – disse Mason. – Seria melhor se ele fosse *veado*, não é, Margot? Mesmo assim, você não pode jogar essa merda no ventilador, Krendler. Ela não pode partir de você.

– Montamos um plano que oferece aos eleitores...

– Você próprio não pode jogar a merda – repetiu Mason.

– Só vou me certificar de que o Conselho da Magistratura saiba onde procurar, de modo que a coisa fique grudada em Lowenstein quando bater nele. Você está dizendo que pode me ajudar?

– Posso ajudar com metade.

– Cinco?

– Não vamos simplesmente jogar a palavra assim: "cinco". Digamos com o respeito que a coisa merece: *5 milhões de dólares*. O Senhor me abençoou com esse dinheiro. E com ele farei a Sua vontade: você só irá recebê-lo se Hannibal Lecter cair limpo nas minhas mãos. – Mason respirou durante alguns segundos. – Se isso acontecer, você será o Sr. Deputado Krendler do 27º distrito, sem qualquer dúvida, e a única coisa que lhe pedirei é que se oponha à lei de abate humanitário. Se o FBI pegar Lecter, se os policiais o agarrarem em algum lugar e ele acabar tomando uma injeção letal, foi bom conhecer você.

– Não posso fazer nada se uma jurisdição local pegá-lo. Ou se o pessoal de Crawford tiver sorte e pegá-lo, não posso controlar isso.

– Em quantos estados com pena de morte o Dr. Lecter poderia ser acusado? – perguntou Margot. Sua voz era áspera porém profunda como a de Mason, devido aos hormônios que tomara.

– Três estados. Ele cometeu múltiplos homicídios em primeiro grau em cada um deles.

– Se ele for preso, quero que seja processado ao nível estadual – disse Mason. – Nada de acusação de sequestro, violações de direitos civis, nenhuma violação interestadual. Quero que ele saia com vida. Quero-o numa prisão estadual, e não numa penitenciária federal de segurança máxima.

– Preciso perguntar por quê?

– Não, a não ser que você queira que eu diga. Isso não tem a ver com a lei de abate humanitário – disse Mason e deu um risinho. A conversa o exaurira. Fez um gesto para Margot.

Ela levou uma prancheta até a luz e leu o que havia anotado.

– Queremos tudo o que você conseguir, e queremos antes que a Divisão de Ciência do Comportamento receba. Queremos os relatórios da Ciência do Comportamento assim que forem preenchidos, e queremos os códigos de acesso do PACV e do Centro Nacional de Informações sobre Crimes.

– Você teria de usar um telefone público cada vez que acessasse o PACV – disse Krendler, ainda falando para o escuro, como se a mulher não estivesse lá. – Como poderia fazer isso?

– *Eu* posso fazer isso – disse Margot.

– Ela pode fazer – sussurrou Mason do escuro. – É programadora de aparelhos de musculação de academias. É o negociozinho dela, para que não precise viver à custa do *irmão.*

– O FBI tem um sistema fechado, e parte dele é criptografado. Você teria que se conectar como *host*, exatamente como eu disser, e baixar as informações para um laptop programado no Departamento de Justiça – disse Krendler. – Então, se o PACV esconder um rastreador na sua máquina, ele simplesmente voltaria para o Departamento de Justiça. Compre um laptop veloz, com um modem veloz, em dinheiro vivo, num fornecedor que trabalhe com grande volume, e não mande pelo correio qualquer certificado de garantia. Consiga um zip drive também. Fique fora da internet com ele. Vou precisar dele de uma hora para outra, e vou querê-lo de volta quando tiverem terminado. Vocês terão notícias minhas. Bom, é isso. – Krendler levantou-se e juntou seus papéis.

– Não é *exatamente* isso, Sr. Krendler... – aparteou Mason. – Lecter não precisa aparecer. Ele tem dinheiro para se esconder para sempre.

– Como ele tem dinheiro? – perguntou Margot.

– Ele tinha clientes velhos e muito ricos – disse Krendler. – Conseguiu que passassem para seu nome uma grande quantia de dinheiro e ações, e escondeu tudo muito bem. O Imposto de Renda não conseguiu descobrir. Eles exumaram os corpos de dois dos benfeitores para ver se Lecter os havia matado, mas não puderam descobrir coisa alguma. Os exames toxicológicos deram negativo.

– De modo que ele não vai ser preso num assalto à mão armada, ele tem dinheiro – disse Mason. – Você precisa atraí-lo para fora do esconderijo. Pense em maneiras.

– Ele deve saber de onde veio o ataque em Florença – disse Krendler.

– Claro que sim.

– Então ele vai estar atrás de você.

– Não sei – disse Mason. – Ele gosta de mim como sou. Pense nisso, Krendler. – Mason começou a cantarolar.

Tudo o que o subsecretário Krendler ouviu foram murmúrios enquanto saía pela porta. Mason costumava cantarolar hinos enquanto estava planejando: *Você tem a melhor isca, Krendler, mas discutiremos isso depois de você ter feito um depósito bancário incriminador – quando você pertencer a mim.*

45

Apenas a família permanece no quarto de Mason, irmão e irmã.

Luz e música suaves. Música típica do norte da África, um *oud* e percussão. Margot está sentada no sofá, cabeça baixa, cotovelos nos joelhos. Poderia ser uma arremessadora de martelo descansando, ou uma halterofilista descansando na academia depois de malhar. Respira um pouco mais rápido do que o aparelho de Mason.

A música termina e ela se levanta, vai até a cama dele. A enguia tira a cabeça do buraco na rocha artificial para ver se do céu prateado e ondulado poderá chover carpas de novo esta noite. A voz áspera de Margot está o mais suave possível.

– Você está acordado?

Num instante Mason tornou-se presente atrás de seu olho sempre aberto.

– Está na hora de falar a respeito do... · uma respiração sibilante – ...do que *Margot* quer? Sente-se aqui no colo do Papai Noel.

– Você sabe o que quero.

– Diga.

– Judy e eu queremos ter um neném. Nós queremos ter um neném Verger, o nosso neném.

– Por que não compra uma criança chinesa? São mais baratas do que leitões.

– É uma boa ideia. Talvez façamos isso.

– O que papai dirá... *Para um herdeiro, confirmado como meu descendente no Laboratório Cellmark ou num equivalente através de exame de DNA, todas as minhas propriedades indo para o meu filho amado, Mason, depois de minha morte.* Filho amado, Mason, sou eu. *Na ausência de um herdeiro, o único beneficiário será a Convenção Batista Sulista com cláusulas específicas relativas à Universidade Baylor em Waco, Texas.* Você realmente deixou papai puto com esse negócio de botar as aranhas para brigar, Margot.

– Talvez você não acredite, Mason, mas não é pelo dinheiro; bom, é um pouquinho, mas você não quer um herdeiro? Seria seu herdeiro também, Mason.

– Por que você não encontra um sujeito legal e dá uma trepadinha com ele, Margot? Não creio que tenha esquecido como é.

A música marroquina cresce de novo, as repetições obsessivas do *oud* no ouvido dela, como fúria.

– Eu me destruí, Mason. Fiz meus ovários secarem com todas as coisas que tomei. E quero que Judy faça parte disso. Ela quer ser a mãe natural. Mason, você disse que se eu o ajudasse... você me prometeu um pouco de esperma.

Os dedos de aranha de Mason fizeram um gesto.

– Sirva-se. Se ainda estiver aí.

– Mason, há todas as chances de que você ainda tenha esperma viável, e poderíamos dar um jeito de colhê-lo sem dor...

– *Colher* meu esperma viável? Parece que você andou fa lando com alguém.

– Só com a clínica de fertilidade, é confidencial. – O rosto de Margot se suavizou, mesmo à luz fria do aquário. – Nós poderíamos ser realmente boas para uma criança, Mason, fizemos curso de criação de filhos, Judy vem de uma família grande e tolerante, e há um grupo de apoio para casais de mulheres que querem ter filhos.

– Você costumava me fazer gozar quando éramos crianças, Margot. Me fazia gozar que nem um morteiro. E rapidinho também.

– Você *me machucou* quando eu era pequena, Mason. Você me machucou e deslocou o meu cotovelo, me obrigando a fazer... ainda não consigo levantar mais de 40 quilos com o braço esquerdo.

– Bom, você não queria pegar o chocolate. Eu disse: "Vamos falar a respeito, irmãzinha, quando esse serviço terminar."

– Vamos só fazer um exame em você agora – disse Margot. – O doutor pode tirar uma amostra indolor...

– Que *indolor*! Não posso sentir nada lá embaixo, de qualquer modo. Você poderia chupar até ficar com a cara azul e não seria como foi na primeira vez. Já mandei algumas pessoas fazerem isso e não aconteceu nada.

– O médico pode tirar uma amostra indolor, só para ver se você tem esperma móvel. Judy já está tomando Clomid. Estamos mapeando o ciclo dela, há muita coisa a fazer.

– Não tive o prazer de conhecer Judy durante todo esse tempo. Cordell diz que ela tem as pernas arqueadas. Há quanto tempo vocês têm um *caso*, Margot?

– Cinco anos.

– Por que não traz ela aqui? Nós poderíamos... *fazer alguma coisa*, por assim dizer.

Os tambores do norte da África terminam com um golpe final e deixam um silêncio que ressoa no ouvido de Margot.

– Por que não resolve sozinho sua pendência com o Departamento de Justiça? – disse ela perto do buraco do ouvido dele. – Por que não tenta entrar numa cabine telefônica com a porra do seu laptop? Por que não paga a mais uns carcamanos de merda para pegar o sujeito que transformou sua cara em comida de cachorro? *Você disse que ia me ajudar, Mason.*

– E vou. Só preciso esperar o momento certo.

Margot esmagou duas nozes e deixou as cascas caírem sobre o lençol de Mason.

– Não demore demais para pensar, meu doce. – As calças de ciclista sibilaram como vapor quando ela saiu do quarto.

46

Ardelia Mapp cozinhava quando sentia vontade, e quando cozinhava o resultado era extremamente bom. Seus ancestrais eram uma mistura de jamaicanos e *gullah*, e no momento Mapp estava fazendo galinha marinada, salpicando com um pimenteiro escocês que ela segurava cuidadosamente pela haste. Recusava-se a pagar a mais para comprar galinhas já em pedaços, e deixara para Starling o trabalho com o cutelo e a tábua de carne.

– Se você deixar os pedaços inteiros, Starling, eles não vão pegar o tempero como se você os tivesse cortado – explicou, não pela primeira vez. – Aqui – disse ela, pegando o cutelo e partindo um pedaço com tanta força que lascas de sangue se grudaram em seu avental. – Assim. O que você está fazendo jogando esses pescoços fora? Ponha essa coisinha bonitinha de volta aqui.

E um minuto depois:

– Estive no correio hoje. Fui mandar uns sapatos para minha mãe – disse Mapp.

– Eu também estive no correio, poderia ter levado os sapatos.

– Você *ouviu* alguma coisa no correio?

– Não.

Mapp assentiu, sem surpresa.

– Disseram que estão interceptando a sua correspondência.

– Quem?

– Diretriz confidencial do inspetor postal. Você não sabia disso, sabia?

– Não.

– Então descubra de algum outro modo. Não podemos denunciar meu colega do correio.

– Tá bom. – Starling pousou o cutelo por um momento. – Meu Deus, Ardelia.

Starling estivera junto ao balcão do correio comprando selos, sem perceber coisa alguma nos rostos fechados dos funcionários, a maioria deles afro-americanos, vários dos quais ela conhecia. Sem dúvida, alguém queria ajudá-la, mas havia uma grande chance de sofrer penalidades criminais e perder a aposentadoria. Sem dúvida, a tal pessoa confiava mais em Ardelia do que nela. Junto à ansiedade, Starling sentiu um clarão de felicidade por ter recebido um favor da rede de informações afro-americana. Talvez isso significasse um julgamento tácito de legítima defesa na morte de Evelda Drumgo.

– Agora pegue aquelas cebolinhas e esmague com o cabo da faca e coloque aqui. Esmague tudo – disse Ardelia.

Quando terminou os preparativos, Starling lavou as mãos, foi para a ordem absoluta da sala de Ardelia e sentou-se. Ardelia apareceu dentro de um minuto, secando as mãos numa toalha de pratos.

– Que tipo de babaquice idiota é essa? – perguntou Ardelia.

Era costume das duas xingar antes de abordar alguma coisa verdadeiramente maligna, um equivalente do final do século a assobiar no escuro.

– Não estou entendendo porra nenhuma – disse Starling. – *Quem* é o filho da puta que está remexendo minha correspondência? Que negócio é esse?

– A sala do inspetor postal é o máximo aonde o meu pessoal pode ir.

– Não é o tiroteio, não é Evelda. Se estão olhando minha correspondência, só pode ser por causa do Dr. Lecter.

– Você entregou tudo que ele já lhe mandou. Você e Crawford já cuidaram disso.

– Correto. Se é o DRP do Bureau que está me vigiando posso descobrir, eu acho. Se é o DRP do Departamento de Justiça, não sei.

O Departamento de Justiça e sua subsidiária, o FBI, têm Departamentos de Responsabilidade Profissional separados, que teoricamente cooperam entre si e algumas vezes entram em choque. Esses conflitos são conhecidos internamente como concursos de mijo a distância, e algumas vezes os agentes apanhados no meio se afogam. Além disso, o secretário do Departamento de Justiça, um cargo de indicação política, pode entrar no jogo a qualquer momento e tomar conta de um caso importante.

– Se eles sabem de alguma coisa que Hannibal Lecter está aprontando, se acham que ele está por perto, precisam deixar que você saiba para se proteger. Starling, alguma vez você... sentiu-o por perto?

Starling balançou a cabeça.

– Não me preocupo muito com ele. Não desse modo. Eu me acostumei há muito tempo, e às vezes até esqueço. Sabe aquela sensação de chumbo, aquela sensação cinza e pesada quando você está com medo de alguma coisa? Nem tenho isso. Simplesmente acho que eu saberia, se tivesse um problema.

– O que você *faria*, Starling? O que faria se o visse na sua frente? De repente? Você pensa nisso em algum momento? Meteria o cacete nele?

– No instante em que pudesse tirá-lo de dentro da braguilha, eu enfiaria o porrete na bunda dele.

Ardelia gargalhou.

– E depois?

O sorriso de Starling desapareceu.

– Isso é com ele.

– Você seria capaz de atirar nele?

– Para manter minhas tripas no lugar, está brincando comigo? Meu *Deus*, espero que isso nunca aconteça, Ardelia. Eu ficaria feliz se ele voltasse para a cadeia sem que ninguém mais se machucasse, inclusive ele. Mas vou lhe dizer, algumas vezes acho que, se algum dia ele for acuado, eu gostaria de ser a primeira a partir para cima dele.

– Nem diga isso.

– Comigo ele teria uma chance melhor de sair vivo. Eu não atiraria nele só por medo. Ele não é o lobisomem. O negócio simplesmente ficaria por conta dele.

– Você tem medo dele? É melhor que tenha *muito* medo.

– Sabe o que me dá medo, Ardelia? É de dar medo quando alguém conta a verdade. Eu gostaria de vê-lo escapar da pena de morte. Se ele conseguir isso, e se for posto numa instituição, há bastante interesse acadêmico para fazer com que seja muito bem-tratado. E não vai ter problemas com colegas de quarto. Se ele estivesse em cana, eu agradeceria pelo bilhete que me mandou. Não se pode desperdiçar um homem que é suficientemente maluco para dizer a verdade.

– Há um motivo para alguém estar monitorando sua correspondência. Eles têm uma ordem judicial que está em algum lugar, lacrada. Ainda não estamos sendo vigiadas pela polícia, senão nós saberíamos – disse Ardelia. – Mas eu não estranharia nada se esses filhos da puta soubessem que ele está vindo e não contassem a você. Fique atenta amanhã.

– O Sr. Crawford teria nos contado. Eles não podem montar grande coisa contra Lecter sem colocar o Dr. Crawford e eu a par da situação.

– Jack Crawford é *passado*, Starling. Você tem um ponto fraco aí. E se eles montarem alguma coisa contra *você*? Por saber o que diz, por não ter deixado Krendler dar em cima de você? E se alguém quiser sacanear você? Ei, agora estou falando sério sobre dar cobertura para a minha fonte.

– Há alguma coisa que possamos fazer pelo seu colega do correio? Nós precisamos fazer alguma coisa?

– Quem você acha que vem jantar?

– *Certo, Ardelia!...* Espere um minuto, pensei que *eu* vinha jantar.

– Você pode trazer alguém.

– Eu gostaria.

– Sem problema, garota. Na verdade o prazer é todo meu.

47

Quando criança, Clarice Starling se mudou de uma casa de tábuas que gemia ao vento para o Orfanato Luterano, com seus sólidos tijolos vermelhos.

A moradia modesta do início de sua infância tinha uma cozinha quente onde ela podia dividir uma laranja com o pai. Mas a morte sabe onde ficam as casas pequeninas, onde vivem pessoas que fazem trabalho perigoso em troca de pouco dinheiro. Seu pai saiu de casa na velha caminhonete para a patrulha noturna que o matou.

Starling foi embora de sua casa adotiva montada numa égua, enquanto matavam os cordeiros, e encontrou uma espécie de refúgio no Orfanato Luterano. As estruturas institucionais, grandes e sólidas, fizeram-na sentir-se em segurança desde então. Os luteranos podiam ser escassos em calor e laranjas, e pródigos em Jesus, mas regras eram regras, e se você as entendesse, tudo estava bem.

Enquanto o desafio fossem os exames competitivos e impessoais, ou fazer o serviço na rua, ela sabia que podia garantir seu lugar. Mas Starling não tinha dom para a política institucional.

Agora, enquanto saía de seu velho Mustang no início do dia, as altas fachadas de Quantico não eram mais o grande seio de tijolos de seu refúgio. Na atmosfera febril do estacionamento, até mesmo as portas pareciam tortas.

Queria ver Jack Crawford, mas não havia tempo. As filmagens na Hogan's Alley começaram assim que o sol se ergueu.

A investigação do massacre no mercado de peixes Feliciana exigia uma reconstituição filmada, na área de tiro de Hogan's Alley, em Quantico, avaliando-se cada tiro, cada trajetória.

Starling tinha de fazer seu papel. O furgão disfarçado que eles usaram era o original, com massa ainda não pintada tapando os últimos buracos de bala. Repetidamente eles saíram do velho furgão, e em seguida o agente que fazia o papel de John Brigham caía de cara no chão e o que fazia Burke se retorcia no asfalto. O processo, usando munição barulhenta de festim, deixou-a exausta.

Terminaram no meio da tarde.

Starling pegou seu equipamento da SWAT e encontrou Jack Crawford na sala dele.

Voltara a se dirigir a ele como Sr. Crawford, e ele parecia cada vez mais vago e distante de todo o mundo.

– Quer um Alka-Seltzer, Starling? – disse ele quando a viu parada junto à porta. Crawford ingeria uma quantidade enorme de remédios no transcorrer do dia. Além disso, estava tomando Ginkgo Biloba, Saw Palmetto, erva-de-são-joão e aspirina infantil. Tomava tudo numa determinada ordem, sobre a palma da mão, a cabeça recuando como se estivesse engolindo uma dose de bebida alcoólica. Nas últimas semanas começara a pendurar o paletó do terno no escritório e a vestir uma suéter que sua falecida esposa, Bella, tinha tricotado. Parecia muito mais velho do que qualquer lembrança que ela tivesse do próprio pai.

– Sr. Crawford, parte da minha correspondência está sendo aberta. Eles não são muito bons em fazer isso. Parece que estão tirando a cola com vapor de uma chaleira.

– Sua correspondência está sendo examinada desde que Lecter lhe escreveu.

– Eles só passavam os pacotes pelo fluoroscópio. Até então tudo bem, mas eu poderia ler minha própria correspondência pessoal. Ninguém me avisou nada.

– Não é o nosso DRP que está fazendo isso.

– E também não é um pé-rapado qualquer, Sr. Crawford. É alguém suficientemente grande para conseguir um mandado de interceptação Título Três sob sigilo.

– Mas parece que são amadores que estão abrindo? – Ela ficou quieta tempo suficiente para que ele acrescentasse: – É melhor que você tenha entendido dessa forma, não é, Starling?

– Sim, senhor.

Ele comprimiu os lábios e assentiu.

– Vou verificar isso. – Em seguida, arrumou seus frascos de remédio na gaveta de cima da mesa. – Vou falar com Karl Schreimer, do Departamento de Justiça, vamos resolver isso.

Schreimer não valia nada. Os boatos diziam que iria se aposentar no final do ano, todos os colegas de Crawford estavam se aposentando.

– Obrigada, senhor.

– Alguém nas suas aulas para policiais é muito promissor? Vale a pena falar com alguém que está sendo recrutado?

– Na perícia, ainda não posso dizer; eles são tímidos comigo com relação a crimes sexuais. Há uns dois atiradores muito bons.

– Esses já nos deram mais do que o bastante. – Ele encarou-a rapidamente. – Não estou falando de você.

NO FINAL DAQUELE DIA de representação da morte de John Brigham, Starling foi até o túmulo dele no Cemitério Nacional de Arlington.

Pousou a mão na lápide, ainda áspera do cinzel. De repente, teve nos lábios a sensação clara de beijar sua testa, fria como mármore e áspera de pólvora, como quando se aproximou pela última vez do caixão e colocou na mão do amigo morto, debaixo da luva branca, a última medalha que ela recebera como campeã de pistola de combate.

Agora caíam folhas em Arlington, salpicando o terreno apinhado. Com a mão na lápide de John Brigham, olhando para os hectares de sepulturas, Starling se perguntou quantos como ele tinham sido desperdiçados pela estupidez, pelo egoísmo e pela barganha de homens velhos e cansados.

Quer acredite em Deus ou não, se você for um guerreiro, Arlington é um lugar sagrado, e a tragédia não é morrer, e sim ser desperdiçado.

Ela sentia uma ligação com Brigham que não era menos forte pelo fato de os dois não terem sido amantes. Abaixada sobre um dos joelhos, ao lado da lápide, ela lembrou. Ele pediu-lhe alguma coisa gentilmente e ela disse não, e então ele perguntou se os dois poderiam ser amigos, e falou sério, e ela disse sim, e falou sério.

Ajoelhada em Arlington, ela pensou na sepultura do pai muito longe. Não a visitava desde quando se formara na faculdade, quando foi até a sepultura contar-lhe. Imaginou que estaria na hora de voltar.

O pôr do sol através dos galhos negros de Arlington era tão laranja quanto a laranja que ela dividia com o pai; o clarim distante a fez estremecer, tendo a lápide fria debaixo da mão.

48

Podemos vê-lo através do vapor da nossa respiração – na noite clara sobre a Terra Nova um brilhante ponto de luz pairando em Órion, depois passando devagar lá no alto, um Boeing 747 enfrentando um vento de frente de 160 quilômetros por hora em direção oeste.

Lá na terceira classe, onde viajam os pacotes de turismo, os 52 participantes da Old World Fantasy, uma viagem por 11 países em 17 dias, estão voltando para Detroit e Windsor, no Canadá. O espaço para os ombros é de 50 centímetros. O espaço para os quadris entre os braços das poltronas é de 50 centímetros. Isso é 5 centímetros a mais de espaço do que um escravo tinha em Middle Passage.

Os passageiros estão recebendo sanduíches gelados de carne escorregadia e queijo processado, enquanto respiram os peidos e as exalações uns dos outros num ar economicamente reprocessado, uma variação do princípio de estrume e bebida alcoólica estabelecido pelos mercadores de gado e de porcos na década de 1950.

O Dr. Hannibal Lecter está no centro da fileira do meio da terceira classe, com crianças de ambos os lados e uma mulher segurando um bebê, junto ao corredor. Depois de tantos anos em celas e amarras, o Dr. Lecter não gosta de ficar confinado. Um joguinho de computador no colo do menino ao lado faz um barulho incessante.

Como muitos outros espalhados nos assentos mais baratos, o Dr. Lecter usa um distintivo amarelo brilhante com CAN-AM TOURS escrito em grandes letras vermelhas e, como os turistas, usa imitações de agasalhos esportivos. Seu agasalho tem a insígnia do Toronto Maple Leafs, um time de hóquei. Por debaixo da roupa, uma quantidade considerável de dinheiro está presa a seu corpo.

O Dr. Lecter passou três dias com o grupo de turistas, tendo comprado seu lugar numa agência em Paris que vendia cancelamentos de última hora por motivo de doença. O homem que deveria estar na sua poltrona foi para a casa no Canadá num caixão, após o coração ter falhado ao subir a cúpula da Catedral de São Pedro.

Quando chegar a Detroit, o Dr. Lecter deve enfrentar o controle de passaporte e a alfândega. Ele pode ter certeza de que as autoridades alfandegárias e da Imigração em cada grande aeroporto do mundo ocidental foram alertadas para identificá-lo. Se sua foto não estiver grudada à parede do setor de controle de passaportes, com certeza estará esperando sob o botão de alarme de cada computador da Alfândega e da Imigração.

Mesmo assim ele acha que pode desfrutar de uma certa sorte: as fotos que as autoridades estão usando poderiam ser de seu rosto antigo. O passaporte falso que usou para entrar na Itália não tem uma ficha correspondente no país de origem para proporcionar sua imagem atual: na Itália, Rinaldo Pazzi tentara simplificar a própria vida e satisfazer Mason Verger pegando o arquivo dos Carabinieri, inclusive a foto e o negativo usado no *permesso de soggiorno* e na licença de trabalho do "Dr. Fell". O Dr. Lecter encontrou-os na pasta de Pazzi e os destruiu.

A não ser que Pazzi tenha tirado fotos do "Dr. Fell" de algum esconderijo, há uma boa chance de que não exista qualquer imagem do rosto atual do Dr. Lecter no mundo. Não está muito diferente do rosto antigo – um pouco de colágeno acrescentado ao redor do nariz e das bochechas, cabelo modificado, óculos – mas é suficientemente diferente se não for atraída atenção para ele. Para a cicatriz nas costas da mão foi usado um cosmético durável e um bronzeador.

No Aeroporto Metropolitano de Detroit ele espera que o Serviço de Imigração divida os recém-chegados em duas filas, com passaportes americanos e estrangeiros. Ele escolhera a cidade de fronteira para que a fila de passaportes estrangeiros estivesse cheia. Esse avião está repleto de canadenses. O Dr. Lecter acha que pode passar junto com o rebanho, desde que o rebanho o aceite. Ele percorreu alguns locais históricos e algumas galerias com esses turistas, voou na mesma classe do avião, mas há limites: não pode comer aquela lavagem junto com eles.

Cansados e com os pés doloridos, tendo nojo das próprias roupas e das dos companheiros, os turistas se refocilam nos sacos de refeição, e tiram dos sanduíches a alface escurecida pelo frio.

Não querendo chamar atenção, o Dr. Lecter espera até que os outros passageiros tenham engolido aquela comida lamentável, tenham ido ao banheiro e que a maioria adormeça. Lá na frente passa um filme antigo. Mesmo assim, ele espera com a paciência de uma píton. Ao seu lado, o menino adormeceu sobre o jogo de computador. Na parte superior do largo avião, as luzes de leitura vão se apagando.

Então, e só então, com um olhar furtivo ao redor, o Dr. Lecter tira de baixo da poltrona à frente seu lanche, embalado numa elegante caixa amarela enfeitada de marrom, vinda da Casa Fauchon, o serviço de bufê francês. Está amarrada com duas fitas de seda em cores complementares. O Dr. Lecter trouxe uma provisão de patê de *foie gras* com trufas maravilhosamente aromáticas e figos da Anatólia ainda chorando das hastes cortadas. Também tem meia garrafa de um St. Estephe do qual gosta muito. O laço de seda cede com um sussurro.

O Dr. Lecter se prepara para saborear um figo, segura-o diante dos lábios, as narinas se abrem para o aroma, decidindo se irá comê-lo inteiro numa gloriosa mordida ou apenas a metade, quando o jogo de computador ao seu lado solta um bipe. E de novo. Sem virar a cabeça, o doutor esconde o figo e olha para o garoto ao lado. Os cheiros de trufa, *foie gras* e conhaque saem da caixa aberta.

O garotinho fareja o ar. Seus olhos estreitos, brilhantes como os de um roedor, deslizam de lado para o lanche do Dr. Lecter. Ele fala com a voz cortante de um irmãozinho competitivo:

– *Ei, moço. Ei, moço.* – Ele não vai parar.

– O que é?

– *É uma daquelas refeições especiais?*

– Não é.

– *O que é que o senhor tem aí, então?* – O garoto virou o rosto para o Dr. Lecter numa expressão de lisonja. – *Me dá um pedaço?*

– Eu gostaria muito – respondeu o Dr. Lecter, percebendo que debaixo da cabeça grande do garoto o pescoço tinha apenas a espessura de um filé de porco. – Mas você não gostaria. É *fígado.*

Salsichão de fígado! Que incrível! Minha mãe não vai se importar. Manhê! – Criança desnaturada, que adora salsichão de fígado e ou geme ou grita.

A mulher que segurava o bebê junto ao corredor despertou de súbito.

Os passageiros na fileira da frente, que estavam com as cadeiras inclinadas para trás a ponto de o Dr. Lecter poder sentir o cheiro dos cabelos, olharam através da fenda entre as poltronas.

– Nós estamos tentando dormir aqui.

– *Manheeê, posso comer um pedaço do sanduíche dele?*

O bebê no colo da mãe acordou e começou a chorar. A mãe enfiou um dos dedos na parte de trás da fralda, voltou com resultado negativo, e deu uma chupeta ao bebê.

– O que o senhor está tentando *dar* a ele, moço?

– É fígado, madame – disse o Dr. Lecter o mais baixo possível. – Eu não dei...

– *Salsichão de fígado, meu preferido, eu quero, ele* disse *que eu poderia comer um pouco se...* – A criança pronunciou a última palavra num gemido de partir a cabeça.

– Moço, se o senhor for dar alguma coisa para o meu *filho*, será que eu posso ver?

A aeromoça, com o rosto inchado de um cochilo interrompido, parou ao lado da poltrona da mulher enquanto o bebê uivava.

– Está tudo bem aí? Posso lhe trazer alguma coisa? Esquentar uma mamadeira?

A mulher pegou uma mamadeira com tampa e entregou à aeromoça. Em seguida, acendeu a luz de leitura e, enquanto procurava um bico, gritou para o Dr. Lecter:

– Poderia passar para mim? Se o senhor está oferecendo para o meu *filho*, quero experimentar. Sem ofensa, mas é que ele tem um estômago delicado.

Normalmente deixamos nossas crianças pequenas na creche, em meio a estranhos. Ao mesmo tempo, em nossa culpa, criamos uma paranoia com relação aos estranhos e incutimos medo nas crianças. Em momentos assim, um monstro genuíno precisa tomar cuidado, até mesmo um monstro tão indiferente às crianças quanto o Dr. Lecter.

Ele passou a caixa da Fauchon para a mãe.

– Ei, belo pão – disse ela, cutucando-o com o dedo que tinha entrado na fralda.

– Madame, pode *ficar* com ele.

– Eu não quero a *bebida* – disse ela e olhou ao redor esperando uma gargalhada. – Eu não sabia que deixavam a gente trazer a própria bebida. Isso é uísque? Eles *deixam* você beber isto no avião? Acho que vou ficar com esta fita, se o senhor não quiser.

– *Senhor,* o senhor não pode abrir esta bebida alcoólica no avião – disse a aeromoça. – Vou guardá-la para o senhor, pode pegar de volta na saída.

– É claro. Muito obrigado – disse o Dr. Lecter.

O Dr. Lecter podia superar o ambiente onde se encontrava, podia fazer tudo aquilo desaparecer. O barulho do jogo de computador, os roncos e peidos não eram coisa alguma comparados aos gritos infernais que ele conhecera nas alas de criminosos violentos. A poltrona não era mais apertada do que as amarras. Como fizera tantas vezes em sua cela, recostou a cabeça, fechou os olhos e se retirou para o alívio no silêncio de seu palácio da memória, um lugar que, na maioria das vezes, é muito bonito.

Durante esse curto tempo, o cilindro de metal que uiva para o leste contra o vento contém um palácio de mil cômodos.

Como uma vez visitamos o Dr. Lecter no Palazzo Capponi, agora iremos com ele ao palácio de sua mente...

O saguão é a capela normanda de Palermo, severa, linda e eterna, com uma única lembrança da mortalidade no crânio gravado no piso. A não ser que esteja com grande pressa para pegar informações no palácio, o Dr. Lecter costuma parar aqui como faz agora, para admirar a capela. Mais atrás, distante e complexa, luminosa e escura, fica a vasta estrutura criada pelo Dr. Lecter.

O palácio da memória era um sistema mnemônico bem conhecido dos antigos eruditos, e muita informação foi preservada nele através da Idade das Trevas, enquanto vândalos queimavam os livros. Como os eruditos anteriores, o Dr. Lecter armazena em seus milhares de cômodos uma quantidade enorme de informações associada a objetos. Mas, diferentemente dos antigos, o Dr. Lecter tem um segundo objetivo para esse palácio; algumas vezes ele vive ali. Passou anos em meio às coleções exóticas, enquanto seu corpo estava amarrado numa ala para criminosos violentos, com gritos fazendo as barras de aço zumbirem como a harpa do inferno.

O palácio de Hannibal Lecter é vasto, até mesmo para os padrões medievais. Comparado ao mundo tangível, ele poderia rivalizar com o palácio Topkapi em Istambul, em tamanho e complexidade.

Nós o alcançamos enquanto os chinelos rápidos de sua mente passam do saguão para o grande salão das estações. O palácio é construído segundo as regras descobertas por Simonides de Ceos, e elaborado por Cícero quinhentos anos depois; é arejado, com teto alto, mobiliado com objetos e quadros vívidos, marcantes, algumas vezes chocantes e absurdos, mas frequentemente belos. As obras expostas são bem espaçadas e bem-iluminadas como num grande museu. Mas as paredes não têm as cores neutras dos museus. Como Giotto, o Dr. Lecter pintou afrescos nas paredes de sua mente.

Ele decidiu pegar o endereço da casa de Clarice Starling enquanto está no palácio, mas não tem pressa, por isso para ao pé de uma grande escadaria onde estão os bronzes do Riace. Esses grandes guerreiros de bronze, atribuídos a Fídias, resgatados do fundo do mar em nosso tempo, são a peça central de um espaço coberto de afrescos que poderia desenrolar toda a obra de Homero e Sófocles.

Se quisesse, o Dr. Lecter podia mandar que os rostos de bronze declamassem versos de Meleagro, mas hoje ele só quer olhá-los.

Mil cômodos, quilômetros de corredores, centenas de fatos ligados a cada objeto que decora cada cômodo, um descanso agradável espera o Dr. Lecter sempre que opta por se retirar para lá.

Mas isto compartilhamos com o doutor: nas abóbadas de nossos corações e nossos cérebros, o perigo espera. Nem todas as câmaras são adoráveis, claras e altas. Há buracos no piso da mente, como no piso de uma masmorra medieval – calabouços fétidos, celas em forma de garrafa, na rocha sólida, com o alçapão no topo, onde as pessoas eram esquecidas. Deles nada sai em voz baixa para nos tranquilizar. Um tremor, alguma traição de nossos guardas, e fagulhas de lembrança fazem disparar os gases nocivos – coisas presas há anos voam livres, prontas para explodir em dor e nos levar a um comportamento perigoso...

Temerosos e maravilhados, seguimos enquanto ele anda com passo leve e rápido ao longo do corredor que criou, através de um perfume de gardênias, a presença de grandes esculturas nos pressionando, e a luz das pinturas.

Seu caminho vira à direita, passando por um busto de Plínio e subindo a escada até o salão dos endereços, um cômodo cheio de estátuas e pinturas numa ordem fixa, bem espaçadas e bem-iluminadas, como Cícero recomenda.

Ah... a terceira câmara a partir da porta, à direita, é dominada por uma pintura de São Francisco dando uma mariposa de comer a um estorninho – *starling*, em inglês. No chão à frente da pintura há uma imagem em tamanho real feita de mármore pintado: um desfile no Cemitério Nacional de Arlington, liderado por Jesus, com 33 anos, dirigindo uma caminhonete Ford modelo T 1927, conhecido como "*tin lizzie*", com J. Edgar Hoover de pé na carroceria usando um *tutu* de bailarina e acenando para uma multidão invisível. Atrás dele, Clarice Starling marcha carregando um rifle Enfield .308 sobre o ombro.

O Dr. Lecter parece satisfeito em vê-la. Há muito tempo conseguiu o endereço da casa de Starling com a Associação de Alunos da Universidade da Virgínia. Ele guarda o endereço naquele quadro vivo, e agora, para seu próprio prazer, pega os números e o nome da rua onde Starling mora.

Tindal, 3327
Arlington, VA, 22308

O Dr. Lecter pode se movimentar com velocidade espantosa pelos vastos salões de seu palácio da memória. Com seus reflexos e força, a capacidade de apreensão e velocidade da mente, o Dr. Lecter está bem armado contra o mundo físico. Mas há lugares ali dentro aonde ele não pode ir em segurança, onde as regras de lógica de Cícero, de espaço e de luz ordenados, não se aplicam...

Decidiu visitar sua coleção de tecidos antigos. É para uma carta que está escrevendo a Mason Verger. Ele quer rever um texto de Ovídio que fala sobre óleos faciais perfumados, pois está ligado à tecelagem.

Prossegue caminhando sobre uma interessante passadeira Kilim de trama lisa, em direção ao salão de teares e têxteis.

No mundo do 747 a cabeça do Dr. Lecter está encostada na poltrona, os olhos estão fechados. A cabeça balança suavemente enquanto a turbulência sacode o avião.

No fim da fila lateral o bebê terminou a mamadeira e ainda não dormiu. Seu rosto fica vermelho. A mãe sente o corpinho se tensionar dentro do cobertor, depois relaxar. Não há dúvida do que aconteceu. Ela não precisa enfiar o dedo na fralda. Na fila da frente alguém diz “Meu Deus!”.

Outra camada de cheiro é acrescentada ao fedor de vestiário de atletas do avião. O garotinho sentado ao lado do Dr.

Lecter, acostumado aos hábitos do bebê, continua a comer o lanche do Fauchon.

Dentro do palácio da memória os alçapões se abrem e os calabouços bocejam seu fedor medonho...

ALGUNS ANIMAIS CONSEGUIRAM *sobreviver ao fogo de artilharia e metralhadora que deixou mortos os pais de Hannibal Lecter e destruiu a vasta floresta que cercava sua propriedade.*

O grupo de desertores que usava a remota cabana de caça comia o que podia encontrar. Uma vez acharam um pequeno cervo em estado miserável, magro, com uma flecha espetada, e que conseguira encontrar comida sob a neve e sobreviver. Guiaram-no para o acampamento para não ter de carregá-lo.

Hannibal Lecter, com 6 anos, ficou olhando através de uma fenda no celeiro enquanto eles traziam o animal que resistia e revirava a cabeça para se livrar da corda amarrada no pescoço. Eles não queriam disparar um tiro, mas conseguiram derrubá-lo golpeando as pernas finas e partiram sua garganta com o machado, xingando uns aos outros em várias línguas para que trouxessem uma tigela antes que o sangue fosse desperdiçado.

Não havia muita carne no animal magro, e em dois dias, talvez três, com seus sobretudos compridos, os hálitos fedendo e soltando vapor, os desertores vieram pela neve até a cabana de caça, para destrancar o celeiro e de novo escolher entre as crianças aninhadas sobre a palha.

Nenhuma havia congelado, por isso pegaram uma viva.

Tatearam a coxa, o braço e o peito de Hannibal Lecter, e em vez dele escolheram sua irmã, Mischa, e a levaram. Para brincar, disseram. Ninguém que era levado para brincar voltava.

Hannibal agarrou-se a Mischa com toda a sua força, agarrou-se a Mischa com seu braço magro até que os homens bateram a porta pesada do celeiro contra ele, deixando-o atordoado e quebrando seu braço.

Levaram-na pela neve ainda manchada de sangue do cervo.

Ele rezou demais para ver Mischa outra vez, a oração consumia sua mente de 6 anos, mas não abafou o som do machado. Sua oração para vê-la de novo não ficou totalmente desatendida – ele viu alguns dos dentes de leite de Mischa na fossa fétida que seus captores usavam, entre a cabana onde dormiam e o celeiro onde mantinham as crianças cativas, que eram seu sustento em 1944, depois do colapso da frente oriental.

Desde essa resposta parcial à sua oração, Hannibal Lecter não se sensibilizou com qualquer consideração sobre a divindade, além de reconhecer como suas modestas atividades de predador empalideciam diante das de Deus, que em ironia não tem rival, e cuja malícia arbitrária está além de qualquer medida.

NESTE AVIÃO EM ALTA VELOCIDADE, a cabeça balançando suavemente no encosto da poltrona, o Dr. Lecter está suspenso entre a última visão de Mischa atravessando a neve ensanguentada e o som do machado. Está seguro ali, e não pode suportar. No mundo do avião brota de seu rosto suado um grito curto, fino e agudo, penetrante.

Alguns passageiros se viram, outros acordam. Os da fileira à sua frente, estão rosnando:

– Garoto, pelo amor de Deus, qual é o *problema* com você? Meu Deus!

Os olhos do Dr. Lecter se abrem, olham direto à sua frente, há uma mão sobre ele. É a mão do garotinho.

– O senhor teve um pesadelo, não foi? – A criança não está amedrontada, nem se importa com as reclamações das filas na frente.

– Sim.

– Eu também tenho pesadelos muitas vezes. Não estou zombando do senhor.

O Dr. Lecter respirou várias vezes, a cabeça apoiada no encosto. Em seguida recobrou sua compostura, como se a calma rolasse do alto da testa para cobrir o rosto. Ele inclinou a cabeça para o garoto e disse num tom de voz confidencial:

– Você está certo em não comer esta lavagem, sabe? Nunca coma isso.

As companhias aéreas não fornecem mais papel timbrado. Num perfeito controle sobre si mesmo, o Dr. Lecter pegou vários papéis timbrados de hotel no bolso do peito e começou uma carta para Clarice Starling. Primeiro esboçou o rosto dela. Agora o desenho está numa coleção particular da Universidade de Chicago e disponível aos estudiosos. Nele Starling parece uma criança, e seu cabelo, como o de Mischa, está grudado ao rosto com lágrimas...

PODEMOS VER O AEROPLANO através do vapor de nossa respiração, um brilhante ponto de luz no céu claro da noite. Veja-o atravessar a estrela Polar, para além do ponto sem volta, seguindo agora num grande arco em direção ao amanhã no Novo Mundo.

49

As pilhas de papéis, dossiês e disquetes na baia de Starling chegavam a um ponto crítico. Sua requisição de mais espaço não foi atendida. *Chega.* Com a ousadia dos condenados, ela exigiu uma sala espaçosa no porão em Quantico. A sala estava destinada a se tornar o laboratório fotográfico particular da Divisão de Ciência do Comportamento assim que o Congresso destinasse alguma verba. Não tinha janelas, mas havia uma boa quantidade de prateleiras e, tendo sido construída para ser um laboratório fotográfico, dispunha de cortinas duplas de blecaute em vez de uma porta.

Algum anônimo vizinho de sala imprimiu um cartaz em letras góticas onde estava escrito CASA DE HANNIBAL e pregou-o com alfinete na cortina da entrada. Com medo de perder a sala, Starling levou o cartaz para dentro.

Logo encontrou uma quantidade enorme de material na Biblioteca de Justiça Criminal da Columbia College, onde mantinham a Sala Hannibal Lecter. A faculdade detinha documentos originais do trabalho médico e psiquiátrico feito pelo doutor, e transcrições de seu julgamento e dos processos contra ele. Na primeira visita à biblioteca, Starling esperou 45 minutos enquanto os funcionários caçavam sem sucesso as chaves da Sala Lecter. Na segunda ocasião encontrou um aluno indiferente, do curso de pós-graduação encarregado do material, ainda não catalogado.

A paciência de Starling não estava melhorando na sua quarta década de vida. Com o chefe de seção Jack Crawford apoiando-a junto à Promotoria Federal, conseguiu uma ordem judicial para levar toda a coleção da faculdade para a sua sala no porão em Quantico. Oficiais de justiça federais fizeram a mudança num único furgão.

A ordem judicial criou repercussões, como ela temia. Finalmente, as repercussões trouxeram Krendler...

Ao fim de duas longas semanas, Starling estava com a maior parte do material da biblioteca organizado em seu precário Centro Lecter. No final de uma tarde de sexta-feira, ela lavou o rosto e as mãos do pó e da sujeira dos livros, apagou as luzes e sentou-se no chão, no canto, olhando para os livros e papéis que ocupavam muitos metros de prateleira. É possível que tenha cochilado por um momento...

Um cheiro despertou-a, e ela teve consciência de que não estava sozinha. Era cheiro de graxa de sapato.

A sala estava semiescura, e o subsecretário Paul Krendler movia-se devagar ao longo das prateleiras, espiando os livros e as fotos. Não se incomodara em bater – não havia como bater nas cortinas, e Krendler não gostava de bater em portas, especialmente de agências subordinadas. Ali, naquele porão de Quantico, estava definitivamente visitando uma favela.

Uma parede da sala era dedicada ao Dr. Lecter na Itália, com uma grande foto de Rinaldo Pazzi pendurado na janela do Palazzo Vecchio com as entranhas fora do corpo. A parede oposta era destinada aos crimes nos Estados Unidos, dominada por uma fotografia tirada pela polícia, mostrando o arqueiro caçador que o Dr. Lecter matara anos antes. O corpo estava pendurado num painel com ganchos e tinha todos os ferimentos das ilustrações medievais do Homem Ferido. Muitos dossiês de casos estavam empilhados nas prateleiras junto com registros civis de processos criminais abertos contra o Dr. Lecter por famílias das vítimas.

Os livros pessoais do Dr. Lecter, de seu trabalho como médico, estavam numa ordem idêntica ao arranjo de seu antigo consultório psiquiátrico. Starling os arrumara examinando com uma lente de aumento fotos que a polícia fizera no consultório.

Boa parte da luz na sala escura vinha através de um raio X da cabeça e do pescoço do doutor, que brilhava numa caixa de luz presa à parede. A outra luz vinha de um computador numa mesa de canto. O tema do protetor de tela era "Criaturas Perigosas". De vez em quando o computador rosnava.

Ao lado da máquina estavam os resultados da compilação de Starling. Os pedaços de papel arduamente reunidos, recibos, notas de despesas que revelavam como o Dr. Lecter levara sua vida privada na Itália – e na América, antes de ser mandado para o manicômio. Era um catálogo aproximado de seus gostos.

Usando um scanner como mesa, Starling arrumou um cenário que tinha sobrevivido da casa dele em Baltimore – louça, prata, cristais, guardanapos de um branco radiante, uma vela – meio metro quadrado de elegância em contraste com as coisas grotescas penduradas na sala.

Krendler pegou a grande taça de vinho e bateu nela com a unha.

Ele jamais sentira a carne de um criminoso, jamais lutara com um no chão, e pensava no Dr. Lecter como uma espécie de bicho-papão da mídia e uma oportunidade. Podia ver sua própria foto associada a um arranjo assim no Museu do FBI, logo que Lecter estivesse morto. Podia ver o enorme valor de campanha. Aproximou o nariz do perfil em raio X do crânio amplo do doutor, e quando Starling falou com ele, deu um pulo suficiente para sujar o raio X com a oleosidade de seu nariz.

– Posso ajudá-lo, Sr. Krendler?

– Por que está sentada aí no escuro?

– Estou pensando, Sr. Krendler.

– O pessoal do Congresso quer saber o que estamos fazendo com relação a Lecter.

– Isto é o que estamos fazendo.

– Coloque-me a par, Starling. Atualize-me rapidamente.

– O senhor não preferiria que o Sr. Crawford...

– Onde Crawford *está*?

– O Sr. Crawford está no tribunal.

– Creio que ele está perdendo o pique. Você não acha?

– Não, senhor, não acho.

– O que está fazendo aqui? Recebemos uma reclamação da faculdade onde você pegou esse material todo. A situação poderia ter sido abordada de um modo melhor.

– Nós juntamos aqui tudo o que pudemos encontrar com relação ao Dr. Lecter, tanto objetos quanto registros. As armas dele estão na Seção de Armas de Fogo e Instrumentos, mas temos duplicatas. Temos tudo que restou dos papéis pessoais dele.

– Qual é o sentido disso? Você está pegando um tarado ou escrevendo um tratado? – Krendler fez uma pausa para guardar essa rima em seu cartucho verbal. – Se um figurão do Partido Republicano numa sindicância judiciária me perguntar o que *você*, agente especial Starling, está fazendo para pegar Hannibal Lecter, o que devo lhe dizer?

Starling acendeu todas as luzes. Podia ver que Krendler ainda comprava ternos caros enquanto economizava dinheiro nas camisas e gravatas. As protuberâncias de seus pulsos peludos se projetavam dos punhos.

Starling olhou um instante através da parede, para além da parede, para o nada, e se recompôs. Obrigou-se a ver Krendler como uma turma de alunos na Academia de Polícia.

– Sabemos que o Dr. Lecter tem uma identidade falsa muito boa – começou ela. – Deve ter pelo menos mais uma identidade sólida, talvez várias. Ele é cuidadoso nesse sentido. Não vai cometer um erro idiota.

– Prossiga.

– Ele é um homem de gostos muito refinados, alguns exóticos, na comida, no vinho, na música. Se vier para cá, vai querer desfrutar dessas coisas, e terá de consegui-las. Não vai recusá-las a si mesmo.

"O Sr. Crawford e eu examinamos os recibos e os papéis que restaram da vida do Dr. Lecter em Baltimore, antes de ele ser preso pela primeira vez, e os recibos que a polícia italiana pôde fornecer, processos de credores depois de sua prisão. Fizemos uma lista de algumas coisas das quais ele gosta. Pode ver aqui: no mês em que o Dr. Lecter serviu o pâncreas do flautista Benjamin Raspail a outros membros da diretoria da Orquestra Filarmônica de Baltimore, ele comprou duas caixas de *bordeaux* Château Petrus a 3.600 dólares por caixa. Comprou cinco caixas de Bâtard-Montrachet a 1.100 dólares a caixa, e uma variedade de vinhos mais baratos.

"Ele pediu o mesmo vinho no serviço de quarto em St. Louis depois de fugir, e o comprou na Vera dal 1926 em Florença. É um negócio muito raro. Estamos verificando importadores e comerciantes para obter informação sobre as vendas.

"No Iron Gate em Nova York ele encomendou patê de *foie gras* categoria A, a 200 dólares o quilo, e no Grande Central Oyster Bar comprou ostras verdes do Gironde. A refeição para a diretoria da Filarmônica começou com essas ostras, seguida por pâncreas, um sorvete e depois... o senhor pode ler aqui na *Town & Country* o que eles comeram. – Ela leu rapidamente em voz alta. – *O notável guisado escuro e brilhante, cujos ingredientes jamais foram determinados, sobre arroz ao açafrão. O gosto era sombriamente empolgante, com grandes tons graves que só poderiam ser a reduçao vasta e cuidadosa que o* fond *pode proporcionar.* Nenhuma vítima jamais foi identificada como parte do guisado. Blá-blá-blá, a coisa continua... aqui o artigo descreve em detalhes o distinto serviço de mesa que ele usou. Estamos verificando compras com cartão de crédito nos fornecedores de porcelana e cristal.

Krendler fungou.

– Veja, aqui neste processo judicial, ele ainda deve um candelabro Steuben, e a Galeazzo Motor Company, de Baltimore, abriu um processo para retomar o Bentley dele. Estamos rastreando vendas de Bentleys, novos e usados. Não existem muitos. E as vendas de Jaguares turbinados. Mandamos faxes para os fornecedores de caça que atendem restaurantes, perguntando sobre compras de javalis, e emitiremos um boletim uma semana antes de as perdizes de pernas vermelhas chegarem da Escócia.

Ela digitou no teclado e consultou uma lista, depois se afastou da máquina quando sentiu o hálito de Krendler perto demais, atrás dela.

– Pedi verbas para comprar a cooperação de alguns dos principais cambistas que vendem ingressos para eventos culturais em Nova York e São Francisco... há umas duas orquestras e quartetos de cordas dos quais ele gosta particularmente. Prefere a sexta ou sétima fileira, e sempre se senta junto do corredor. Distribuí as melhores fotos que temos dele no Lincoln Center, no Kennedy Center e nas principais salas de filarmônicas. Talvez o senhor pudesse nos ajudar a conseguir isso no orçamento do Departamento de Justiça, Sr. Krendler. – Como ele não respondeu, ela continuou: – Estamos verificando novas assinaturas de alguns jornais culturais que ele assinava no passado: antropologia, linguística, *Physical Review*, matemática, música.

– Ele contrata prostitutas sadomasoquistas, esse tipo de coisa? Prostitutos?

Starling podia sentir o deleite de Krendler com a pergunta.

– Não que saibamos, Sr. Krendler. Ele foi visto com várias mulheres bonitas nos concertos em Baltimore, há anos, duas delas figuras proeminentes nas festas de caridade locais. Anotamos as datas de aniversário delas, para rastrear compras de presentes. Que saibamos nenhuma jamais foi incomodada, e nenhuma jamais concordou em falar sobre ele. Nada sabemos sobre suas preferências sexuais.

– Sempre achei que ele fosse homossexual.

– Por que diz isso, Sr. Krendler?

– Toda essa frescura de arte. Concertos musicais e comida metida a besta. Não é nada pessoal, se é que você tem simpatia por esse tipo de gente, ou tem amigos assim. O que importa, o que estou exigindo de você, Starling, é o seguinte: é *melhor* que eu veja alguma cooperação aqui. Não existem pequenos feudos. Quero cópias de cada 302, quero cada cartão de ponto, quero cada pista. Está entendendo, Starling?

– Sim, senhor.

Junto à porta, ele disse:

– Certifique-se de que sim. Talvez você tenha a chance de melhorar sua situação aqui. Sua suposta carreira precisaria de toda a ajuda possível.

O futuro laboratório fotográfico já estava equipado com exaustores. Olhando-o no rosto, Starling ligou-os, sugando para fora o cheiro de sua loção após barba e sua graxa de sapato. Krendler passou pelas cortinas sem dizer adeus.

O ar passava por Starling como o tremular do calor na área de exercícios de tiro.

No corredor, Krendler ouviu a voz de Starling atrás dele.

– Vou acompanhá-lo até lá fora, Sr. Krendler.

Krendler estava com um carro e um motorista esperando. Ele ainda não se encontrava no nível de transporte executivo, pois tinha de se conformar com um sedã Mercury Grand Marquis.

Antes que ele pudesse chegar ao carro, sob a luz do dia, ela disse:

– Espere, Sr. Krendler.

Krendler virou-se, tentando imaginar o que seria. Poderia haver um brilho de algo ali. Uma rendição irada? Sua antena se ergueu.

– Estamos aqui ao ar livre – disse Starling. – Nenhum equipamento de escuta ao redor, a não ser que o senhor esteja com um. – Atacou-a uma ansiedade à qual não podia resistir. Para trabalhar com os livros empoeirados estava usando uma camisa de brim frouxa sobre um bustiê apertado.

Não deveria fazer isso. *Foda-se.*

Ela soltou os fechos da blusa e abriu-a.

– Vê, não estou usando um gravador. – Também não estava usando sutiã. – Talvez esta seja a única vez em que conversaremos em particular, e quero lhe fazer uma pergunta. Há anos venho fazendo o serviço e toda a vez que pôde, o senhor me sacaneou. Qual é o seu problema, Sr. Krendler?

– Será bem-vinda para conversar comigo sobre isso... eu arrumo um horário para você, se quiser...

– Estamos conversando agora.

– Deduza você, Starling.

– É porque eu não quis sair com o senhor? Foi quando eu disse para o senhor voltar para a sua esposa em casa?

Ele encarou-a de novo. Ela realmente não estava usando um gravador.

– Não tente ser mais do que é, Starling... esta cidade está cheia de bocetas caipiras.

Ele entrou ao lado do motorista e bateu a porta. O carro grande se afastou. Seus lábios se moveram, como se ele quisesse ter emoldurado aquilo: "bocetas caipiras como a sua".

Havia muito falatório político sobre o futuro de Krendler, pelo menos ele acreditava nisso, e queria afiar seu caratê verbal e pegar o jeito de desmoralizar com o som.

50

—Poderia funcionar, tenho certeza - disse Krendler para o escuro cheio de zumbidos onde estava Mason. - Há dez anos não teria sido possível, mas ela pode movimentar listas de clientes naquele computador como se fosse merda passando por dentro de um ganso. - Ele se remexeu no sofá sob as luzes fortes da área de estar.

Krendler podia ver Margot silhuetada contra o aquário. Agora estava acostumado a dizer palavrões na frente dela, e gostava disso. Apostava que Margot queria ter um pau. Sentia vontade de dizer *pau* na frente de Margot, e pensava num modo:

– Foi assim que ela estabeleceu as áreas de interesse e reuniu as preferências de Lecter. Provavelmente ela seria capaz de lhe dizer para que lado da cueca ele bota o pau.

– Por falar nisso, Margot, faça entrar o Dr. Doemling – disse Mason.

O Dr. Doemling estivera esperando na sala de brinquedos em meio aos gigantescos animais de pelúcia. Mason podia vê-lo no vídeo examinando o escroto de pelúcia da grande girafa, assim como os Viggert haviam orbitado o Davi. Na tela ele parecia muito menor do que os brinquedos, como se tivesse se comprimindo, para conseguir se enfiar numa infância que não era a sua.

Visto sob as luzes da área de estar de Mason, o psicólogo era uma pessoa seca, extremamente limpa mas escamosa, com caspa seca no couro cabeludo cheio de pintas e uma chave da Phi Beta Kappa na corrente do relógio. Sentou-se diante de Krendler, do outro lado da mesinha de centro, e parecia familiarizado com a sala. Havia um buraco de bicho na maçã virada para o seu lado na tigela de frutas e nozes. O Dr. Doemling virou o buraco para outro lado. Atrás dos óculos, seus olhos acompanharam Margot com um espanto beirando o pasmo quando ela pegou mais duas nozes e voltou para seu lugar perto do aquário.

– O Dr. Doemling é chefe do Departamento de Psicologia na Universidade de Baylor. Ele ocupa a Cátedra Verger – disse Mason a Krendler. – Perguntei a ele que tipo de ligação pode haver entre o Dr. Lecter e a agente do FBI Clarice Starling. Doutor...

Doemling sentou-se na poltrona como se ela fosse um banco de testemunhas, e virou a cabeça para Mason como viraria para um júri. Krendler podia vê-lo com a atitude prática, cautelosa, de uma testemunha especializada que ganhava 2 mil dólares por dia.

– O Sr. Verger obviamente conhece minhas qualificações, o senhor gostaria de ouvi-las? – perguntou Doemling.

– Não – respondeu Krendler

– Revisei as anotações de Starling relativas às entrevistas que ela fez com Hannibal Lecter, as cartas que ele mandou para ela e o material que o senhor enviou para mim, falando do passado de ambos – começou Doemling.

Krendler encolheu-se diante disso, Mason falou:

– O Dr. Doemling assinou um contrato de sigilo.

– Cordell colocará os seus slides num monitor quando o senhor quiser, doutor – disse Margot.

– Primeiro algumas informações. – Doemling consultou suas notas. – Nós *sabeeemos* que Hannibal Lecter nasceu na Lituânia. Seu pai era um conde, título que remontava ao século X, sua mãe uma italiana nascida na classe alta, uma Visconti. Durante a retirada alemã da Rússia, alguns *panzers* nazistas que passavam atiraram contra a propriedade deles perto de Vilnius, mataram os pais e a maioria dos empregados. Depois disso, as crianças desapareceram. Eram duas, Hannibal e a irmã. Não sabemos o que aconteceu à irmã. O fato é que Lecter era um órfão, como Clarice Starling.

– Coisa que *eu* contei *a você* – disse Mason impaciente.

– Mas o que o senhor concluiu a partir disso? – perguntou o Dr. Doemling. – Não estou propondo uma espécie de solidariedade entre dois órfãos, Sr. Verger. Isto não tem a ver com solidariedade. A solidariedade não entra aqui. E a misericórdia é largada sangrando na poeira. Escutem. O que uma experiência comum de ser órfão dá ao Dr. Lecter é simplesmente a capacidade de entendê-la e, em última instância, de controlá-la. Tudo isto tem a ver com *controle.*

"A tal de Starling passou a infância em instituições, e a partir do que vocês me contam ela não aparenta ter qualquer relação pessoal estável com um homem. Ela mora com uma ex-colega de escola, uma jovem afro-americana.

– Isso é muito provavelmente uma coisa sexual – disse Krendler.

O psiquiatra nem sequer se dignou a olhar para Krendler, que foi automaticamente desconsiderado.

– Nunca se pode afirmar o motivo por que alguém mora com outra pessoa.

– É uma das coisas que se escondem, como diz a Bíblia – disse Mason.

– Starling parece bem gostosa, para quem gosta de trigo integral – sugeriu Margot.

– Acho que a atração parte de Lecter, não dela – disse Krendler. – Vocês a viram, ela é bastante fria.

– Ela *é* fria, Sr. Krendler? – Margot pareceu estar se divertindo.

– Você acha que ela é lésbica, Margot? – perguntou Mason.

– Como eu posso saber? O que quer que ela seja, ela trata disso como algo pessoal; foi a minha impressão. Acho que ela é durona, pois mantém aquela cara de poucos amigos. Mas eu não diria que é fria. Nós não conversamos muito, mas foi o que captei da conversa. Isso foi antes de que *você* precisasse que eu o *ajudasse*, Mason; você me tirou da reta, lembra? Não creio que ela seja uma mulher fria. Garotas com a aparência de

Starling precisam manter uma certa distância porque os *panacas* ficam dando em cima delas o tempo todo.

Nesse ponto Krendler sentiu que Margot o encarou um pouco além do necessário, mesmo que ele só pudesse ver sua silhueta.

Que curiosas, as vozes nesta sala. O tom cauteloso e burocrata de Krendler, a fala pedante de Doemling, os tons profundos e sonoros de Mason com suas consoantes explosivas malpronunciadas e as sibilantes escorrendo, e Margot, voz rouca e baixa, falada com dureza como um cavalo se ressentindo contra o freio na boca. Debaixo de tudo isso, a aparelhagem ofegante que proporciona respiração a Mason.

- Eu tenho uma ideia sobre a vida particular dela, com relação à aparente fixação no pai - prosseguiu Doemling. - Vou abordar isso em breve. Bom, nós temos três documentos do Dr. Lecter relativos a Clarice Starling. Duas cartas e um desenho. O desenho é o do relógio da crucificação que ele fez enquanto estava no manicômio. - O Dr. Doemling ergueu os olhos para a tela. - O slide, por favor.

De algum lugar fora da sala, Cordell colocou o desenho extraordinário no monitor do alto. O original é em carvão sobre papel de embrulhar carne. A cópia de Mason foi feita numa copiadora heliográfica, e as linhas têm um tom azulado de hematoma.

- Ele tentou patentear isso - disse o Dr. Doemling. - Como podem ver, aqui está Cristo crucificado num mostrador de relógio, e seus braços giram para dizer a hora, como nos relógios do Mickey Mouse. É interessante porque o rosto, a cabeça pendendo para a frente, é de Clarice Starling. Ele desenhou na época das entrevistas. Aqui está uma fotografia dela, vocês podem ver. *Cordell*? Cordell, ponha a foto, por favor.

Não havia dúvida, a cabeça de Jesus era a de Starling.

- Outra diferença é que a figura está pregada na cruz através dos pulsos, e não das palmas das mãos.

– Isto está certo – disse Mason. – É preciso passar o prego através dos pulsos e usar grandes arruelas de madeira, caso contrário eles afrouxam e começam a soltar. Idi Amin e eu descobrimos isso do modo mais difícil, quando reencenamos esse negócio na Páscoa em Uganda. Nosso Salvador na verdade foi pregado através dos pulsos. Todas as pinturas sobre a crucificação estão erradas. É uma tradução errada da Bíblia hebraica para a latina.

– Obrigado – disse o Dr. Doemling sem sinceridade. – A crucificação representa claramente um objeto de veneração destruído. Observem que o braço que forma o ponteiro dos minutos está no número seis, cobrindo recatadamente as partes pudendas. O ponteiro das horas está no nove, ou pouco depois. Nove é uma referência clara à hora tradicional em que Jesus foi crucificado.

Margot não conseguiu evitar uma interferência.

– E quando a gente junta seis e nove, percebam que o resultado é 69, uma imagem popular na relação sexual. – Em resposta ao olhar afiado de Doemling, ela quebrou suas nozes e as cascas caíram fazendo barulho no chão.

– Agora vamos pegar as cartas do Dr. Lecter para Clarice Starling. Cordell, poderia projetá-las? – O Dr. Doemling pegou um ponteiro a laser no bolso. – Vocês podem ver que a letra, fluente e elaborada, escrita com uma caneta-tinteiro de ponta quadrada, é tão regular como se fosse escrita a máquina. Esse tipo de letra é encontrado nas bulas papais da Idade Média. É muito bonita, mas estranhamente regular. Nada há de espontâneo aqui. Ele está planejando. Ele escreveu esta primeira carta pouco depois de ter escapado matando cinco pessoas. Vamos ler o texto:

> Bom, Clarice, os cordeiros pararam de gritar?
>
> Você me deve uma informação, você sabe, e é disso que eu gostaria.
>
> Um anúncio na edição nacional do *Times* e do *International Herald-Tribune* no dia primeiro de cada mês servirá. Melhor colocá-lo no *China Mail* também.

Não me surpreenderei se a resposta for sim e não. Por enquanto os cordeiros vão parar. Mas, Clarice, você se julga com toda a misericórdia da balança das masmorras em Threave; você terá de aprender repetidamente a merecer o silêncio abençoado. Porque é a dificuldade que a impulsiona, ver a dificuldade, e a dificuldade não terminará, jamais.

Não tenho planos de acabar com você, Clarice, já que o mundo é mais interessante com você nele. Espero que você me proporcione a mesma cortesia...

O Dr. Doemling empurrou os óculos sem aro para o topo do nariz e pigarreou.

– Este é um exemplo clássico do que chamei, em minha obra publicada, de *avunculismo*; algo que está começando a ser citado amplamente na literatura profissional como *Avunculismo de Doemling*. Possivelmente será incluído no próximo *Diagnostical and Statistical Manual*. Pode ser definido para os leigos como o ato de se posicionar como um patrono sábio e atento para conseguir um objetivo pessoal.

"Pelas anotações do caso percebo que a pergunta sobre os gritos dos cordeiros refere-se a uma experiência da infância de Clarice Starling, aos cordeiros que eram abatidos no rancho em Montana, a casa onde ela nasceu – prosseguiu o Dr. Doemling em sua voz seca.

– Ela estava trocando informações com Lecter – disse Krendler. – Ele sabia alguma coisa sobre o serial killer Búfalo Bill.

– A segunda carta, escrita sete anos mais tarde, é uma carta de condolências e apoio – disse Doemling. – Ele provoca-a com referências aos pais, a quem ela aparentemente venera. Chama o pai dela de "guarda noturno morto" e a mãe de "camareira". E em seguida investe-os de qualidades excelentes que ela pode imaginar que eles tivessem, e prossegue listando essas qualidades para desculpar os fracassos dela na carreira. Isso tudo é para seduzi-la e deter o controle da situação.

"Creio que a tal de Starling pode ter tido uma ligação duradoura com o pai, uma *imago*, que a impede de formar com facilidade relacionamentos sexuais e pode incliná-la em direção ao Dr. Lecter numa espécie de transferência, que em sua perversidade ele aproveitaria de imediato. Na segunda carta ele a encoraja de novo a contatá-lo através de um anúncio pessoal, e dá um codinome.

Meu Deus, o sujeito não parava! A inquietação e o tédio eram tortura para Mason porque ele não podia se remexer.

– Certo, ótimo, bom, doutor – interrompeu Mason. – Margot, abra a janela um pouco. Tenho uma nova fonte a respeito de Lecter, Dr. Doemling. Alguém que conhece Starling e Lecter e viu os dois juntos estando mais perto de Lecter do que qualquer outra pessoa. Quero que o senhor fale com ele.

Krendler remexeu-se no sofá, as entranhas começando a estremecer enquanto via para onde aquilo estava indo.

51

Mason falou no seu interfone e uma figura alta entrou na sala. Era tão musculoso quanto Margot, e estava vestido de branco.

– Este é Barney – disse Mason. – Ele foi encarregado da ala de prisioneiros violentos no Manicônio Judiciário de Baltimore, durante seis anos, enquanto Lecter esteve lá. Agora trabalha para mim.

Barney preferiria ficar na frente do aquário com Margot, mas o Dr. Doemling quis que ficasse na luz. Ele ocupou um lugar ao lado de Krendler.

– *Barney*, não é? Agora, *Barney*, qual é sua formação profissional?

– Sou EPL.

– O senhor é um *enfermeiro prático licenciado*? Bom para o senhor. Só isso?

– Tenho diploma de Ciências Humanas do United States Correspondence College – disse Barney, sem expressão. – E um certificado de frequência da Cummings Scholl of Mortuary Science. Sou qualificado como auxiliar de legista. Trabalhei nisso durante a noite enquanto fazia a escola de enfermagem.

– Você cursou a escola de enfermagem trabalhando como auxiliar de necrotério?

– Sim, removendo corpos de locais de crime e ajudando em autópsias.

– E antes disso?

– Estive no Corpo de Fuzileiros Navais.

– Sei. E enquanto estava trabalhando no Manicômio Judiciário você viu Clarice Starling e Hannibal Lecter interagindo; o que quero dizer é: você viu os dois conversando?

– Pareceu-me que eles...

– Comecemos com exatamente *o que* você viu, e não o que você *pensou* sobre o que viu. Podemos fazer isso?

Mason interrompeu:

– Ele é inteligente o bastante para dar uma opinião. Barney, você conhece Clarice Starling?

– Sim.

– Você conviveu com Hannibal Lecter durante seis anos.

– Sim.

– O que havia entre eles?

A princípio Krendler teve dificuldade para entender a voz aguda e rouca de Barney, mas foi Krendler quem fez a pergunta pertinente:

– Lecter agia de modo diferente nas entrevistas com Starling, Barney?

– Sim. Na maior parte das vezes ele simplesmente não reagia aos visitantes. Algumas vezes ele abria os olhos por tempo suficiente para insultar algum acadêmico que estivesse tentando captar seu cérebro. Ele fez um professor visitante chorar. Ele era duro com Starling, mas reagia a ela mais do que à maioria das pessoas. Ele se interessava por ela. Ela o intrigava.

– Como?

Barney encolheu os ombros.

– Ele dificilmente via mulheres. Ela é realmente bonita...

– Não preciso da sua opinião sobre isso – disse Krendler. – É só isso que você sabe?

Barney não respondeu. Olhou para Krendler como se os hemisférios esquerdo e direito do cérebro de Krendler fossem dois cães amarrados juntos.

Margot quebrou outra noz.

– Prossiga, Barney – disse Mason.

– Eles eram francos um com o outro. Ele consegue desarmar os outros, nesse sentido. A gente tem a sensação de que ele não vai anuir com relação à mentira.

– De que ele não vai *o quê*? – perguntou Krendler.

– Anuir – disse Barney.

– A-N-U-I-R – disse Margot Verger no escuro. – Admitir, *baixar a cabeça*, Sr. Krendler.

Barney prosseguiu:

– O Dr. Lecter disse algumas coisas desagradáveis sobre ela, e depois algumas coisas agradáveis. Ela pôde enfrentar as coisas ruins e depois desfrutar as boas, sabendo que não era besteira. Ele a achava encantadora e divertida.

– *Você pode julgar o que Hannibal Lecter achava "divertido"*? – perguntou o Dr. Doemling. – Como pode dizer isso, *enfermeiro Barney*?

– Ouvindo-o rir, Dr. Doemling. Nós aprendemos isso na escola de enfermagem, numa aula chamada "A Cura e a Aparência Alegre".

Ou Margot fungou ou o aquário atrás dela fez um barulho.

– Fique frio, Barney. Conte o resto – disse Mason.

– Sim, senhor. Algumas vezes eu e o Dr. Lecter conversávamos tarde da noite, quando o lugar ficava calmo. Conversávamos sobre os cursos que eu estava fazendo e outras coisas...

– Você estava fazendo algum curso de *psicologia* por correspondência, por acaso? – teve de dizer Doemling.

– Não, senhor, não considero que psicologia seja ciência. Nem o Dr. Lecter. – Barney prosseguiu rapidamente, antes que o respirador de Mason lhe permitisse fazer uma censura. – Só posso repetir o que o doutor me disse; ele podia ver no que ela estava *se tornando*. Ela era encantadora, como um filhote de animal, um filhote que vai crescer para virar um grande felino. Um filhote com quem você não poderá brincar mais tarde. Ela possuía a honestidade do filhote, dizia ele. Tinha todas as armas em miniatura, e estava crescendo, e tudo que ela sabia até então era brincar de luta com outros filhotes. Isso o divertia.

"O modo como o negócio começou entre os dois revela alguma coisa. No início ele foi cortês, mas praticamente a desconsiderou. Depois, quando Starling estava saindo, outro prisioneiro jogou sêmen no rosto dela. Isso perturbou o Dr. Lecter, deixou-o embaraçado. Foi a única vez em que eu o vi perturbado. Ela também percebeu e tentou usar aquilo contra ele. Acho que ele admirou a audácia dela.

– Qual foi a atitude dele com relação ao outro prisioneiro, o que jogou o sêmen? Eles tinham algum tipo de relacionamento?

– Não exatamente. O Dr. Lecter simplesmente o matou naquela noite.

– Eles estavam em celas separadas? – perguntou Doemling. – Como ele fez isso?

– Separados por três celas, em lados opostos do corredor. No meio da noite, o Dr. Lecter falou com ele durante um tempo, e depois mandou que ele engolisse a própria língua.

– Então Clarice Starling e Hannibal Lecter se tornaram... amigos? – perguntou Mason.

– Dentro de uma espécie de estrutura formal – disse Barney. – Eles trocavam informações. O Dr. Lecter deu ideias sobre o serial killer que ela estava caçando, e ela pagou por isso com informações pessoais. O Dr. Lecter me disse que pensava que Starling podia ter coragem demais para seu próprio bem, um "excesso de zelo", foi como ele definiu. Achava que ela poderia trabalhar perto demais da beira do abismo se achasse que sua tarefa exigiria isso. E uma vez ele disse que ela tinha "a praga do gosto". Não sei o que significa.

– Dr. Doemling, ele quer trepar com ela, matá-la, comê-la ou o quê? – perguntou Mason, exaurindo as possibilidades que ele conseguia ver.

– Provavelmente todas as três hipóteses – disse o Dr. Doemling. – Eu não gostaria de prever a ordem em que ele realizaria esses atos. Este é o fardo do que posso lhe dizer. Não importa como os tabloides... e suas mentalidades dignas... possam querer romantizar isso e tentar transformar o caso em *A bela e a fera*. O objetivo dele é a degradação de Starling, o sofrimento e a morte dela. Ele reagiu a ela duas vezes: quando ela foi insultada com o sêmen no rosto e quando foi ofendida pelos jornais, após ter atirado naquelas pessoas. Ele vem disfarçado de mentor, mas é a *perturbação* que o excita. Quando a história de Hannibal Lecter for escrita, e vai ser, isso será registrado como um caso de *Avunculismo de Doemling*. Para atraí-lo ela precisa estar perturbada.

Um franzido aparecera no espaço largo e flexível entre os olhos de Barney.

– Posso revelar mais uma coisa aqui, Sr. Verger, já que me perguntou? – Ele não esperou a permissão. – No manicômio, o Dr. Lecter reagiu a Starling quando ela se manteve firme, ficou ali parada enxugando o rosto e fez o seu serviço. Nas cartas ele a chama de guerreira, e lembra que ela salvou aquela criança no tiroteio. Ele admira a coragem e a disciplina dela. E diz que não tem planos de acabar com ela. Uma coisa que ele *não* faz é mentir.

– Este é exatamente o tipo de raciocínio do tabloide sobre o qual eu estava falando – disse Doemling. – Hannibal Lecter não tem emoções como admiração ou respeito. Ele não sente calor ou afeto. Esta é uma ilusão romântica, e mostra os perigos de ter pouca informação.

– Dr. Doemling, o senhor não se lembra de mim, lembra? – disse Barney. – Eu estava encarregado da ala quando *o senhor* tentou falar com o Dr. Lecter. Um monte de gente tentou, mas foi o senhor quem saiu chorando, pelo que lembro. Depois ele resenhou seu livro no *American Journal of Psychiatry.* Eu não poderia censurar o senhor se a resenha o fez chorar.

– Já basta, Barney – disse Mason. – Providencie meu almoço.

– Um autodidata de meia-tigela, não há coisa pior – disse Doemling quando Barney saiu da sala.

– O senhor não me disse que havia entrevistado Lecter, doutor – disse Mason.

– Na época ele estava catatônico, não havia o que conseguir.

– E isso fez o senhor chorar.

– Não é bem assim.

– E o senhor desconsidera o que Barney diz.

– Ele estava tão enganado quanto a garota.

– Barney provavelmente também sente tesão por Starling – disse Krendler.

Margot riu consigo mesma, mas suficientemente alto para que Krendler ouvisse.

– Se você quer tornar Clarice Starling atraente para o Dr. Lecter, deixe que ele a veja *perturbada* – disse Doemling. – Deixe que o dano que ele *vir* sugira o que ele poderia *fazer.* Vê-la ferida de algum modo simbólico irá incitá-lo do mesmo modo que vê-la se masturbando. Quando a raposa ouve um coelho gritar, ela vem correndo, mas não para prestar socorro.

52

– Eu não posso entregar Clarice Starling – disse Krendler quando Doemling saiu. – Posso lhe dizer onde ela está e o que está fazendo, mas não posso controlar as tarefas do Bureau. E se o Bureau colocá-la como isca, eles vão lhe dar cobertura, pode acreditar.

Krendler apontou o dedo em direção à escuridão de Mason, para enfatizar.

– Você não pode interferir nessa ação. Você não poderia sair dessa cobertura e interceptar Lecter. A tocaia entregaria o seu pessoal imediatamente. Segundo: o Bureau não vai partir para a ação a não ser que ele faça contato de novo com ela, ou que haja evidência de que ele está perto; Lecter escreveu para ela antes, e nunca se aproximou. Seriam necessárias no mínimo 12 pessoas para tocaiá-la, e isso sai caro. Seria melhor se você não a tivesse tirado da berlinda no caso do tiroteio. Vai ser uma confusão, reverter tudo e tentar colocá-la naquilo de novo.

– Deveria, seria, poderia – disse Mason, conseguindo pronunciar o *s* muito bem. – Margot, procure o jornal de Milão, o *Corriere della Sera*, o exemplar de sábado, um dia depois de Pazzi ser morto, verifique o primeiro item na coluna de recados pessoais, leia para nós.

Margot levantou a folha para a luz.

– Está em inglês, dirigido a A. A. Aaron. Diz: *Entregue-se para as autoridades mais próximas. Os inimigos estão perto. Hannah.* Quem é Hannah?

– É o nome da égua que Starling tinha na infância – disse Mason. – É um aviso de Starling para Lecter. Na carta ele disse como ela poderia entrar em contato.

Krendler estava de pé.

– Que *droga*. Ela não poderia saber do que aconteceu em Florença. Se ela sabia disso, deve saber que estou mostrando o material para você.

Mason suspirou e perguntou-se se Krendler era suficientemente esperto para ser um político útil.

– *Ela* não sabia de nada. Coloquei o anúncio no *La Nazione*, no *Corriere della Sera*, e no *International Herald-Tribune*, para ser publicado um dia *depois* de partirmos para cima do Lecter. Desse modo, se falhássemos, ele pensaria que Starling tentou ajudá-lo. Continuaremos a ter uma ligação com ele através de Starling.

– Ninguém viu isso.

– Nao. Exceto talvez Hannibal Lecter. Talvez ele agradeça a ela, por correspondência, pessoalmente, quem sabe? Agora, escute: você ainda está checando a correspondência dela?

Krendler assentiu.

– Sem dúvida. Se ele mandar alguma coisa, você ficará sabendo antes dela.

– Ouça atentamente, Krendler: pelo modo como esse anúncio foi encomendado e pago, Clarice Starling jamais poderia provar que *não* o colocou, e isso é crime. É atravessar os limites. Você pode se aproveitar disso contra ela, Krendler. Você sabe como o FBI caga e anda quando você está por baixo. Você pode ser carne de cachorro. Ela não vai conseguir sequer um porte de arma. Ninguém vai vigiá-la, a não ser eu. E Lecter saberá que ela está por aí, sozinha. Primeiro tentaremos algumas outras coisas. – Mason fez uma pausa para respirar e depois continuou: – Se não funcionarem, faremos como Doemling diz, e iremos "perturbá-la" com este anúncio. *Perturbá-la*, que inferno, você pode parti-la ao meio com isso. Guarde a metade que tem a boceta, é o meu conselho. A outra metade é a merda da honestidade. Nossa! Eu não pretendia blasfemar.

53

Clarice Starling corria sobre folhas secas num parque estadual da Virgínia a uma hora de sua casa, seu local predileto, sem sinal de qualquer outra pessoa nesse dia de semana de outono, uma folga extremamente necessitada. Passava por um caminho familiar nos morros cobertos de florestas ao lado do rio Shenandoah. O ar era aquecido pelo sol da manhã nos topos, e nos vales ficava subitamente frio. Algumas vezes o ar era quente em seu rosto e frio nas pernas ao mesmo tempo.

Nesses dias a terra não estava totalmente imóvel debaixo de Starling enquanto ela andava; porém parecia mais firme quando corria.

Starling corria pelo dia claro, clarões luminosos de luz dançavam através das folhas, o caminho pintalgado e em outros lugares listrado com as sombras dos troncos ao sol baixo da manhã. À sua frente, três cervos começaram a correr, duas fêmeas e um macho com chifres grandes, liberando o caminho num salto único de levantar o coração, as caudas brancas erguidas brilhando na semiescuridão da floresta profunda. Animada, Starling também saltou.

Imóvel como a figura de uma tapeçaria medieval, Hannibal Lecter estava sentado entre as folhas secas no morro acima do rio. Podia ver 150 metros do caminho, o binóculo protegido contra o reflexo com um envoltório de papelão improvisado. Primeiro viu os cervos saltarem e passarem por ele subindo o morro, e depois, pela primeira vez em sete anos, viu Clarice Starling inteira.

Sob o binóculo seu rosto não mudou de expressão, mas as narinas se abriram inspirando profundamente, como se pudessem captar o cheiro dela a essa distância.

A respiração trouxe-lhe o cheiro de folhas secas com um leve toque de canela, das folhas que mofavam por baixo, e das sementes da floresta apodrecendo suavemente. Um sopro de excrementos de coelho a metros de distância, o almíscar selvagem e profundo de uma pele de esquilo em frangalhos debaixo das folhas, mas não o cheiro de Starling, que ele poderia ter identificado em qualquer lugar. Viu os cervos saltando à frente, viu-os pulando muito depois de terem sumido da visão dela.

Starling ficou em seu campo de visão por menos de um minuto, correndo com facilidade, sem lutar contra o chão. Carregava uma mochila pequena no alto dos ombros com uma garrafa d'água. Com a luz da manhã por trás borrando sua silhueta como se ela tivesse sido salpicada de pólen. Acompanhando-a, o binóculo do Dr. Lecter captou um clarão de sol sobre a água atrás dela, que o deixou vendo pontos luminosos durante alguns minutos. Ela desapareceu enquanto o caminho se afastava para baixo, e sua nuca foi a última coisa que ele viu, o rabo de cavalo balançando como a cauda de um cervo.

O Dr. Lecter continuou imóvel, não fez qualquer tentativa de segui-la. Tinha claramente na memória a imagem de Starling correndo. Ela correria em sua mente enquanto ele quisesse. A primeira visão real em sete anos, sem contar as fotos nos tabloides, sem contar vislumbres distantes de uma cabeça num carro. Ele se recostou nas folhas com as mãos atrás da cabeça, observando a folhagem rala de um bordo estremecer de encontro ao céu, céu tão escuro que era quase púrpura. Púrpura, púrpura, o ramo de muscardíneas selvagens que ele colhera enquanto subia para esse lugar era púrpura, começando a murchar a partir das frutas gordas, poeirentas, ele comeu várias, espremeu algumas na palma da mão e lambeu o suco como uma criança lamberia a mão escancarada. Púrpura, púrpura.

Púrpura, a berinjela na horta.

Não havia água quente na cabana de caça durante o meio do dia, e a babá de Mischa levava a velha banheira de cobre para a horta junto à cozinha, para que o sol aquecesse o banho da menina de 2 anos. Mischa ficava sentada na banheira brilhante, em meio aos legumes sob o sol quente, com borboletas brancas ao redor. A água dava apenas para cobrir as pernas gorduchas, mas seu irmão solene, Hannibal, e o grande cachorro recebiam ordens estritas de vigiá-la enquanto a babá entrava para pegar uma manta.

Para alguns dos serviçais Hannibal Lecter era uma criança assustadora, assustadoramente intensa, que sabia das coisas de um modo sobrenatural, mas não assustava a velha babá, que conhecia seu serviço, e não assustava Mischa, que colocava as mãos de bebê em forma de estrela na bochecha dele e ria para seu rosto. Mischa estendeu a mão para além dele, em direção à berinjela, como a menina adorava olhar ao sol. Seus olhos não eram castanhos como os do irmão Hannibal, e sim azuis, e enquanto olhavam para a berinjela, seus olhos pareciam atrair a cor da planta, escurecer com ela. Hannibal Lecter sabia que a cor era a preferida da irmã. Depois de ela ser carregada de volta para dentro e de a ajudante de cozinha vir reclamando para virar a água da banheira na horta, Hannibal ajoelhava-se ao lado da fileira de pés de berinjela, e acompanhava as bolhas de sabão do banho cheias de reflexos purpúreos e verdes, até explodirem no chão coberto de ladrilhos. Pegava seu pequeno canivete e cortava a haste de uma berinjela, lustrava-a com o lenço, sentindo o legume quente do sol nos braços, como um animal, ia até o quarto de Mischa e colocava onde ela pudesse ver. Mischa adorava o púrpura escuro, adorava a cor aubergine *enquanto viveu.*

Hannibal Lecter fechou os olhos para ver de novo os cervos saltando na frente de Starling, para vê-la saltando pelo caminho, traçada em ouro com o sol por trás, mas este era o cervo errado, era o pequeno cervo com a flecha, esforçando-se contra a corda amarrada no pescoço enquanto os homens o guiavam até o machado, o pequeno cervo que eles comeram antes de comerem Mischa. Não conseguiu mais ficar imóvel e se levantou, as mãos e a boca manchadas das moscardíneas purpúreas, a boca curvada para baixo como uma máscara grega. Procurou Starling lá embaixo no caminho. Respirou fundo pelo nariz e captou o cheiro limpo da floresta. Olhou para o lugar onde Starling havia desaparecido. O caminho dela parecia mais luminoso do que a floresta ao redor, como se ela tivesse deixado um rastro brilhante para trás

Subiu rapidamente até o cume da encosta e desceu pelo outro lado, em direção ao estacionamento de um camping próximo, onde deixara sua picape. Queria sair do parque antes que Starling voltasse ao automóvel que estava a 3 quilômetros de distância, no estacionamento principal, perto da cabine do guarda que ficava fechada durante a estação.

Ela precisaria de pelo menos 15 minutos antes que pudesse chegar até o carro.

O Dr. Lecter estacionou ao lado do Mustang e deixou o motor ligado. Teve várias oportunidades de examinar o carro dela no estacionamento de uma mercearia perto de onde Starling morava. Foi o adesivo de desconto anual para o Parque Estadual, no para-brisa do velho Mustang de Starling, que alertou Hannibal Lecter para este lugar, e ele tinha comprado mapas do parque e o explorado à vontade

O carro estava trancado, rebaixado sobre as rodas largas como se estivesse dormindo. O carro dela o divertia. Era ao mesmo tempo extravagante e terrivelmente eficiente. Na maçaneta cromada, mesmo se curvando para perto, ele não sentiu cheiro algum. Desdobrou uma haste de aço e enfiou-a na porta acima da tranca. Alarme? Sim ou não? *Clic*. Não.

O Dr. Lecter entrou no carro, no ar que exalava intensamente Clarice Starling. O volante era grosso e coberto de couro. Tinha a palavra MOMO no centro. Ele olhou para a palavra com a cabeça inclinada como a de um papagaio, e seus lábios formaram as sílabas "MO MO". Recostou-se no banco, olhos fechados, respirando, as sobrancelhas levantadas, como se ouvisse um concerto.

Então, parecendo ter vontade própria, a ponta rosada de sua língua apareceu, como uma pequena cobra abrindo caminho para sair do rosto. Sem jamais alterar a expressão, como se não tivesse consciência dos próprios movimentos, ele se inclinou para a frente, encontrou pelo cheiro o volante de couro, e colocou a língua curva ao redor dele, envolvendo com a língua reentrâncias feitas para os dedos na parte interna do volante. Sentiu o gosto do local lustroso onde a palma da mão dela costumava se apoiar. Depois se recostou no banco, a língua de volta para o seu lugar, e sua boca fechada moveu-se como se ele saboreasse um vinho. Respirou fundo e prendeu o fôlego enquanto saía e trancava o Mustang de Clarice Starling. Não expirou, segurou o ar na boca e nos pulmões até que sua velha picape estivesse fora do parque.

54

Um velho axioma da ciência do comportamento é que os vampiros são territorialistas, ao passo que os canibais se espalham pelo país.

A existência nômade exercia pouca atração sobre o Dr. Lecter. Seu sucesso em evitar as autoridades devia-se muito à qualidade das identidades falsas e do cuidado que tinha em mantê-las, e em seu acesso imediato ao dinheiro. O movimento aleatório e frequente nada tinha a ver com isso.

Com duas identidades alternativas estabelecidas há muito, cada uma delas com excelente crédito, e mais uma terceira para lidar com veículos, ele não teve problemas em montar um ninho confortável nos Estados Unidos uma semana depois de sua chegada.

Escolhera Maryland cerca de uma hora de viagem ao sul da fazenda de Mason Verger, a Muskrat Farm, e razoavelmente conveniente para a música e o teatro em Washington e Nova York.

Nada nos negócios visíveis do Dr. Lecter atraía atenção, e cada uma das suas identidades principais teria tido boa chance de sobreviver a uma auditoria padronizada. Depois de visitar um de seus cofres em Miami, ele alugou de um alemão, durante um ano, uma casa agradável e isolada no litoral de Chesapeake.

Usando dois telefones num apartamento barato na Filadélfia, que repassavam as ligações diretamente, ele era capaz de obter boas referências sempre que necessárias, sem deixar o conforto de sua casa nova.

Sempre pagando em dinheiro, rapidamente obteve com cambistas ingressos para a sinfônica e para as apresentações de balé e ópera que lhe interessavam.

Dentre as características desejáveis da nova casa estava uma generosa garagem dupla com uma oficina, e boas portas que se abriam verticalmente. Ali o Dr. Lecter estacionava seus dois carros, uma picape Chevrolet de seis anos, com uma estrutura tubular e um torno preso à carroceria, que ele comprou de um bombeiro e pintor de paredes, e um sedã Jaguar turbinado, para o qual ele fez um *leasing* numa empresa de Delaware. A picape oferecia uma aparência diferente de um dia para o outro. O equipamento que ele podia colocar na carroceria ou na estrutura tubular incluía uma escada de pintor, tubos de PVC uma churrasqueira e um cilindro de butano.

Com o lado doméstico adiantado, ele se deu ao luxo de uma semana de música e museus em Nova York, e mandou catálogos das exposições mais interessantes para seu primo, o grande pintor Balthus, na França.

Na Sotheby's em Nova York comprou dois excelentes instrumentos musicais, ambos raridades. O primeiro era um cravo flamengo do final do século XVIII, quase idêntico ao Dulkin de 1755 do Smithsonian, com um teclado superior que permitia a execução de Bach. O instrumento era um digno sucessor do *gravicembalo* que ele tivera em Florença. A outra compra foi um antigo instrumento eletrônico, um *theremin*, construído na década de 1930 pelo próprio professor Theremin. Há muito tempo o *theremin* fascinava o Dr. Lecter. Na infância ele havia construído um. É um instrumento tocado com os gestos das mãos vazias num campo eletrônico. Através do gesto é possível evocar a voz do instrumento.

Agora ele estava totalmente acomodado e podia se divertir...

Depois da manhã na floresta, o Dr. Lecter voltou para casa, nesse agradável refúgio no litoral de Maryland. A visão de Clarice Starling correndo sobre as folhas caídas no caminho estava bem-estabelecida no palácio de memória da sua mente. Para ele é uma fonte de prazer, alcançável em menos de um segundo a partir do saguão. O Dr. Lecter vê Starling correndo, e tal é a qualidade de sua memória visual que ele pode procurar novos detalhes na cena, pode ouvir os cervos de cauda branca, grandes e saudáveis, saltando encosta acima, passando por ele, pode ver os calos nos cotovelos dos animais, um carrapicho preso ao pelo da barriga do que está mais próximo. Guardou essa lembrança numa sala ensolarada do palácio, o mais distante possível do pequeno cervo ferido...

De novo em casa, a porta da garagem baixava com um zumbido quieto atrás de sua picape.

Quando a porta se levantou de novo ao meio dia, o Jaguar preto saiu, levando o doutor vestido para a cidade.

O Dr. Lecter gostava muito de fazer compras. Foi diretamente para a Hammacher Schlemmer, fornecedora de acessórios finos para o lar, esportes e equipamento de culinária, e ali se demorou. Ainda com o clima da floresta, usou uma trena de bolso para verificar as dimensões de três grandes cestos de piquenique, todos de vime laqueado, com tiras de couro costuradas e sólidos fechos de latão. Por fim, escolheu o cesto de tamanho médio, já que só precisava carregar o suficiente para uma pessoa.

Dentro do cesto havia uma garrafa térmica, copos, louça resistente e talheres de aço inoxidável. O cesto já vinha com os acessórios e você era obrigado a comprá-los. Em paradas sucessivas na Tiffany e na Christofle, o doutor pôde substituir os pesados pratos de piquenique por porcelana francesa Gien pintada com temas campestres, com folhas e pássaros. Na Christofle obteve um conjunto de talheres de prata do século XIX, da sua preferência, em padrão Cardinal, com a marca do fabricante estampada na concha das colheres, e o rabo-de-rato de Paris na parte inferior dos cabos. Os garfos eram bastante curvos, com dentes bem espaçados, e as facas tinham uma empunhadura agradável e comprida. As peças se ajustavam à mão como uma boa pistola de duelo. Em termos de cristais, o doutor ficou em dúvida quanto aos tamanhos para seus copos de aperitivo, e escolheu uma chaminé tipo *ballon* para conhaque, mas quanto às taças de vinho não havia dúvida. Dr. Lecter escolheu Riedel, que comprou em dois tamanhos com bastante espaço para o nariz dentro da borda.

Na Christofle também encontrou um serviço de mesa em linho branco, e maravilhosos guardanapos de damasco, com uma minúscula rosa de damasco, como uma gota de sangue, bordada no canto. O Dr. Lecter pensou em se fartar de damasco, e comprou seis guardanapos, para que estivesse sempre equipado, à medida que as peças tivessem de ser lavadas.

Comprou dois bons fogareiros a gás portáteis, de 35 mil BTUs, do tipo que restaurantes usam para cozinhar à mesa, uma exótica frigideira de cobre e uma *fait-tout* de cobre para preparar molhos, ambas feitas pela Dehillerin de Paris, e dois batedores. Não encontrou facas de cozinha em aço-carbono, que ele preferia ao aço inoxidável, também não conseguiu encontrar algumas das facas de uso especial que ele fora forçado a deixar na Itália.

A última parada foi numa empresa de suprimentos médicos, não muito longe do Mercy General Hospital, onde comprou após barganhar uma serra de autópsia Stryker quase nova em folha, que podia muito bem ser presa no cesto de piquenique, no lugar onde antes ficariam as garrafas térmicas. Ainda estava na garantia e vinha com lâminas de uso geral e cranianas, além de uma chave craniana, para completar sua *batterie de cuisine*.

As portas duplas do Dr. Lecter estão abertas para o ar límpido da manhã. A baía se estende cinza e prata sob a lua e as sombras móveis das nuvens. Ele serviu-se com uma taça de vinho de seu novo jogo de cristal e colocou-o sobre um castiçal ao lado do cravo. O buquê do vinho se mistura ao ar salgado, e o Dr. Lecter pode desfrutá-lo sem sequer tirar as mãos do teclado.

Ele já possuiu cravos, virginais, e outros antigos instrumentos de teclado. Prefere o som e a sensação do cravo; como não é possível controlar o volume das cordas tangidas por penas, a música chega como uma experiência, súbita e inteira.

O Dr. Lecter olha para o instrumento, abrindo e fechando as mãos. Aproxima-se do cravo recém-adquirido como se aproximaria de uma bela desconhecida usando uma observação leve e interessante – toca uma ária escrita por Henrique VIII, "Verde cresce o azevinho".

Encorajado, ensaia a "Sonata em si bemol maior" de Mozart. Ele e o cravo ainda não são íntimos, mas as respostas do instrumento às suas mãos lhe dizem que em breve os dois irão se unir. A brisa se eleva e as velas dançam, mas os olhos do

Dr. Lecter estão fechados para a luz, seu rosto está erguido e ele toca. Bolhas voam da mão de Mischa, em forma de estrela, enquanto ela as solta com acenos na brisa acima da banheira e, quando ele percebe o terceiro movimento, voando leve através da floresta, Clarice Starling corre, corre com o barulho das folhas debaixo dos pés, o barulho do vento alto nas árvores, e os cervos saltam à frente dela, um macho e duas fêmeas, saltando sobre o caminho como salta o coração. Subitamente o chão está mais frio, e os homens maltrapilhos empurram o pequeno cervo para fora da floresta, o animal está com uma flecha, esforçando-se contra a corda enrolada no pescoço, os homens empurrando-o ferido, para não terem de carregá-lo até o machado, e a música para com um ruído plangente sobre a neve, o Dr. Lecter agarra as bordas do banco de piano. Ele respira fundo, respira fundo, coloca as mãos no teclado, força uma frase, depois duas, que terminam em silêncio.

Ouvimos brotar dele um grito agudo e crescente que cessa tão abrupto quanto a música. Ele fica sentado durante um longo tempo com a cabeça inclinada sobre o teclado. Levanta-se sem qualquer som e sai da sala. Não é possível dizer onde ele está na casa escura. O vento de Chesapeake ganha força, chicoteia as chamas das velas até que elas se apagam, canta através das cordas do cravo no escuro – agora uma música acidental, agora um grito fino de muito tempo atrás.

55

Exposição Regional de Facas e Armas de Fogo, no auditório do Memorial de Guerra. Hectares de mesas, uma planície de armas, principalmente pistolas e fuzis de assalto. Os fachos vermelhos de miras a laser piscam no teto.

Poucos fãs verdadeiros da vida ao ar livre vêm à exposição de armas, por uma questão de gosto. Hoje em dia as armas são pretas, e as exposições de arma são sem graça, sem cor, tão sem alegria quanto a paisagem interna de muitos que as frequentam.

Olhe para esta multidão: atarracados, forçando as vistas, irritados, gordos, de coração resinoso. Eles são o principal perigo contra o direito de um cidadão particular possuir uma arma de fogo.

As armas que preferem são armas de assalto com produção em massa, de elaboração barata a partir de moldes e destinadas a proporcionar alto poder de fogo para tropas ignorantes e destreinadas.

Em meio às barrigas de cerveja, ao branco frouxo e pastoso dos atiradores que vivem longe do sol, movia-se o Dr. Hannibal Lecter, imperialmente esguio. As armas de fogo não o interessavam. Foi diretamente para o mostruário do principal mercador de facas da exposição.

O nome do mercador é Buck, e ele pesa cerca de 160 quilos. Buck tem um monte de espadas de fantasia e cópias de itens medievais e bárbaros, mas tem as melhores facas de verdade, e também cassetetes. Num instante o Dr. Lecter identificou a maioria dos itens que estavam na sua lista, coisas que ele tivera de deixar na Itália.

– Posso ajudá-lo? – Buck se aproxima com seu rosto amigável; só seus olhos são malignos.

– Sim. Vou querer aquela Harpia, por favor, e uma Spyderco reta, serrilhada, com lâmina de quatro polegadas, e aquela de esfolar, ali atrás.

Buck juntou o material.

– Quero uma serra boa para caça. Não esta, uma boa. Deixe-me ver aquele cassetete de couro chato, o preto... – Dr. Lecter avaliou a curvatura do cabo. – Vou querer este.

– Mais alguma coisa?

– Sim. Gostaria de uma Spyderco Civilian, não estou vendo aqui.

– Não é muita gente que conhece. Eu nunca tenho mais de uma no estoque.

– Só preciso de uma.

– São 220 dólares, posso vendê-la para o senhor por 190 com a caixa.

– Ótimo. O senhor tem facas de cozinha em aço-carbono?

Buck balançou sua cabeça enorme.

– O senhor irá encontrar isso numa loja de usados. É onde compro as minhas. É possível amolar uma dessas com a parte de baixo de um prato.

– Faça um pacote e estarei de volta para pegá-lo dentro de alguns minutos.

Não era comum que pedissem a Buck que fizesse um pacote, e ele reagiu com as sobrancelhas erguidas.

Tipicamente, essa exposição de armas não era uma exposição, e sim um bazar. Havia algumas mesas com objetos empoeirados da Segunda Guerra Mundial, que começavam a parecer antiquíssimos. Era possível comprar fuzis M-1, máscaras de gás com o vidro dos óculos craquelado, cantis. Havia os estandes de sempre com objetos nazistas. Era possível comprar um verdadeiro cartucho de gás Zyklon B, se isso fosse de seu gosto.

Não havia praticamente coisa alguma das guerras da Coreia ou do Vietnã, e absolutamente nada da Tempestade no Deserto.

Muitos dos compradores usavam roupa camuflada, como se só estivessem brevemente de volta das frentes de combate para comparecer à exposição de armas, e havia mais roupas camufladas à venda, inclusive a vestimenta completa para um atirador de elite ou um arqueiro caçador que precisasse se esconder inteiramente.

Uma grande subdivisão da exposição era dedicada ao equipamento para caça com arcos.

O Dr. Lecter estava examinando essa vestimenta quando percebeu uniformes por perto. Pegou uma luva de arqueiro. Virando-se para segurar a marca do fabricante diante da luz, pôde ver que os dois policiais ao seu lado eram do Departamento de Caça e Pesca da Virgínia, pois mantinham um estande de conservação da natureza na exposição.

– Donnie Barber – disse o mais velho dos dois guardas, apontando com o queixo. – Se alguma vez você levá-lo ao tribunal, me avise. Eu adoraria tirar aquele filho da puta da floresta de uma vez por todas. – Os dois estavam observando um homem de cerca de 30 anos na outra extremidade da mostra de arcos. Ele estava de frente para os dois, assistindo a um vídeo. Donnie Barber usava roupa camuflada, a blusa amarrada na cintura, uma camiseta cáqui, sem manga, para mostrar as tatuagens, e um boné de beisebol virado ao contrário.

O Dr. Lecter afastou-se devagar dos policiais, olhando para vários objetos expostos. Parou num mostruário de miras a laser para pistolas, a um corredor de distância, e através de uma treliça cheia de coldres pendurados observou o vídeo que atraía a atenção de Donnie Barber.

Era um vídeo sobre a caça de cervos com arco e flecha.

Aparentemente alguém fora do campo de visão da câmera estava atormentando um cervo ao longo de uma cerca, através de um terreno coberto de mato, enquanto o caçador pegava o arco. O caçador estava atento a qualquer som. Sua respiração ficou mais rápida. Ele sussurrou para o microfone.

– O negócio não vai ficar melhor do que está.

O cervo saltou quando a flecha o acertou, e bateu duas vezes na cerca antes de pular por cima do arame e se afastar correndo.

Olhando, Donnie Barber sacudiu-se e resmungou para a flechada.

Agora o caçador do vídeo estava prestes a esfolar o cervo. Começou pelo que ele chamou de "ANN-us".

Donnie Barber parou o vídeo e voltou repetidamente para o momento da flechada, até que o concessionário falou com ele.

– Foda-se, babaca – disse Donnie Barber. – Eu não compraria merda nenhuma de você.

No estande ao lado ele comprou algumas flechas amarelas, de pontas largas e com uma barbatana fina como navalha atravessando a ponta. Havia uma urna de concurso e, com sua compra, Donnie Barber recebeu um cupom. O prêmio era uma licença de dois dias para caçar cervos.

Donnie Barber preencheu seu cupom e enfiou-o na urna. Ficou com a caneta do vendedor enquanto desaparecia com o pacote comprido no meio da multidão de rapazes vestidos com roupas camufladas.

Assim como os olhos de um sapo captam movimento, os olhos do vendedor percebem qualquer pausa na multidão que passa. O homem na frente dele agora estava absolutamente imóvel.

– Esta é a sua melhor besta? – perguntou o Dr. Lecter ao vendedor.

– Não. – O homem pegou uma caixa debaixo do balcão. – Esta é a melhor. Gosto mais da recurva do que da composta, se você tiver de carregá-la a tiracolo. Tem um molinete que você pode acionar com uma furadeira elétrica ou usar no manual. O senhor sabe que não pode usar uma besta para caçar cervos na Virgínia a não ser que seja deficiente? – disse o homem.

– Meu irmão perdeu um braço e está ansioso para matar alguma coisa com o outro – disse o Dr. Lecter.

– Ah, saquei.

Em cinco minutos, o doutor comprou uma besta excelente e duas dúzias de quadrelos, as flechas curtas e grossas usadas com esse tipo de arma.

– Faça um pacote – disse o Dr. Lecter.

– Preencha este cupom e talvez o senhor ganhe uma caça ao cervo. Licença de dois dias – disse o vendedor.

O Dr. Lecter preencheu o cupom para o sorteio e enfiou-o na urna.

Assim que o vendedor começou a falar com outro cliente, o Dr. Lecter virou-se de novo para ele.

– Irmão! – disse ele. – Esqueci de colocar o número do meu telefone no cupom do sorteio. Posso?

– Claro, vá em frente.

O Dr. Lecter tirou a tampa da urna e pegou os dois cupons de cima. Acrescentou mais uma informação falsa ao seu e olhou longamente para o que estava embaixo, piscando uma vez, como uma máquina fotográfica sendo acionada.

56

A sala de musculação de Muskrat Farm é toda em preto e aço cromado *high-tech*, com um ciclo completo de máquinas Nautilus, pesos avulsos, equipamento de aeróbica e um bar de sucos.

Barney praticamente terminara sua sessão, ia esfriando numa bicicleta, quando percebeu que não estava sozinho. Margot Verger tirava seus agasalhos no canto. Usava *short* de elástico e uma camiseta curta por cima de um top esportivo, e agora acrescentou um cinturão para levantamento de peso. Barney ouviu ruído de pesos no canto. Ouviu-a respirando enquanto se aquecia.

Barney estava pedalando a bicicleta sem qualquer resistência, enxugando a cabeça com uma toalha, quando ela se aproximou entre duas sequências.

Margot olhou para os braços dele, olhou para os dela. Eram praticamente iguais.

– Quanto você faz no supino? – perguntou ela.

– Não sei.

– Acho que sabe.

– Uns 165 quilos, mais ou menos.

– *Cento e sessenta e cinco?* Não creio, garotão. Não acredito que consiga levantar 165 no supino.

– Talvez você esteja certa.

– Tenho uma nota de 100 dólares que diz que você não consegue levantar.

– Aposta o quê?

– Aposto 100 dólares, o que você acha? E vou ficar de olho.

Barney encarou-a e franziu a testa elástica.

– Certo.

Os dois colocaram as placas. Margot contou as do lado que Barney havia colocado, como se ele pudesse enganá-la. Ele reagiu contando com cuidado elaborado as que Margot havia colocado.

Deitado no banco, agora, com Margot de pé junto à sua cabeça, usando o short de elástico. O ponto de junção entre as coxas e o abdome da mulher era cheio de nós como uma moldura barroca, e seu torso maciço parecia quase chegar ao teto.

Barney acomodou-se, sentindo o banco nas costas. As pernas de Margot cheiravam a unguento frio. As mãos dela pousavam de leve sobre a barra, unhas pintadas de coral, mãos elegantes para ser tão fortes.

– Pronto?

– Sim. – Barney empurrou o peso em direção ao rosto dela, que estava curvada sobre ele.

Não foi muito difícil. Ele pousou o peso no suporte à frente de Margot. Ela tirou o dinheiro da bolsa de ginástica.

– Obrigado – disse Barney.

– Eu faço mais agachamentos do que você – foi só o que ela disse.

– Eu sei.

– Como sabe?

– Eu posso mijar de pé.

A nuca maciça dela ficou ruborizada.

– Eu também.

– Cem pratas? – perguntou Barney.

– Me faça uma vitamina – disse ela.

Havia uma tigela de frutas e nozes no bar. Enquanto Barney preparava uma vitamina no liquidificador, Margot pegou duas nozes e quebrou-as na mão.

– Você pode fazer só com uma noz, sem ter outra contra a qual espremer? – perguntou Barney. Ele quebrou dois ovos na borda do liquidificador e os jogou dentro.

– Você consegue? – perguntou Margot e entregou-lhe uma noz.

A noz estava na mão aberta de Barney.

– Não sei. – Ele limpou o espaço à sua frente sobre o balcão e uma laranja rolou para o lado de Margot. – Opa, desculpe.

Ela pegou-a no chão e recolocou na tigela.

O punho grande de Barney fechou-se. Os olhos de Margot foram do punho dele para o rosto, depois para um e para outro, enquanto o pescoço dele ficava encordoado com a força, o rosto vermelho. Ele começou a tremer, de seu punho saiu um som fraco, estalado. Margot ficou perplexa, ele moveu o punho trêmulo para cima do liquidificador e o barulho ficou mais alto. Uma gema e uma clara de ovo caíram no liquidificador. Barney ligou o aparelho e lambeu as pontas dos dedos. Margot riu, mesmo sem querer.

Barney serviu a vitamina em copos. Vistos da outra extremidade da sala, eles poderiam ser praticantes de luta-livre ou halterofilistas de duas divisões diferentes.

– Parece que você *precisa* fazer tudo que os homens fazem, não é? – perguntou ele.

– Exceto algumas coisas idiotas.

– Gostaria de entrar para o Clube do Bolinha?

O sorriso de Margot desapareceu.

– Não me venha com piadinhas machistas para cima de mim, Barney.

Ele balançou a cabeça enorme.

– Tente me desafiar.

57

Na casa de Hannibal os arranjos de objetos cresciam, enquanto dia após dia Clarice Starling tateava, abrindo caminho pelos corredores do gosto do Dr. Lecter:

Rachel DuBerry era um pouco mais velha do que Dr. Lecter, e o conhecera quando atuava como patrona da Sinfônica de Baltimore. Era muito bonita, como Starling podia ver nas fotos da *Vogue* da época. Isso foi antes dos dois maridos ricos que tivera. Agora ela era a Sra. Franz Rozencranz, da Tecelagem Rozencranz. Sua secretária social completou a ligação.

– Agora simplesmente mando o dinheiro para a orquestra, minha cara. Estamos muito distantes para que eu me envolva ativamente – disse a Sra. Rozencranz, *née* DuBerry, para Starling. – Se é alguma questão sobre impostos, posso lhe dar o número de nossos contadores.

– Sra. Rozencranz, quando participava da comissão da filarmônica e da Westover School, a senhora conheceu o Dr. Hannibal Lecter.

Fez-se um silêncio considerável.

– Sra. Rozencranz?

– Acho melhor eu pegar o seu número e ligar para você de volta através da mesa telefônica do FBI.

– Sem dúvida.

Quando a conversa foi retomada:

– Sim, conheci Hannibal Lecter socialmente há anos, e desde então a imprensa acampou na minha porta. Ele era um homem extremamente encantador, absolutamente singular. Do tipo que deixava uma garota arrepiada, se é que sabe o que quero dizer. Levei anos para acreditar no outro lado dele.

– Alguma vez ele lhe deu algum presente, Sra. Rozencranz?

– Em geral eu recebia um bilhete no aniversário, mesmo depois de ele estar sob custódia. Alguma vezes um presente, antes de ficar incomunicável. Ele dá os presentes *mais* exóticos.

– E o Dr. Lecter deu o famoso jantar de aniversário para a senhora. Com os anos dos vinhos combinando com sua data de nascimento.

– Sim – disse ela. – Susie disse que foi a festa mais notável desde o Baile Preto e Branco de Truman Capote.

– Sra. Rozencranz, se tiver notícias dele, poderia por favor ligar para o número do FBI que vou lhe dar? Outra coisa que gostaria de lhe perguntar é se tem alguma data que seja especial para o Dr. Lecter. E também preciso pedir sua data de nascimento.

Uma frieza distinta ao telefone.

– Imagino que esta informação lhe seja facilmente disponível.

– Sim, senhora, mas há algumas incoerências entre as datas de seu seguro social, sua certidão de nascimento e sua carteira de motorista. Na verdade, nenhuma delas é igual à outra. Desculpe, mas nós estamos rastreando encomendas de mercadorias de alto nível com relação aos aniversários dos notórios conhecidos do Dr. Lecter.

– "Notórios conhecidos". Agora eu sou uma "notória conhecida", que termo medonho. – A Sra. Rozencranz deu um risinho. Ela era de uma geração de coquetéis e cigarro, e tinha uma voz profunda.

– Agente Starling, quantos anos tem?

– Trinta e dois, Sra. Rozencranz. Farei 33 dois dias antes do Natal.

– Só direi, com toda a gentileza, que espero que você tenha uns dois "notórios conhecidos" na sua vida. Eles realmente ajudam a passar o tempo.

– Sim, madame, e a sua data de nascimento?

A Sra. Rozencranz finalmente deu a informação correta, caracterizando-a como "a data com a qual o Dr. Lecter é familiarizado".

– Se é que posso perguntar, senhora, eu posso entender a mudança no ano, mas por que no mês e no dia?

– Eu queria ser de Virgem, combina melhor com o Sr. Rozencranz. Na época estávamos namorando.

As pessoas que o Dr. Lecter conhecera enquanto morava numa jaula viam-no de um modo um tanto diferente:

Starling resgatara Catherine, filha da ex-senadora Ruth Martin, do porão infernal da casa do serial killer Jame Gumb. E, se não tivesse sido derrotada na eleição seguinte, a senadora Martin poderia ter feito muito por Starling. Foi calorosa com ela ao telefone, deu-lhe notícias de Catherine, e quis saber notícias dela.

– Você nunca me pediu nada, Starling. Se algum dia quiser um emprego...

– Obrigada, senadora Martin.

– E quanto àquele desgraçado do Lecter, não, eu teria notificado ao Bureau, claro, se tivesse ouvido falar dele. Colocarei o seu número aqui, perto do telefone. Charlsie sabe como cuidar da correspondência. Espero não ter notícias dele. A última coisa que aquele sacana falou para mim em Memphis foi "*eu adoro a sua roupa*". Ele fez a coisa mais cruel que alguém já me fez, sabe o que foi?

– Sei que ele atormentou a senhora.

– Quando Catherine estava desaparecida, quando estávamos desesperados e ele disse que possuía informações sobre Jame Gumb. Eu estava implorando e ele me parou, olhou no meu rosto com aqueles olhos de cobra e perguntou se eu havia amamentado Catherine. Queria saber se eu havia *amamentado* com meus seios. Eu disse que sim. E então ele disse: "trabalho de dar sede, não é?" Aquilo simplesmente trouxe tudo de volta, eu segurando-a quando ela ainda era bebê, com sede, esperando que ela ficasse cheia, aquilo me rasgando mais do que qualquer coisa que eu já tivesse sentido, e ele *simplesmente sugou minha dor.*

– De que tipo era, senadora Martin?

– De que tipo... o que você falou mesmo?

– Que tipo de roupa a senhora estava vestindo, a que agradou ao Dr. Lecter?

– Deixe-me pensar... um conjunto Givenchy azul-marinho, muito bem-cortado – disse a senadora Martin, um pouco incomodada com as prioridades de Starling. – Quando você mandá-lo de novo para a cadeia, venha me ver, Starling, vamos cavalgar um pouco.

– Obrigada, senadora, lembrarei disso.

DOIS TELEFONEMAS, CADA qual abordando um lado do Dr. Lecter, um mostrava seu encanto, o outro suas escamas. Starling anotou:

Datas dos vinhos combinando com aniversários, coisa que já estava em seu pequeno programa. Fez uma anotação para acrescentar *Givenchy* à lista de mercadorias caras. Como um último pensamento anotou *amamentação ao seio*, sem qualquer motivo que pudesse imaginar, e não havia tempo para pensar nisso porque seu telefone vermelho tocava.

– É da Ciência do Comportamento? Estou tentando entrar em contato com Jack Crawford. Aqui é o xerife Dumas, do condado de Clarenton, Virgínia.

– Xerife, sou assistente de Jack Crawford. Ele está no tribunal hoje. Eu posso ajudá-lo? Sou a agente especial Starling.

– Preciso falar com Jack Crawford. Temos um sujeito no necrotério que foi cortado para ser *comido*; estou falando com o departamento certo?

– Sim, senhor. Aqui é a comi... Sim, senhor, está certo. Se me disser exatamente onde está, vou para aí e chamarei o Sr. Crawford assim que ele terminar o testemunho.

O Mustang de Starling queimou pneu em segunda marcha o suficiente para fazer o fuzileiro naval que montava guarda em Quantico franzir a testa para ela, balançar o dedo e se controlar para não rir.

58

O necrotério do condado de Clarenton, no norte da Virgínia, está ligado ao hospital através de um corredor curto com exaustor no teto e largas portas duplas em cada extremidade, para facilitar o acesso aos mortos. Um policial do xerife estava parado diante dessas portas para impedir a entrada dos cinco repórteres e cinegrafistas que se apinhavam em volta.

Atrás dos repórteres, Starling ficou na ponta dos pés e levantou o distintivo bem alto. Quando o policial viu e confirmou com a cabeça, ela mergulhou através do grupo. Flashes espocaram e uma luz para filmagem se acendeu atrás dela.

Silêncio na sala de autópsia, apenas o barulho de instrumentos colocados numa bandeja de metal.

O necrotério do condado tem quatro mesas de autópsia, de aço inoxidável, cada qual com sua própria balança e sua pia. Duas das mesas estavam cobertas, os lençóis estranhamente deformados pelos restos que havia por baixo. Uma necropsia de rotina do hospital estava acontecendo na mesa mais próxima das janelas. O patologista e sua assistente faziam algo delicado e não ergueram a cabeça quando Starling entrou.

O guincho fino de uma serra elétrica preencheu a sala, e num instante o patologista colocou cuidadosamente de lado o tampo de um crânio, levantou um cérebro nas mãos em concha e em seguida colocou-o na balança. Ele sussurrou o peso para o microfone que usava, examinou o órgão no prato da balança, cutucou-o com um dedo enluvado. Quando viu Starling por cima do ombro de sua assistente, largou o cérebro na cavidade aberta do peito do cadáver e jogou as luvas de borracha numa lata de lixo como um menino brincando de estilingue e rodeou a mesa até ela.

Starling achou meio arrepiante apertar a mão dele.

– Clarice Starling, agente especial do FBI.

– Sou o Dr. Hollingsworth, legista, patologista hospitalar, cozinheiro-chefe e lavador de garrafas. – Hollingsworth tinha olhos azuis luminosos, brilhantes como ovos bem descascados. Falou com a assistente sem afastar os olhos de Starling. – Marlene, passe um bipe para o xerife e para a UTI cardíaca e traga aqueles restos, por favor.

Segundo a experiência de Starling, os legistas costumavam ser inteligentes, mas com frequência eram tolos e incautos na conversa casual e gostavam de contar vantagem. Hollingsworth acompanhou o olhar de Starling.

– Está se perguntando sobre aquele cérebro?

Ela assentiu e mostrou as mãos abertas para ele.

– Nós não somos descuidados aqui, agente especial Starling. É um favor que eu faço ao papa-defuntos não colocando o cérebro de volta no crânio. Neste caso eles vão ter o caixão aberto e um velório demorado, e não há outra forma de impedir que o material do cérebro escorra para o travesseiro, por isso enchemos o crânio com alguma coisa e fechamos de volta. Coloco uma trava acima das duas orelhas, para que a parte superior do crânio não escorregue. A família recebe o corpo inteiro de volta, todo mundo fica feliz.

– Entendi.

– Diga se entende *aquilo.* – Atrás de Starling, a assistente do Dr. Hollingsworth havia retirado os lençóis que cobriam as mesas de autópsia.

Starling virou-se e viu tudo numa única imagem que perduraria enquanto vivesse. Lado a lado, nas mesas de aço inoxidável, estavam um cervo e um homem. Do cervo se projetava uma flecha amarela. A flecha e as galhadas do cervo tinham levantado o lençol significativamente, como se fossem paus de uma barraca.

O homem também tinha uma flecha amarela, porém mais curta e mais grossa, atravessando a cabeça de lado a lado, sobre as pontas das orelhas. Ainda usava uma peça de vestuário, um boné de beisebol virado ao contrário, preso à cabeça pela flecha.

Olhando-o, Starling sentiu uma crise absurda de riso, e reprimiu-a tão rápido que poderia parecer perplexidade. A posição semelhante dos dois corpos, de lado em vez da posição anatômica, revelava que tinham sido cortados de modo quase idêntico, o lombo e os rins removidos com precisão junto com os pequenos filés que ficam abaixo da coluna vertebral.

Os pelos de cervo sobre aço inoxidável. A cabeça elevada pelas galhadas sobre o bloco de metal que servia de travesseiro, a cabeça virada e o olho branco como se tentasse olhar para trás, para a flecha brilhante que o havia matado. Deitada de lado sobre o próprio reflexo naquele lugar de ordem obsessiva, a criatura parecia mais selvagem, mais estranha aos homens do que um cervo jamais pareceu na floresta.

Os olhos do homem estavam abertos, um pouco de sangue saía de seus dutos lacrimais como se fosse choro.

– É estranho vê-los juntos – disse o Dr. Hollingsworth. – Os corações pesavam exatamente a mesma coisa. – Ele olhou para Starling e viu que ela estava bem. – A diferença é que no homem dá para ver que as costelas foram separadas da coluna e os pulmões puxados por trás. Parecem asas, não é?

– A Águia Sangrenta – murmurou Starling, depois de pensar um momento.

– Nunca vi isso antes.

– Nem eu – disse Starling.

– Há um termo para isso? De que foi que você chamou?

– Águia Sangrenta. Aparece na literatura em Quantico. É um costume sacrifical nórdico. Cortar as costelas mais curtas e puxar os pulmões para fora, amassá-los para fazer com que pareçam asas. Havia um neoviking fazendo isso em Minnesota na década de 1930.

– Você vê muito isso... não quero dizer *isso*, mas esse tipo de coisa.

– Às vezes sim.

– Está um pouco fora da minha linha. Nós recebemos mais assassinatos comuns... pessoas que levam tiro ou facada... mas quer saber o que acho?

– Gostaria muito, doutor.

– Acho que o homem... o documento de identidade diz que ele se chama Donnie Barber... matou o cervo ilegalmente ontem, um dia antes do início da temporada; então conclui-se o motivo pelo qual ele foi morto. A flecha combina com o restante de seu equipamento de caça com arco. Ele estava cortando o animal às pressas. Eu não fiz teste de antígeno no sangue nas mãos dele, mas é sangue de cervo. Ele só ia pegar o que os caçadores de cervo chamam de costado, e começou a fazer um serviço às pressas, esse corte pequeno e serrilhado aqui. Em seguida teve uma grande surpresa, esta flecha através da cabeça. Da mesma cor, mas um tipo diferente de flecha. Sem chanfro na parte de trás. Você reconhece?

– Parece um quadrelo de besta – disse Starling.

– Uma segunda pessoa, talvez a pessoa com a besta, terminou de retalhar o cervo, fazendo um serviço muito melhor, e depois, por Deus, fez o mesmo com o homem. Olhe com que precisão a pele está refletida aqui, como as incisões são *decisivas*. Nada é desperdiçado ou perdido. Michael DeBakey não poderia fazer melhor. Não há qualquer sinal de violência sexual em nenhum dos dois. Eles simplesmente foram cortados para servir como comida.

Starling tocou os lábios com os nós dos dedos. Por um segundo o patologista pensou que ela estava beijando um amuleto.

– Dr. Hollingsworth, os fígados estavam faltando?

Ele demorou um tempo antes de responder, olhando-a por cima dos óculos.

– O fígado do *cervo* desapareceu. Aparentemente o fígado do Sr. Barber não era grande coisa. Foi parcialmente tirado e examinado, há uma incisão ao longo da veia porta. O fígado tem cirrose e é descolorido. Continua no corpo, gostaria de ver?

– Não, obrigada. E quanto ao timo?

– A moleja, sim, está faltando nos dois casos. Agente Starling, ninguém disse o nome ainda, ou disse?

– Não – replicou Starling –, ainda não.

Veio um sopro de ar da porta e um homem esguio e abatido, com paletó de tweed esporte e calça cáqui, ficou parado junto à porta.

– Xerife, como vai o Carleton? – perguntou Hollingsworth. – Agente Starling, este é o xerife Dumas. O irmão do xerife está lá em cima, na UTI cardíaca.

– Ele está se segurando. Dizem que continua estável, que ele está "protegido", o que quer que isso signifique. – Em seguida, o xerife gritou para fora. – Venha cá, Wilburn.

O xerife apertou a mão de Starling e apresentou o outro homem.

– Este é o policial Wilburn Moody, ele é um guarda-caça.

– Xerife, se o senhor quiser ficar perto de seu irmão, nós podemos subir – disse Starling.

O xerife Dumas balançou a cabeça.

– Eles só vão me deixar vê-lo daqui a uma hora e meia. Sem querer ofendê-la, moça, mas eu mandei chamar Jack Crawford. Ele vem?

– Ele está retido no tribunal, estava no banco de testemunhas quando chegou seu telefonema. Espero que tenhamos notícias dele em breve. Nós realmente agradecemos que o senhor tenha telefonado tão rápido.

– O velho Crawford foi meu professor na Academia Nacional de Polícia em Quantico, há milênios. É um sujeito incrível. Se ele mandou você, deve saber o que está fazendo. Quer continuar?

– Por favor, xerife.

O xerife pegou um bloco de anotações no bolso do paletó.

– O indivíduo aqui com uma flecha na cabeça é Donnie Leo Barber, branco, 32 anos, reside num trailer no Trail's End Park, em Cameron. Que eu saiba, não tem emprego. Foi expulso da Força Aérea há quatro anos. Tem uma carcaça de avião e aluga o motor com a FAA. Já foi mecânico de avião. Já pagou multa por disparar arma de fogo nos limites da cidade, pagou multa por invadir área proibida na última temporada de caça. Admitiu ser culpado de caçar cervos no condado de Summit. Quando foi isso, Wilburn?

– Há duas temporadas ele conseguiu a licença de volta. O sujeito é conhecido do departamento. Não se incomoda em procurar a caça depois de atirar. Se ela não cair, ele só espera outra e... uma vez...

– Conte o que você encontrou hoje, Wilburn.

– Bom, eu estava indo pela estrada rural 47, mais ou menos 1,5 quilômetro a oeste da ponte, por volta das 7 horas quando o velho Peckman sinalizou para eu parar. Ele estava respirando com dificuldade e segurando o peito. Ele só conseguia abrir e fechar a boca e apontar para o mato. Eu andei, hã... não mais do que 150 metros na mata fechada, e ali estava esse tal de Barber, esparramado de encontro a uma árvore com uma flecha atravessada na cabeça e aquele cervo ali, também flechado. Eles estavam mortos pelo menos desde ontem.

– Ontem pela manhã, eu diria, de acordo com a temperatura – disse o Dr. Hollingsworth.

– Bom, a temporada só começou *esta* manhã – disse o guarda-caça. – Esse tal de Donnie Barber tinha um equipamento de subir em árvore, que ele ainda não havia montado. Parecia que tinha ido para lá ontem, se preparar para hoje, ou então foi caçar ilegalmente. Não sei por que outro motivo ele levaria o arco, se estava só preparando o lugar. E aí veio esse belo cervo e ele simplesmente não resistiu. Já vi gente fazer isso um monte de vezes. Esse tipo de comportamento é tão comum quanto rastros de porcos. E aí o outro pegou ele enquanto ele estava cortando o bicho. Não consegui detectar nada pelos rastros, caiu uma chuva tão forte que a trilha simplesmente desapareceu...

– Foi por isso que tiramos algumas fotos e retiramos os corpos – disse o xerife Dumas. – O velho Peckman é dono da floresta. Esse tal de Donnie tinha uma licença legítima de caça, para começar hoje e durando dois dias, com a assinatura de Peckman. Peckman sempre vendia uma licença por ano, e ele anunciava, pois tinha alguns corretores. Donnie também tinha uma carta no bolso de trás, dizendo *Parabéns, você ganhou uma licença de caça ao cervo.* Esses papéis estão molhados, Srta. Starling. Nada contra os seus colegas, mas me pergunto se vocês não deveriam fazer a coleta de digitais no seu laboratório. Nas flechas também, o negócio todo estava molhado quando chegamos lá. Tentamos não tocar em nada.

– A senhorita quer levar essas flechas, agente Starling? Como gostaria que eu as tirasse? – perguntou o Dr. Hollingsworth.

– Se o senhor segurá-las com retratores e serrar junto à pele do lado da perna puxando o resto, eu envio para o meu departamento – disse Starling, abrindo sua maleta.

– Não creio que ele tenha lutado, mas você quer raspas internas das unhas?

– Eu preferiria cortar as unhas para fazer teste de DNA. Não preciso de que sejam identificadas por dedo, mas separe as de cada mão, por favor, doutor.

– Vocês podem fazer PCR-STR?

– Eles podem, no laboratório principal. Teremos alguma notícia para o senhor, xerife, em três ou quatro dias.

– Vocês podem identificar aquele sangue de cervo? – perguntou o guarda Moody.

– Não, só podemos dizer se é sangue animal – disse Starling.

– E se encontrassem a carne de cervo na geladeira de alguém – sugeriu o guarda Moody. – Vocês gostariam de saber se a carne veio daquele cervo, não é? Algumas vezes *nós* precisamos identificar cervos através do sangue para um processo de carne ilegal. Cada cervo é diferente do outro. A gente não pensa nisso, não é? Nós precisamos mandar o sangue para Portland, Oregon, para o Departamento de Caça e Pesca do Oregon. Eles podem dizer, se a gente esperar o suficiente. Eles voltam com um resultado do tipo "Este é o cervo número 1", ou então chamam de "cervo A", ou o número do caso, você sabe, cervos não têm nome. Isso *nós* sabemos.

Starling gostou do velho rosto de Moody, marcado pelo tempo.

– Vamos chamar este de "cervo fulano de tal", guarda Moody. É útil saber sobre o Oregon. Talvez tenhamos de fazer alguns contatos com eles, obrigado – disse ela, e sorriu para ele deixando-o envergonhado e remexendo o chapéu.

Quando ela curvou a cabeça para remexer na bolsa, o Dr. Hollingsworth examinou-a pelo prazer que isso lhe dava. O rosto de Starling se iluminou por um momento, ao falar com o velho Moody. A pinta em sua bochecha parecia pólvora queimada. Ele quis perguntar, mas decidiu não fazê-lo.

– Onde vocês armazenaram os papéis, não foi em plástico, não é? – perguntou ela ao xerife.

– Sacos de papel pardo. Um saco de papel pardo nunca estraga muito o material – o xerife esfregou a nuca com a mão e olhou para Starling. – Você sabe por que chamei o seu departamento: porque eu queria Jack Crawford aqui. Fico feliz por você ter vindo, agora que lembro quem você é. Ninguém falou "canibal" do lado de fora desta sala porque a imprensa iria botar a floresta abaixo num instante. Eles só sabem que pode ter sido um acidente de caça. Talvez tenham ouvido dizer que um corpo foi mutilado. Eles não sabem que Donnie Barber foi cortado para ser comido. Não há muitos canibais assim, agente Starling.

– Não, xerife. Não muitos.

– É um trabalho medonhamente bem-feito.

– Sim, senhor.

– Talvez eu esteja pensando nele por causa de sua aparição nos jornais. Você acha que isso parece coisa de Hannibal Lecter?

Starling ficou olhando uma aranha de pernas compridas se esconder no dreno da mesa de autópsia que estava vazia.

– A sexta vítima do Dr. Lecter foi um arqueiro caçador – disse Starling.

– Ele o comeu?

– Não. Deixou-o pendurado num gancho e com todo tipo de ferimento. Deixou-o parecendo uma ilustração de medicina medieval chamada "Homem ferido". Ele se interessa por referências à Idade Média.

O patologista apontou para os pulmões espalhados nas costas de Donnie Barber.

– Você disse que isto era um ritual antigo.

– Creio que sim – disse Starling. – Não sei se foi o Dr. Lecter quem fez isso. Se fez, a mutilação não é um fetiche, esse tipo de arranjo não é uma coisa compulsiva nele.

– O que é, então?

– É uma extravagância – disse ela, tentando ver se os dissuadia com a palavra exata. – É uma *extravagância*, e foi isso que o fez ser apanhado na última vez.

59

O laboratório de DNA era novo, ainda cheirava a novo, e o pessoal era mais jovem do que Starling. Era algo com que teria de se acostumar, pensou com um temor. Muito em breve ela estaria um ano mais velha.

Uma moça com um crachá com os dizeres A. BENNING assinou o recebimento das duas flechas que Starling trouxe.

A. Benning tivera algumas más experiências em receber material de provas, a julgar por seu alívio evidente quando viu os dois mísseis presos cuidadosamente com arame encapado à prancha de evidências de Starling.

– Você não vai querer saber o que vejo algumas vezes quando abro essas coisas – disse A. Benning. – Você precisa entender que não posso lhe dizer coisa alguma em, digamos, pelo menos cinco minutos...

– Não – retrucou Starling. – Não há material de referência do Dr. Lecter. Ele escapou há muito tempo e os artefatos foram poluídos, manuseados por mais de cem pessoas.

– O tempo do laboratório é valioso demais para examinar cada amostra, como, por exemplo, 14 pelos tirados de um quarto de hotel. Se você me trouxer...

– Escute – disse Starling. – Depois fale. Eu pedi que a Questura na Itália me mandasse uma escova de dentes que eles acham que pertencia ao Dr. Lecter. Você pode tirar da escova algumas células epiteliais das bochechas. Faça um exame integral e repetições curtas seguidas. Esse quadrelo esteve na chuva, duvido que você consiga muita coisa com ele, mas olhe aqui...

– Desculpe, acho que não entendeu...

Starling forçou um sorriso.

– Não se preocupe, A. Benning, nós vamos nos dar bem. Veja, as duas flechas são amarelas. O quadrelo é amarelo porque foi pintado a mão, não foi um trabalho malfeito, mas está meio irregular. Olhe aqui, o que parece isto debaixo da tinta?

– Talvez um pelo do pincel?

– Talvez. Mas olhe como é curvo na direção de uma das extremidades e tem um pequeno bulbo na ponta. E se for um cílio?

– Se tiver o folículo...

– Certo.

– Olhe, eu posso fazer o exame... três cores ao mesmo tempo... na mesma linha do gel e conseguir para você três áreas de DNA de uma vez. O tribunal exige 13 áreas, mas dois dias bastarão para saber se é ele.

– A. Benning, eu sabia que você poderia me ajudar.

– Você é Starling. Quer dizer, a agente especial Starling. Eu não queria começar com o pé esquerdo. Recebo um monte de materiais realmente muito ruins que os policiais mandam. E isso não tem nada a ver com você.

– Eu sei.

– Eu pensava que você fosse mais velha. Todas as garotas e mulheres sabem a seu respeito, quero dizer, todo mundo sabe, mas você é um tanto... – A. Benning olhou para o outro lado – um tanto especial para nós. – A. Benning ergueu seu polegarzinho gorducho. – Boa sorte com o Outro. Se não se importa de eu dizer isso.

60

Cordell, o mordomo de Mason Verger, era um homem grande com feições exageradas que poderia ter sido bonito, se tivesse mais ânimo em seu rosto. Tinha 37 anos e jamais poderia trabalhar de novo nas empresas de saúde da Suíça, ou ter qualquer emprego lá que o pusesse em contato íntimo com crianças.

Mason pagava a ele um alto salário para se encarregar de sua ala, com a responsabilidade de cuidar dele e alimentá-lo. Descobrira que Cordell era absolutamente confiável e capaz de qualquer coisa. Cordell testemunhara atos de crueldade em vídeo – enquanto Mason entrevistava criancinhas – que teriam levado qualquer outra pessoa à fúria ou às lágrimas.

Hoje Cordell estava um pouco preocupado com a única questão que lhe era sagrada, o dinheiro.

Ele deu sua batida familiar na porta e entrou no quarto de Mason. Estava completamente escuro, a não ser pelo aquário luminoso. A enguia soube que ele estava ali e saiu do buraco, esperando.

– Sr. Verger?

Aguardou um momento enquanto Mason acordava.

– Preciso dizer uma coisa. Tenho de fazer um pagamento extra em Baltimore esta semana, para a mesma pessoa de quem falamos antes. Não é nenhum tipo de emergência, mas seria prudente. Aquela criança negra, o Franklin, comeu um pouco de veneno de rato e esteve em condição *crítica* no início desta semana. Ele está dizendo à madrasta que foi sua sugestão que ele envenenasse o gato para impedir que a polícia o torturasse. Por isso o garoto deu o gato a um vizinho e tomou ele mesmo o veneno de rato.

– Isto é absurdo – disse Mason. – Eu não tive nada a ver com isso.

– Claro que é absurdo, Sr. Verger.

– Quem está reclamando, a mulher com quem você pega as crianças?

– Ela é uma das pessoas que têm de ser pagas imediatamente.

– Cordell, você não mexeu com o sacaninha, não é? Eles não encontraram coisa alguma nele no hospital, encontraram? Eu vou descobrir, você sabe.

– Não, senhor. Na sua casa? Nunca, eu juro. O senhor sabe que eu não sou idiota. Adoro meu trabalho.

– Onde está o *Franklin*?

– No Hospital da Misericórdia de Maryland. Quando ele sair vai para um asilo. O senhor sabe que a mulher com que ele morava foi expulsa da lista dos lares sociais por fumar maconha. Ela é uma das que estão reclamando do senhor. Talvez tenhamos de lidar com ela.

– Crioula viciada, isso não é um grande problema.

– Ela não tem com quem ficar. Acho que precisa ser tratada com cuidado. Com luvas de pelica. A funcionária do serviço social quer que ela feche a boca.

– Vou pensar nisso. Vá em frente e pague a moça do serviço social.

– Mil dólares?

– Simplesmente certifique-se de que ela só receba isso.

DEITADA NO SOFÁ de Mason no escuro, as bochechas rígidas com lágrimas secas, Margot Verger ouvia Cordell e Mason falando. Estivera tentando fazer Mason ser razoável quando ele adormeceu. Obviamente Mason pensava que Margot tinha ido embora. Ela abriu a boca para respirar baixinho, tentando soltar o ar no mesmo ritmo do respirador dele. Uma cadência de luz cinzenta entrou no quarto quando Cordell saiu. Margot ficou deitada no sofá. Esperou quase vinte minutos, até que a bomba se acomodasse no ritmo do sono de Mason, antes de sair do quarto. A enguia viu-a sair, mas Mason não.

61

Margot Verger e Barney vinham passando algum tempo juntos. Não falavam muito, mas assistiam a jogos de futebol na sala de recreação, *Os Simpsons* e concertos algumas vezes na TV educativa. E juntos acompanharam *Eu, Claudius*. Quando o turno de Barney fez com que ele perdesse alguns episódios, os dois encomendaram a fita.

Margot gostava de Barney, gostava de sentir-se colega dele. Ele era a única pessoa que ela conhecia e que era legal assim. Barney era muito inteligente, e havia nele uma coisa meio espiritual. Ela gostava disso também.

Margot tivera uma boa formação em ciências humanas, bem como em informática. Barney, autodidata, tinha opiniões que iam do infantil ao mais adulto. Ela era capaz de proporcionar contexto para ele. A educação de Margot era uma planície ampla e aberta, definida pela razão. Mas a planície ficava no topo de sua mentalidade, assim como o mundo de terra plana repousa numa tartaruga.

Margot Verger fez Barney pagar pela piada sobre se agachar para fazer xixi. Ela acreditava que tinha pernas mais fortes do que as dele, e o tempo provou que estava certa. Fingindo dificuldade com pesos menores, ela o atraiu para uma aposta em exercícios de agachamento, e ganhou seus 100 dólares de volta. Além disso, usando a vantagem de seu peso menor, venceu-o em flexões com apenas um braço, mas só vencia com o braço direito, já que o esquerdo era mais fraco devido a um ferimento de infância resultante de uma luta com Mason.

Algumas vezes à noite, depois do turno de Barney com Mason, os dois malhavam juntos, ajudando-se. Era uma malhação séria, praticamente em silêncio, a não ser pela respiração. Às vezes só diziam boa-noite, enquanto ela pegava a bolsa de ginástica e desaparecia em direção aos cômodos familiares, fora dos limites para os funcionários.

Nessa noite, ela chegou ao ginásio preto e cromado vindo diretamente do quarto de Mason, com lágrimas nos olhos.

– Ei, ei – disse Barney. – Você está bem?

– É só merda de família, o que é que posso dizer? Estou bem.

Ela malhou feito um demônio, com muito peso e repetições contínuas.

A certa altura, Barney veio, pegou um haltere com ela e balançou a cabeça.

– Você vai acabar distendendo alguma coisa.

Margot ainda estava pedalando numa bicicleta ergométrica quando ele parou e foi para baixo do chuveiro quente da sala de musculação, deixando a água levar o dia comprido ralo abaixo. Era um banheiro comunitário, de academia, com quatro chuveiros no alto e mais alguns extras ao nível da cintura e das coxas. Barney gostava de abrir dois ao mesmo tempo e convergir os jorros em seu corpo enorme.

Logo estava envolto numa névoa densa que afastava tudo, menos o barulho da água na cabeça. Barney gostava de pensar no chuveiro: nuvens de vapor. *As nuvens*. Aristófanes. O Dr. Lecter explicando sobre o lagarto mijando em Sócrates. Ocorreu-lhe que, antes de ficar preso sob o martelo implacável da lógica do Dr. Lecter, alguém como Doemling poderia ter feito gato e sapato dele.

Quando ouviu outro chuveiro sendo aberto, prestou pouca atenção e continuou a se esfregar. Outras pessoas usavam a sala, principalmente de manhã cedo e no final da tarde. A etiqueta masculina é prestar pouca atenção a outras pessoas que tomem banho num vestiário comunitário, mas Barney imaginou quem seria. Esperou que não fosse Cordell, que lhe dava arrepios. Era raro outra pessoa usar essas instalações à noite. Quem, diabo, *seria*? Barney virou-se para deixar a água bater na nuca. Nuvens de vapor, fragmentos da pessoa ao lado aparecem entre os vagalhões como fragmentos de afresco numa parede. Aqui um ombro forte, ali uma perna. Uma mão bonita esfregando o pescoço e o ombro musculosos, unhas cor de coral, era a mão de Margot. Aqueles dedos dos pés tinham unhas pintadas. Aquela era a perna de Margot.

Barney repôs a cabeça contra o jato pulsante do chuveiro e respirou fundo. Ao lado a figura se virando, esfregando-se de modo metódico. Lavando o cabelo agora. Aquela era a barriga chata e ondulada de Margot, os seios pequenos apoiados nos grandes peitorais, mamilos erguidos para o jato d'água, aquela era a virilha de Margot, cheia de nós na junção entre corpo e coxa, e aquela tinha de ser a boceta de Margot, emoldurada num corte estilo *mohawk*, louro.

Barney respirou o mais fundo que pôde e prendeu o fôlego... podia sentir que estava desenvolvendo um problema. Ela brilhava como um cavalo, bombeada até o limite pela malhação intensa. À medida que o interesse de Barney ficou mais evidente, ele virou-lhe as costas. Talvez pudesse simplesmente ignorá-la até que ela fosse embora.

A água do chuveiro ao lado se fechou. Mas agora veio a voz dela.

– Ei, Barney, quanto está valendo o jogo dos Patriots?

– Com... com o meu *bookmaker* você pode conseguir Miami e cinco e meio. – Ele olhou por cima do ombro. Ela estava se enxugando logo além do alcance do chuveiro de Barney. Seu cabelo estava grudado na cabeça. O rosto parecia fresco agora, e as lágrimas haviam sumido. Margot tinha uma pele linda.

– Então você vai apostar? – perguntou ela. – O bolo que estão fazendo na sala de Judy...

Barney não conseguiu prestar atenção ao resto. O corte *mohawk* de Margot, cravejado de gotas, emoldurava o rosa. O rosto de Barney ficou quente e ele teve uma tremenda ereção. Estava perplexo e perturbado. Aquela sensação gélida veio sobre ele. Jamais sentira atração por homens. Mas, apesar de todos os músculos, Margot certamente não era um homem, e ele gostava dela.

Afinal de contas, que merda era essa de entrar no chuveiro com ele?

Fechou a água e encarou-a, molhado. Sem pensar a respeito, segurou com suas mãos grandes o rosto dela.

– Pelo amor de Deus, Margot – falou, com a respiração pesada.

Ela olhou para baixo, para ele.

– Que *droga*, Barney. Não...

Barney esticou o pescoço e se inclinou para a frente, tentando beijá-la suavemente em qualquer lugar do rosto sem tocá-la com o pênis, mas tocou mesmo assim. Enquanto se afastava, ela olhou para baixo, para o fio de líquido cristalino que se esticava entre ele e sua barriga lisa, e acertou-o no peito largo com um antebraço digno de um zagueiro de futebol americano. Os pés de Barney perderam o apoio e ele caiu sentado no chão do banheiro.

– Seu escroto de merda – sibilou ela. – Eu devia saber. Veado! Pegue essa coisa e enfie...

Barney se levantou e saiu do chuveiro, vestindo as roupas molhadas, e saiu da sala de musculação sem dizer uma palavra.

A MORADIA DE BARNEY ficava num prédio separado da casa, nos antigos estábulos cobertos com telha de ardósia que atualmente eram garagens com apartamentos na parte de cima. Tarde da noite ele estava sentado catando milho no laptop, ocupado em seu curso pela internet. Sentiu o chão tremer quando alguém veio subindo a escada.

Uma batida leve na porta. Quando ele abriu, Margot ficou ali parada, usando um suéter e um boné de malha.

– Posso entrar um minuto?

Barney olhou para os pés durante alguns segundos antes de se afastar da porta.

– Barney. Olha, desculpe pelo que aconteceu. Eu meio que entrei em pânico. Quero dizer, eu fiz merda e depois entrei em pânico. Eu estava gostando de nós sermos amigos.

– Eu também.

– Eu achava que podíamos ser, você sabe, colegas.

– Margot, qual é! Eu disse que seríamos amigos, mas não sou um eunuco. Você entrou comigo na porra do chuveiro. Você me pareceu gostosa, não posso evitar isso. Você entra no chuveiro nua e eu vejo juntas duas coisas de que realmente *gosto*.

– Eu e uma boceta – disse Margot.

Os dois ficaram surpresos ao rir juntos.

Ela veio e deu-lhe um abraço que poderia ter machucado um homem mais fraco.

– Olhe, se eu quisesse um cara, teria de ser você. Mas essa não é a minha. Realmente não é. Não é agora e nunca será.

Barney assentiu com a cabeça.

– Eu sei. É que o negócio fugiu do controle.

Eles ficaram quietos durante um minuto, abraçados.

– Quer tentar ser amigo? – perguntou ela.

Ele pensou durante um minuto.

– Sim. Mas você vai ter de me ajudar um pouco. O trato é o seguinte: eu vou fazer um tremendo esforço para esquecer o que vi no chuveiro, e você não vai mostrar mais aquilo para mim. E também não me mostre nenhum peito, já que estamos falando nisso. Que tal?

– Eu posso ser um bom colega, Barney. Venha até minha casa amanhã. Judy cozinha, eu cozinho.

– É, mas talvez você não cozinhe melhor do que eu.

– Veremos.

62

O Dr. Lecter ergueu uma garrafa de Château Pétrus para a luz. Um dia antes ele a pusera de pé, para o caso de ter algum sedimento. Em seguida, olhou para o relógio e decidiu que estava na hora de abrir o vinho.

Isto era algo que o Dr. Lecter considerava um risco sério, maior do que ele gostava de correr. Não queria ser apressado.

Queria desfrutar a cor do vinho numa garrafa de cristal. E se, depois de tirar a rolha cedo demais, ele soubesse que não havia mais o hálito sagrado do vinho para ser perdido na garrafa de cristal? A luz revelou um pouco de sedimento.

Tirou a rolha com cuidado, como se estivesse fazendo uma trepanação num crânio, e colocou o vinho no instrumento especial para derramar, que usava uma rosca sem fim para inclinar a garrafa pouco a pouco. Que o ar salgado trabalhasse por um tempo, e então ele agiria.

Acendeu um fogo com carvões grandes e serviu-se de uma bebida, Lillet, e um pedaço de laranja sobre gelo, enquanto pensava no *fond* no qual vinha trabalhando há dias. O Dr. Lecter seguia a orientação inspirada de Alexandre Dumas para fazer seu caldo. Havia apenas três dias, depois de voltar da caça ao cervo, acrescentara à panela do caldo um corvo gordo que vinha se alimentando de frutinhas de junípero. Pequenas penas pretas nadam nas águas calmas da baía. As penas primárias ele guardou para fazer plectros para o seu cravo.

Então o Dr. Lecter esmagou outras frutas de junípero e começou a amassar cebolinhas numa panela de cobre. Com um nó cirúrgico bem-feito, amarrou um maço de ervas finas com um barbante de algodão e jogou o caldo por cima, na panela. O filé que o Dr. Lecter levantou da tigela de cerâmica estava escuro do marinado, pingando. Ele o enxugou e virou a extremidade pontuda em sua direção, amarrando-o para tornar o diâmetro constante em toda a extensão da carne. Com o tempo o fogo estava na temperatura certa, com uma área bem quente. O filé sibilou sobre a grelha, e uma fumaça azul atravessou o jardim, movendo-se como se acompanhasse a música nos alto-falantes do Dr. Lecter. Ele estava tocando a comovente composição de Henrique VIII, "Se o verdadeiro amor reinasse".

MAIS TARDE NAQUELA noite, com os lábios manchados pelo vermelho Château Pétrus, num pequeno copo de cristal de Château d'Yquem cor de mel sobre o candelabro, o Dr. Lecter toca Bach. Em sua mente Starling corre sobre as folhas. O cervo salta à frente dela e sobe correndo a encosta passando pelo Dr Lecter, que está sentado imóvel no morro. Correndo, correndo, ele está na "Segunda Variação" das *Variações Goldberg*, a luz da vela brincando sobre suas mãos móveis – um lampejo na música, um clarão de neve ensanguentada e dentes sujos, dessa vez não mais do que um relâmpago que desaparece com um som distinto, um *toc* sólido, uma flecha de besta atravessando um crânio – e temos a floresta agradável de novo, a música que flui; e Starling, delineada numa luz polinizada, corre para longe das vistas, seu rabo de cavalo balançando como a cauda de um cervo e, sem outra interrupção, ele toca a variação até o final, e o silêncio doce em seguida é tão rico quanto o Château d'Yquem.

O Dr. Lecter ergue o copo diante da vela. A chama lampeja por trás como o sol lampejou sobre a água, e o próprio vinho é da cor do sol invernal sobre a pele de Clarice Starling. O aniversário dela está chegando, pensou o doutor. Ele se perguntou se ainda havia uma garrafa de Château d'Yquem para o aniversário dela. Talvez fosse necessário um presente para Clarice Starling, que dentro de três semanas teria vivido tanto quanto Cristo.

63

No momento em que o Dr. Lecter levantou o vinho para a vela, A. Benning, que trabalhava até tarde no laboratório de DNA, levantou o último gel para a luz e olhou para as linhas de eletroforese pintalgadas de vermelho, azul e amarelo. A amostra era de células epiteliais da escova de dentes trazida do Palazzo Capponi no malote diplomático italiano.

– Hummm hum hum hum – fez ela e ligou para o número de Starling em Quantico.

Eric Pickford atendeu.

– Oi, posso falar com Clarice Starling, por favor?

– Ela já foi embora e eu sou o encarregado. Em que posso ajudá-la?

– Você tem o número do bipe dela?

– Ela está no outro telefone. É sobre o quê?

– Poderia dizer a ela que é Benning, do laboratório de DNA? Por favor, diga que a escova de dentes e a pálpebra da flecha combinam. É o Dr. Lecter. E peça para ela me telefonar.

– Passe o número do seu ramal. Claro, vou dizer a ela agora. Obrigado.

Starling não estava na outra linha. Pickford ligou para Paul Krendler em casa.

Como Starling não ligou para A. Benning no laboratório, a técnica ficou um pouco desapontada. A. Benning dedicara um bocado de horas extras àquele trabalho. Foi embora muito antes de Pickford ter ligado para Starling em casa.

Mason soube uma hora antes de Starling. Falou brevemente com Paul Krendler, demorando-se, deixando que as respirações chegassem. Sua mente estava muito clara.

– Está na hora de afastar Starling, antes que eles comecem a pensar em agir e a coloquem como isca. É sexta-feira. Você tem o fim de semana. Comece a se mexer, Krendler. Dê a dica aos carcamanos sobre o anúncio e tire-a a tempo, está na hora de ela sair de campo. E... Krendler?

– Eu gostaria que nós simplesmente...

– Só faça isso. E quando você receber aquele outro cartão-postal das Caimãs, haverá um número novo escrito debaixo do selo.

– Certo, eu vou... – disse Krendler e ouviu o sinal de linha.

A CONVERSA CURTA foi estranhamente cansativa para Mason.

Finalmente, antes de afundar num sono entrecortado, chamou Cordell e disse:

– Mande buscar os porcos.

64

É mais complicado mover fisicamente um porco semisselvagem contra a vontade do que sequestrar um homem. Porcos são mais difíceis de segurar do que seres humanos, e os grandes são mais fortes do que um homem, e não podem ser intimidados com uma arma. Deve-se considerar as presas se você quiser manter a integridade de seu abdome e de suas pernas.

Os porcos com grandes presas estripavam instintivamente quando lutavam com as espécies que andavam de pé, como homens e ursos. Naturalmente eles não cortam os tendões da vítima, para impedir seus movimentos, mas podem rapidamente aprender a se comportar dessa forma.

Se você precisar manter o animal vivo, não pode atordoá-lo com choque elétrico, já que os porcos tendem à fibrilação coronária fatal.

Carlo Deogracias, o mestre dos porcos, tinha a paciência de um crocodilo. Ele fizera experimentos de sedação com os animais, usando a mesma acepromazina que planejara usar com o Dr. Lecter. Agora sabia exatamente o quanto era necessário para aquietar um porco selvagem de 100 quilos, e os intervalos de dosagem que iriam mantê-lo quieto até mesmo por 14 horas sem qualquer efeito colateral duradouro.

Como a empresa Verger era exportadora e importadora em larga escala de animais, e parceira estabelecida do Departamento de Agricultura em programas experimentais de reprodução, o caminho dos porcos de Mason foi fácil. O formulário de serviço veterinário 17-129 foi mandado por fax ao Serviço de Inspeção de Animais e Plantas em Riverdale, Maryland, como é necessário, junto com os documentos veterinários da Sardenha, e um pagamento de 39,50 dólares para cinquenta tubos de sêmen congelado que Carlo queria trazer.

As permissões para os suínos e o sêmen vieram também por fax, junto com uma isenção da quarentena usual para suínos em Key West, e uma confirmação de que um inspetor encarregado liberaria a carga no Aeroporto Internacional Baltimore-Washington.

Carlo e seus auxiliares, os irmãos Piero e Tommaso Falcione, arrumaram os caixotes. Eram excelentes caixotes com portas deslizantes em cada extremidade, lixados e almofadados por dentro. No último minuto eles se lembraram de encaixotar também o espelho de bordel. Alguma coisa na moldura rococó ao redor dos porcos refletidos deliciava Mason nas fotografias.

Cuidadosamente, Carlo dopou 16 suínos – cinco porcos criados no mesmo curral e 11 porcas, uma delas prenha, nenhuma no cio. Quando os animais estavam inconscientes, ele fez um exame físico detalhado. Testou com o dedo os dentes afiados e as pontas das grandes presas. Segurou nas mãos os rostos terríveis, olhou para os minúsculos olhos vítreos e ouviu atentamente para certificar-se de que as vias aéreas estavam limpas, e amarrou os tornozelos pequenos e elegantes. Em seguida, arrastou-os sobre lonas até os caixotes e fechou as portas.

Os caminhões gemiam descendo as montanhas Gennargentu, indo para Cagliari. No aeroporto esperava um Airbus cargueiro operado pelas Count Fleet Airlines, especialistas em transportar cavalos de corrida. Geralmente esse avião carregava cavalos americanos para disputar páreos em Dubai. Agora estava levando um cavalo, apanhado em Roma. O cavalo não quis ficar parado quando sentiu o cheiro dos porcos selvagens, e relinchou na baia almofadada até que a tripulação teve de descarregá-lo e deixá-lo para trás, o que causou uma despesa posterior para Mason, que teve de mandar o cavalo para casa sozinho e pagar uma multa para evitar um processo.

Carlo e seus auxiliares foram junto com os porcos na área de carga pressurizada. A cada meia hora, sobre o mar encapelado, Carlo visitava cada porco individualmente, colocava a mão no couro peludo e sentia a batida do coração selvagem.

Mesmo que fossem bons e estivessem famintos, 16 porcos não poderiam consumir o Dr. Lecter inteiramente de uma só vez. Tinham levado um dia inteiro para consumir totalmente o cineasta.

No primeiro dia, Mason queria que o Dr. Lecter os visse comer seus pés. Lecter seria mantido com soro salino durante a noite, esperando a segunda etapa.

Mason prometera a Carlo uma hora com ele no intervalo.

Na segunda etapa, os porcos poderiam esvaziá-lo e consumir a carne ventral e o rosto em uma hora, enquanto o primeiro turno dos porcos maiores e da fêmea prenha recuasse e viesse o segundo bando. Mas aí a diversão já teria terminado.

65

Barney jamais estivera no celeiro antes. Chegou por uma porta lateral abaixo das fileiras de arquibancadas que rodeavam três lados de uma antiga área de exposição. Vazia e silenciosa, a não ser pelo murmúrio dos pombos nos caibros, a área de exposição ainda tinha um ar de expectativa. Atrás do pódio do leiloeiro estendia-se o celeiro aberto. Grandes portas duplas davam para a área dos estábulos e o depósito de arreios.

Barney ouviu vozes e gritou:

– Olá!

– No depósito de arreios, Barney, entre. – A voz profunda de Margot.

O depósito era um lugar alegre, cheio de arreios pendurados e celas graciosas. Cheiro de couro. A luz quente do sol atravessando janelas empoeiradas logo abaixo dos caibros do telhado fazia subir o cheiro de couro e feno. Um jirau aberto num dos lados se ligava com o jirau de feno do celeiro.

Margot estava guardando as almofaças e alguns barbicachos. Seu cabelo era mais claro do que o feno, os olhos tão azuis quanto os selos de inspeção de carne.

– Oi – disse Barney junto à porta. Ele achou que a sala era meio cenográfica, montada para as crianças que visitavam a fazenda. Com o pé-direito alto e a luz inclinada das janelas lá em cima, mais parecia uma igreja.

– Oi, Barney. Espere aí e nós vamos comer dentro de uns vinte minutos.

A voz de Judy Ingram veio do jirau, lá em cima.

– Barneeey. Bom dia. Espere para ver o que teremos para o almoço. Margot, quer comer do lado de fora?

Todos os sábados era hábito de Margot e Judy escovar os gordos pôneis Shetland destinados às crianças que visitavam a fazenda. As duas sempre levavam um cesto de piquenique para o almoço.

– Vamos experimentar do lado sul do celeiro, ao sol – disse Margot.

Todo mundo parecia um pouco alegre demais. Uma pessoa com a experiência de Barney no hospital sabe que a alegria excessiva não é boa para quem a demonstra.

A sala de arreios era dominada por um crânio de cavalo, colocado um pouco acima da altura das cabeças na parede, com o bridão e os antolhos, e enfeitado com as cores de corrida dos Verger.

– Aquele é Fleet Shadow, ganhou a corrida de Lodgepoles em 52, o único vencedor que meu pai já teve – disse Margot. – Meu pai era pão-duro demais para mandar empalhá-lo. – Ela olhou para o crânio. – Parece bastante com Mason, não é?

No canto havia uma fornalha com fole. Ali Margot acendera um fogo para espantar o frio. Sobre o fogo havia uma panela com alguma coisa que cheirava a sopa.

Na bancada havia um conjunto completo de ferramentas de ferrador. Ela pegou um martelo de ferrador, de cabo curto e cabeça grande. Com seus braços e peitos fortes, a própria Margot podia ter sido um ferrador, ou um ferreiro com peitorais particularmente pontudos.

– Quer jogar as mantas para mim? – gritou Judy para baixo.

Margot pegou uma pilha de mantas recém-lavadas e, com um movimento ágil do braço, mandou-a para o jirau.

Sentindo o olhar atento de Margot, Barney não olhou para o traseiro de Judy. Havia alguns fardos de feno com mantas de cavalos dobradas em cima, para servir de assentos. Margot e Barney sentaram-se.

– Você não vai poder ver os pôneis. Eles foram para o estábulo em Lester – disse Margot.

– Eu ouvi os caminhões hoje cedo. Por quê?

– Negócios de Mason. – Um pequeno silêncio. Eles sempre reagiam tranquilamente com relação ao silêncio, mas não desta vez. – Bom, Barney. A gente chega a um ponto onde não pode falar mais, a não ser que vá fazer alguma coisa. É neste ponto que estamos?

– Como quando se tem um caso, ou algo do tipo – disse Barney. A analogia infeliz pairou no ar.

– *Caso* – disse Margot. – Tenho para você uma coisa tremendamente melhor do que isso. E você sabe do que estamos falando.

– Mais ou menos.

– Mas se você decidisse que *não* quer fazer uma determinada coisa, e mais tarde a coisa acontecesse de qualquer modo, você entende que jamais poderia jogar isso contra mim, certo? – Ela bateu na palma da mão com o martelo de ferrador, talvez distraída, observando-o com olhos azuis de açougueiro.

Barney já tinha visto muitos rostos na vida, e permaneceu vivo sabendo interpretá-los. Viu que ela estava dizendo a verdade.

– Sei disso.

– Do mesmo modo se nós fizéssemos alguma coisa. Vou ser extremamente generosa uma vez, e só uma vez. Mas será o bastante. Quer saber o quanto?

– Margot, nada vai acontecer durante o meu turno. Não enquanto eu estiver recebendo dinheiro para cuidar dele.

– *Por quê*, Barney?

Sentado sobre o fardo de feno, ele encolheu os ombros grandes.

– Trato é trato.

– Você chama aquilo de *trato*? Isto é um *trato. Cinco milhões de dólares, Barney.* Os mesmos cinco que Krendler deve ganhar por estar vendendo o FBI, se é que você quer saber.

– Nós estamos falando de pegar sêmen de Mason numa quantidade suficiente para engravidar Judy.

– Também estamos falando de outra coisa. Você sabe que se tirar a porra de Mason e deixá-lo vivo, ele vai pegar você, Barney. E você não vai conseguir fugir tão rápido. Você serviria de comida para os porcos.

– Eu serviria para quê?

– O que é, Barney? *Semper Fi*, como está escrito no seu braço?

– Quando aceitei o dinheiro dele, disse que cuidaria dele. Enquanto eu trabalhar para ele, não vou lhe fazer mal algum.

– Você não precisa... *fazer* coisa alguma com ele, a não ser procedimentos de medicina, depois de ele estar morto. Eu não posso tocá-lo lá. Talvez você precise me ajudar com Cordell.

– Se você matar Mason, só vai conseguir uma amostra – disse Barney.

– Se nós conseguirmos 5 centímetros cúbicos, mesmo com uma contagem de esperma baixa, mas dentro do normal, podemos tentar cinco inseminações, podemos fazer *in vitro*... a família de Judy é verdadeiramente fértil.

– Você pensou em comprar Cordell?

– Não. Ele jamais manteria o acordo. A palavra dele não valeria merda alguma. Cedo ou tarde, ele iria me sacanear. Ele erá de sair fora.

– Você pensou um bocado nisso.

– Sim. Barney, você precisa controlar o posto de enfermagem. Vai estar passando uma fita de backup nos monitores, há um registro de cada segundo. Vai haver TV ao vivo, mas sem estar sendo gravada. Nós... eu enfio a mão dentro da concha do respirador e imobilizo o peito dele. O monitor vai mostrar o respirador ainda funcionando. Quando o ritmo cardíaco e a pressão sanguínea mostrarem mudança, você entra correndo e ele vai estar inconsciente. Você pode tentar ressuscitá-lo o quanto quiser. A única coisa é que você, por acaso, não vai me notar. Só vou apertar o peito dele até ele estar morto. Você já fez um número grande de autópsias, Barney. O que eles procuram quando suspeitam de sufocamento?

– Hemorragia atrás das pálpebras.

– Mason não tem pálpebra.

Ela havia lido bastante e estava acostumada a comprar qualquer coisa, qualquer um.

Barney encarou-a, mas fixou o martelo na visão periférica enquanto dava a resposta:

– Não, Margot.

– E se eu deixasse você me comer, você faria isso?

– Não.

– E se eu comesse *você*, você faria isso?

– Não.

– Se você não trabalhasse aqui, e não tivesse responsabilidade médica para com ele, você faria?

– Provavelmente não.

– É ética ou covardia?

– Não sei.

– Vamos descobrir. Você está despedido, Barney.

Ele assentiu, não particularmente surpreso.

– E, Barney? – Ela levantou um dedo até os lábios. – Shh. Você me dá sua palavra? Preciso dizer que eu poderia matá-lo usando aquele antecedente na Califórnia? Não preciso dizer isso, preciso?

– Você não precisa se preocupar. *Eu* preciso me preocupar. Não sei como Mason manda as pessoas irem embora. Talvez elas simplesmente desapareçam.

– Você também não precisa se preocupar. Vou dizer a Mason que você teve hepatite. Você não conhece muita coisa sobre os negócios dele, a não ser que ele está tentando ajudar a lei, e ele sabe que nós conhecemos seu antecedente, e deixará você ir embora.

Barney se perguntou quem o Dr. Lecter teria achado mais interessante na terapia: Mason Verger ou a irmã dele.

66

Era noite quando o grande caminhão prateado estacionou junto ao celeiro de Muskrat Farm. Eles estavam atrasados, com os nervos à flor da pele.

Os arranjos no Aeroporto Internacional Baltimore-Washington tinham corrido bem a princípio. O inspetor encarregado do Departamento de Agricultura carimbou o embarque de 16 suínos; ele era especialista em suínos e nunca vira nenhum como eles.

Então, Carlo Deogracias olhou dentro do caminhão. Era um transporte para animais vivos e fedia a tal, com os traços de muitos ex-ocupantes. Carlo não quis deixar seus porcos serem descarregados. O avião esperou enquanto o motorista furioso, Carlo e Piero Falcione procuravam outro caminhão mais adequado para transportar os caixotes. Logo localizaram um caminhão de limpeza com mangueira a vapor e limparam a área de carga. Assim que chegaram ao portão principal de Muskrat Farm, houve um último incômodo. O guarda verificou a tonelagem do caminhão e se recusou a deixá-los entrar, citando um limite de peso na ponte ornamental. Fez com que dessem a volta até a entrada de serviço, através da Floresta Nacional. Galhos de árvores raspavam no caminhão alto que seguia devagar pelos últimos 3 quilômetros.

Carlo gostou do celeiro grande e limpo de Muskrat Farm. Gostou da pequena empilhadeira que carregou gentilmente os caixotes até as baias dos pôneis.

Quando o motorista do caminhão trouxe até as gaiolas um aguilhão elétrico, de usar em gado, e se ofereceu para dar um choque no porco para ver até que ponto ele estava drogado, Carlo tomou o instrumento e o deixou tão assustado que o sujeito ficou com medo de pedi-lo de volta.

Carlo deixaria os grandes suínos se recuperarem dos sedativos na semiescuridão, sem permitir que saíssem dos caixotes até estarem de pé e alertas. Tinha medo de que os que acordassem primeiro pudessem morder um outro adormecido. Qualquer figura de pé os atraía quando o rebanho não estava cochilando junto.

Piero e Tommaso tinham de ser duplamente cuidadosos desde que o rebanho comera o cineasta Oreste, e mais tarde seu assistente congelado. Os homens não podiam ficar no curral ou no pasto junto dos porcos. Os suínos não ameaçavam não rangiam os dentes como porcos selvagens, simplesmente ficavam vigiando com a terrível objetividade do suíno, e iam chegando até estarem suficientemente próximos para atacar.

Carlo, igualmente objetivo, não descansou até ter examinado com uma lanterna a cerca que envolvia a pastagem e o bosque de Mason, junto à grande Floresta Nacional.

Carlo escavou o chão com seu canivete, examinou o húmus da floresta debaixo das árvores e encontrou bolotas de carvalho. Ele ouvira gaios cantando no fim do caminho, e achou que provavelmente haveria bolotas de carvalho. Sem dúvida, havia carvalhos brancos aqui na área cercada, mas não muitos. Ele não queria que os porcos encontrassem comida no chão, coisa que aconteceria facilmente na grande floresta.

Mason tinha mandado construir na parte aberta do celeiro uma barreira forte com um portão dividido horizontalmente como o portão de Carlo na Sardenha.

Por trás da segurança dessa barreira, Carlo poderia alimentá-los, jogando roupas cheias de galinhas mortas, pernas de carneiro e legumes.

Eles não eram domesticados, mas não tinham medo de homens ou de barulho. Nem mesmo Carlo podia entrar no curral. Um porco não é como outros animais. Há neles uma fagulha de inteligência e uma objetividade terrível. Estes não eram de modo algum hostis. Simplesmente gostavam de comer homens. Tinham pés leves como um touro miúra, podiam ser rápidos como um cão pastor, e seus movimentos ao redor dos guardiões tinham a qualidade sinistra da premeditação.

Piero vivera um momento de grande risco tentando tirar de um porco que se alimentava uma camisa que eles achavam que poderiam usar de novo.

Jamais houvera porcos assim, maiores do que o javali selvagem europeu, e tão violentos quanto ele. Carlo sentia que os havia criado, sabia que a coisa que eles fariam, o mal que destruiriam, seria todo o crédito do qual ele jamais precisaria na outra vida.

À meia-noite todos estavam dormindo no celeiro: Carlo, Piero e Tommaso dormiam sem sonhar no jirau do depósito de arreios, os porcos roncavam nos caixotes, onde seus elegantes pezinhos começavam a trotar nos sonhos, e um ou dois estremeceram sobre a lona limpa. O crânio do cavalo de corrida, Fleet Shadow, observava todo o ambiente fracamente iluminado pelo fogo de carvão na fornalha.

67

Atacar um agente do FBI com a evidência falsa criada por Mason era um grande salto para Krendler. Deixou-o meio sem fôlego. Se o procurador-geral o apanhasse, iria esmagá-lo como uma barata.

A não ser por seu risco pessoal, a questão de Clarice Starling não tinha para Krendler o mesmo peso de destruir um homem. Um homem tinha família para sustentar – Krendler sustentava sua família, por mais cobiçosa e ingrata que ela fosse.

E Starling, definitivamente, precisava sair de cena. Se deixada em paz, seguindo os fios com as habilidades minuciosas e mesquinhas de uma mulher, Clarice Starling encontraria Hannibal Lecter. E se isso acontecesse, Mason Verger não daria coisa alguma a Krendler.

Quanto antes ela perdesse seus recursos e fosse usada como isca, melhor.

Krendler destruíra carreiras antes em sua ascensão ao poder, primeiro como promotor estadual ativo na política, e mais tarde no Departamento de Justiça. Sabia por experiência própria que destruir a carreira de uma mulher é mais fácil do que prejudicar um homem. Se uma mulher recebe uma promoção que mulheres não deveriam ter, o modo mais eficiente de atacá-la é dizer que ela conseguiu aquilo dormindo com alguém.

Seria impossível fazer essa acusação se propagar no caso de Clarice Starling, pensava Krendler. De fato, ele não conseguia pensar em ninguém mais *necessitado* de uma trepada numa estrada de terra. Algumas vezes ele pensava nesse ato abrasivo enquanto retorcia o dedo dentro do nariz.

Krendler não poderia explicar sua animosidade contra Starling. Era visceral, e pertencia a um lugar dentro dele aonde não podia ir. Um lugar com capas de poltrona e lâmpada no teto, maçanetas, manivelas de janela e uma garota com a cor de Starling, mas não com o senso dela, e com as calcinhas ao redor de um dos tornozelos perguntando qual era o problema dele, que diabo, e por que ele não vinha fazer o que devia, será que ele era *algum tipo de veado, algum tipo de veado, algum tipo de veado*?

Se você não soubesse como Starling era uma vagabunda, refletiu Krendler, o desempenho preto no branco dela era muito melhor do que as poucas promoções indicariam – isso ele tinha de admitir. As recompensas dela tinham sido satisfatoriamente poucas: acrescentando gotas aleatórias de veneno à ficha dela no correr dos anos, Krendler pudera influenciar a comissão de carreira do FBI a ponto de bloquear várias tarefas dignas de promoção que ela poderia ter conseguido, e a atitude independente de Starling, sua língua afiada, tinha ajudado a batalhar por esta causa.

Mason não esperaria pelo depoimento do caso no Mercado de Peixe Feliciana. E não havia garantia de que qualquer merda colaria em Starling numa audiência. A morte de Evelda Drumgo e dos outros era resultado de uma falha de segurança, obviamente. Tinha sido um milagre Starling conseguir salvar aquele bastardozinho. Mais um para o Estado alimentar. Seria fácil arrancar a casca de ferida daquele infeliz acontecimento, mas era um modo pouco eficaz de destruir Starling.

Melhor fazer do modo de Mason. Seria rápido e ela estaria lá fora. O momento era propício:

Um axioma de Washington, provado mais vezes do que o Teorema de Pitágoras, declara que, na presença de oxigênio, um peido alto com um culpado óbvio cobrirá muitas emissões pequenas na mesma sala, desde que sejam praticamente simultâneas.

Assim, o julgamento de *impeachment* estava distraindo o Departamento de Justiça o suficiente para que ele mandasse Starling para o espaço.

Mason queria alguma cobertura de imprensa para que o Dr. Lecter visse. Mas Krendler devia fazer com que a cobertura parecesse um acidente infeliz. Felizmente estava se aproximando uma ocasião que lhe serviria bem: o aniversário do FBI.

Krendler mantinha uma consciência domada, com a qual se penitenciar.

Agora ela o consolava: se Starling perdesse o emprego, no máximo algum antro de sapatões onde Starling morava teria de se virar sem a grande parabólica para captar os esportes. No máximo ele estava deixando um canhão solto rolar por sobre a amurada e nunca mais ameaçar alguém.

Um "canhão solto" por sobre a amurada iria "parar de balançar o barco", pensou ele, satisfeito e reconfortado como se duas metáforas navais formassem uma equação lógica. O fato de que o barco que balança transporte o canhão não o incomodava nem um pouco.

Krendler tinha uma vida de fantasia tão ativa quanto sua imaginação permitia. Agora, para seu prazer, visualizou Starling velha, tropeçando nas tetas, aquelas pernas bonitas transformadas em algo cheio de veias azuis e calombos, subindo e descendo com dificuldade a escada, carregando roupa para a lavanderia, afastando o rosto das manchas nos lençóis, trabalhando pela vaga na pensão de propriedade de um casal de fanchonas velhas e peludas.

Imaginou qual seria a próxima coisa que lhe diria e, no ápice de seu triunfo veio com um "sua boceta caipira".

Armado com as ideias do Dr. Doemling, ele queria ficar perto de Starling, depois de ela ser desarmada, e dizer sem mover a boca: "Você tem idade para ainda estar trepando com o seu paizinho, mesmo para uma escória branca do Sul." Ele repetiu a frase na mente, e pensou em anotá-la em seu caderno.

Krendler tinha o instrumento, o tempo e o veneno de que precisava para esmagar a carreira de Starling e, enquanto se preparava para isso, foi tremendamente ajudado pelo acaso e pelo correio italiano.

68

O Cemitério Battle Creek, perto de Hubbard, Texas, é uma pequena cicatriz na cobertura cor de leão do centro do Texas em dezembro. Neste momento o vento está assobiando, e sempre assobiará. Não dá para esperar que pare.

O novo trecho do cemitério tem lápides lisas para que fique fácil cortar a grama. Hoje um balão prateado em forma de coração dança sobre a sepultura de uma menina que morreu no dia de seu nascimento. Na parte mais antiga do cemitério eles cortam a grama dos caminhos todas as vezes, e passam entre as lápides com o cortador de grama sempre que podem. Pedaços de fita e hastes de flores secas estão misturados no solo. Nos fundos do cemitério há um monturo de adubo para onde vão as flores velhas. Entre o balão que dança em forma de coração e o monturo há uma retroescavadeira em ponto morto, com um rapaz negro no controle, outro no chão, protegendo um fósforo contra o vento enquanto acende um cigarro...

– Sr. Closter, eu queria que o senhor estivesse aqui quando fizéssemos isso, para ver o que vamos enfrentar. Tenho certeza de que o senhor desencorajará os familiares, para que não olhem – disse o Sr. Greenlea, gerente da Funerária Hubbard. – Aquele caixão, e quero de novo elogiá-lo por seu gosto, aquele caixão será digno de ser apresentado, e é só isso que eles precisam ver. Fico feliz em lhe dar o desconto profissional. O meu pai, que já está morto, repousa num igualzinho.

Ele balançou a cabeça para o operador da retroescavadeira e a garra da máquina tirou um pedaço da sepultura cheia de mato, afundada.

– O senhor tem certeza com relação à lápide, Sr. Closter?

– Sim – disse o Dr. Lecter. – Os filhos estão mandando fazer uma lápide para a mãe e o pai.

Eles ficaram parados sem falar, o vento balançando as pernas das calças, até que a retroescavadeira parou a uns 60 centímetros de profundidade.

– É melhor prosseguirmos com as pás – disse o Sr. Greenlea. Os dois trabalhadores desceram no buraco e começaram a tirar a terra com movimentos fáceis, treinados. – Cuidado – disse o Sr. Greenlea. – Para começar, aquele caixão não era grande coisa. Totalmente diferente do que ele vai receber agora.

De fato, o caixão barato, de compensado, desmoronara sobre o ocupante. Greenlea mandou os cavadores limparem a terra ao redor e enfiarem uma lona sob a base do caixão, que ainda estava intacta. O caixão foi colocado sobre essa lona e posto na traseira de uma caminhonete.

Na mesa sobre cavaletes da garagem da Funerária Hubbard, os pedaços da tampa afundada foram tirados para revelar um esqueleto de bom tamanho.

O Dr. Lecter examinou-o rapidamente. Uma bala marcara a costela mais curta sobre o fígado e havia uma fratura e um buraco de bala no alto da têmpora esquerda. O crânio, cheio de musgo e matéria grudada, apenas parcialmente exposto, tinha malares bons e altos como ele nunca vira antes.

A terra nao deixa muito disse o Sr. Greenlea.

Os restos apodrecidos de calças e os trapos de uma camisa de cowboy cobriam os ossos. As presilhas de madrepérola da camisa tinham caído através das costelas. Um chapéu de cowboy, de feltro, repousava sobre o peito. Havia um rasgo na aba e um buraco na copa.

– O senhor conhecia o falecido? – perguntou o Dr. Lecter

– Nós só compramos esta funerária e assumimos o cem.-tério como acréscimo ao nosso grupo em 1989 – disse o Sr. Greenlea. – Moro aqui agora, mas a sede da nossa empresa fica em St. Louis. O senhor quer tentar preservar as roupas? Eu poderia ceder-lhe um terno, mas não creio que...

– Não. Escove os ossos, nada de roupa a não ser o chapéu, a fivela e as botas, coloque num saco os ossos pequenos das mãos e dos pés, e os enrole na melhor mortalha de seda, junto com o crânio e os ossos compridos. O senhor não precisa arrumá-los, é só juntar tudo. Se ficar com a lápide isso vai compensá-lo por fechar tudo de novo?

– Sim, se o senhor assinar aqui. E lhe dou cópias daqueles outros – disse o Sr. Greenlea, tremendamente satisfeito com o caixão que havia vendido. A maioria dos agentes funerários que viessem pegar um corpo teriam transportado os ossos numa caixa de papelão e vendido para a família um caixão próprio.

Os papéis para exumação trazidos pelo Dr. Lecter estavam em perfeito acordo com o Código de Segurança e Saúde do Texas, seção 711.004, como ele sabia que estariam, já que ele próprio os fez, baixando os requerimentos e os formulários da Biblioteca Legal da Associação de Condados do Texas.

Os dois trabalhadores, gratos pela comporta de carga da caminhonete alugada pelo Dr. Lecter, empurraram o novo caixão para o lugar e prenderam-no ao único outro item que estava na caminhonete, um baú vertical para roupas.

– É uma ideia muito boa, carregar seu próprio armário. Evita amarrotar as roupas cerimoniais numa mala, não é? – disse o Sr. Greenlea.

Em Dallas, o doutor tirou do baú uma caixa de viola e colocou dentro dela o saco de ossos envolto em seda, com o chapéu se acomodando muito bem na parte inferior, com o crânio abrigado dentro. Jogou o caixão nos fundos do cemitério de Fish Trap e devolveu o veículo alugado ao Aeroporto Dallas - Fort Worth, onde despachou a caixa de viola direto para a Filadélfia.

Parte IV

Ocasiões notáveis no calendário do pavor

69

Na segunda-feira, Clarice Starling tinha de verificar as compras exóticas no fim de semana, e houve problemas no seu sistema que exigiram a ajuda de um técnico de informática do setor de engenharia. Mesmo com as listas severamente podadas a duas ou três das safras mais especiais de cinco vinicultores, a redução a duas fontes de *foie gras* americano e cinco fornecedores de comidas especiais, o número de compras era formidável. As ligações das lojas de bebida que usavam o número de telefone constante no boletim tinham de ser digitadas a mão.

Baseada na identificação do Dr. Lecter no assassinato do caçador na Virgínia, Starling reduziu a lista para as compras na Costa Leste, a não ser pelo *foie gras* de Sonoma. A Fauchon em Paris se recusou a cooperar. Starling não conseguiu entender o que a pessoa da Vera dal 1926, em Florença, disse ao telefone, e mandou um fax pedindo ajuda à Questura para o caso de o Dr. Lecter encomendar trufas brancas.

No fim do dia de trabalho na segunda-feira, 17 de dezembro, Starling tinha 12 suspeitas para investigar. Eram combinações de compras com cartões de crédito. Um homem comprara uma caixa de Pétrus e um Jaguar turbinado, ambos com o mesmo American Express.

Outro fez um pedido de uma caixa de Bâtard-Montrachet e uma caixa de ostras verdes da Gironde.

Starling repassou cada possibilidade ao Bureau local, para que fossem examinadas.

Starling e Eric Pickford trabalhavam em turnos distintos, mas que se complementavam para que sempre houvesse alguém na sala durante as horas de funcionamento das lojas.

Era o quarto dia de Pickford no serviço, e passou parte dele programando seu telefone de discagem automática. Não rotulou os botões.

Quando Pickford saiu para o café, Starling apertou o primeiro botão do telefone dele. O próprio Paul Krendler atendeu.

Ela desligou e sentou-se em silêncio. Estava na hora de ir para casa. Girando a cadeira devagar, repetidamente, olhou para todos os objetos da Sala Lecter. Os raios X, os livros, a mesa arrumada para uma pessoa. Depois passou pela cortina.

A sala de Crawford estava aberta e vazia. A suéter que a falecida esposa tricotara para ele continuava pendurada num cabideiro de canto. Starling estendeu a mão para a suéter, praticamente não a tocou, pendurou seu casaco no ombro e começou a longa caminhada até o carro.

Nunca mais veria Quantico de novo.

70

Na noite de 17 de dezembro, a campainha de Clarice Starling tocou. Dava para ver o carro de um oficial de justiça federal atrás do Mustang em sua entrada de veículos.

O oficial de justiça era Bobby, que a levara do hospital para casa depois do tiroteio no Feliciana.

– Oi, Starling.

– Oi, Bobby. Entre.

– Eu gostaria, mas primeiro preciso lhe dizer: tenho uma intimação aqui que preciso entregar a você.

– Bom, ora, entregue dentro de casa, aí fora está frio – disse Starling, sentindo-se meio entorpecida.

A intimação, com o timbre do Departamento de Justiça, exigia que ela comparecesse a uma audiência na manhã seguinte, 18 de dezembro, às 9 horas, no edifício J. Edgar Hoover.

– Quer uma carona amanhã? – perguntou o oficial de justiça.

Starling balançou a cabeça.

– Obrigada, Bobby. Vou no meu carro. Quer um café?

– Não, obrigado. Sinto muito, Starling. – Sem dúvida, o oficial de justiça queria ir embora. Houve um silêncio constrangido. – A sua orelha parece estar bem – disse ele por fim.

Ela acenou enquanto ele dava a ré, saindo da entrada de veículos.

A carta simplesmente dizia para Starling comparecer. Não era mencionado qualquer motivo.

Ardelia Mapp, veterana das guerras internas do FBI e um espinho no flanco da rede de camaradagem entre os rapazes, imediatamente preparou para ela o chá medicinal mais forte de sua avó, renomado por melhorar o estado mental. Starling sempre tivera pavor do chá, mas não havia como se livrar deste.

Mapp bateu com o dedo no timbre da carta.

– O secretário-geral não *precisa* dizer coisa alguma a você – disse Mapp entre goles de chá. – Se o nosso Departamento de Responsabilidade Profissional tivesse acusações, ou se o Departamento de Responsabilidade Profissional do Departamento de Justiça tivesse alguma coisa contra você, eles teriam de informar, teriam de lhe mostrar documentos. Teriam de lhe dar uma droga de um 645 ou um 644 com as acusações bem ali, e se fosse matéria criminal, você teria um advogado, revelação integral, tudo que os bandidos merecem, certo?

– Certíssimo.

– Bom, desse jeito você não recebeu nada adiantado. O secretário-geral é um cargo político, ele pode assumir qualquer caso.

– Ele assumiu este.

– Com Krendler soprando fumaça pela bunda dele. O que quer que seja, se você quiser entrar com um processo de oportunidades iguais, tenho todos os números. Agora, escute, Starling, você precisa dizer a eles que quer que tudo seja gravado. O secretário-geral não usa depoimentos assinados. Lonnie Gains entrou naquela confusão com eles por causa disso. Eles mantêm um registro do que você diz, e algumas vezes o registro muda depois de você dizer. Nem sempre você vê uma transcrição.

Quando Starling ligou para Jack Crawford, ele parecia estar dormindo.

– Não sei do que se trata, Starling – disse ele. – Vou dar uns telefonemas. A única coisa que sei é que estarei lá amanhã.

71

Manhã, e a gaiola de concreto armado do edifício Hoover matutando sob um céu leitoso.

Nesta era de carros-bombas, a entrada da frente e o pátio ficam fechados na maior parte do dia, e o edifício é cercado por antigos automóveis do Bureau, como uma barreira improvisada contra ataques.

A polícia municipal segue uma política idiota, preenchendo multas para alguns dos carros da barreira dia após dia, o maço de papéis crescendo sobre os limpadores de para-brisa e rasgando-se ao vento para depois voarem pela rua.

Um mendigo que se aquecia sobre uma grade na calçada gritou para Starling e levantou a mão enquanto ela passava. Um dos lados de seu rosto estava laranja do iodo de alguma emergência hospitalar. Ele estendeu um copo de isopor, gasto nas bordas. Starling enfiou a mão na bolsa procurando 1 dólar. Deu-lhe dois, inclinando-se para o ar quente e rançoso e o vapor.

– Deus a abençoe – disse ele.

– Preciso disso – disse Starling. – Qualquer coisa ajuda.

Starling comprou um copo grande de café no Au Bon Pain, no lado do edifício Hoover que dava para a rua 10, como tinha feito tantas vezes no passar dos anos. Queria o café depois de um sono inquieto, mas não queria precisar urinar durante a audiência. Decidiu que tomaria a metade.

Viu Crawford pela vitrine e alcançou-o na calçada.

– Quer dividir esse café, Sr. Crawford? Eles me dão outro copo.

– É descafeinado?

– Não.

– É melhor não, vou ficar nervoso demais. – Ele parecia abatido e velho. Uma gota transparente pendia na ponta de seu nariz. Os dois ficaram fora do tráfego de pedestres que dava para a entrada lateral do escritório do FBI.

– Não sei o que é esta reunião, Starling. Ninguém mais do tirotei ɔ no Feliciana foi chamado, que eu saiba. Vou ficar com você.

Starling passou-lhe um lenço de papel e os dois entraram no fluxo constante que chegava para o turno da manhã. Starling achou que os funcionários pareciam estranhamente bem-vestidos.

– Nonagésimo aniversário do FBI. Bush vem falar hoje – lembrou Crawford.

Havia quatro caminhões de conexão de TV via satélite na rua lateral.

Uma equipe de câmera da WFUL-TV estava preparada na calçada, filmando um rapaz de cabelo à escovinha que falava num microfone de mão. Um assistente de produção, parado em cima do veículo, viu Starling e Crawford chegando em meio à turba.

– É ela, é ela, com capa de chuva azul-marinho – gritou ele.

– Lá vamos nós – disse o de corte à escovinha. – Rodando.

A equipe abriu caminho na torrente de pessoas para colocar a câmera no rosto de Starling.

– Agente especial Starling, pode comentar sobre a investigação do massacre do Mercado de Peixes Feliciana? O relatório foi submetido? Você está sendo acusada de matar os cinco... – Crawford tirou seu chapéu de chuva e, fingindo abrigar os olhos das luzes, conseguiu bloquear as lentes da câmera por um momento. Apenas a porta de segurança impediu a equipe de TV.

Os filhos da puta foram informados.

Uma vez dentro da segurança, eles pararam no corredor. A névoa do lado de fora cobrira Starling e Crawford com minúsculas gotas. Crawford engoliu a seco um comprimido de Ginkgo Biloba.

– Starling, acho que eles podem ter escolhido o dia de hoje por causa de toda a agitação com o *impeachment* e o aniversário. O que quer que eles façam, pode passar no meio da confusão.

– Então por que informar a imprensa?

– Porque nem todo mundo nesta audiência está cantando pela mesma partitura. Você tem dez minutos, quer ajeitar a maquiagem?

72

Raramente Starling subia até o sétimo andar, o andar executivo do edifício J. Edgar Hoover. Ela e os outros membros de sua turma de formandos haviam se reunido lá sete anos antes para ver o diretor parabenizar Ardelia Mapp como oradora da turma, e uma vez um diretor-assistente a havia convocado para receber a medalha de campeã de pistola de combate.

O tapete da sala do diretor-assistente Noonan era o mais felpudo que ela já vira. Na atmosfera gorducha de poltronas de couro da sala de reuniões havia o cheiro distinto de cigarros. Starling se perguntou se eles haviam jogado as guimbas pela descarga e ventilado o ar antes que ela chegasse.

Três homens levantaram-se quando ela e Crawford entraram na sala, e um permaneceu sentado. Os de pé eram o ex-chefe de Starling, Clint Pearsal, de Buzzard's Point, o escritório de campo de Washington; o diretor-assistente Noonan, do FBI; e um homem alto e ruivo num terno de seda. Sentado estava Paul Krendler, do gabinete do secretário-geral. Krendler virou a cabeça para ela, sobre o pescoço comprido, como se a estivesse localizando pelo cheiro. Quando a encarou, ela pôde ver as duas orelhas redondas do sujeito ao mesmo tempo. Estranhamente, um oficial de justiça federal que ela não conhecia estava parado no canto da sala.

Geralmente o pessoal do FBI e do Departamento de Justiça são cuidadosos com a aparência, mas aqueles homens estavam arrumados para a TV. Starling percebeu que mais tarde eles deveriam aparecer nas cerimônias lá embaixo, com o ex-presidente Bush. Caso contrário, ela teria sido convocada ao Departamento de Justiça, e não ao edifício Hoover.

Krendler franziu a testa ao ver Jack Crawford ao lado de Starling.

– Sr. Crawford, não creio que sua presença seja necessária para este procedimento.

– Eu sou o supervisor imediato da agente especial Starling. Meu lugar é aqui.

– Não concordo – disse Krendler. Em seguida, ele se virou para Noonan. – Clint Pearsal é oficialmente o chefe dela, ela só está emprestada a Crawford. Creio que a agente Starling deva ser interrogada em particular – disse ele. – Se precisarmos de informações adicionais, podemos pedir que o chefe de seção Crawford fique num lugar onde possamos encontrá-lo.

Noonan confirmou com a cabeça.

– Sem dúvida, suas informações serão bem-vindas, Jack, depois de ouvirmos o testemunho independente de... da agente especial Starling. Jack, quero que você fique esperando. Se quiser ficar na sala de leitura da biblioteca, esteja à vontade. Eu o chamo.

Crawford levantou-se.

– Diretor Noonan, será que posso dizer...

– Você *pode* sair, é isso que você *pode* fazer – disse Krendler.

Noonan levantou-se.

– Espere aí, por favor, esta reunião é minha, Sr. Krendler, até que eu passe para o senhor. Jack, você e eu nos conhecemos há muito. O cavalheiro do Departamento de Justiça foi nomeado há bem pouco tempo para entender isso. Você terá direito de se pronunciar. Agora deixe-nos e permita que Starling fale por si própria. – Em seguida Noonan inclinou-se para Krendler e disse alguma coisa no ouvido dele, que fez seu rosto ruborizar.

Crawford olhou para Starling. Tudo que ele podia fazer era ficar puto da vida.

– Obrigada por ter vindo, senhor – disse ela.

O oficial de justiça guiou Crawford para fora.

Ao ouvir a porta fechar atrás de si, Starling empertigou-se e enfrentou os homens sozinha.

A partir daí, os procedimentos seguiram com a desenvoltura de uma amputação do século XVIII.

Noonan era a mais alta autoridade do FBI na sala, mas o secretário-geral poderia sobrepujá-lo, e aparentemente o secretário mandara Krendler como seu plenipotenciário.

Noonan pegou o dossiê a sua frente.

– Poderia se identificar, por favor, para os registros?

– Agente especial Clarice Starling. *Há* um registro, diretor Noonan? Eu ficaria satisfeita se houvesse.

Como ele não respondeu, ela disse:

– O senhor se importa se eu gravar os procedimentos? – Ela pegou na bolsa um pequeno gravador Nagra.

Krendler falou:

– Geralmente esse tipo de reunião preliminar aconteceria na sala do secretário-geral do Departamento de Justiça. Estamos fazendo aqui porque é da conveniência de todo mundo, com a cerimônia de hoje, mas as regras do departamento se aplicam. Esta é uma questão com sensibilidade diplomática. Nada de gravações.

– Diga do que ela é acusada, Sr. Krendler – pediu Noonan.

– Agente Starling, você é acusada de revelar ilegalmente uma informação importante para um criminoso fugitivo – disse Krendler, com o rosto sob controle cuidadoso. – Especificamente, é acusada de colocar este anúncio em dois jornais italianos alertando o fugitivo Hannibal Lecter de que ele estava correndo perigo de ser capturado.

O oficial de justiça trouxe para Starling uma página borrada do *La Nazione*. Ela virou-a para a janela, a fim de ler o material circulado:

A. A. Aaron – Entregue-se às autoridades mais próximas, os inimigos estão perto. Hannah.

– Como você responde a essa acusação?

– Eu não fiz isso. Nunca vi isso antes.

– Como responde ao fato de que a carta usa o codinome "Hannah", que só era conhecido do Dr. Hannibal Lecter e deste Bureau? O codinome que Lecter pediu que você usasse?

– Não sei. Quem encontrou isto?

– Por acaso o serviço de documentação em Langley viu enquanto estava traduzindo a cobertura do *La Nazione* sobre Lecter.

– Se o código é um segredo dentro do Bureau, como é que o serviço de documentos de Langley reconheceu no jornal? A CIA controla o serviço de documentos. Vamos perguntar quem chamou a atenção deles para "Hannah".

– Tenho certeza de que o tradutor era familiarizado com o dossiê.

– *Tão* familiarizado assim? Duvido. Vamos perguntar quem sugeriu que ele prestasse atenção a issc. Como eu saberia que o Dr. Lecter estava em Florença?

– Foi você quem encontrou o pedido da Questura, em Florença, para acesso ao dossiê de Lecter no PACV – disse Krendler. – O pedido chegou vários dias antes do assassinato de Pazzi. Não sabemos quando você descobriu. Por que outro motivo a Questura em Florença estaria perguntando sobre Lecter?

– Que motivo eu teria para avisá-lo? Diretor Noonan, por que isto é um problema para o Departamento de Justiça? Estou preparada para fazer um exame de polígrafo a qualquer momento. Tragam o equipamento para cá.

– Os italianos registraram um protesto diplomático por causa da tentativa de alerta a um conhecido criminoso no país deles – disse Noonan. Ele indicou o homem ruivo ao seu lado. – Este é o Sr. Montenegro, da embaixada da Itália.

– Bom dia, senhor. E como os *italianos* descobriram? – perguntou Starling. – Não foi a partir de Langley?

– A queixa diplomática faz com que a bola caia no nosso lado da quadra – disse Krendler antes que Montenegro pudesse abrir a boca. – Queremos limpar isso para satisfazer às autoridades italianas, para minha satisfação e a do secretário, e queremos isso imediatamente. É melhor para todo mundo se olharmos todos os fatos juntos. O que há entre você e o Dr. Lecter, Srta. Starling?

– Interroguei o Dr. Lecter várias vezes sob as ordens do chefe de seção Crawford. Desde a fuga do Dr. Lecter recebi duas cartas dele em sete anos. Vocês estão com ambas.

– Na verdade, temos mais coisas – disse Krendler. – Recebemos isto ontem. O que mais você pode ter recebido, não sabemos. – Ele enfiou a mão atrás do corpo e pegou uma caixa de papelão, com muitos selos e bastante manuseada pelos correios.

Krendler fingiu desfrutar as fragrâncias que vinham da caixa. Indicou a etiqueta de embarque com o dedo, sem se incomodar em mostrar a Starling.

– Endereçada a sua casa em Arlington, agente especial Starling. Sr. Montenegro, poderia nos dizer o que são esses itens?

O diplomata italiano remexeu os itens enrolados num papel de seda, com as abotoaduras brilhando.

– Bom, são loções, *sapone di mandorle*, o famoso sabão de amêndoa de Santa Maria Novella, em Florença, da farmácia de lá, e alguns perfumes. O tipo de coisa que as pessoas dão de presente quando se apaixonam.

– Esse material foi examinado em busca de toxinas e irritantes, certo, Clint? – perguntou Noonan ao ex-supervisor de Starling.

Pearsal pareceu envergonhado.

– Sim. Não há nada errado com eles.

– Um presente de amor – disse Krendler com alguma satisfação. – Agora temos o bilhete apaixonado. – Ele desdobrou o pedaço de pergaminho da caixa e ergueu-o, revelando a foto do rosto de Starling, que saíra no tabloide, com o corpo de uma leoa alada. Virou a folha para ler a letra elaborada do Dr. Lecter: "Alguma vez você pensou, Clarice, por que os filisteus não a entendem? É porque você é a resposta para a charada de Sansão: você é o mel na leoa."

– *Il mele dentro la leonessa*, que interessante – disse Montenegro, registrando a frase em algum lugar para usá-la mais tarde.

– É *o quê*? – perguntou Krendler.

O italiano desconsiderou a pergunta, vendo que Krendler jamais ouviria a música da metáfora do Dr. Lecter, tampouco sentiria suas evocações táteis em qualquer outro lugar.

– O secretário-geral quer continuar a partir daqui, por causa das ramificações internacionais – disse Krendler. – O lado para onde a coisa irá, acusações administrativas ou criminais, depende do que descobrirmos em nossa sindicância que está acontecendo agora. Se for criminal, agente especial Starling, o caso será entregue à Seção de Integridade Pública do Departamento de Justiça, e a SIP irá levá-la a julgamento. Você será informada com bastante tempo para se preparar. Diretor Noonan...

Noonan respirou fundo e deu o golpe do machado.

– Clarice Starling, estou colocando-a sob licença administrativa enquanto esta questão estiver sendo decidida. Você entregará as suas armas e identificação do FBI. Está revogado seu acesso às instalações federais que não sejam públicas. Será acompanhada para fora do prédio. Por favor, entregue agora suas armas e a identificação para o agente especial Pearsal. Venha.

Caminhando até a mesa, Starling viu durante alguns segundos os homens como se fossem pinos de boliche numa disputa de tiros. Ela poderia matar os quatro antes que um deles sacasse sua arma. O momento passou. Ela pegou sua .45, olhou firme para Krendler enquanto soltava o pente na mão, colocou o pente sobre a mesa e ejetou a bala que estava na câmara da pistola. Krendler pegou-a no ar e apertou-a até ficar com os nós dos dedos brancos.

Em seguida, foram o distintivo e a carteira de identidade.

– Você tem outro revólver? – perguntou Krendler. – E a espingarda?

– Starling? – insistiu Noonan.

– Estão no meu carro.

– Mais algum equipamento tático?

– Um capacete e um colete.

– Oficial de justiça, pegue essas coisas quando acompanhar a Srta. Starling até o veículo – disse Krendler. – Você tem um celular codificado?

– Sim.

Krendler ergueu as sobrancelhas para Noonan.

– Entregue-o – disse Noonan.

– Quero dizer uma coisa, acho que tenho direito.

Noonan olhou para o relógio.

– Diga.

– Isto é uma armação. Acho que Mason Verger está tentando capturar o Dr. Lecter sozinho com objetivos de vingança pessoal. Ele o deixou escapar por pouco em Florença. Acho que o Sr. Krendler pode estar em conluio com Verger e quer que os esforços do FBI contra o Dr. Lecter funcionem a favor de Verger. Paul Krendler, do Departamento de Justiça, deve estar ganhando dinheiro com isto, e por isso está disposto a me destruir com este objetivo. O Sr. Krendler já se comportou de modo inadequado comigo antes, e está agindo agora tanto por desprezo quanto por interesse financeiro. Esta semana mesmo ele me chamou de "boceta caipira". Desafio o Sr. Krendler, diante deste grupo, a fazer um teste com detetor de mentiras, junto comigo, abordando esses assuntos. Estou à sua disposição. Podemos fazer agora.

– Agente especial Starling, é uma sorte você não estar sob juramento aqui hoje... – começou Krendler.

– *Me coloque* sobre juramento. E se coloque também.

– Quero lhe garantir que, se não houver provas, você poderá ser plenamente reintegrada sem qualquer prejuízo – disse Krendler com sua voz mais gentil. – Enquanto isso, receberá pagamento e permanecerá com direito a seguro e benefícios médicos. A licença administrativa, em si, não é punitiva, agente Starling, use-a como melhor lhe aprouver. – Krendler adotou um tom confidencial. – De fato, se quisesse aproveitar este tempo para tirar esta sujeira da bochecha, tenho certeza de que o departamento médico...

– Não é sujeira – disse Starling. – É pólvora. Não é de espantar que você não reconheça.

O oficial de justiça estava esperando, a mão estendida para ela.

– Sinto muito, Starling – disse Clint Pearsal, com as mãos ocupadas com o equipamento dela.

Starling olhou-o e depois afastou a vista. Paul Krendler veio em sua direção enquanto os outros homens esperavam que o diplomata, Montenegro, saísse primeiro da sala. Krendler começou a dizer alguma coisa entre os dentes, ele já estava com a frase pronta: "Starling, você tem idade para ainda ser..."

– Desculpe. – Era Montenegro. O alto diplomata havia se afastado da porta e vindo até ela. – Desculpe – repetiu Montenegro de novo, olhando no rosto de Krendler até ele se afastar, com a cara retorcida.

"Sinto muito por isto estar acontecendo com você – disse ele. – Espero que seja inocente. Prometo que vou pressionar a Questura em Florença para descobrir como a *inserzione*, o anúncio, foi pago no *La Nazione*. Se você pensar em alguma coisa para tentar descobrir na... na minha esfera da Itália, por favor me diga e insistirei no ponto.

Montenegro entregou-lhe um cartão, pequeno, rígido e com uma gravura em relevo, e fingiu não ver a mão estendida de Krendler enquanto saía da sala.

Repórteres, que tiveram a permissão de passar pela entrada principal para a cerimônia de aniversário que ia acontecer em seguida, apinhavam o pátio. Alguns pareciam saber quem procurar.

– Você precisa mesmo segurar meu cotovelo? – perguntou Starling ao oficial de justiça.

– Não, senhora, não – disse ele e abriu caminho para ela através dos microfones e das perguntas gritadas.

Dessa vez o repórter de cabelo à escovinha parecia saber o assunto. As perguntas que ele gritou foram:

– É verdade que foi suspensa do caso de Hannibal Lecter? Prevê que será feita alguma acusação criminal contra você? O que diz com relação às acusações italianas?

Na garagem, Starling entregou seu colete à prova de balas, o capacete, a espingarda e o revólver de reserva. O oficial de justiça esperou enquanto ela descarregava a pequena pistola e a limpava com um pano embebido em óleo.

– Vi você atirar em Quantico, agente Starling – disse ele. – Cheguei às quartas de final entre os oficiais de justiça. Eu limpo a sua .45 antes que ela seja guardada.

– Obrigada.

O oficial esperou um tempo depois de Starling entrar no carro. Disse alguma coisa abafada pelo barulho do Mustang. Ela baixou a janela e ele repetiu:

– Odeio que isso esteja acontecendo com você.

– Obrigada. Obrigada por ter dito isso.

Um carro da imprensa estava esperando perto da saída da garagem. Starling forçou o Mustang a fim de deixá-lo para trás e ganhou uma multa por excesso de velocidade a três quarteirões do edifício J. Edgar Hoover. Os fotógrafos disparavam suas máquinas enquanto o patrulheiro municipal preenchia a multa.

O DIRETOR-ASSISTENTE NOONAN estava sentado à sua mesa depois da reunião, esfregando as marcas deixadas pelos óculos nas laterais do nariz.

Ter se livrado de Starling não o incomodava tanto – ele acreditava que havia nas mulheres um elemento emocional que frequentemente não se adequava ao Bureau. Mas doía-lhe ver Jack Crawford cortado. Jack era um dos seus. Talvez Jack tivesse uma queda pela tal de Starling, mas isso acontece – a mulher de Jack estava morta, e coisa e tal. Uma vez Noonan tivera uma semana em que não conseguia parar de olhar uma atraente estenógrafa, e teve de se livrar dela antes que a garota causasse alguma encrenca.

Colocou os óculos e pegou o elevador até a biblioteca. Encontrou Jack Crawford na área de leitura, numa poltrona e com a cabeça encostada na parede. Noonan pensou que ele estava dormindo. O rosto de Crawford estava cinzento e suado. Ele abriu os olhos e ofegou.

– Jack? – Noonan deu um tapinha em seu ombro, depois tocou o rosto pálido. Em seguida sua voz ressoou na biblioteca: – Ei, bibliotecária, chame a ambulância!

Crawford foi para a enfermaria do FBI, e depois para a Unidade de Tratamento Intensivo do Jefferson Memorial.

73

Krendler não poderia pedir uma cobertura de imprensa melhor.

O nonagésimo aniversário do FBI uniu-se a um passeio dos jornalistas pelo novo centro de administração de crises. O noticiário televisivo aproveitou-se desse acesso pouco comum ao edifício J. Edgar Hoover, a C-SPAN transmitiu integralmente as observações do ex-presidente Bush, junto com as do diretor, na programação ao vivo. A CNN transmitiu trechos dos discursos ao vivo e as redes fizeram cobertura para os jornais noturnos. Era como se os dignitários tivessem desfilado pelo tablado ocupado por Krendler nesse momento. O jovem de cabelo à escovinha, parado perto do palco, fez a pergunta:

– Sr. Krendler, é verdade que a agente especial Clarice Starling foi suspensa da investigação de Hannibal Lecter?

– Creio que seja prematuro, e injusto para com a agente, comentar isto no momento. Só direi que o Departamento de Justiça está investigando a questão Lecter. Não foi feita qualquer acusação contra qualquer pessoa.

A CNN também sentiu o cheiro.

– Sr. Krendler, fontes na Itália estão dizendo que o Dr. Lecter pode ter recebido informações impróprias de uma fonte do governo alertando-o para fugir. É esta a base para a suspensão da agente especial Starling? É por isso que o gabinete do secretário-geral está envolvido, em vez do Departamento de Responsabilidade Profissional?

– Não posso comentar sobre notícias do estrangeiro, Jeff. *Posso* dizer que o Departamento de Justiça está investigando alegações que até agora não foram provadas. Temos tanta responsabilidade para com nossos policiais quanto para com nossos amigos do estrangeiro. – Krendler ergueu o dedo como um Kennedy. – O caso Hannibal Lecter está em boas mãos, não somente nas mãos de Paul Krendler, mas de especialistas convocados de todos os setores do FBI e do Departamento de Justiça. Estamos com um projeto que poderemos revelar com o devido tempo, quando tiver rendido frutos.

O LOBISTA ALEMÃO que era senhorio do Dr. Lecter pusera na casa um enorme aparelho de televisão Grunding, e tentara fundi-lo à decoração colocando um de seus menores bronzes de "Leda e o cisne" sobre o aparelho ultramoderno.

O Dr. Lecter estava assistindo a um documentário chamado *Uma breve história do tempo*, sobre o grande astrofísico Stephen Hawking e sua obra. Ele o assistira muitas vezes antes. Esta era sua parte predileta, quando a xícara de chá cai da mesa e se espatifa no chão.

Retorcido na cadeira de rodas, Hawking fala com sua voz gerada por computador:

"De onde vem a diferença entre o passado e o futuro? As leis da ciência não distinguem passado e futuro. No entanto, há uma grande diferença entre o passado e futuro na vida comum.

"Você pode ver uma xícara de chá cair de uma mesa e se partir em pedaços no chão. Mas jamais verá a xícara se juntar de novo e saltar de volta para a mesa."

O filme, passado de trás para a frente, mostra a xícara juntando-se de novo sobre a mesa. Hawking prossegue:

"O aumento da desordem, ou da entropia, é o que distingue o passado do futuro, dando uma direção para o tempo."

O Dr. Lecter admirava enormemente a obra de Hawking e a acompanhava, com o máximo de atenção possível, nas publicações especializadas em matemática. Sabia que Hawking já tinha acreditado que o universo pararia de se expandir e iria se encolher de novo, e que a entropia poderia se reverter. Mais tarde, Hawking disse que estava enganado.

Lecter era bastante capaz na área da alta matemática, mas Stephen Hawking está num plano totalmente diferente do restante de nós. Durante anos Lecter brincara com o problema, querendo que Hawking estivesse certo da primeira vez, que o universo em expansão parasse, que a entropia se consertasse, para que Mischa, comida, ficasse inteira de novo.

Tempo. O Dr. Lecter parou a fita de vídeo e trocou para um canal de noticiário.

Os acontecimentos da televisão e do noticiário que envolvem o FBI são listados diariamente no site público do FBI. O Dr. Lecter visitava a página na internet todo dia para certificar-se de que ainda estavam usando sua antiga fotografia entre os dez mais procurados. Assim ficou sabendo do aniversário do FBI a tempo de sintonizar a televisao. Sentou-se numa grande poltrona, vestido de smoking e plastrom, e viu Krendler mentindo. Observou Krendler com os olhos semicerrados, segurando a taça de conhaque sob o nariz e girando o conteúdo lentamente. Não via aquele rosto pálido desde que Krendler estivera perto de sua jaula em Memphis há sete anos, um pouco antes da fuga.

Num noticiário local de Washington, viu Starling receber uma multa de trânsito, com microfones grudados à janela de seu Mustang. Neste momento, o noticiário de televisão "acusava Starling de violar a segurança dos Estados Unidos" no caso Lecter.

Os olhos castanhos do Dr. Lecter arregalaram-se diante da visão, e nas profundezas de suas pupilas voaram fagulhas ao redor da imagem que ele fazia do rosto da mulher. Permaneceu com as feições dela inteiras e perfeitas na mente, muito tempo depois de Starling desaparecer da tela, e fundiu-a com outra imagem, Mischa. Apertou-as juntas até que, a partir do núcleo de plasma vermelho da fusão, voaram fagulhas, carregando a imagem única para o leste, para o céu da noite, para girar com as estrelas sobre o mar.

Agora, caso o universo se contraísse, se o tempo revertesse e as xícaras de chá se juntassem, poderia haver um lugar para Mischa no mundo. O lugar mais digno que o Dr. Lecter conhecia: o lugar de Starling. Mischa poderia ter tido o lugar de Starling no mundo. Se isso acontecesse, se esse tempo voltasse, o desaparecimento de Starling deixaria para Mischa um lugar tão brilhante e limpo quanto a banheira de cobre no jardim.

74

O Dr. Lecter estacionou sua picape a um quarteirão do Hospital da Misericórdia e limpou as moedas antes de colocá-las no parquímetro. Com um macacão acolchoado do tipo que os trabalhadores usam para o frio, e um boné de aba comprida por causa das câmeras de segurança, passou pela entrada principal.

Fazia mais de 15 anos desde que estivera naquele hospital, mas a disposição básica parecia não ter mudado. Ver aquele lugar onde começara a trabalhar como médico não significava coisa alguma para ele. As áreas de segurança no andar de cima tinham passado por uma renovação superficial, mas deviam ser praticamente iguais a quando ele trabalhava aqui, segundo as plantas do registro imobiliário.

Um passe de visitante apanhado na portaria permitiu que chegasse aos andares dos pacientes. Caminhou pelo corredor lendo os nomes de pacientes e médicos nas portas dos quartos. Ali era a unidade de convalescença pós-operatória, para onde os pacientes vinham quando eram liberados da UTI depois de uma cirurgia cardíaca ou craniana.

Olhando o Dr. Lecter caminhar pelo corredor, dava para pensar que ele lia muito lentamente, enquanto seus lábios se moviam sem sons e ele coçava a cabeça de vez em quando, como um simplório. Depois, sentou-se na sala de espera de onde podia ver o corredor. Esperou uma hora e meia entre mulheres velhas que contavam tragédias familiares e suportou um programa de prêmios na televisão. Finalmente, viu o que esperava: um cirurgião ainda com jaleco verde, fazendo a ronda sozinho. Este seria... O cirurgião estava indo ver um paciente do... Dr. Silverman. O Dr. Lecter levantou-se e coçou a cabeça. Pegou um jornal amarfanhado numa mesinha de canto e saiu da sala de espera. Outro paciente de Silverman estava dois quartos adiante. O Dr. Lecter entrou. O quarto estava na penumbra, o paciente satisfatoriamente adormecido, a cabeça e o lado do rosto coberto por bandagens. Na tela do monitor, um ponto de luz saltava constantemente.

O Dr. Lecter tirou rapidamente seu macacão acolchoado para revelar um jaleco cirúrgico. Calçou protetores sobre o sapato, colocou um gorro, máscara e luvas. Tirou do bolso um saco de lixo branco e o desdobrou.

O Dr. Silverman veio falando por sobre o ombro com alguém no corredor. *Havia uma enfermeira vindo com ele? Não.*

O Dr. Lecter pegou o cesto de lixo e começou a jogar o conteúdo no saco, de costas para a porta.

– Desculpe, doutor, já estou acabando – disse o Dr. Lecter.

– Tudo bem – respondeu o Dr. Silverman, pegando a prancheta ao pé da cama. – Faça o que for necessário.

– Obrigado – disse o Dr. Lecter e girou o cassetete de couro de encontro à base do crânio do cirurgião, apenas um movimento rápido do pulso, na verdade, e pegou-o pelo peito enquanto ele desmoronava. É sempre surpreendente ver o Dr. Lecter levantar um corpo; não importa qual o tamanho, parece sempre tão leve quanto uma formiga. O Dr. Lecter carregou o Dr. Silverman para o banheiro do paciente e tirou as calças dele. Sentou o Dr. Silverman no vaso.

O cirurgião ficou ali com a cabeça pendendo para a frente, sobre os joelhos. O Dr. Lecter levantou-o o suficiente para olhar suas pupilas e tirar vários crachás presos na frente de sua vestimenta cirúrgica.

Em seguida substituiu o passe de visitante pelas credenciais do doutor, viradas de cabeça para baixo. Colocou o estetoscópio do cirurgião no pescoço, jogando-o elegantemente de lado, e a elaborada lente cirúrgica do médico foi para o topo de sua cabeça. O cassetete de couro entrou na manga.

Agora estava pronto para penetrar no coração do Misericórdia.

O hospital cumpre rígidas diretrizes federais para o manuseio de drogas narcóticas. Nos andares dos pacientes, os armários de medicamentos em cada posto de enfermagem ficam trancados. Duas chaves, guardadas pela enfermeira de plantão e sua primeira assistente, são necessárias para abrir. E é mantido um registro rígido.

No bloco cirúrgico, a área mais segura do hospital, cada sala recebe as drogas para os procedimentos seguintes alguns minutos antes de o paciente ser trazido. As drogas para o anestesista são colocadas perto da mesa de operações num armário que tem uma área refrigerada e outra à temperatura ambiente.

O estoque de medicamentos é mantido num dispensatório cirúrgico separado, perto da sala de lavagem. Ali estão uma quantidade de preparativos que não seriam encontrados no dispensário geral lá embaixo, os sedativos poderosos e os exóticos sedativos hipnóticos que tornam possíveis cirurgias de coração aberto e de cérebro num paciente consciente e capaz de responder a perguntas.

Sempre há alguém no dispensatório durante o dia de trabalho, e os armários não são fechados enquanto os farmacêuticos estão lá dentro. Numa cirurgia cardíaca de emergência não há tempo de ficar procurando chave. Usando sua máscara, o Dr. Lecter empurrou as portas de vaivém para as salas de cirurgia.

Num esforço para criar um clima alegre, o bloco cirúrgico fora pintado em várias cores luminosas que até mesmo os agonizantes considerariam um insulto. Adiante do Dr. Lecter vários médicos davam assinaturas no balcão e seguiam para a sala de lavagem. O Dr. Lecter pegou a prancheta de ponto e moveu uma caneta sobre ela, sem assinar coisa alguma.

A programação mostrava uma remoção de tumor cerebral na sala D, marcada para começar em vinte minutos, a primeira do dia. Na sala de lavagem ele tirou as luvas e colocou-as nos bolsos, lavou-se cuidadosamente, até os cotovelos, secou as mãos, passou talco e calçou as luvas de novo. Para o corredor agora. O dispensatório deveria ser a próxima porta à direita. Não. Era uma porta pintada em cor de abricó, com o letreiro GERADORES DE EMERGÊNCIA, e adiante as portas duplas da suíte B. Uma enfermeira parou junto dele.

– Bom dia, doutor.

O Dr. Lecter tossiu por trás da máscara e sussurrou um bom-dia. Em seguida, virou-se de novo para a sala de lavagem, murmurando como se estivesse esquecendo alguma coisa. A enfermeira ficou olhando-o por um momento e depois entrou no centro de operações. O Dr. Lecter tirou as luvas e jogou-as no cesto de lixo. Ninguém estava prestando atenção. Pegou outro par. Seu corpo estava na sala de lavagem, mas de fato ele corria pelo saguão de seu palácio de memória, passando pelo busto de Plínio e subindo a escada até o salão da arquitetura. Numa área bem-iluminada dominada pelo modelo da Catedral de St. Paul feito por Christopher Wren, as plantas do hospital esperavam sobre uma mesa dobrável. As plantas das salas cirúrgicas do Misericórdia, linha por linha, vindas do registro de imóveis de Baltimore. Ele estava ali. O dispensatório ficava lá. Não. Os desenhos estavam errados. Os projetos deviam ter mudado depois de as plantas terem sido arquivadas. Os geradores eram mostrados no outro lado, numa imagem espelhada da suíte A, do outro lado do corredor. Talvez as legendas estivessem trocadas. Tinha de ser. Ele não podia se dar ao luxo de ficar procurando.

Saiu da sala de lavagem e seguiu pelo corredor até a suíte A. Porta à esquerda. O letreiro dizia RESSONÂNCIA MAGNÉTICA. Em frente. A porta seguinte era o dispensatório. Eles haviam dividido o espaço da planta num laboratório de ressonância magnética e uma área separada para guardar medicamentos.

A pesada porta do dispensatório estava aberta, presa num retentor. O Dr. Lecter entrou rapidamente na sala e fechou-a.

Um farmacêutico gorducho estava agachado, colocando algo numa prateleira baixa.

– Posso ajudá-lo, doutor?

– Sim, por favor.

O rapaz começou a se levantar, mas não chegou a ficar de pé. Ao barulho do cassetete o farmacêutico soltou o ar enquanto se dobrava no chão.

O Dr. Lecter levantou a aba de seu jaleco cirúrgico e enfiou-a sob o avental de jardineiro que estava usando por baixo.

Examinou as prateleiras rapidamente, lendo etiquetas à velocidade da luz; *Ambien, amobarbital, Amytal, hidrato de cloro, Dalmane, fluorazepan, Halcion* e dezenas de frascos foram entrando em seus bolsos. Em seguida chegou à geladeira, lendo e pegando, *midazolan, Noctec, escopolamina, pentotal, quazepan, solziden*. Em menos de quarenta segundos o Dr. Lecter estava de volta ao corredor, fechando a porta do dispensatório.

Passou de novo pela sala de lavagem e olhou-se no espelho, para ver se não havia volume sob as roupas. Sem pressa, voltou pela porta de vaivém, o crachá deliberadamente virado de cabeça para baixo, usando a máscara e com os óculos sobre os olhos, as lentes binoculares levantadas, pulsação 72, trocando cumprimentos carrancudos com outros médicos, descendo pelo elevador, para baixo, ainda de máscara, olhando para uma prancheta que pegara ao acaso.

Os visitantes que chegavam podiam achar estranho ele usar a máscara cirúrgica até ter descido toda a escada e estar longe das câmeras de segurança. Pessoas na rua podiam se perguntar por que um médico teria uma picape tão velha e malcuidada.

De volta ao bloco cirúrgico, um anestesista, depois de espiar impaciente pela porta do dispensatório, descobriu o farmacêutico ainda inconsciente, e passaram-se mais 15 minutos antes que sentissem falta dos medicamentos.

Quando voltou a si, o Dr. Silverman havia caído no chão ao lado do vaso sanitário, com as calças abaixadas. Não se lembrava de ter entrado naquele lugar, e não tinha ideia de onde se encontrava. Pensou que poderia ter tido um acidente cerebral, possivelmente um pequeno colapso ocasionado pela tensão de um mal-estar digestivo. Movia-se muito devagar, com medo de deslocar um coágulo. Arrastou-se pelo chão até conseguir colocar a mão no corredor. Um exame revelou uma pequena concussão.

O Dr. Lecter fez mais duas paradas antes de ir para casa. Numa agência de correio do subúrbio de Baltimore ficou por tempo suficiente para pegar um pacote que encomendara pela internet numa empresa de suprimentos funerários. Era um smoking com a camisa e a gravata já instalados, o conjunto aberto nas costas.

Tudo de que precisava agora era o vinho, alguma coisa realmente festiva. Para isso teve de ir a Annapolis. Teria sido ótimo fazer a viagem no Jaguar.

75

Krendler estava vestido para correr no frio, e teve de abrir o zíper do agasalho de corrida para não sentir calor quando Eric Pickford telefonou para ele em sua casa em Georgetown.

– Eric, vá até a cafeteria e me ligue de um telefone público.

– Perdão, Sr. Krendler?

– Faça apenas o que eu digo.

Krendler tirou a faixa de cabeça e as luvas e jogou-as sobre o piano da sala de estar. Com um dos dedos catou milho tocando o tema de *Dragnet* até que a conversa foi retomada:

– Starling era uma técnica, Eric. Não sabemos se ela grampeou os telefones. Vamos manter em segurança os negócios do governo.

– Sim, senhor. O negócio é que Starling ligou para mim, Sr. Krendler. Ela queria suas coisas, até aquele passarinho estúpido, que bebe no copo. Mas ela me disse uma coisa que bateu. Disse para descontar o último dígito dos códigos postais das assinaturas suspeitas de revistas, se a diferença for três ou menos. Disse que o Dr. Lecter podia usar várias agências de correio que fossem convenientemente próximas.

– E?

– Desse jeito consegui uma coisa. O *Journal of Neurophysiology* vai para um código postal, e o *Physica Scripta* e a *ICARUS* vão para outro. Eles ficam a uns 16 quilômetros de distância. As assinaturas estão em nomes diferentes, porém todas foram pagas com vale postal.

– O que é *ICARUS*?

– É o jornal internacional de estudos do sistema solar. Ele assinava há vinte anos. As agências de correio são em Baltimore.

Geralmente entregam as publicações mais ou menos no dia 10 de cada mês. Consegui mais uma coisa, há um minuto, a venda de uma garrafa de Château... como se diz, *Yuckum*?

– É. Pronuncia-se I-quem. E daí?

– Uma loja de vinhos finos em Annapolis. Inseri os dados da compra no computador e bateu com a lista de datas que Starling havia digitado. O programa combinou com o aniversário de Starling. É o ano em que eles fizeram o vinho, o ano em que ela nasceu. A pessoa pagou 325 dólares em dinheiro e...

– Isso foi antes ou depois de você falar com Starling?

– Logo depois, há um minuto...

– Então ela não sabe.

– Não. Eu deveria ligar...

– Você está dizendo que o vendedor ligou para você por causa da compra de uma garrafa?

– Sim, senhor. Ela tem anotações aqui, só existem três garrafas daquelas na Costa Leste. Ela notificou todos os três comerciantes. É preciso admirar isso.

– Quem comprou... qual era a aparência da pessoa?

– Branca, estatura mediana e de barba. Estava todo encasacado.

– A loja de vinho tem câmera de segurança?

– Sim, senhor, foi a primeira coisa que perguntei. Falei que íamos mandar alguém pegar a fita. Ainda não fiz isso. O funcionário da loja de vinhos não tinha lido o boletim de alerta, mas contou ao dono porque foi uma compra muito incomum. O dono correu para fora a tempo de ver o sujeito. Ele viu o sujeito indo embora numa picape velha. Cinza, com um torno na traseira. Se for Lecter, acha que ele vai tentar mandar o vinho para Starling? É melhor nós a alertarmos.

– Não. Não diga a ela.

– Posso mandar a notícia para o boletim do PACV e para o dossiê Lecter?

– *Não* – disse Krendler, pensando rápido. – Você recebeu uma resposta da Questura sobre o computador de Lecter?

– Não, senhor.

– Então não pode colocar no boletim do PACV até termos certeza de que Lecter também não o está lendo. Ele poderia ter o código de acesso de Pazzi. Ou Starling poderia estar lendo o boletim e dando a dica para ele de algum modo, como fez em Florença.

– Ah, *certo*. Sei. O escritório de campo de Annapolis pode pegar a fita.

– Deixe tudo isso estritamente comigo.

Pickford ditou o endereço da loja de vinhos.

– Continue examinando as assinaturas – instruiu Krendler.

– Você pode contar a Crawford sobre as assinaturas quando ele voltar ao trabalho. Ele vai organizar a cobertura das agências de correio depois do dia 10.

Krendler ligou para o número de Mason e iniciou a corrida partindo de sua casa em Georgetown, em direção ao Rock Creek Park.

Na escuridão que se aproximava só eram visíveis sua faixa de cabeça branca Nike, os tênis brancos Nike e a faixa branca na lateral de seu agasalho escuro Nike, como se não houvesse ninguém entre as marcas.

Era uma corrida rápida, de meia hora. Ele ouviu o barulho de uma hélice de helicóptero assim que avistou o heliporto perto do zoológico. Pôde se enfiar debaixo das lâminas que giravam e alcançar o degrau sem sequer diminuir o ritmo da corrida. A ascensão do helicóptero a jato deixou-o empolgado, a cidade, os monumentos iluminados diminuindo enquanto a aeronave levava-o para as alturas que ele merecia, para Annapolis, para a fita e para Mason.

76

— Quer focalizar essa porra, Cordell? – Na profunda voz radiofônica de Mason, com consoantes sem lábios, "focalizar" e "porra" soavam mais como "rocalizar" e "rorra".

Krendler estava parado ao lado de Mason na parte escura do quarto, a melhor posição para ver o monitor elevado. No calor do quarto de Mason ele amarrara o agasalho de corrida na cintura, dando o nó com as mangas, expondo sua camiseta de Princeton. A faixa de cabeça e os tênis brilhavam à luz do aquário.

Na opinião de Margot, Krendler tinha ombros de galinha. Os dois mal se haviam cumprimentado quando ele chegou.

Não havia contador de fita ou de tempo na câmera na loja de bebidas, e os negócios no Natal estavam agitados. Cordell fazia a fita correr rapidamente de cliente para cliente através de um monte de compras. Mason passava o tempo todo sendo desagradável.

– O que você disse quando entrou na loja de bebidas com o agasalho de corrida e mostrou o distintivo, Krendler? Disse que estava numa olimpíada especial? – Mason era muito menos respeitoso desde que Krendler vinha depositando os cheques.

Krendler não poderia ser insultado quando seus interesses estavam em jogo.

– Falei que estava disfarçado. Que tipo de vigilância você colocou sobre Starling agora?

– Diga a ele, Margot – Mason parecia querer economizar seu fôlego escasso para os insultos.

– Trouxemos 12 homens da nossa segurança em Chicago. Eles estão em Washington. Três equipes, um membro de cada uma delas tem registro como policial no estado de Illinois. Se a polícia pegar vocês agarrando o Dr. Lecter podem dizer que o reconheceram e que é uma prisão de cidadão, e coisa e tal. A equipe que o capturar irá entregá-lo a Carlo. Em seguida, eles voltam para Chicago e é só disso que vão saber.

A fita estava correndo.

– Espere um minuto, Cordell, volte trinta segundos – disse Mason. – Olhe para isto.

A câmera da loja de bebidas cobria a área que ia da porta da frente até a caixa registradora.

Na imagem turva e silenciosa do vídeo, entrou um homem usando boné, uma jaqueta grossa e luvas. Tinha barbas grandes e usava óculos de sol. Ele virou as costas para a câmera e fechou cuidadosamente a porta depois de entrar.

O comprador demorou um momento para explicar ao funcionário o que queria e seguiu o homem até fora das vistas, para as prateleiras dos vinhos. Três minutos se arrastaram. Finalmente, voltaram para o ângulo da câmera. O funcionário tirou pó da garrafa e a acolchoou antes de colocar numa sacola. O comprador tirou apenas a luva da mão direita e pagou em dinheiro. A boca do funcionário mexeu-se enquanto ele disse "obrigado" às costas do homem que se afastava.

Uma pausa de alguns segundos e o funcionário gritou para alguém fora da câmera. Um homem atarracado entrou na imagem e saiu correndo pela porta.

– Aquele é o dono, o sujeito que disse que viu a picape.

– Cordell, você pode copiar essa fita e ampliar a cabeça do comprador?

– Vai demorar um segundo, Sr. Verger. Vai ficar granulada.

– Faça isso.

– Ele manteve a luva esquerda – disse Mason. – Eu posso ter sido sacaneado naquele raio X que comprei.

– Pazzi disse que ele consertou a mão, não foi? Tirou o dedo extra – disse Krendler.

– Pazzi podia ter enfiado o dedo dele na bunda, não sei em quem acreditar. Você já o viu, Margot, o que acha? Era o Lecter?

– Já se passaram 18 anos – disse Margot. – Só tive três sessões com ele, e ele só ficava de pé atrás da mesa quando eu entrava, não vinha para a frente. Ficava sempre imóvel. Lembro-me mais da voz dele do que de qualquer outra coisa.

A voz de Cordell pelo interfone:

– Sr. Verger, Carlo está aqui.

Carlo cheirava a porcos e a outras coisas. Entrou no quarto segurando o chapéu sobre o peito, e o cheiro de salsicha de porco rançosa que vinha de sua cabeça fez Krendler soprar o ar pelo nariz. Como sinal de respeito, o sequestrador sardo recolheu para o fundo da boca o dente de porco que estava mastigando.

– Carlo, olhe para isto. Cordell, volte a fita e coloque a partir do ponto em que ele entra.

– É o *stronzo* filho da puta – disse Carlo antes que a pessoa na tela tivesse dado quatro passos. – A barba é nova, mas é assim que ele anda.

– Você viu as mãos dele em *Firenze*, Carlo.

– *Sì*.

– Cinco dedos ou seis na esquerda?

– ...Cinco.

– Você hesitou.

– Só para pensar em *cinque* em inglês. São cinco, tenho certeza.

Mason entreabriu os dentes expostos, no único sorriso que possuía.

– Adorei. Ele está usando a luva para tentar manter os seis dedos na sua descrição.

Talvez o cheiro de Carlo tenha entrado no aquário através da bomba de aeração. A enguia saiu para ver e ficou do lado de fora, girando, girando em seu infinito oito de Möbius, mostrando os dentes enquanto respirava.

– Carlo, acho que vamos acabar com isso logo – disse Mason. – Você, Piero e Tommaso são minha primeira equipe. Tenho confiança em vocês, mesmo ele tendo vencido vocês em Florença. Quero que mantenham Clarice Starling sob vigilância a partir da véspera do aniversário dela, no dia, e no dia seguinte. Vocês vão ser substituídos enquanto ela estiver dormindo em casa. Vou lhes dar um motorista e o furgão.

– *Padrone* – disse Carlo.

– Sim.

– Quero um tempo em particular com o *dottore*, em nome do meu irmão, Matteo. O senhor disse que eu poderia ter. – Carlo persignou-se enquanto mencionava o nome do morto.

– Entendo totalmente os seus sentimentos, Carlo. Você tem minha solidariedade mais profunda. Carlo, quero que o Dr. Lecter seja consumido em duas etapas. Na primeira noite quero que os porcos comam seus pés, com ele olhando através das barras. Quero que ele esteja em boa forma para isso. Você irá me trazê-lo em boa forma. Sem golpes na cabeça, sem ossos quebrados, sem danos no olho. Então, ele pode esperar durante a noite sem os pés, para que os porcos terminem no dia seguinte. Vou conversar com ele durante um tempo e depois você pode tê-lo durante uma hora, antes da etapa final. Vou pedir que você preserve um olho e que o deixe consciente para que possa vê-los chegando. Quero que ele veja a cara dos porcos enquanto comem seu rosto. Se você, por exemplo, decidir castrá-lo, isso fica por sua conta, mas quero que Cordell cuide do sangramento. Quero que tudo seja filmado.

– E se ele sangrar até a morte no primeiro dia no curral?

– Não vai. Nem vai morrer durante a noite. O que ele fará durante a noite é esperar com os pés comidos. Cordell cuidará disso e substituirá seus líquidos corporais. Ele ficará com soro intravenoso a noite inteira, talvez dois soros.

– Ou quatro, se for preciso – disse a voz incorpórea de Cordell nos alto-falantes. – Posso fazer reduções nas pernas dele.

– Você pode cuspir e mijar no soro dele, no mínimo, antes de levá-lo para o curral – disse Mason a Carlo em sua voz mais simpática. – Ou pode gozar dentro do soro, se quiser.

O rosto de Carlo se iluminou com a ideia, depois ele se lembrou da *signorina* musculosa, e deu um olhar culpado, de soslaio.

– *Grazie mille, padrone*. O senhor irá vê-lo morrer?

– Não sei, Carlo. O pó no celeiro me incomoda. Talvez eu assista pelo vídeo. Você pode trazer um porco para mim? Quero colocar a mão num deles.

– Para este quarto, *padrone*?

– Não, os auxiliares podem me levar para baixo por pouco tempo, na maca mecanizada.

– Eu teria de colocar um deles para dormir, *padrone* – disse Carlo, em dúvida.

– Faça isso com uma das porcas. Traga-a para o gramado perto do elevador. Você pode passar com a empilhadeira por cima da grama.

– Você imagina fazer o serviço com um furgão e um carro para provocar uma batida? – perguntou Krendler.

– Carlo?

– O furgão já basta. Me dê um agente para dirigir.

– Tenho outra coisa para você – disse Krendler. – Podemos ter um pouco de luz?

Margot moveu o reostato e Krendler colocou sua mochila na mesa, ao lado da tigela de frutas. Calçou luvas de algodão e pegou o que parecia ser um pequeno monitor com uma antena e uma braçadeira, junto com um disco rígido externo e uma bateria recarregável.

– É difícil vigiar Starling porque ela mora num beco sem lugar para espreitar. Mas ela precisa sair, Starling é louca por exercícios – disse Krendler. – Ela teve de entrar para uma academia de ginástica particular, já que não pode mais usar a do FBI. Vimos quando ela estacionou perto da academia na quinta-feira e colocamos um rastreador debaixo do carro dela. É de níquel-cádmio e se recarrega quando o motor está rodando, de modo que ela não possa descobri-lo com o desgaste da bateria. O software cobre estes cinco estados contíguos. Quem vai trabalhar com isso?

– Cordell, venha aqui – disse Mason.

Cordell e Margot ajoelharam-se ao lado de Krendler, e Carlo ficou de pé acima deles, segurando o chapéu na altura das narinas dos outros.

– Olhem aqui – Krendler ligou seu monitor. – É como um sistema de GPS, só que mostra onde está o carro de Starling. – Uma vista geral da área metropolitana de Washington apareceu na tela. – O zoom é aqui, dá para mover a área com as setas, entenderam? Certo, não está mostrando nada sendo captado.

Um sinal do rastreador de Starling vai iluminar isto, e vocês ouvirão um bipe. Então vocês podem captar a fonte na vista geral e dar um zoom. O bipe soa mais rápido à medida que vocês chegam mais perto. Aqui está o bairro de Starling num mapa de ruas, em escala. Vocês não estão captando nenhum bipe do carro porque estamos fora do alcance. Em qualquer lugar na área metropolitana de Washington ou Arlington vocês ouviriam. Eu captei no helicóptero enquanto vinha para cá. Aqui está o conversor para a tomada de corrente alternada do furgão. Mais uma coisa. Vocês precisam me garantir que este negócio nunca vai cair nas mãos erradas. Eu poderia me dar mal, esse tipo de coisa ainda não é vendida nas lojas de espiões. Ou vai voltar para as minhas mãos ou vai para o fundo do Potomac. Entenderam?

– Você entendeu isso, Margot? – perguntou Mason. – Você, Cordell? Diga ao Mogli para dirigir e coloque-o a par do sistema.

Parte V

Meio quilo de carne humana

77

A vantagem do rifle de ar comprimido era que ele podia ser disparado com o cano dentro do furgão sem ensurdecer todo mundo ao redor – não havia necessidade de enfiar o cano pela janela, onde as pessoas poderiam vê-lo.

A janela espelhada abriria alguns centímetros e um pequeno projétil hipodérmico voaria, levando uma grande carga de acepromazina para a massa muscular das costas ou das nádegas do Dr. Lecter.

Haveria apenas o estalo característico do cano da arma, como um galho verde partindo-se, nenhum estouro e nenhum sinal balístico do míssil subsônico para chamar a atenção.

Pelo modo como haviam ensaiado, quando o Dr. Lecter começasse a cair, Piero e Tommaso, vestidos de branco, iriam "ajudá-lo" a entrar no furgão, garantindo aos pedestres que estavam levando-o ao hospital. O inglês de Tommaso era o melhor, já que ele estudara a língua num seminário, mas o *h* de Hospital estava deixando-o irritado.

Mason estava certo em dar aos italianos as principais datas para pegar o Dr. Lecter. Apesar do fracasso em Florença, eles eram de longe os mais capazes para pegar uma pessoa fisicamente, e os que tinham mais probabilidade de capturar o Dr. Lecter vivo.

Mason permitiu apenas uma arma na missão, além do rifle de tranquilizante – a do motorista, o policial Johnny Mogli, um agente licenciado do Departamento do Xerife de Illinois e há muito tempo criatura dos Verger. Mogli cresceu falando italiano em casa. Era uma pessoa que concordava com tudo que a vítima dizia, antes de matá-la.

Carlo e os irmãos Piero e Tommaso tinham sua rede, a arma de atordoamento, Mace e uma variedade de amarras. Seria o bastante.

Estavam em posição à luz do dia, a cinco quarteirões da casa de Starling em Arlington, estacionados numa vaga para deficiente físico numa rua comercial.

Hoje o furgão estava com letreiros adesivos que diziam: TRANSPORTE MÉDICO PARA IDOSOS. Tinha um crachá de deficiente físico pendurado no espelho e uma placa falsa, de deficiente, no para-choque. No porta-luvas havia o recibo de uma oficina para uma troca recente do para-choque. Eles poderiam alegar um engano na oficina e criar uma confusão momentânea, se o número do crachá fosse questionado. Os números de identificação e do registro do veículo eram legítimos. Bem como as notas de 100 dólares dobradas dentro dos documentos, para suborno.

O monitor, preso com velcro ao painel e ligado no acendedor de cigarros, brilhava com o mapa do bairro de Starling. O mesmo satélite de posicionamento global que agora marcava a posição do furgão também indicava o veículo de Starling, um ponto brilhante diante da casa dela.

Às 9 horas, Carlo deixou Piero comer alguma coisa. Às 10h30 Tommaso pôde comer. Ele não queria os dois cheios ao mesmo tempo, para o caso de uma longa caçada a pé. As refeições da tarde também eram intercaladas. No meio da tarde Tommaso estava procurando um sanduíche no isopor quando eles ouviram o bipe. A cabeça fedorenta de Carlo girou para o monitor.

– Ela está saindo – disse Mogli. Em seguida, ligou o furgão.

Tommaso recolocou a tampa do isopor.

– Lá vamos nós, lá vamos nós... ela vai pela Tindal, em direção à estrada. – Mogli entrou no meio do tráfego. Ele tinha a grande vantagem de poder ficar três quarteirões atrás, onde Starling não poderia vê-lo.

Tampouco Mogli pôde ver a velha picape cinzenta entrar no tráfego um quarteirão atrás de Starling, com uma árvore de Natal projetando-se para fora da carroceria.

Dirigir o Mustang era um dos poucos prazeres com os quais Starling podia contar. Um carro potente, sem ABS e sem controle de tração, era difícil de dirigir nas ruas escorregadias durante boa parte do inverno. Enquanto as estradas estavam limpas era agradável forçar o V8 um pouco em segunda marcha e ouvir os canos de descarga.

Mapp, fanática por cupons, mandara com Starling um maço grosso de cupons de descontos preso à lista de compras. Ela e Starling iam fazer um presunto, um assado de panela e dois pratos de forno. Outros convidados trariam o peru.

Um jantar no seu aniversário era a última coisa que preocupava Starling. Ela tivera de concordar porque Mapp e um número surpreendente de outras agentes, algumas que ela só conhecia de longe e de quem não gostava em particular, apareceriam para apoiá-la em seus apuros.

Jack Crawford era um peso em seu pensamento. Ela não podia visitá-lo na UTI nem telefonar para ele. Deixou bilhetes no posto de enfermagem, fotos engraçadas de cães com as mensagens mais leves que ela conseguiu escrever.

Em seu sofrimento, Starling se distraía brincando com o Mustang, usando a embreagem e reduzindo a marcha, aproveitando a compressão do motor para reduzir na curva de entrada do supermercado Safeway, tocando o freio somente para acender as luzes traseiras para os motoristas que vinham atrás.

Teve de dar quatro voltas no estacionamento antes de encontrar uma vaga, vazia porque estava bloqueada por um carrinho de compras abandonado. Ela saiu e afastou o carrinho. Quando estacionou, outra pessoa havia apanhado o carrinho.

Encontrou outro carrinho perto da porta e empurrou-o em direção ao supermercado.

MOGLI PÔDE VÊ-LA virar e parar na tela de seu monitor, e à distância viu o grande Safeway surgindo à direita.

– Ela vai ao supermercado. – E Mogli virou para o estacionamento. Demorou alguns segundos até enxergar o carro. Pôde ver uma jovem empurrando um carrinho em direção à entrada.

Carlo apontou o binóculo para ela.

– É Starling. Parece com as fotos. – Em seguida, entregou o binóculo a Piero.

– Eu gostaria de tirar a foto dela – disse Piero. – Estou com a lente zoom aqui.

Havia uma vaga para deficiente em frente ao carro dela, do outro lado da pista. Mogli parou ali, na frente de um grande Lincoln com placas de deficiente. O motorista buzinou furioso.

Agora eles estavam olhando pela janela traseira do furgão, para a traseira do carro de Starling. Talvez porque estivesse acostumado a olhar para carros americanos, Mogli percebeu primeiro a caminhonete velha, parada numa vaga distante perto do fim do estacionamento. Só dava para ver a traseira cinza da picape.

Apontou a picape para Carlo.

– Ele tem um torno na traseira? Foi isso que disse o sujeito da loja de bebidas? Pegue o binóculo, não dá para ver por causa da porra da árvore.

– *Carlo, c'è una morsa sul camione?*

– *Sì*. O torno está lá. Não há ninguém dentro.

– Será que a gente deve vigiá-la na loja? – Tommaso não costumava questionar Carlo.

– Não, se ele agir, vai agir aqui.

PRIMEIRO FORAM OS laticínios. Consultando seus cupons, Starling selecionou queijos para um prato de forno e alguns bolinhos congelados. *De jeito nenhum eu ia fazer bolinhos para essa multidão.* Ela chegara ao balcão de carnes quando percebeu que tinha esquecido a manteiga. Deixou o carrinho e voltou para pegá-la.

Quando retornou à seção de carnes, seu carrinho havia desaparecido. Alguém tinha retirado suas poucas compras e colocado numa prateleira perto. Tinham ficado com os cupons e a lista.

– Que droga – disse Starling, suficientemente alto para que os fregueses que estavam perto ouvissem. Olhou ao redor. Não havia ninguém à vista com um maço grosso de cupons. Respirou fundo duas vezes. Podia espreitar perto das caixas e tentar reconhecer sua lista, se ela ainda estivesse presa aos cupons. Que bobeira, uma merreca. Não deixe isso arruinar seu dia.

Não havia carrinhos livres perto das caixas. Starling saiu para encontrar outro no estacionamento.

– *Ecco!* – Carlo viu-o se aproximando entre os veículos. Com seu passo leve e rápido, o Dr. Hannibal Lecter, usando um sobretudo de pelo de camelo e chapéu de feltro, carregando um presente num ato de absoluta extravagância. – *Madonna!* – Ele está vindo para o carro dela. – Então o caçador que havia em Carlo assumiu o comando e ele começou a controlar a respiração, preparando-se para o tiro. O dente de porco que ele estava mastigando apareceu brevemente entre os lábios.

A janela traseira do furgão não baixava.

– *Metti in mòto!* Dê uma ré e vire de lado para ele – disse Carlo.

O Dr. Lecter parou junto à porta do carona do Mustang, depois mudou de ideia e foi para o lado do motorista, possivelmente querendo dar uma cheirada no volante. Ele olhou ao redor e tirou a haste de arrombamento de dentro da manga.

Agora o furgão estava de lado. Carlo a postos com o rifle. Ele tocou o botão da janela elétrica. Nada aconteceu.

A voz de Carlo, estranhamente calma agora em ação.

– *Mogli, il finestrino!*

Tinha de ser a trava de segurança para crianças. Mogli estendeu a mão para ela.

O Dr. Lecter enfiou a haste na fenda ao lado da janela e destrancou a porta do carro de Starling. Começou a entrar.

Com um palavrão, Carlo abriu uma fresta na porta deslizante e ergueu o rifle, enquanto Piero saía do seu caminho. O furgão balançou quando o rifle disparou.

O dardo brilhou à luz do sol e, com um pequeno *toc*, atravessou o colarinho engomado do Dr. Lecter, penetrando em seu pescoço. A droga agiu rápido, uma dose alta num lugar crítico. Ele tentou se levantar, mas seus joelhos estavam fraquejando. O pacote caiu da sua mão e rolou para baixo do carro. Conseguiu tirar um canivete do bolso e abri-lo enquanto desmoronava entre a porta e o carro, o tranquilizante transformando seus membros em água.

– Mischa – disse ele enquanto sua visão desaparecia.

Piero e Tommaso saltaram para cima dele como grandes felinos, prendendo-o entre os carros até terem certeza de que estava fraco.

Empurrando seu segundo carro de compras do dia pelo estacionamento, Starling ouviu o estalo do rifle de ar e reconheceu-o instantaneamente como um som de arma – abaixou-se por reflexo, enquanto as pessoas ao redor continuavam andando, sem perceber. Era difícil dizer de onde vinha. Olhou na direção de seu carro. Viu as pernas de um homem desaparecendo num furgão e pensou que era um assalto.

Deu um tapa no lado do corpo onde a arma não morava mais e começou a correr, desviando-se entre os carros na direção do furgão.

O Lincoln com o motorista idoso estava de volta, buzinando para entrar na vaga de deficiente bloqueada pelo furgão, abafando os gritos de Starling.

– Esperem! Parem! FBI! Parem ou atiro! – Talvez ela conseguisse ver a placa.

Piero viu-a chegando e, movendo-se rapidamente, usou o canivete do Dr. Lecter para cortar a válvula do pneu esquerdo dianteiro do carro de Starling e mergulhou no furgão. O furgão pulou sobre uma lombada do estacionamento e foi para a saída. Ela pôde ver a placa. Anotou o número no capô empoeirado de um carro, usando o dedo.

Starling estava segurando suas chaves. Ouviu o sibilo do ar saindo da válvula assim que entrou no carro. Pôde ver o topo do furgão indo em direção à saída.

Deu um tapa na janela do Lincoln, que agora buzinava para ela.

– O senhor tem um celular? Sou do FBI, por favor, o senhor tem um celular?

– Continue, Noel – disse a mulher do carro, cutucando e beliscando a perna do motorista. – Isso não passa de encrenca, é algum tipo de truque. Não se envolva. – O Lincoln se afastou.

Starling correu até um telefone público e discou 911.

O policial Mogli dirigiu no limite de velocidade durante 15 quarteirões.

Carlo tirou o dardo do pescoço do Dr. Lecter, aliviado quando não saiu líquido do buraco. Havia um hematoma mais ou menos do tamanho de uma moeda de 25 *cents* sob a pele. A injeção deveria ser difundida por uma grande massa muscular. O filho da puta podia morrer, antes que os porcos o comessem.

Não havia conversa no furgão, apenas a respiração pesada dos homens e o barulho do rádio que captava a faixa da polícia, debaixo do painel. O Dr. Lecter estava deitado no chão do veículo, vestido em seu fino sobretudo, o chapéu rolado para fora da cabeça esguia, um ponto de sangue brilhante no colarinho, elegante como um faisão numa tábua de açougueiro.

Mogli entrou num edifício-garagem e foi até o terceiro andar, parando apenas por tempo suficiente para tirar os letreiros das laterais do furgão e trocar as placas.

Não precisaria se preocupar. Riu consigo mesmo quando o rádio captou o boletim da polícia. A telefonista do 911, aparentemente confundindo a descrição de Starling de um "furgão ou micro-ônibus cinza", emitiu um boletim de busca para um ônibus "Greyhound". Deve-se dizer que o 911 só pegou certo um dos dígitos da placa.

– Igualzinho a Illinois – disse Mogli.

– Eu vi o canivete, fiquei com medo de que ele se matasse para escapar do que está por vir – disse Carlo a Piero e Tommaso. – Ele vai desejar ter cortado a garganta.

Quando Starling verificou os outros pneus, viu o pacote no chão debaixo do carro.

Uma garrafa de Château d'Yquem, de 300 dólares, e o bilhete escrito na letra familiar: *Feliz aniversário, Clarice.*

Foi então que entendeu o que vira.

78

Starling tinha na mente os números de que precisava. Deveria dirigir os dez quarteirões até o seu telefone em casa? Não, de volta ao telefone público, pegando o fone pegajoso de uma moça, desculpando-se, colocando moedas de 25 *cents*, a mulher chamando um guarda do supermercado.

Starling ligou para o esquadrão de reação do escritório de campo de Washington, Buzzard's Point.

No esquadrão onde ela servira durante tanto tempo as pessoas sabiam tudo a seu respeito e a transferiram para a sala de Clint Pearsal, enquanto ela procurava mais moedas e falava com o guarda de segurança do supermercado ao mesmo tempo, pois ele estava pedindo repetidamente sua identificação.

Por fim, a voz familiar de Pearsal ao telefone.

– Sr. Pearsal, vi três homens, talvez quatro, sequestrarem Hannibal Lecter no estacionamento do Safeway há uns cinco minutos. Eles cortaram meu pneu, não pude segui-los.

– É o negócio do ônibus ·o boletim emitido pela polícia?

– Não sei de ônibus Era um furgão cinza, com placa de deficiente físico. – Starling deu o número.

– Como sabe que era Lecter?

– Ele... deixou um presente para mim. Estava debaixo do meu carro.

– Sei... – Pearsal fez uma pausa e Starling aproveitou o silêncio.

– Sr. Pearsal, o senhor sabe que Mason Verger está por trás disso. Tem de estar. Ninguém mais faria uma coisa dessas. Ele é sádico, vai torturar o Dr. Lecter até a morte e vai querer assistir. Nós precisamos emitir um boletim de vigilância para todos os veículos de Verger e conseguir que a promotoria geral de Baltimore emita um mandado de busca para a propriedade dele.

– Starling... meu Deus, Starling. Olhe, vou perguntar só uma vez. Você tem certeza do que viu? Pense durante um segundo. Pense em todas as coisas boas que você já fez aqui. Pense no que você jurou. Não há como recuar a partir disso. O que você viu?

O que eu deveria dizer – que não sou histérica? Esta é a primeira coisa que os histéricos dizem. Num instante, ela viu como caíra na confiança de Pearsal, e como a confiança dele era feita de um material barato.

– Vi três homens, talvez quatro, sequestrarem um homem no estacionamento do Safeway. No local encontrei um presente do Dr. Hannibal Lecter, uma garrafa de vinho Château d'Yquem, produzido no ano de meu nascimento, com um bilhete escrito na letra dele. Eu descrevi o veículo. Estou passando as informações para você, Clint Pearsal, comandante de Buzzard's Point.

– Vou prosseguir com isso como sendo um sequestro, Starling.

– Estou indo para aí. Eu poderia ter de volta a autorização e ir com o esquadrão de busca.

– Não venha, eu não poderia deixá-la entrar.

Uma pena Starling não ter saído antes que a polícia de Arlington chegasse ao estacionamento. Foram necessários

15 minutos para corrigir o boletim emitido para o veículo dos sequestradores. Uma policial atarracada, com sapatos grossos, pegou a declaração de Starling. O bloco de multas, o rádio, o Mace, a arma e as algemas da mulher projetavam-se em ângulos variados de seu traseiro enorme, e sua jaqueta ficava entreaberta devido ao volume dos seios. A policial não conseguia se decidir se deveria anotar o local de trabalho de Starling como o FBI ou colocar "nenhum". Quando Starling irritou-a, antecipando as perguntas, a policial passou a agir mais devagar. Quando Starling apontou para as marcas dos pneus de lama e neve, onde o furgão batera na lombada, ninguém que atendera ao chamado tinha uma máquina fotográfica. Ela mostrou aos policiais como usar a sua.

Repetidamente, enquanto dava as respostas, Starling dizia a si mesma: *Eu deveria ter ido atrás, eu deveria ter ido atrás. Deveria ter arrancado aquele idiota do Lincoln e ido atrás.*

79

Krendler captou o primeiro alerta sobre o sequestro. Ligou para suas fontes e em seguida falou com Mason através de um telefone seguro.

– Starling viu o sequestro, não contávamos com isso. Ela está criando o maior tumulto no escritório de campo de Washington. Recomendando um mandado de busca para a sua propriedade.

– Krendler... – Mason esperou para respirar, ou talvez estivesse exasperado, não dava para saber. – Já dei queixa às autoridades locais, ao xerife e à promotoria federal, de que Starling anda me incomodando, ligando tarde da noite com ameaças incoerentes.

– Ela fez isso?

– Claro que não. Mas não pode provar que não fez, e isso vai atrapalhar o lado dela. Bom, posso me livrar de um mandado de busca neste condado e neste estado. Mas quero que você ligue para o procurador-geral daí e lembre a ele que essa puta histérica está atrás de mim. Posso cuidar do pessoal daqui, acredite.

80

Finalmente livre da polícia, Starling trocou o pneu e foi para casa, para usar seus próprios telefones e o computador. Sentia uma tremenda falta do celular do FBI e ainda não o substituíra.

Havia um recado de Mapp na secretária eletrônica:

– Starling, tempere o assado de panela e ponha em fogo baixo. Não coloque os legumes ainda. Lembre-se do que aconteceu na última vez. Vou estar numa merda de audiência até por volta das 17 horas.

Starling ligou o laptop e tentou baixar o dossiê de Lecter no Programa de Apreensão de Criminosos Violentos, mas teve negada a admissão não somente ao PACV mas a toda a rede de computadores do FBI. No momento seu acesso era tão abrangente quanto qualquer policialzinho do vilarejo mais rural dos Estados Unidos.

O telefone tocou.

Era Clint Pearsal.

– Starling, você andou incomodando Mason Verger pelo telefone?

– Não, juro.

– Ele diz que sim. Ele convidou o xerife para dar uma volta pela propriedade. Na verdade insistiu nisso, e agora estão indo para lá. De modo que não vai haver mandado nem agora nem depois. Nós não conseguimos encontrar qualquer outra testemunha do sequestro. Só você.

– Havia um Lincoln branco com um casal de idosos. Sr. Pearsal, que tal verificar as compras em cartão de crédito no Safeway logo antes de isso acontecer? Essas compras têm a hora marcada no tíquete.

– Veremos isso, mas vai...

– ...vai demorar – terminou Starling

– Starling?

– Sim, senhor.

– Cá entre nós, vou manter você a par das coisas importantes. Mas fique fora disso. Você não é uma policial enquanto estiver suspensa, e supostamente não deveria obter informações. É uma pessoa comum.

– Sim, senhor, eu sei.

Para o que você olha enquanto está tomando uma decisão? A nossa cultura não é reflexiva, nós não erguemos os olhos para os morros. Na maior parte das vezes decidimos as coisas críticas olhando para o chão de linóleo de um corredor institucional, ou sussurrando às pressas numa sala de espera com uma televisão alardeando absurdos.

Procurando alguma coisa, qualquer coisa, Starling atravessou a cozinha até o silêncio e a ordem do lado do duplex ocupado por Mapp. Olhou para a foto da pequena brava avó de Mapp, que costumava preparar o chá. Olhou para a apólice de seguro da vovó Mapp emoldurada na parede. O lado de Mapp parecia o lugar onde Mapp morava.

Voltou para o seu lado. Parecia que ninguém morava ali. O que ela possuía emoldurado? Seu diploma da Academia do FBI. Não restava qualquer foto de seus pais. Ela estivera sem eles durante muito tempo, e só os tinha na mente. Algumas vezes, nos sabores do café da manhã ou num cheiro, num trecho de conversa, numa expressão caseira entreouvida, ela sentia as mãos deles: sentia isso mais forte no sentimento de certo e errado.

Quem era ela, ora bolas? Quem algum dia a reconhecera?

Você é uma guerreira, Clarice. Você pode ser tão forte quanto quiser.

Starling podia entender o desejo de Mason em matar Hannibal Lecter. Se ele tivesse feito isso sozinho, ou se tivesse contratado o serviço, ela poderia entender; Mason tinha um ressentimento.

Mas ela nao podia suportar a ideia de o Dr. Lecter ser torturado até a morte; afastava-se da ideia como se afastara da morte dos cordeiros e dos cavalos há tanto tempo.

Você é uma guerreira, Clarice.

Quase tão feio quanto o ato era o fato de que Mason faria isso com o acordo tácito dos homens que tinham jurado defender a lei. O mundo é assim.

Com esse pensamento, ela tomou uma decisão muito simples:

O mundo não será assim ao alcance de minha mão.

Descobriu-se dentro do *closet*, sobre um banco, estendendo a mão para o alto.

Pegou a caixa que o advogado de John Brigham lhe entregara no outono. Parecia ter se passado uma eternidade.

HÁ MUITO DE TRADIÇÃO e mística na entrega de armas pessoais a um colega sobrevivente. Tem a ver com a continuação dos valores além da mortalidade individual.

As pessoas que vivem num tempo que outras tornaram seguro para elas podem achar difícil entender.

A caixa com as armas de John Brigham era um presente em si. Ele decerto a havia comprado no Oriente, enquanto era fuzileiro naval. Uma caixa de mogno com a tampa incrustada em madrepérola. As armas eram puro Brigham, bastante usadas, bem-conservadas e imaculadamente limpas. Uma pistola Colt .45 M1911A1, uma versão reduzida da Safari Arms, para usar escondida, e uma adaga de levar na bota, com um dos gumes serrilhado. Starling tinha seus próprios coldres. O antigo distintivo de John Brigham, do FBI, estava montado numa placa de mogno. Seu distintivo do DEA estava solto na caixa.

Starling tirou o distintivo do FBI da placa e colocou no bolso. A .45 foi para o coldre especial atrás do quadril, coberto pelo paletó.

A .45 curta foi para um dos tornozelos, e a faca para o outro, dentro das botas. Tirou o diploma da moldura e colocou-o dobrado no bolso. No escuro alguém poderia confundi-lo com um mandado de busca. Enquanto dobrava o papel grosso, ela soube que estava agindo diferente do que era, e ficou satisfeita.

Mais três minutos com o laptop. Do site Mapquest Web ela imprimiu um mapa em grande escala de Muskrat Farm e da Floresta Nacional ao redor. Durante um momento olhou para o império de carnes de Mason, traçou os limites com o dedo.

Os grandes canos de descarga do Mustang sopraram o capim morto quando ela partiu atrás de Mason Verger.

81

O silêncio pairava sobre Muskrat Farm, como a quietude dos domingos de outros tempos. Mason estava agitado, terrivelmente orgulhoso por ser capaz de realizar aquilo. Em particular ele comparava essa realização com a descoberta do rádio.

O livro ilustrado de ciências era o que ele mais recordava da época de escola; era o único livro suficientemente alto para permitir que se masturbasse na sala. Frequentemente olhava para uma ilustração de madame Curie enquanto fazia isso, e agora pensava na cientista e nas toneladas de minério que ela fervera para obter o rádio. Seus esforços eram bem parecidos com isso, pensou ele.

Mason imaginava o Dr. Lecter, produto de toda a sua busca e seus gastos, brilhando no escuro como o frasco no laboratório de madame Curie. Imaginava os porcos que iriam comê-lo indo dormir depois na floresta, as barrigas brilhando como lâmpadas.

Era fim de tarde de sexta-feira, quase escuro. As equipes de manutenção tinham ido embora. Nenhum dos trabalhadores vira o furgão chegar, já que ele não viera pelo portão principal, e sim pela estradinha que atravessava a Floresta Nacional, que servia como entrada de serviço para Mason. O xerife e sua equipe terminaram a revista superficial e estavam bem longe antes que o furgão chegasse ao celeiro. Agora o portão principal estava sob guarda, e apenas uma equipe de confiança permanecia em Muskrat.

Cordell estava em seu posto na sala de brinquedos – seu substituto chegaria à meia-noite. Margot e o policial Mogli, ainda com o distintivo de quando estivera paparicando o xerife, estavam com Mason, e o grupo de sequestradores profissionais trabalhava no celeiro.

No final do domingo tudo estaria encerrado, as provas queimadas ou sendo digeridas nas entranhas dos 16 suínos. Mason pensou que poderia dar para a enguia alguma iguaria tirada do Dr. Lecter, talvez o nariz. Então, durante os anos seguintes, poderia observar a fita feroz, sempre circulando na forma de um oito, e saber que o sinal de infinito significava Lecter morto para sempre, morto para sempre.

Ao mesmo tempo sabia que era perigoso conseguir exatamente o que se quer. O que ele faria depois de matar o Dr. Lecter? Poderia arruinar alguns lares de adoção e atormentar algumas crianças. Poderia beber martínis com lágrimas. Mas de onde viria a diversão de verdade?

Que tolo seria em diluir esse tempo de êxtase com receios sobre o futuro. Esperou o borrifo minúsculo de encontro ao olho, esperou que a órbita ocular se limpasse, depois soprou o fôlego num tubo: sempre que quisesse ele poderia ligar o monitor de vídeo para ver seu prêmio...

82

Havia um cheiro de fogo de carvão no depósito de arreios do celeiro de Mason, misturado aos odores de animais e homens. A luz do fogo no crânio comprido de Fleet Shadow, o cavalo de corrida, tão vazio quanto a providência, observando tudo com antolhos.

Carvões vermelhos na fornalha de ferrador lampejam e clareiam com o sussurro do fole, enquanto Carlo esquenta uma tira de ferro, já vermelha.

O Dr. Hannibal Lecter está pendurado na parede, abaixo do crânio do cavalo, como um terrível retábulo. Seus braços estão esticados dos dois lados, bem-amarrados com corda a um balancim, uma grossa peça de carvalho de uma charrete de pônei. O balancim atravessa as costas do doutor como uma canga, e está preso à parede com uma braçadeira feita por Carlo. As pernas não chegam ao chão. Estão amarradas por cima das calças, como se ele fosse um assado, com muitas voltas espaçadas, cada volta com um nó. Não são usadas correntes ou algemas – nada de metal que pudesse danificar os dentes dos porcos e desencorajá-los.

Quando o ferro na fornalha embranquece, Carlo o leva até a bigorna, usando uma pinça, e bate com o martelo, transformando a tira brilhante numa braçadeira, fagulhas vermelhas voando na penumbra, ricocheteando em seu peito, ricocheteando na figura suspensa do Dr. Hannibal Lecter.

A câmera de TV de Mason, estranha em meio às ferramentas antigas, olha para o Dr. Lecter de cima de seu tripé de metal que parece uma aranha. Sobre a bancada há um monitor, agora escuro.

Carlo aquece a braçadeira outra vez e corre com ela para fora, para prendê-la à empilhadeira enquanto está brilhando e maleável. Seu martelo ecoa na altura vasta do celeiro, o golpe e o eco, *BANG-bang, BANG-bang.*

Soa um guincho áspero no jirau quando Piero encontra a transmissão de um jogo de futebol em ondas curtas. Seu time de Cagliari está jogando contra o odiado Juventus de Turim.

Tommaso está sentado numa poltrona de vime, o rifle de tranquilizante encostado na parede ao lado. Seus olhos escuros de padre jamais abandonam o rosto do Dr. Lecter.

Ele detecta uma mudança na imobilidade do homem amarrado. É uma mudança sutil, da inconsciência para um autocontrole incomum, talvez não mais do que a diferença de som na respiração dele.

Tommaso levanta-se da poltrona e grita para o celeiro:

– *Si sta svegliando.*

Carlo volta ao depósito de arreios, com o dente de porco aparecendo e sumindo da boca. Está carregando uma calça comprida cheia de frutas, legumes e galinhas. Esfrega a calça de encontro ao corpo e debaixo dos braços do Dr. Lecter.

Com a mão cuidadosamente longe do rosto dele, pega o cabelo de Lecter e levanta sua cabeça.

– *Buona sera, dottore.*

Um estalo vem do alto-falante do monitor de TV. O monitor se ilumina e aparece o rosto de Mason...

– Acenda a luz acima da câmera – disse Mason. – Boa noite, Dr. Lecter.

O doutor abriu os olhos pela primeira vez.

Carlo pensou ter visto fagulhas voando atrás dos olhos do demônio, mas podiam ser reflexos do fogo. Fez o sinal da cruz contra mau-olhado.

– Mason – disse o doutor para a câmera. Atrás de Mason, Lecter podia ver a silhueta de Margot, escura contra o aquário. – Boa noite, Margot – o tom de voz agora cortês. – Fico feliz em revê-la. – Pela clareza da fala, o Dr. Lecter devia estar acordado há algum tempo.

– Dr. Lecter? – veio a voz rouca de Margot.

Tommaso encontrou a luz sobre a câmera e acendeu-a.

O brilho áspero ofuscou a todos durante um segundo.

Mason, em sua sonora voz radiofônica:

– Doutor, dentro de uns vinte minutos vamos servir a primeira refeição para os porcos. Serão os seus pés. Depois disso teremos uma festinha noturna, o senhor e eu. O senhor poderá usar bermuda. Cordell irá mantê-lo vivo durante longo tempo...

Mason estava dizendo mais alguma coisa, enquanto Margot se inclinava para ver a cena no celeiro.

O Dr. Lecter olhou para o monitor, para ter certeza de que Margot o estava vendo. Depois sussurrou para Carlo, a voz metálica urgente no ouvido do sequestrador:

– *Seu irmão, Matteo, deve feder mais do que você agora. Ele se cagou quando o cortei.*

Carlo enfiou a mão no bolso de trás e pegou o aguilhão elétrico. Na luz forte da câmera de TV, bateu com ele na lateral da cabeça de Lecter. Segurando o cabelo do doutor com uma das mãos, apertou o botão do cabo, mantendo o aguilhão na frente do rosto de Lecter, enquanto a corrente de alta voltagem saltava numa linha louca entre os elétrodos da ponta.

– Seu filho da puta – disse ele e lançou o aguilhão contra o olho do Dr. Lecter.

O Dr. Lecter não emitiu som algum – o som veio do alto-falante, Mason gritando ao máximo que sua respiração permitia, e Tommaso fazendo força para puxar Carlo. Piero desceu do jirau para ajudar. Eles sentaram Carlo na poltrona de vime. E o seguraram.

– Se você cegá-lo, não vai receber o dinheiro! – gritaram ao mesmo tempo nos dois ouvidos de Carlo.

O Dr. Lecter ajustou as sombras em seu palácio da memória para aliviar o clarão terrível. Ahhhhh. Encostou o rosto contra o frio flanco de mármore da Vênus.

Em seguida virou o rosto inteiramente na direção da câmera e disse com clareza:

– Eu não vou pegar o chocolate, Mason.

– O filho da puta é maluco, a gente sabia que ele era maluco – disse o policial Mogli. – Mas Carlo também é.

– Vá lá embaixo e fique entre eles – disse Mason.

– Tem certeza de que eles não estão armados? – perguntou Mogli.

– Você foi contratado para ser durão, não é? Não, só leve a arma de tranquilizante.

– Deixe-me fazer isso – disse Margot. – Para impedir qualquer ataque de machismo entre eles. Os italianos respeitam as mães deles. E Carlo sabe que eu cuido do dinheiro.

– Leve a câmera para fora e me mostre os porcos – disse Mason. – O jantar será às 20 horas!

– Eu não preciso estar lá para isso – reagiu Margot.

– Ah, precisa sim – disse Mason.

83

Margot respirou fundo do lado de fora do celeiro. Se estava disposta a matá-lo, devia estar disposta a olhá-lo. Pôde sentir o cheiro de Carlo antes de abrir a porta do depósito de arreios. Piero e Tommaso estavam dos dois lados de Lecter. Estavam virados para Carlo, sentado na poltrona.

– *Buona sera, signori* – disse Margot. – Seus amigos estão certos, Carlo. Se você arruiná-lo agora, não vai ter dinheiro. E você já chegou muito longe e já se deu muito bem.

Os olhos de Carlo jamais se afastavam do rosto do Dr. Lecter.

Margot pegou um celular no bolso. Apertou números no mostrador iluminado e estendeu para Carlo.

– Pegue – ela segurou-o em seu campo de visão. – Leia.

O discador automático indicava BANCO STEUBEN.

– Este é o seu banco em Cagliari, *signore* Deogracias. Amanhã de manhã, quando isto estiver acabado, quando tiver feito com que ele pague pelo seu corajoso irmão, vou ligar para este número e dizer ao seu gerente o meu código e informar: "Dê ao Sr. Deogracias o restante do dinheiro que está guardando para ele." O seu gerente confirmará para você pelo telefone. Amanhã à noite você estará voando, a caminho de casa, como um homem rico. A família de Matteo também estará rica. Você pode levar para eles os colhões do doutor numa sacolinha com zíper, para consolá-los. Mas se o Dr. Lecter não puder ver a própria morte, se ele não puder ver os porcos vindo comer seu rosto, você não recebe nada. Seja homem, Carlo. Vá pegar seus porcos. Eu vou ficar com o filho da puta. Dentro de meia hora você poderá ouvi-lo gritar enquanto os porcos comem seus pés.

Carlo inclinou a cabeça para trás e respirou fundo.

– *Piero, andiamo! Tu, Tommaso, rimani.*

Tommaso ocupou o lugar na poltrona de vime ao lado da porta.

– Tenho tudo sob controle, Mason – disse Margot para a câmera.

– Vou querer trazer o nariz dele de volta para a casa. Fale com Carlo – disse Mason. A tela ficou escura. Afastar-se de seu quarto era um enorme esforço para Mason e para as pessoas ao redor, exigindo que conectassem os tubos aos cilindros da maca, e que passassem a alimentação elétrica do respirador para uma unidade portátil de corrente alternada.

Margot olhou para o rosto do Dr. Lecter.

O olho ferido estava inchado, fechado entre as marcas pretas de queimadura que os elétrodos tinham deixado nas extremidades da sobrancelha.

O Dr. Lecter abriu o olho bom. Conseguia manter no rosto a sensação fria do flanco de mármore da Vênus.

– Gosto do cheiro desse linimento, tem um cheiro fresco, de limão – disse o Dr. Lecter. – Obrigado por ter vindo, Margot.

– Foi exatamente isso que o senhor me disse quando aquela matrona me levou para a sua sala no primeiro dia. Quando estavam fazendo pela primeira vez o pré-sentenciamento de Mason.

– Foi isso que eu disse? – Tendo acabado de voltar do palácio da memória onde releu suas entrevistas com Margot, ele sabia muito bem.

– Sim. Eu estava chorando, morrendo de medo de contar ao senhor sobre mim e Mason. Também estava com medo de me sentar. Mas o senhor não pediu que eu sentasse. Sabia que eu tinha levado pontos, não é? Nós caminhamos pelo jardim. Lembra do que o senhor me disse?

– Você não tinha mais culpa pelo que lhe aconteceu...

– ...do que se um cachorro louco tivesse mordido o meu traseiro. Foi o que o senhor disse. Então tornou a coisa fácil para mim, e as outras visitas também, e gostei daquilo durante um tempo.

– O que mais eu lhe disse?

– Que o senhor era muito mais estranho do que eu jamais seria. Disse que não havia problema em ser estranho.

– Se você tentar, pode se lembrar de tudo que nós já dissemos. Lembra-se...

– Por favor, não me peça isso agora. – A frase saltou involuntariamente, ela não pretendia dizer desse modo.

O Dr. Lecter se remexeu um pouco e as cordas estalaram. Tommaso levantou-se e foi verificar as amarras.

– *Attenzione alla bocca, signorina.* Tenha cuidado com a boca.

Ela não sabia se Tommaso estava falando da boca do Dr. Lecter ou das palavras dele.

– Margot, faz muito tempo desde que tratei de você, mas quero falar sobre seu histórico médico, só por um momento, em particular. – Ele virou o olho bom na direção de Tommaso.

Margot pensou por um instante.

– Tommaso, poderia nos deixar por um momento?

– Não, sinto muito, *signorina*, mas posso ficar do lado de fora com a porta aberta. – Tommaso pegou o rifle e ficou vigiando o Dr. Lecter a distância.

– Eu jamais iria deixá-la desconfortável implorando, Margot. Eu estaria interessado em saber *por que* você está fazendo isto. Você me diria? Você começou a aceitar o chocolate, como Mason gosta de dizer, depois de ter lutado contra ele durante tanto tempo? Não precisamos fingir que você está vingando o rosto de Mason.

Ela contou. Contou sobre Judy, sobre desejar o bebê. Levou menos de três minutos; ficou surpresa em ver com que facilidade seus problemas eram resumidos.

Um ruído distante, um guincho e metade de um grito.

Do lado de fora do celeiro, de encontro à cerca que ele levantara na extremidade aberta, Carlo estava mexendo no gravador, preparando-se para chamar os porcos na mata da pastagem, com gritos gravados de angústia de vítimas há muito mortas ou cujo resgate tinha sido pago.

Se o Dr. Lecter ouviu, não demonstrou.

– Margot, você acha que Mason vai simplesmente lhe *dar* o que prometeu? Você está implorando a Mason. Implorar adiantou alguma coisa quando ele a machucou? Isto é tal qual aceitar o chocolate e deixar que ele tenha o que quer. Mas ele vai fazer com que Judy coma o queijo E ela não está acostumada a isso.

Margot não respondeu, mas seu maxilar se trincou.

– Sabe o que aconteceria se, em vez de se arrastar para Mason, você simplesmente estimulasse a próstata dele com o aguilhão elétrico de Carlo? Está vendo ali, na bancada?

Margot começou a se levantar.

– *Ouça* – sibilou o doutor. – Mason vai lhe negar. Você sabe que terá de matá-lo. Sabe disso há vinte anos. Sabe desde que ele mandou você morder o travesseiro e não fazer tanto barulho.

– Está dizendo que faria isso por mim? Eu nunca poderia confiar no senhor.

– Não, claro que não. Mas poderia garantir que *eu nunca negaria que fiz isso.* Na verdade, seria mais terapêutico você mesma matá-lo. Deve se lembrar de que recomendei isso quando você era criança.

– Espere até que você consiga fazer isso e sair incólume, foi o que o senhor me disse. Aquilo me deu um certo conforto.

– Profissionalmente, é o tipo de catarse que eu tinha de recomendar. Agora você tem idade suficiente. E que diferença faria mais uma acusação de assassinato contra mim? Você sabe que terá de matá-lo. E, quando o fizer, a lei irá atrás do dinheiro: atrás de você e do novo bebê. Margot, sou o único outro suspeito que você tem. Se eu estiver morto antes de Mason, quem será o suspeito? Você pode tomar a atitude quando bem entender, e eu lhe escrevo uma carta contando como gostaria de matá-lo.

– Não, Dr. Lecter, sinto muito. É tarde demais. Já fiz meus arranjos. – Ela olhou o rosto dele com seus olhos azuis e luminosos, de açougueiro. – Posso fazer isso e dormir depois, e o senhor sabe que sim.

– É, sei que sim. Sempre gostei disso em você. Você é muito mais interessante, mais... capaz do que o seu irmão.

Ela se levantou para ir embora.

– Sinto muito, Dr. Lecter, se é que isso adianta de alguma coisa.

Antes que ela chegasse à porta, ele disse:

– Margot, quando Judy vai ovular de novo?

– Como? Em dois dias, acho.

– Você tem todas as outras coisas de que precisa? Instrumentos, equipamento para congelamento rápido?

– Tenho tudo que existe numa clínica de fertilização.

– Faça um favor para mim.

– Sim?

– Xingue e arranque um tufo dos meus cabelos. Não da testa, se não se importa. Tire um pedaço de pele. Segure na mão quando voltar para casa. Pense em colocar na mão de Mason. Depois de ele estar morto. Quando chegar em casa, peça a Mason o que você quiser. Veja o que ele diz. Você me entregou, sua parte na barganha está completa. Segure os cabelos e peça o que quiser. Veja o que ele diz. Quando ele rir na sua cara, volte para cá. Tudo que precisa fazer é pegar o rifle de tranquilizante e atirar no sujeito atrás de você. Ou acertá-lo com o martelo. Ele tem um canivete. Simplesmente corte as cordas de um dos meus braços e me dê o canivete. E vá embora. Posso fazer o resto.

– Não.

– Margot?

Ela encostou a mão na porta, esforçando-se para não ceder.

– Você ainda é capaz de quebrar uma noz?

Ela enfiou a mão no bolso e pegou duas. Os músculos de seu antebraço se retesaram e as nozes estalaram.

O doutor deu um risinho.

– Excelente. Com toda esta força, nozes. Você pode oferecer nozes a Judy para ajudá-la a superar o gosto de Mason.

Margot voltou até ele, o rosto imóvel. Cuspiu no rosto dele e arrancou um tufo de cabelos perto do topo da cabeça. Era difícil de dizer com que vontade fizera aquilo.

Ouviu-o cantarolando enquanto saía do depósito.

À medida que andava na direção da casa iluminada, o pequeno pedaço de couro cabeludo grudou-se na sua mão com o sangue, os pelos pendendo para fora, e ela nem precisou fechar os dedos ao redor.

Cordell passou por ela num carrinho de golfe cheio de equipamento médico para preparar o paciente

84

Do viaduto na saída 30 da via expressa em direção ao norte, Starling podia ver a 800 quilômetros de distância a guarita iluminada, o posto mais extremo de Muskrat Farm. Ela decidira enquanto ia para Maryland: entraria pelos fundos. Se fosse pelo portão da frente, sem credenciais e sem mandado de busca, teria um acompanhante do xerife para fora do condado ou para a cadeia. Quando estivesse livre de novo, tudo estaria terminado.

Dane-se a permissão. Foi até a saída 29, bem depois de Muskrat Farm, e voltou pela estrada de serviço. O caminho de asfalto parecia muito escuro depois das luzes da via expressa. À direita ficava a via expressa, à esquerda uma vala e uma alta cerca de aramado que separava a pista do negrume da Floresta Nacional. O mapa de Starling mostrava uma estradinha de cascalho que cruzava esta pista de asfalto 1,5 quilômetro adiante, fora das vistas da guarita. Era o lugar onde havia parado por acaso na primeira visita. Segundo o mapa, a estradinha atravessava a Floresta Nacional até Muskrat Farm. Ela estava medindo o caminho pelo odômetro. O Mustang parecia mais barulhento do que o normal, andando em marcha baixa, ecoando nas árvores.

Ali estava, à luz dos faróis, um portão pesado feito de tubos de metal e com arame farpado em cima. O letreiro de ENTRADA DE SERVIÇO, que ela vira na primeira visita, havia desaparecido. Havia crescido mato na frente do portão e na passagem sobre a vala.

Dava para ver à luz dos faróis que o mato tinha sido amassado recentemente. Na parte em que o cascalho fino e a areia foram lavados do pavimento e formaram o pequeno banco de areia, ela pôde ver o rastro de pneus para lama e neve. Seriam iguais às marcas do furgão, que vira na lombada do estacionamento do Safeway? Não sabia se eram exatamente as mesmas, mas podiam ser.

Uma corrente com cadeado cromado prendia o portão. Moleza. Starling olhou para um lado e outro da estrada. Ninguém. Uma entradinha ilegal. Parecia um crime. Verificou se havia sensores nos pilares do portão. Nenhum. Trabalhando com uma gazua e segurando a pequena lanterna nos dentes, levou menos de 15 segundos para abrir o cadeado. Passou com o carro pela entrada e continuou em meio às árvores por um bom trecho, antes de voltar para fechar o portão. Pendurou a corrente no portão com o cadeado do lado de fora. A pouca distância parecia tudo normal. Deixou as pontas soltas do lado de dentro, para que pudesse empurrá-lo com o carro com mais facilidade, se necessário.

Medindo o mapa com o polegar, viu que eram uns 3 quilômetros pela floresta até a fazenda. Passou pelo túnel escuro, com o céu noturno algumas vezes visível, outras vezes não, à medida que as árvores se fechavam acima. Seguiu em segunda marcha, devagar, só com as lanternas, tentando manter o Mustang o mais silencioso possível, com o mato morto raspando na parte de baixo. Quando o odômetro indicou 2,6 quilômetros, ela parou. Com o motor desligado, pôde ouvir um corvo chamando no escuro. *O corvo estava puto com alguma coisa*. Ela esperava intensamente que fosse um corvo.

85

Cordell entrou no depósito de arreios, ágil como um carrasco, com frascos de soro debaixo dos braços, tubos pendendo deles.

– Dr. Hannibal Lecter! – disse ele. – Eu queria muito aquela máscara sua emprestada para a nossa boate em Baltimore. Minha namorada e eu adoramos uma transa estilo *masmorra*, com couro e coisa e tal.

Ele colocou suas coisas sobre o suporte da bigorna e pôs um atiçador no fogo, para esquentar.

– Tenho boas e más notícias – prosseguiu Cordell em sua alegre voz de enfermeiro e leve sotaque suíço. – Mason lhe contou como vai ser? O que vai ser é que, daqui a pouco, vou trazer Mason para baixo e os porcos vão comer os seus pés. Depois o senhor vai esperar a noite inteira, e amanhã Carlo e os irmãos dele vão passá-lo através das barras, com a cabeça na frente, para que os porcos possam comer seu rosto, como os cães comeram o de Mason. Vou fazer com que o senhor fique vivo com soro e torniquetes até o final. O senhor realmente está fodido, sabe? Esta é a má notícia.

Cordell olhou para a câmera de TV para ter certeza de que estava desligada.

– A *boa* é que o negócio não precisa ser muito pior do que uma ida ao dentista. Verifique isto, doutor. – Cordell segurou uma seringa hipodérmica com uma agulha comprida na frente do rosto de Lecter. – Vamos conversar como duas pessoas da área médica. Eu poderia ir para trás do senhor e lhe aplicar uma raquidiana que iria impedi-lo de sentir qualquer coisa lá embaixo. O senhor poderia simplesmente fechar os olhos e tentar não ouvir. Só iria sentir uns puxões e empurrões. E assim que Mason tivesse se divertido e ido para casa, eu poderia lhe dar uma coisa que simplesmente pararia seu coração. Quer ver? – Cordell pegou um frasco de Pavulon e segurou-o perto do olho aberto do Dr. Lecter, mas não suficientemente perto para ser mordido.

A luz do fogo brincava na lateral do rosto ávido de Cordell, seus olhos estavam quentes e felizes.

– O senhor tem muito dinheiro, Dr. Lecter. É o que todo mundo diz. Sei como esse negócio funciona e também sei fazer o dinheiro girar. Pegá-lo, movimentá-lo, agitá-lo. Posso movimentar o meu pelo telefone, e aposto que o senhor também.

Cordell pegou um celular no bolso.

– Vamos telefonar para o seu gerente de banco. O senhor lhe dá um código, ele confirma para mim, e eu resolvo as coisas para o senhor. – Ele estendeu a seringa raquidiana. – É rapidinho. Fale.

O Dr. Lecter murmurou alguma coisa, de cabeça baixa. "Pasta" e "cofre" foi tudo que Cordell pôde ouvir.

– Ande logo, doutor. E depois o senhor pode simplesmente dormir. Ande.

– Centenas em notas não marcadas – disse o Dr. Lecter e sua voz foi sumindo.

Cordell se inclinou para perto e o Dr. Lecter esticou o pescoço, pegou a sobrancelha dele em seus dentes pequenos e afiados e arrancou um pedaço considerável, enquanto o enfermeiro saltava para trás. Em seguida, o doutor cuspiu a sobrancelha no rosto de Cordell, como se fosse uma casca de uva.

Cordell limpou o ferimento e colocou um curativo que lhe deu uma expressão cômica. Ele guardou a seringa.

– Todo esse alívio desperdiçado. O senhor vai olhar para isso de modo diferente antes do amanhecer. Sabe que tenho estimulantes para mantê-lo do modo oposto, e vou fazê-lo esperar.

Ele pegou o tição no fogo.

– Vou prepará-lo agora. Sempre que resistir, vou queimá-lo. A sensação é esta.

Ele tocou a ponta brilhante do tição no peito do Dr. Lecter e queimou seu mamilo através da camisa. Em seguida, teve de apagar o círculo de fogo que ia se alargando na camisa do doutor.

O Dr. Lecter não emitiu qualquer som.

Carlo entrou de ré com a empilhadeira no depósito de arreios. Com Piero e Carlo segurando juntos, e Tommaso sempre a postos com o rifle de tranquilizantes, eles levaram o Dr. Lecter até o garfo da empilhadeira e prenderam à frente da máquina o balancim onde estavam amarrados os seus braços. Ele ficou sentado no garfo, os braços amarrados ao balancim, com as pernas estendidas, cada uma delas presa a um dos dentes do garfo.

Cordell inseriu uma agulha intravenosa nas costas de cada uma das mãos do Dr. Lecter. Teve de subir num fardo de feno para pendurar os frascos de plasma na máquina, de cada um dos lados do doutor. Em seguida, recuou e admirou seu trabalho. Era estranho ver o doutor esparramado ali, com um equipo intravenoso em cada mão, como uma paródia de algo que Cordell não conseguia lembrar o que fosse. Depois prendeu torniquetes logo acima de cada um dos joelhos, com cordéis que poderiam ser puxados de trás da cerca, para impedir que o doutor sangrasse até a morte. Eles não podiam ser apertados agora. Mason ficaria furioso se os pés de Lecter estivessem entorpecidos.

Tempo para trazer Mason até embaixo e colocá-lo no furgão. O veículo, estacionado atrás do celeiro, estava frio. Os sardos haviam deixado o almoço dentro. Cordell xingou e jogou no chão o isopor com gelo. Em casa teria de passar aspirador de pó naquela porcaria. Os escrotos dos sardos também haviam fumado ali dentro, depois de ele ter proibido. Haviam retirado o acendedor de cigarros e deixado o cabo de força do rastreador pendurado no painel.

86

Starling apagou a luz interna do Mustang e soltou a trava do porta-malas antes de abrir a porta.

Se o Dr. Lecter estivesse ali, se ela conseguisse pegá-lo, talvez pudesse colocá-lo com mãos e pés algemados no porta-malas e chegar até a cadeia do condado. Tinha quatro algemas e corda suficiente para amarrá-lo e impedir que ele chutasse. Melhor não pensar em como o doutor era forte.

Havia um pouco de geada no cascalho quando pôs os pés para fora. O carro velho gemeu assim que seu peso saiu de cima das molas.

– Precisa reclamar, não é, seu filho da puta velho? – disse ela ao carro, entre os dentes. De súbito, lembrou-se de ter falado com Hannah, a égua na qual saíra cavalgando na noite em que mataram os cordeiros. Não fechou a porta do carro totalmente. As chaves entraram num bolso da calça apertada, para que não fizessem barulho.

A noite estava clara sob a lua crescente, e ela podia andar sem a lanterna enquanto parte do céu estivesse aberto. Experimentou a borda da estrada de cascalho e descobriu que o chão era solto e irregular. Era mais silencioso andar num dos trilhos formados pelas rodas, olhando em frente para avaliar o terreno com a visão periférica, a cabeça ligeiramente virada para o lado. Era como se estivesse atolada na escuridão macia, dava para ouvir os pés esmagando o cascalho, mas não podia ver o chão.

O momento difícil chegou quando não pôde mais ver o Mustang, mas ainda podia sentir sua presença atrás. Não queria deixá-lo.

De repente, era uma mulher de 33 anos, sozinha, com uma carreira policial em ruínas e sem um rifle, de noite numa floresta. Via-se claramente, via as rugas da idade começando nos cantos dos olhos. Queria desesperadamente voltar para o carro. O próximo passo foi mais lento, ela parou e pôde se ouvir respirando.

O corvo crocitou, uma brisa fez estalar os galhos nus acima e em seguida o berro partiu a noite. Um berro tão horrível e desesperançado, subindo, descendo, terminando num pedido de morte numa voz tão deformada que poderia pertencer a qualquer pessoa.

– *Uccidimi!* – e o grito de novo.

O primeiro congelou Starling, o segundo fez com que ela partisse correndo, atravessando rápido a escuridão, a .45 ainda no coldre, uma das mãos segurando a lanterna escura, a outra estendida para a noite à frente. *Não, Mason. Não. Rápido. Rápido.* Descobriu que conseguia permanecer na trilha compactada ouvindo os próprios passos e sentindo o cascalho solto dos dois lados. A estrada fez uma curva e seguiu ao longo de uma cerca. Cerca boa, feita de tubos, com 2 metros de altura.

Vieram soluços de apreensão e pedidos, o grito crescendo, e à frente, para além da cerca, Starling ouviu um movimento por entre os arbustos, movimento que se transformou num trote, mais leve do que os cascos de um cavalo, de ritmo mais rápido. Ouviu grunhidos que reconheceu.

Mais perto dos sons agonizados, claramente humanos, mas distorcidos, com um único guincho acima dos gritos durante um segundo, e Starling soube que estava escutando uma gravação ou uma voz amplificada, com microfonia. Luz por entre as árvores e o celeiro surgindo. Apertou a cabeça contra o ferro frio para olhar pela cerca. Formas escuras correndo, compridas, chegando à altura dos quadris. Para além de 40 metros de terreno limpo estava a extremidade de um celeiro com as grandes portas escancaradas, isolado por uma barreira e um portão dividido horizontalmente, e com um espelho ornamentado suspenso acima, refletindo a luz do celeiro num retalho luminoso do chão. Parado no pasto limpo, fora do celeiro, havia um homem de chapéu, com um toca-fitas e caixa de som. Ele cobriu um dos olhos com a mão enquanto uma série de uivos e soluços vinha da máquina.

Agora eles saíam dos arbustos, os porcos selvagens com rostos ferozes, parecendo lobos naquela velocidade, de pernas compridas e peitos fundos, pelos cinzentos pontudos.

Carlo voltou correndo pelo portão e fechou-o quando os animais ainda estavam a 30 metros. Eles pararam no semicírculo, esperando, as grandes presas curvas segurando os lábios num rosnado permanente. Como atacantes de futebol americano esperando a bola resvalar, saltaram para a frente, pararam, esbarraram-se, grunhindo, batendo os dentes.

Starling já vira criações de porcos, mas nada assim. Havia neles uma terrível beleza, graça e velocidade. Ficavam olhando a porta, esbarrando-se e adiantando-se, depois recuando, sempre encarando a barreira que limitava a extremidade do celeiro.

Carlo disse algo por sobre o ombro e desapareceu lá dentro.

O furgão entrou no celeiro de ré, ficando à vista. Starling reconheceu de imediato o veículo cinzento, que parou em ângulo, perto da barreira. Cordell saiu e abriu a porta deslizante. Antes que ele apagasse a luz de cima, Starling pôde ver Mason lá dentro, com a concha dura de seu respirador, apoiado em travesseiros, o cabelo enrolado sobre o peito. Um camarote de honra. Luzes fortes se acenderam sobre a porta.

No chão ao lado, Carlo pegou um objeto que Starling a princípio não reconheceu. Parecia as pernas de alguém, ou a metade inferior de um corpo. Se fosse metade de um corpo, Carlo era muito forte. Por um segundo Starling temeu que fossem os restos do Dr. Lecter, mas as pernas se dobravam de modo errado, dobravam-se em ângulos que as juntas não permitiriam.

Só poderiam ser as pernas de Lecter se elas tivessem sido despedaçadas, pensou por um mau momento. Carlo gritou para dentro do celeiro. Starling ouviu um motor dar a partida.

A empilhadeira surgiu, dirigida por Piero, com o Dr. Lecter bastante elevado pelo garfo, os braços abertos presos à trave de madeira e os frascos intravenosos balançando acima das mãos, com o movimento do veículo. Mantido bem alto para que pudesse ver os suínos furiosos, para que pudesse ver o que viria.

A empilhadeira veio numa velocidade de procissão, odiosa, Carlo caminhando ao lado, e do outro lado Johnny Mogli, armado.

Starling fixou-se num instante no distintivo de policial que Mogli usava. Uma estrela; não era como os distintivos locais. Cabelo branco, camisa branca, como o motorista do furgão durante o sequestro.

Do furgão veio a voz profunda de Mason. Ele cantarolava "Pompa e circunstância" e dava risinhos.

Os porcos, alertados pelo barulho, não tinham medo da máquina, pareciam dar-lhe as boas-vindas.

A empilhadeira parou perto da barreira. Mason disse ao Dr. Lecter algo que Starling não pôde ouvir. O Dr. Lecter não mexeu a cabeça ou deu qualquer sinal de ter ouvido. Estava mais alto até mesmo do que Piero, nos controles. Será que teria olhado na direção de Starling? Ela não soube porque estava se movendo rapidamente ao longo da cerca, pela lateral do celeiro, encontrando as portas duplas por onde o furgão havia entrado.

Carlo jogou as calças estofadas para dentro do curral. Os porcos saltaram à frente como se fossem um só, com espaço para dois em cada perna, empurrando os outros para o lado.

Rasgando, rosnando, puxando e estraçalhando; galinhas mortas nas pernas da calça, sendo despedaçadas, porcos balançando a cabeça de um lado para o outro e as entranhas das galinhas voando. Um campo de costados peludos sacudindo-se.

Carlo apenas dera um aperitivo levíssimo, só três galinhas e um pouquinho de salada. Em instantes as calças eram trapos, e os porcos, babando, voltaram os olhinhos ávidos para a barreira.

Piero baixou o garfo para uma altura logo acima do chão. Por enquanto a parte superior do portão manteria os porcos longe das partes vitais do Dr. Lecter. Carlo retirou os sapatos e as meias do doutor.

– Este porquinho fez *iii iii iii* até chegar em casa – cantarolou Mason do furgão.

Starling estava chegando por trás dele. Todos olhavam para o outro lado, para os porcos. Ela passou pela porta do depósito de arreios e foi até o centro do celeiro.

– Não deixem que ele sangre até morrer – disse Cordell no furgão. – Estejam preparados para quando eu mandar apertar os torniquetes. – Ele estava limpando o óculo de Mason com um pano.

– Tem alguma coisa a dizer, Dr. Lecter? – soou a voz profunda de Mason.

A .45 estrondeou dentro do celeiro e a voz de Starling:

– *Mãos ao alto e parados. Desligue o motor.*

Piero pareceu não entender.

– *Fermate il motore* – traduziu o Dr. Lecter, solícito.

Agora apenas os guinchos impacientes dos porcos.

Ela podia ver uma arma, no quadril do homem de cabelos brancos que usava a estrela. Coldre de abrir com o polegar. *Colocar os homens no chão primeiro.*

Cordell entrou rapidamente atrás do volante, com o furgão em movimento, Mason gritando para ele. Starling girou junto com o furgão, captou o movimento do homem de cabelos brancos no canto do olho, girou de volta enquanto ele sacava a arma para matá-la, o sujeito gritando "*Polícia*", e Starling atirou duas vezes no peito dele, rapidamente.

A .357 de Mogli lançou 60 centímetros de fogo para o chão, ele recuou meio passo e caiu de joelhos, olhando para si próprio, o distintivo transformado numa flor pela gorda bala calibre .45 que o havia atravessado e se desviado, passando pelo coração.

Mogli caiu de costas e ficou imóvel.

Na sala de arreios, Tommaso ouviu os tiros. Pegou o rifle de ar comprimido e subiu até o jirau, ajoelhou-se no feno solto e se arrastou em direção à parte do jirau que dava no celeiro.

– Agora – disse Starling numa voz que ela mesma não reconheceu. Fez isso rápido enquanto a morte de Mogli ainda os impressionava. – No chão, *você* com a cabeça virada para a parede. *Você*, no chão, a cabeça virada para cá. *Para cá.*

– *Girati dall'altra parte* – explicou o Dr. Lecter sobre a empilhadeira.

Carlo olhou para Starling, viu que ela iria matá-lo e ficou imóvel. Ela algemou-os rapidamente com uma das mãos, mantendo as cabeças dos dois em direções opostas, o pulso de Carlo no tornozelo de Piero, e o tornozelo de Piero no pulso de Carlo. O tempo todo mantinha a .45 encostada na nuca de um deles.

Pegou a faca na bota e rodeou a empilhadeira até chegar ao doutor.

– Boa noite, Clarice – disse ele quando pôde vê-la.

– O senhor pode andar, suas pernas estão em condições para fazer isso?

– Sim.

– Pode enxergar direito?

– Sim.

– Vou soltá-lo. Com todo o respeito, doutor, se me sacanear eu o mato aqui e agora. Está entendendo?

– Perfeitamente.

– Aja direito e o senhor sobreviverá a isto.

– Falou como uma protestante.

Ela estava trabalhando o tempo todo. A faca era afiada. Starling descobriu que o gume serrilhado era mais rápido na corda nova e escorregadia.

O braço direto dele estava livre.

– Posso fazer o restante, se você me der a faca.

Ela hesitou. Em seguida, foi até a distância do braço dele e deu-lhe a adaga curta.

– Meu carro está a 200 metros pela estrada de serviço. – Ela tinha de vigiá-lo e aos homens no chão.

O Dr. Lecter estava com uma das pernas livre, trabalhava na outra, tendo de cortar separadamente cada amarração. Não podia ver que atrás dele estavam Carlo e Piero deitados de rosto para baixo.

– Quando estiver solto, não tente correr. O senhor jamais chegará até a porta. Vou lhe dar dois pares de algemas – disse Starling. – Há dois caras algemados no chão atrás do senhor. Faça com que eles se arrastem até a empilhadeira e prenda-os nela, para que não possam alcançar um telefone. Depois algeme-se.

– *Dois?* – perguntou ele. – *Cuidado, deve haver três.*

Enquanto ele falava, o dardo do rifle de Tommaso voou, uma trilha prateada por debaixo das luzes fortes, e penetrou no centro das costas de Starling. Ela girou, instantaneamente tonta, a vista escureceu, tentando enxergar um alvo, viu o cano na borda do jirau e atirou, atirou, atirou, atirou. Tommaso rolou para longe da borda, lascas de madeira arranhando-o, fumaça azul da arma rolando para cima em direção às luzes. Ela disparou mais uma vez enquanto sua visão ficava turva. Levou a mão ao quadril para pegar um pente de balas, e os joelhos foram cedendo.

O barulho pareceu animar os porcos ainda mais, e ao ver os homens em posição convidativa no chão, eles guincharam e rosnaram, fazendo força contra a barreira.

Starling caiu de cara no chão, a pistola vazia batendo com a culatra aberta.

Carlo e Piero levantaram a cabeça e tentaram se arrastar juntos, desajeitados como um morcego, em direção ao corpo de Mogli, que estava com sua pistola e chaves de algemas.

Tommaso fez um barulho ao engatilhar o rifle de tranquilizante no jirau. Ele ainda tinha um dardo. Levantou-se e veio até a borda, olhando por cima do cano, procurando o Dr. Lecter do outro lado da empilhadeira.

Lá vinha Tommaso caminhando pela beira do jirau, não havia onde se esconder.

O Dr. Lecter levantou Starling nos braços e recuou depressa em direção ao portão, tentando manter a empilhadeira entre ele e Tommaso, que avançava cuidadosamente, atento aonde pisava na beira do jirau. Tommaso disparou, apontando para o peito de Lecter, e o dardo acertou o osso do tornozelo de Starling. O Dr. Lecter puxou a tranca do portão.

Piero agarrou o chaveiro de Mogli, frenético, enquanto Carlo tentava pegar a arma, e os porcos vieram correndo para a refeição que tentava se levantar. Carlo conseguiu disparar a .357 uma vez, e um porco caiu, enquanto os outros passavam por cima do animal morto em direção aos dois e ao corpo de Mogli. Outros atravessaram o celeiro e foram em direção à noite.

Segurando Starling, o Dr. Lecter passou para trás dos portões assim que os porcos o atravessaram.

De cima do jirau, Tommaso pôde ver o rosto de seu irmão virado para baixo no meio dos animais, e logo ele se transformara numa refeição sangrenta. Largou o rifle sobre o feno. O Dr. Lecter, ereto como um bailarino e carregando Starling nos braços, veio de trás do portão e saiu descalço do celeiro, passando pelos porcos. Atravessou o mar de costas agitadas e jorros de sangue. Dois dos grandes suínos, um deles uma porca prenha, viraram em sua direção e baixaram a cabeça para atacar.

Quando ele os encarou e os animais não perceberam medo, voltaram trotando para as presas fáceis no chão.

O Dr. Lecter não viu reforços vindo da casa. Assim que estava sob as árvores da estrada de serviço, parou para tirar os dardos de Starling e sugar os ferimentos. A agulha no tornozelo havia se amassado contra o osso.

Porcos atravessavam os arbustos ali perto. Ele tirou as botas de Starling e calçou-as. Eram um pouco apertadas. Deixou a .45 no tornozelo dela, de modo que pudesse pegar a arma enquanto a carregava.

Dois minutos depois o guarda na guarita principal ergueu os olhos do jornal em direção a um som distante, áspero como o de um caça com motor de pistões vindo a toda velocidade. Era um Mustang de 5 litros fazendo 5.800 rpm no viaduto da Interestadual

87

Mason gemia e chorava para voltar ao quarto, da mesma forma como fizera quando algumas crianças menores o encontraram no acampamento e conseguiram lhe dar alguns tapas antes que ele pudesse esmagá-las sob seu peso.

Margot e Cordell levaram-no pelo elevador até sua ala e colocaram-no em segurança na cama, preso às fontes de energia permanentes.

Margot jamais o vira tão furioso, os vasos sanguíneos pulsando sobre os ossos expostos do rosto.

– É melhor dar alguma coisa a ele – disse Cordell quando os dois foram para a sala de jogos.

– Ainda não. Ele precisa pensar nisso durante um tempo. Dê-me as chaves do seu Honda.

– Por quê?

– Alguém precisa ir lá embaixo e ver se há algum sobrevivente. Você quer ir?

– Não, mas...

– Eu posso ir com o seu carro até o depósito de arreios, o furgão não passa pela porta. Agora me dê a merda das chaves.

Embaixo agora, na saída de veículos. Tommaso atravessava o campo correndo, vindo do bosque, olhando para trás. *Pense, Margot.* Ela olhou para o relógio. Oito e vinte. *À meia-noite chegaria o substituto de Cordell. Havia tempo para trazer homens de Washington no helicóptero, para fazer a limpeza.* Dirigiu o carro até Tommaso, sobre o gramado.

– Eu tentei pegá-los, um porco me derrubou. Ele... – Tommaso fez uma pantomina do Dr. Lecter carregando Starling. – ...a mulher. Foram no carro barulhento. Ela tem *due* – ele levantou dois dedos – *freccette.* – Ele apontou para as costas e a perna. – *Freccette. Dardi.* Eu atirei. Bam. *Due freccette.* – Tommaso fez mímica de um tiro.

– Dardos – disse Margot.

– Dardos, talvez *narcótico* demais. Ela pode estar morta.

– Entre. Precisamos ver como estão as coisas.

MARGOT DIRIGIU O CARRO para a porta lateral, por onde Starling havia entrado no celeiro. Guinchos, rosnados e costas peludas sacudindo-se. Margot prosseguiu buzinando e forçou os porcos a recuar o bastante para ver que havia três restos humanos, nenhum deles reconhecível. Entraram com o carro no depósito de arreios e fecharam a porta.

Margot pensou que Tommaso era a única pessoa que restava viva e que a vira no celeiro, sem contar Cordell.

O mesmo pensamento devia ter ocorrido a Tommaso. Ele ficou a uma distância cautelosa, os olhos escuros inteligentes encarando-a. Havia lágrimas em seu rosto.

Pense, Margot. Você não quer merda nenhuma com os sardos. Por sua vez, eles sabem que é você quem cuida do dinheiro. Eles iriam denunciá-la num segundo.

Os olhos de Tommaso acompanharam sua mão entrando no bolso.

O celular. Ela discou para a Sardenha, o gerente do Banco Steuben estava em casa às 2h30. Falou com ele brevemente e passou o telefone para Tommaso. Tommaso assentiu, respondeu, assentiu de novo e devolveu-lhe o telefone. O dinheiro era dele. Ele subiu ao jirau e pegou sua sacola, junto com o sobretudo e o chapéu do Dr. Lecter.

Enquanto ele estava pegando suas coisas, Margot apanhou o aguilhão elétrico, testou a corrente e o enfiou na manga. Em seguida, pegou também o martelo de ferrador.

88

Dirigindo o carro de Cordell, Tommaso deixou Margot em casa. Ele deixaria o Honda num estacionamento do Aeroporto Internacional Dulles. Margot prometeu-lhe que, assim que possível, enterraria os restos de Piero e Carlo.

Havia algo que ele sentia que deveria dizer-lhe, e se preparou com seu inglês.

– *Signorina*, os porcos, você deve saber, os porcos ajudaram o *dottore*. Eles recuaram, passaram em volta. Eles mataram meu irmão, mataram Carlo, mas se afastaram do Dr. Lecter. Acho que cultuam ele. – Tommaso fez o sinal da cruz. – Vocês não deveriam caçá-lo mais.

E, durante toda a sua longa vida na Sardenha, Tommaso contaria a história assim. Quando estivesse com 60 e poucos anos, diria que o Dr. Lecter, carregando a mulher, deixara o celeiro levado por um bando de porcos.

Depois de o carro ter saído pela estrada de serviço, Margot ficou durante alguns minutos olhando para a janela iluminada de Mason. Viu a sombra de Cordell movendo-se nas paredes e cuidando de seu irmão, substituindo os monitores da pulsação e da respiração dele.

Enfiou o cabo do martelo na parte de trás das calças e ajeitou a aba do paletó por cima.

Cordell estava saindo do quarto de Mason com os travesseiros quando Margot deixou o elevador.

– Cordell, prepare um martíni para ele.

– Eu não sei se...

– *Eu* sei. Prepare um martíni para ele.

Cordell colocou os travesseiros na poltrona de dois lugares e se ajoelhou na frente do frigobar.

– Tem algum suco aí? – perguntou Margot, aproximando-se por trás. Em seguida bateu com força o martelo de ferrador na base do crânio dele e ouviu um estalo. A cabeça de Cordell bateu contra o frigobar, ricocheteou e ele caiu de costas, encarando o teto com os olhos arregalados, uma pupila dilatada, a outra não. Margot virou a cabeça dele para o lado, de encontro ao chão, e baixou o martelo, afundando a têmpora em 2 centímetros, e um sangue grosso saiu pelos ouvidos.

Ela não sentiu coisa alguma.

Mason ouviu a porta do seu quarto abrir e revirou o olho por trás do óculo. Estivera adormecido alguns instantes, com as luzes baixas. A enguia também estava dormindo debaixo da pedra.

O corpanzil de Margot preenchia a passagem. Ela fechou a porta depois de entrar.

– Oi, Mason.

– O que aconteceu? Por que você demorou tanto?

– Estão todos mortos lá embaixo, Mason. – Margot veio até a beira da cama, desligou o fio do telefone e largou-o no chão. – Piero, Carlo e Johnny Mogli estão mortos. O Dr. Lecter fugiu carregando a tal de Starling.

Uma espuma apareceu entre os dentes de Mason enquanto ele xingava.

– Mandei Tommaso para casa com o dinheiro dele.

– Você *o quê*???? Sua puta idiota, agora escute: nós vamos limpar isso e recomeçar. Temos o fim de semana. Não precisamos nos preocupar com aquela porca da Starling. Se Lecter a pegou, ela já está morta.

Margot deu de ombros.

– Em nenhum momento ela *me* viu.

– Fale com Washington e mande quatro daqueles sacanas para cá. Mande o helicóptero. Mostre a eles a retroescavadeira... mostre a eles... Cordell! Venha cá. – Mason assobiou em sua flauta de pã. Margot empurrou os tubos para o lado e se inclinou sobre ele, para que ele pudesse ver seu rosto.

– Cordell não vem, Mason. Cordell está morto.

– O quê?

– Eu o matei na sala de brinquedos. Agora. Mason, você vai me dar o que me deve. – Margot abaixou as grades laterais da cama e, erguendo o grande bolo das tranças do irmão, puxou a coberta de cima de seu corpo. As pernas pequenas não eram mais grossas do que rolos de pastel. A mão dele, a única extremidade que podia se mover, foi em direção ao telefone. A concha dura do respirador subia e descia no ritmo regular.

Margot tirou do bolso uma camisinha sem espermicida e estendeu-a para que ele visse. De dentro da manga tirou o aguilhão elétrico.

– Lembra, Mason, como você costumava cuspir no pau para lubrificar? Acha que pode conseguir um pouco de cuspe? Não, talvez eu consiga de outro jeito.

Mason gritou quando sua respiração permitiu, uma série de zurros parecendo de jumento, mas tudo acabou em meio minuto, e de modo muito bem-sucedido.

– Você está morta, Margot. – O nome soou mais como "Nargot".

– Ah, Mason, todos nós estamos. Você não sabia? Mas estes aí não estão – disse ela, colocando a blusa por cima do recipiente cálido. – Eles estão se retorcendo. Vou lhe mostrar. Vou mostrar como eles se retorcem, mostrar e dizer.

Margot pegou as luvas espinhentas, usadas para manusear os peixes, ao lado do aquário.

– Eu poderia adotar Judy disse Mason. – Ela poderia ser minha herdeira, e poderíamos fazer um acordo.

– Certamente – disse Margot, levantando uma carpa do tanque onde elas ficavam. Pegou uma cadeira da área de estar e, subindo nela, levantou a tampa do grande aquário. – Mas não vamos fazer.

Inclinou-se sobre o aquário, seus grandes braços afundando na água. Segurou a carpa pelo rabo, perto da gruta, e quando a enguia saiu agarrou-a atrás da cabeça com a mão forte e tirou-a da água, acima de sua própria cabeça – a poderosa enguia sacudindo-se, tão comprida quanto Margot e grossa, com a pele festiva brilhando. Segurou a enguia com a outra mão também, e quando o animal se flexionava Margot teve de empregar toda a força para segurá-lo com as luvas espinhentas cravadas em sua pele.

Desceu cuidadosamente da cadeira e foi até Mason carregando a enguia flexível, cuja cabeça tinha a forma de um alicate, os dentes batendo como o som do aparelho de telégrafo, dentes curvados para trás, dos quais nenhum peixe jamais escapara. Jogou a enguia sobre o peito dele, sobre o respirador, e, segurando-a com uma das mãos, enrolou-a com a trança de Mason, dando várias voltas.

– Sacode, sacode, Mason – disse ela.

Margot segurava atrás da cabeça da enguia, com uma das mãos, e com a outra forçou o maxilar de Mason para baixo, para baixo, para baixo, colocando o peso sobre o peito dele, enquanto ele tentava usar a força que tinha, e num estalo sua boca se abriu.

– Você não deveria ter aceitado o chocolate – disse Margot, e enfiou o focinho da enguia na boca de Mason. O bicho agarrou a língua de Mason com os dentes afiados como navalha, como faria com um peixe, sem soltar, sem jamais soltar, com o corpo emaranhado na trança comprida. O sangue saiu num jorro pelo nariz, e Mason começou a sufocar.

Margot deixou os dois juntos, Mason e a enguia, enquanto a carpa circulava sozinha no aquário. Recompôs-se na mesa de

Cordell e ficou olhando os monitores até que a única informação sobre Mason fosse uma linha reta.

A enguia ainda estava se movendo quando ela voltou ao quarto. O respirador subia e baixava, inflando a vesícula natatória da enguia enquanto bombeava uma espuma sanguinolenta para fora dos pulmões de Mason. Margot lavou o aguilhão no aquário e o recolocou no bolso.

Em seguida tirou de uma bolsinha, no bolso da calça, o pedaço de couro cabeludo do Dr. Lecter, com fios de cabelo. Raspou o sangue do couro cabeludo com as unhas de Mason, um trabalho difícil com a enguia ainda se mexendo, e entrelaçou os pelos nos dedos dele. Por fim, colocou um pelo numa das luvas com as quais pegara o peixe.

Saiu sem olhar para Cordell, morto, e foi para casa encontrar-se com Judy levando seu prêmio quente, enfiado num lugar onde ele permaneceria aquecido.

Parte VI

Uma colher comprida

Portanto é necessário arranjar uma colher comprida
Para comer com um amigo.

– Geoffrey Chaucer
"O conto do mercador",
de *Os contos de Canterbury*

89

Clarice Starling está inconsciente numa cama grande, sob lençóis de linho e um edredom. Seus braços, cobertos pelas mangas de um pijama de seda, estão sobre as cobertas e atados com echarpes de seda, apenas o bastante para mantê-los longe do rosto e proteger a intravenosa nas costas da mão.

Há três fontes de luz no quarto: o abajur baixo e os pontos vermelhos no centro das pupilas do Dr. Lecter enquanto ele a vigia.

Sentado numa poltrona com os dedos cruzados sob o queixo, de tempos em tempos ele se levanta e verifica a pressão sanguínea de Starling. Com uma pequena lanterna examina as pupilas. Enfia a mão sob as cobertas e encontra o pé dela, tira-o debaixo das cobertas e, examinando-a atentamente, estimula a sola com a ponta de uma chave. Fica de pé durante um instante, aparentemente perdido em pensamentos, segurando o pé gentilmente, como se fosse um pequeno animal em sua mão.

Ao falar com o fabricante do dardo de tranquilizante, ficou sabendo qual era o conteúdo. Como o segundo dardo acertou no osso do tornozelo, acredita que ela não recebeu a segunda dose inteira. Está administrando estimulante com extremo cuidado, para contrabalançar o tranquilizante.

Nos intervalos do tempo dispensado aos cuidados de Starling, ele fica numa poltrona com um grande bloco, fazendo cálculos. As páginas estão cheias com símbolos de astrofísica e física de partículas. Há esforços repetidos com os símbolos da teoria das cordas. Os poucos matemáticos que conseguem acompanhá-lo poderiam dizer que suas equações começam com brilho e depois declinam, condenadas pelo que ele desejaria que fosse verdade: o Dr. Lecter quer que o tempo recue, que o aumento da entropia não marque mais a direção do tempo. Quer que o aumento da ordem aponte o caminho. Quer que os dentes de leite de Mischa saiam da fossa na latrina. Por trás de seus cálculos febris está o desejo desesperado de criar um lugar para Mischa no mundo atual, talvez o lugar ocupado agora por Clarice Starling.

90

Manhã e luz do sol na sala de brinquedos de Muskrat Farm. Os grandes animais de pelúcia, com olhos de botão, espiam o corpo de Cordell, agora coberto.

Mesmo no meio do inverno, uma mosca-varejeira encontrou o corpo e caminha sobre o lençol, onde o sangue o empapou.

Se Margot Verger soubesse da tensão desgastante sofrida pelos personagens principais num homicídio que cai nas graças da mídia, talvez jamais tivesse enfiado a enguia pela garganta do irmão.

Sua decisão de não tentar limpar a sujeira em Muskrat Farm e simplesmente esconder-se até o fim da tempestade foi sensata. Nenhuma pessoa viva a viu em Muskrat Farm quando Mason e os outros foram mortos.

Sua história foi que o primeiro telefonema frenético do enfermeiro que viera substituir Cordell acordou-a na casa que ela dividia com Judy. Foi para o local e chegou pouco depois dos primeiros policiais do Departamento do Xerife.

O principal investigador do Departamento do Xerife, detetive Clarence Franks, era um homem jovem com os olhos um pouco juntos demais, mas não estúpido como Margot tinha desejado.

– Uma pessoa qualquer não pode simplesmente chegar aqui por aquele elevador, é necessário uma chave para entrar, certo? – perguntou Franks. O detetive e Margot estavam sentados, sem jeito, no sofá de dois lugares.

– Creio que sim, se foi assim que eles entraram.

– Eles, Sra. Verger? Acha que pode haver mais de um?

– Não faço ideia, Sr. Franks.

Margot vira o corpo do irmão ainda grudado à enguia e coberto por um lençol. Alguém desligara o respirador. Os criminalistas estavam pegando amostras da água do aquário e de sangue no chão. Ela pôde ver na mão de Mason o pedaço do couro cabeludo do Dr. Lecter. Os criminalistas ainda não haviam descoberto. Olhavam-na com expressões idênticas.

O detetive Franks estava rabiscando em seu bloco.

– Vocês sabem quem são aqueles outros coitados? – perguntou Margot. – Eles tinham família?

– Estamos trabalhando nisso – disse Franks. – Existem três armas que podemos rastrear.

Na verdade, o Departamento do Xerife não tinha certeza de quantas pessoas tinham morrido no celeiro, já que os porcos haviam desaparecido na floresta arrastando os restos para comer mais tarde.

– No decorrer desta investigação talvez tenhamos de pedir à senhora e à sua... sua *companheira* para fazer um teste com polígrafo, isto é, um detector de mentiras. A senhorita consentiria com isso, Srta. Verger?

– Sr. Franks, farei qualquer coisa para pegar essas pessoas. Respondendo especificamente a sua pergunta, conte comigo e com Judy quando precisar. Devo falar com o advogado da família?

– Não se a senhorita não tiver o que esconder, Srta. Verger.

– Esconder? – Margot conseguiu soltar lágrimas.

– Desculpe, faz parte do meu trabalho, Srta. Verger. – Franks começou a levar a mão para o enorme ombro dela, mas pensou melhor.

91

Starling acordou na penumbra sentindo um cheiro refrescante, sabendo de algum modo primal que estava perto do mar. Moveu-se ligeiramente na cama. Sentiu uma dor profunda no corpo inteiro, e depois desmaiou de novo. Quando acordou em seguida, uma voz lhe falava com suavidade, oferecendo uma xícara de chá quente. Ela bebeu, e o gosto era parecido com o chá de ervas da avó de Mapp.

Dia e noite o cheiro de flores frescas na casa, e outra vez a pontada leve de uma agulha. Como o barulho de fogos de artifício distantes, os restos de dor e medo estouraram no horizonte, mas não perto, jamais perto. Ela estava no jardim do olho do furacão.

– Acordando. Acordando, calma. Você está numa sala agradável – disse uma voz. Ela ouviu música de câmara tocando baixo.

Sentia-se muito limpa, e a pele cheirava a hortelã, algum unguento que provocava um calor profundo e reconfortante.

Starling arregalou os olhos.

O Dr. Lecter estava parado a alguma distância, muito imóvel, como estivera na cela quando o viu pela primeira vez. Agora estamos acostumados a vê-lo sem amarras. Não é chocante vê-lo num espaço aberto com outra criatura mortal.

– Boa noite, Clarice.

– Boa noite, Dr. Lecter – respondeu ela, sem ter a mínima ideia da hora.

– Se está se sentindo desconfortável, é por causa dos machucados que sofreu na queda. Você vai ficar boa. Eu só gostaria de ter certeza de uma coisa. Poderia por favor olhar nesta luz?

O Dr. Lecter se aproximou com uma lanterna pequena. Cheirava a tecido de lã limpo.

Ela forçou-se a manter os olhos abertos enquanto ele examinava suas pupilas. Em seguida, o doutor se afastou de novo.

– Obrigado. Há um banheiro muito confortável, aqui. Quer tentar se levantar? Os chinelos estão ao lado da cama, tive de pegar suas botas emprestadas.

Ela estava sonolenta. O banheiro era mesmo confortável e com todas as amenidades. Nos dias que se seguiram desfrutou de longos banhos ali, mas não se incomodava com o próprio reflexo no espelho, tão longe estava de si mesma.

92

Dias de conversa, algumas vezes ouvindo-se e perguntando-se quem estava falando com conhecimento tão íntimo de seus pensamentos. Dias de sono, de sopa forte e omeletes.

E um dia o Dr. Lecter falou:

– Clarice, você deve estar cansada dos roupões e pijamas. Há algumas coisas no armário que talvez lhe agradem, apenas se você quiser usá-las. – E no mesmo tom de voz: – Coloquei suas coisas pessoais, sua bolsa, sua arma e sua carteira na gaveta de cima do armário, se você quiser.

– Obrigada, Dr. Lecter.

No armário havia uma variedade de roupas, vestidos, conjuntos de calça e blusa, um vestido de noite comprido, com a parte de cima bordada em contas. Havia calças e pulôveres de caxemira que pareciam agradáveis. Ela escolheu um pulôver marrom, e mocassins.

Na gaveta estava o cinto com o coldre especial, sem a .45 que fora perdida, mas o coldre de tornozelo estava ali ao lado da bolsa, e nele a automática .45 de cano curto. O pente estava cheio de balas gordas, nenhuma na câmara, do modo como ela usava na perna. E a faca da bota estava lá, dentro da bainha. As chaves do carro estavam na bolsa.

Starling era ela e não era. Quando se perguntava sobre os acontecimentos, era como se os visse de lado, como se visse a si mesma a distância.

Ficou feliz ao ver o carro na garagem quando o Dr. Lecter levou-a até ele. Olhou para os limpadores de para-brisa e decidiu trocá-los.

– Clarice, como você acha que os homens de Mason nos seguiram até o supermercado?

Ela olhou um instante para o teto da garagem, pensando.

Demorou menos de dois minutos para descobrir a antena atravessada entre o banco de trás e a divisão do porta-malas e seguiu o fio da antena até o rastreador escondido.

Desligou-o e o levou para casa, segurando pela antena, como se carregasse um rato pelo rabo.

– Muito bom – falou. – Equipamento novo. Instalação decente também. Tenho certeza de que tem as marcas do Sr. Krendler. Pode me dar um saco plástico?

– Eles podem rastreá-lo com um avião?

– Agora está desligado. Não poderiam rastreá-lo com um avião a não ser que Krendler admitisse que o estava usando. O senhor sabe que ele não fez isso. Mason poderia fazer a varredura com o helicóptero dele.

– Mason está morto.

– Hummm – disse Starling. – O senhor poderia tocar para mim?

93

Paul Krendler oscilava entre o tédio e o medo crescente, nos primeiros dias após os assassinatos. Arranjou para receber relatórios diretos do escritório de campo do FBI em Maryland.

Sentia-se razoavelmente seguro com relação a qualquer auditoria nos livros de Mason, porque a passagem do dinheiro para sua conta tinha um interruptor razoavelmente à prova de falha nas ilhas Caimãs. Mas, com Mason morto, Krendler tinha grandes planos e nenhum patrocinador. Margot sabia sobre seu dinheiro, e ela sabia que ele comprometera a segurança dos dossiês do FBI sobre Lecter. Margot precisava manter a boca fechada.

O monitor do rastreador de veículos o preocupava. Ele o apanhara no prédio da engenharia em Quantico sem assinar a retirada, mas seu nome estava na lista de entrada no setor naquele dia.

O Dr. Doemling e o enfermeiro grandalhão, Barney, tinham-no visto em Muskrat Farm, mas apenas representando um papel legítimo, conversando com Mason Verger sobre como pegar Hannibal Lecter.

Um alívio geral baixou sobre todo mundo na quarta-feira à tarde depois dos assassinatos, quando Margot Verger pôde mostrar aos investigadores do xerife uma fita recém-gravada em sua secretária eletrônica. Os policiais ficaram em êxtase no quarto, olhando para a cama que ela dividia com Judy e ouvindo a voz do demônio. O Dr. Lecter se gabava da morte de Mason e garantia a Margot que tinha sido extremamente dolorosa e prolongada. Ela soluçou nas próprias mãos e Judy consolou-a. Finalmente Franks levou-a para fora do quarto, dizendo:

– Não é necessário que a senhorita ouça isso de novo.

A pedido de Krendler, a fita da secretária eletrônica foi trazida para Washington e um técnico confirmou que a voz era do Dr. Lecter.

Mas o maior alívio para Krendler veio num telefonema no fim da tarde do quarto dia.

A pessoa que ligava era ninguém menos do que o senador Parton Vellmore, de Illinois.

Krendler só falara com o senador em poucas ocasiões, mas a voz era familiar, da televisão. O simples fato do telefonema era uma garantia; Vellmore participava da subcomissão judiciária do Senado, e era um notável identificador de merdas; ele fugiria de Krendler num instante se Krendler estivesse comprometido.

– Sr. Krendler, sei que o senhor conhecia Mason Verger.

– Sim, senhor.

– Bom, é uma tremenda vergonha. Aquele filho da puta sádico arruinou a vida de Mason, mutilou-o, depois voltou e matou-o. Não sei se o senhor sabia disso, mas um dos meus eleitores também morreu naquela tragédia. Johnny Mogli serviu durante anos ao povo de Illinois, como policial.

– Não, senhor, não sabia. Sinto muito.

– O fato, Krendler, é que precisamos ir em frente. O legado de filantropia dos Verger e o grande interesse deles na política pública continuarão. Isso é maior do que a morte de um homem. Estive falando com várias pessoas no 27º distrito e com os Verger. Margot Verger me contou de seu interesse pelo serviço público. Mulher extraordinária. Tem um lado verdadeiramente prático. Vamos nos reunir muito em breve, informal e discretamente, para falar sobre o que podemos fazer no próximo mês de novembro. Queremos você conosco. Acha que pode participar da reunião?

– Sim, senador. Sem dúvida.

– Margot ligará para você com os detalhes, o encontro será nos próximos dias.

Krendler desligou o telefone, varrido pelo alívio.

A DESCOBERTA NO CELEIRO do Colt .45 registrado em nome do falecido John Brigham, e que não se sabia estar na posse de Clarice Starling, significou um considerável embaraço para o FBI.

Starling foi dada como desaparecida, mas o caso não foi considerado sequestro, já que ninguém a vira sendo levada. Ela nem mesmo era uma agente desaparecida em serviço. Era uma agente suspensa, com paradeiro desconhecido. Foi emitido um boletim de busca para seu veículo, mas sem qualquer ênfase especial na identidade da proprietária.

Os sequestros exigem muito mais esforço da lei do que os casos de pessoas desaparecidas. Essa classificação deixou Ardelia Mapp tão furiosa que ela escreveu sua carta de demissão, mas depois achou melhor esperar e trabalhar no caso. Repetidamente Mapp via-se indo para o lado que Starling ocupava no duplex, para procurá-la.

Mapp descobriu que os dossiês de Lecter no PACV e no Centro Nacional de Informações sobre Crimes estavam irritantemente estáticos, apenas com acréscimos triviais: a polícia italiana conseguira finalmente encontrar o computador do Dr. Lecter – os Carabinieri estavam jogando Super Mario nele, na sala de recreação. A máquina se limpara no instante em que os investigadores apertaram a primeira tecla.

Desde que Starling havia desaparecido, Mapp incomodava todas as pessoas influentes que podia encontrar no Bureau.

Seus telefonemas repetidos para a casa de Jack Crawford não tiveram retorno.

Telefonou para a Divisão de Ciência do Comportamento e lhe disseram que Crawford continuava no Hospital Jefferson Memorial, com dores no peito.

Não ligou para lá. No Bureau, ele era o último anjo de Starling.

94

Starling não tinha noção do tempo. No decorrer dos dias e noites havia as conversas. Ela se ouvia falando durante minutos intermináveis, e escutava.

Algumas vezes ria consigo mesma, ouvindo revelações francas que normalmente a teriam deixado sem jeito. As coisas que contava ao Dr. Lecter frequentemente a surpreendiam, algumas vezes desagradáveis para uma sensibilidade normal, mas o que dizia era sempre verdadeiro. E o Dr. Lecter também falava. Em voz baixa, tranquila. Expressava interesse e encorajamento, mas jamais surpresa ou censura.

Contou a ela sobre sua infância, sobre Mischa.

Algumas vezes os dois olhavam juntos para um objeto brilhante, para começar a conversar. Quase sempre havia apenas um ponto de luz no cômodo. A cada dia o objeto brilhante mudava de lugar.

Hoje começaram com o ponto luminoso na lateral de um bule, mas, à medida que a conversa prosseguia, o Dr. Lecter parecia chegar a uma galeria inexplorada da mente de Starling. Talvez ouvisse bichos-papões lutando do outro lado de uma parede. Substituiu o bule por uma fivela prateada.

– É do meu pai – disse ela. E cruzou as mãos como se fosse uma criança.

– Sim – disse o Dr. Lecter. – Clarice, você gostaria de falar com seu pai? Seu pai está aqui. Gostaria de falar com ele?

– Meu pai está aqui! Ei! Que bom!

O Dr. Lecter colocou as duas mãos nos lados do rosto de Starling, acima dos lóbulos temporais, um gesto que poderia lhe fornecer tudo de seu pai que ela jamais precisaria. Ele olhou no fundo de seus olhos.

– Sei que você gostaria de falar particularmente. Vou sair agora. Você pode olhar para a fivela e dentro de alguns minutos irá ouvi-lo bater. Tudo bem?

– Claro! Ótimo!

– Bom. Você só vai precisar esperar alguns minutos.

Pontada minúscula da agulha mais fina – ela nem olhou para baixo – e o Dr. Lecter saiu do cômodo.

Starling olhou para a fivela até ouvir a batida, duas batidas firmes, e seu pai entrou como ela se lembrava dele, alto, junto a porta, carregando o chapéu, o cabelo escorrido pela água, do modo como ele vinha para a mesa do jantar.

– Ei, gatinha! A que horas se come por aqui?

Ele não a abraçava fazia vinte anos, desde que havia morrido, mas quando puxou-a para perto, os fechos de pressão de sua camisa pareciam os mesmos, seu pai cheirava a sabão forte e tabaco, e ela sentiu de encontro ao peito as batidas do coração dele.

– Ei, gatinha. Ei, gatinha. Você caiu? – Foi como quando ele pegou-a no quintal, depois de ela tentar montar um bode grande, num ato de ousadia. – Você estava se saindo muito bem, até que ele girou rápido demais. Venha para a cozinha e veremos o que podemos encontrar.

Havia duas coisas na mesa da cozinha modesta de sua infância, um pacote de celofane, de SNO BALLS, e um saco de laranjas.

O pai de Starling abriu seu canivete Barlow, de ponta quebrada, e descascou duas laranjas, deixando a casca enrolada sobre a toalha impermeável. Estavam sentados em cadeiras de cozinha, de espaldar reto, e ele dividiu as laranjas em quatro e comeu uma, e deu uma para Starling. Ela cuspia as sementes na mão e as deixava no colo. Ele gostava de ficar sentado, como John Brigham.

Seu pai mastigava mais de um lado do que do outro, e um de seus incisivos laterais era restaurado com metal branco, ao estilo dos dentistas do Exército na década de 1940. Brilhava quando ele ria. Comeram duas laranjas e um SNO BALL cada um, e brincaram de charadas. Starling se esquecera da sensação maravilhosa, arrepiante, do recheio farto debaixo do coco. A cozinha se dissolveu e eles estavam falando como pessoas adultas.

– Como você vai, gatinha? – Era uma pergunta séria.

– Estão pegando no meu pé no trabalho.

– Sei disso. É aquele pessoal do tribunal, meu doce. Gente pior nunca... nunca nasceu. Você nunca matou alguém sem necessidade.

– Acredito nisso, mas há outra coisa.

– Você nunca mentiu sobre isso.

– Não, senhor.

– Você salvou aquele menininho.

– Ele ficou bem.

– Senti muito orgulho disso.

– Obrigada, pai.

– Meu doce, preciso ir embora. Nós nos falamos depois.

– O senhor não pode ficar?

Ele pôs a mão na cabeça dela.

– Nós nunca podemos ficar, gatinha. Ninguém pode ficar do jeito que quer.

Ele beijou sua testa e saiu do cômodo. Starling pôde ver o buraco de bala no chapéu enquanto ele acenava, alto, junto à soleira da porta.

95

Sem dúvida, Starling amava demais o pai, e teria lutado num instante contra qualquer mancha na memória dele. No entanto, conversando com o Dr. Lecter sob influência de uma droga hipnótica e hipnose profunda, eis o que disse:

– Mas estou realmente furiosa com ele. Quero dizer, ora, como é que ele tinha de ir atrás daquela droga de birosca no meio da noite, pegar aqueles dois sacanas que o mataram? Ele não deu importância para aquela espingarda velha e os caras o pegaram. Eram um zero à esquerda, e o pegaram. Ele não sabia o que estava fazendo. Ele nunca aprendeu nada.

Starling teria dado um tapa na cara de qualquer outra pessoa que dissesse isso.

O monstro se acomodou como um mícron em sua cadeira. *Ah, finalmente chegamos ao ponto. Aquelas lembranças de colegial estavam ficando tediosas.*

Ela tentou cruzar as pernas debaixo da cadeira como uma criança, mas suas pernas eram compridas demais.

– Veja só, ele tinha aquele emprego, foi e fez o que lhe mandaram, ficava andando com aquela porcaria de relógio de guarda noturno, e aí morreu. E mamãe ficou lavando o sangue do chapéu, para enterrar junto com ele. Quem veio para casa ficar com *a gente*? E depois havia muito pouco SNO BALLS, isso eu posso dizer. Era mamãe e eu, fazendo faxina em quartos de motel, pessoas largando camisinhas usadas na mesa de cabeceira. Ele foi morto e nos deixou porque foi estúpido demais. Devia ter mandado aqueles sacanas da cidade levar tudo.

Coisas que ela jamais teria dito, coisas banidas para as partes mais secretas de seu cérebro.

Desde que tinham se conhecido, o Dr. Lecter a espicaçara com relação ao pai, chamando-o de guarda-noturno. Agora ele se tornara Lecter, o protetor da memória de seu pai.

– Clarice, ele nunca desejou outra coisa além de sua felicidade e seu bem-estar.

– Coloque o desejo numa das mãos e cague na outra, e veja qual se enche primeiro – disse Starling. Este ditado do orfanato teria sido particularmente desagradável vindo daquele rosto atraente, mas o Dr. Lecter pareceu satisfeito, até mesmo encorajou-a.

– Clarice, vou pedir que você venha comigo para um outro cômodo. O seu pai visitou-a, do melhor modo que pôde. Você viu que, apesar do desejo intenso de mantê-lo aqui, ele não pôde ficar. Ele a visitou. Agora está na hora de você visitá-lo.

Andou pelo corredor até um quarto de hóspedes. A porta estava fechada.

– Espere um momento, Clarice. – E ele entrou.

Ela ficou parada no corredor com a mão na maçaneta, e ouviu um fósforo sendo aceso.

O Dr. Lecter abriu a porta.

– Clarice, você sabe que o seu pai está morto. Sabe disso melhor do que qualquer pessoa.

– Sei.

– Entre e veja-o.

Os ossos do pai dela estavam arrumados numa cama, os ossos compridos e a costela cobertos por um lençol. Os outros formavam um baixo-relevo sob a colcha branca.

O crânio de seu pai, limpado pelos minúsculos carniceiros marinhos da praia do Dr. Lecter, seco e limpo, repousava no travesseiro.

– Onde estava a estrela dele, Clarice?

– A Prefeitura pegou de volta. Disseram que custava 7 dólares.

– Isto é o que ele é, isto é tudo o que resta dele. Foi a isto que o tempo o reduziu.

Starling olhou para os ossos. Virou-se e saiu do quarto rapidamente. Não era uma fuga, e Lecter não foi atrás. Esperou na semiescuridão. Não estava com medo, mas escutou-a voltando com ouvidos tão aguçados quanto os de um bode perseguido. Alguma coisa de metal brilhante na mão dela. Um distintivo, o de John Brigham. Ela o colocou sobre o lençol.

– O que um distintivo poderia significar para você, Clarice? Você fez um buraco num deles, no celeiro.

– Significava tudo para ele. Era só disso que ele sabiiia. – A última palavra se distorceu e sua boca se abriu. Ela pegou o crânio do pai e sentou-se na outra cama, com lágrimas quentes brotando nos olhos e escorrendo pelas bochechas.

Como uma criancinha, puxou a aba do pulôver e segurou contra o rosto, soluçando, lágrimas amargas que caíam com um *tap tap* oco na cúpula do crânio do pai que repousava em seu colo, com o dente restaurado brilhando.

– Eu *amo* o meu pai. Ele fazia o máximo para ser bom comigo. Foi a melhor época da minha vida. – E era verdade, e não menos verdadeiro do que antes ela deixou a raiva sair.

Quando o Dr. Lecter deu-lhe um lenço de papel, ela simplesmente segurou-o na mão fechada e ele mesmo limpou seu rosto.

– Clarice, vou deixar você aqui com estes restos. Restos, Clarice. Pode gritar o quanto quiser para estas órbitas vazias e não virá qualquer resposta. – Ele encostou as mãos nas têmporas dela. – O que você precisa do seu pai está aqui, na sua cabeça, e está sujeito ao seu julgamento, não ao dele. Vou deixá-la agora. Quer as velas?

– Sim, por favor.

– Quando sair, traga somente o que precisar.

Ele esperou na sala de estar, diante da lareira. Passou o tempo tocando seu *theremin*, movendo as mãos vazias no campo eletrônico para criar a música, movendo as mãos que ele colocara na cabeça de Clarice Starling como se agora direcionasse a música. Sentiu a presença de Starling parada ao seu lado durante algum tempo antes de terminar a música.

Quando se virou para ela, o sorriso de Starling era suave e triste, e suas mãos estavam vazias.

O Dr. Lecter sempre buscava um padrão.

Ele sabia que, como todo ser pensante, Starling era formada a partir das matrizes de suas primeiras experiências, estruturas que determinavam a compreensão das percepções posteriores.

Falando com ela através das barras do asilo, há tantos anos, ele descobrira um padrão importante para Starling: a morte dos cordeiros e dos cavalos no rancho que foi seu lar adotivo. Ela ficara marcada pelo lamento dos animais.

Sua caçada obsessiva e bem-sucedida a Jame Gumb fora impulsionada pelo lamento da mulher aprisionada pelo criminoso.

Ela o salvara da tortura pelo mesmo motivo.

Ótimo. Comportamento padronizado.

Sempre procurando arranjos situacionais, o Dr. Lecter acreditava que Starling via em John Brigham as boas qualidades de seu pai – e, junto com as virtudes do pai, o infeliz Brigham também recebeu o tabu incestuoso. Brigham, e provavelmente Crawford, tinham as boas qualidades do pai dela. Onde estavam as más?

O Dr. Lecter procurava o restante dessa matriz dividida. Usando drogas hipnóticas e técnicas de hipnose bastante modificadas pela terapia de câmara, ele estava descobrindo nódulos duros e teimosos na personalidade de Clarice Starling, como nós em madeira, e antigos ressentimentos ainda inflamáveis como resina.

Encontrou arranjos de brilho impiedoso, velhos de anos mas bem-cuidados e detalhados, que lançavam uma fúria límbica através do cérebro de Starling, como raios numa tempestade.

A maioria deles envolvia Paul Krendler. O ressentimento dela contra as injustiças reais que sofrera nas mãos de Krendler se alimentava da fúria contra seu pai, que ela jamais, jamais admitiria. Ela não poderia perdoar o pai por ter morrido. Ele tinha deixado a família, parado de descascar laranjas na cozinha. Condenou sua mãe à vassoura e ao balde. Parou de abraçá-la, com seu grande coração ressoando como o coração de Hannah quando Starling cavalgava para a noite.

Krendler era o ícone de fracasso e frustração. Ele poderia receber a culpa. Mas será que poderia ser enfrentado? Ou será que Krendler, e todas as outras autoridades e todos os tabus, tinham o poder de enquadrar Starling no que, segundo a visão do Dr. Lecter, era sua vidinha sem graça?

Para ele havia um sinal de esperança: apesar de estar marcada pelo símbolo do distintivo, ela era capaz de fazer um buraco num deles e matar a pessoa que o usava. Por quê? Porque se comprometera com a ação, identificara o usuário como criminoso e fizera o julgamento antecipado, suplantando o ícone da estrela. Flexibilidade potencial. O córtex cerebral governa. Será que isso significava espaço para Mischa *dentro de* Starling? Ou seria simplesmente outra boa qualidade do lugar que Starling deveria deixar vago?

96

Barney – de volta ao seu apartamento em Baltimore, de volta aos plantões no Misericórdia. Estava com o turno das 15 às 23 horas. Parou para uma tigela de sopa na cafeteria a caminho de casa, e já era quase meia-noite quando entrou no apartamento e acendeu a luz.

Ardelia Mapp estava sentada à mesa da cozinha. Apontava uma pistola semiautomática preta para o centro de seu rosto. Pelo tamanho do buraco no cano, Barney julgou que fosse uma calibre .40.

– Sente-se, enfermeiro – disse Mapp. Sua voz saiu rouca, e ao redor das pupilas escuras os olhos estavam alaranjados. – Coloque sua cadeira ali e se recline encostado na parede.

O que o apavorou mais do que a arma enorme na mão dela foi a outra pistola sobre o descanso de prato à frente. Era um Colt Woodsman .22, com uma garrafa plástica presa com fita adesiva ao cano, servindo de silenciador.

A cadeira gemeu sob o peso de Barney.

– Se as pernas da cadeira se quebrarem, não atire em mim, não posso evitar – disse ele.

– Sabe alguma coisa sobre Clarice Starling?

– Não.

Mapp pegou a arma de pequeno calibre.

– Não vou embromar, Barney. Na hora em que achar que você está mentindo, enfermeiro, eu acabo com você, duvida?

– Não, não duvido. – Barney sabia que era verdade.

– Vou perguntar de novo. Sabe de alguma coisa que me ajudaria a encontrar Clarice Starling? O correio disse que a correspondência dela foi mandada para a casa de Mason Verger durante um mês. *Que porra é essa, Barney?*

– Trabalhei lá. Estava cuidando de Mason Verger e ele me perguntava tudo sobre Lecter. Eu não gostava de lá e saí fora. Mason era um tremendo sacana.

– Starling sumiu.

– Eu sei.

– Talvez Lecter a tenha levado, talvez os porcos tenham acabado com ela. Se ele a levou, o que faria com ela?

– Estou sendo honesto com você: não sei. Eu ajudaria Starling, se pudesse. Por que não ajudaria? Eu meio que gostei dela, e ela estava livrando a minha barra. Olhe nos relatórios ou nas anotações dela ou...

– Já olhei. Quero que entenda uma coisa, Barney. Esta é uma oferta única. Se souber de alguma coisa, é melhor me contar. Se *algum dia*, não importa daqui a quanto tempo, eu descobrir que escondeu alguma coisa que poderia ter ajudado, volto aqui e esta arma será a última coisa que você vai ver. Encho de tiros essa sua bunda grande. Duvida?

– Não.

– Você sabe de alguma coisa?

– O quê? – O silêncio mais longo que ele jamais recordaria.

– Só fique aí sentado até eu ter ido embora.

Barney levou uma hora e meia para ir dormir. Ficou deitado na cama, olhando o teto. A testa, larga como de um golfinho, uma hora suando, outra hora seca. Pensou em quem mais viria. Logo antes de apagar a luz, foi para o banheiro e pegou um espelho de barbear, de aço inoxidável, da época dos fuzileiros.

Andou com dificuldade até a cozinha, abriu uma caixa de disjuntores elétricos na parede e grudou o espelho pelo lado de dentro da porta da caixa.

Era só isso que podia fazer. Remexeu-se no sono como um cachorro.

Depois de seu próximo turno de serviço, trouxe do hospital um kit de atendimento a mulheres estupradas.

97

Não havia muito o que o Dr. Lecter pudesse fazer com a casa do alemão enquanto mantivesse a mobília. Flores e biombos ajudavam. Era interessante ver cores contra os móveis maciços e a escuridão; era um contraste antigo e belo, como uma borboleta luzindo num punho de armadura.

Seu senhorio ausente aparentemente tinha uma fixação pelo mito "Leda e o cisne". A cópula entre espécies diferentes era representada em nada menos do que quatro bronzes de qualidade variada – o melhor era uma reprodução de Donatello – e oito pinturas. Uma pintura deliciava o Dr. Lecter, um quadro de Anne Singleton com sua genial articulação anatômica e um certo calor verdadeiro na trepada. Os outros ele cobriu. A medonha coleção de bronzes de caçadas também estava coberta.

De manhã cedo o doutor arrumou a mesa cuidadosamente para três, estudando-a de diferentes ângulos, com a ponta do dedo ao lado do nariz. Trocou as velas duas vezes e substituiu o jogo de mesa de damasco por uma toalha, para reduzir a mesa de jantar oval a um tamanho mais harmônico.

O aparador escuro e intimidante se parecia menos com um avião cargueiro quando as peças de serviço elegantes e os brilhantes fogareiros de cobre estavam em cima. O Dr. Lecter chegou a abrir várias gavetas e colocou flores nelas, criando um efeito de jardins suspensos.

Dava para ver que tinha posto flores demais na sala, e deveria colocar mais ainda para que a coisa voltasse a ficar correta. Demais era demais, mas exageradamente demais era o correto. Escolheu dois arranjos de flores para a mesa: um monte baixo de peônias num prato de prata, brancas como os SNO BALLS, e um arranjo largo e alto de campânulas, íris, orquídeas e tulipas que escondiam boa parte da mesa e criavam um espaço íntimo.

Havia uma pequena tempestade gélida de cristais diante dos pratos, mas os talheres de prata estavam no aquecedor para serem colocados no último momento.

O primeiro prato seria preparado à mesa, e para isso ele organizou seus fogareiros a álcool, com a *fait-tout* de cobre, a panela de molho e a frigideira, os condimentos e a serra de autópsia.

Poderia pegar mais flores quando saísse. Clarice Starling não se incomodou quando ele disse que sairia. Ele sugeriu que talvez ela desejasse dormir um pouco.

98

Na tarde do quinto dia após os assassinatos, Barney terminara de se barbear e estava passando álcool no rosto quando ouviu os passos na escada. Estava quase na hora de ir para o trabalho.

Uma batida forte. Margot Verger estava à sua porta. Carregava uma bolsa grande e uma sacola pequena.

– Oi, Barney. – Ela parecia cansada.

– Oi, Margot. Entre.

Ofereceu-lhe uma cadeira junto à mesa da cozinha.

– Quer uma Coca? – Depois lembrou-se de que a cabeça de Cordell tinha sido golpeada para dentro de uma geladeira e lamentou a oferta.

– Não, obrigada – disse ela.

Barney sentou-se do outro lado da mesa, virado para Margot. Ela olhou para seus braços como um marombeiro rival, depois voltou o olhar para o rosto dele.

– Você está bem, Margot?

– Acho que sim.

– Parece que você não tem com que se preocupar quero dizer, pelo que eu li.

Algumas vezes penso nas conversas que tivemos, Barney Achei que poderia ter notícias suas algum dia.

Ele se perguntou se ela estaria com um martelo na bolsa ou na sacola.

– A única possibilidade de você ter notícias minhas é que talvez, algum dia, eu gostasse de ver como você está, se não tiver problema. Nunca pedindo alguma coisa. Margot, você foi legal comigo.

– É só que, você sabe, a gente se preocupa com as pontas soltas. Não que eu tenha alguma coisa a esconder.

Então ele soube que ela conseguira o sêmen. Ela só se preocuparia com Barney quando a gravidez fosse anunciada, se as duas conseguissem engravidar.

– Quero dizer, foi um presente de Deus, a morte dele. Não vou mentir sobre isso.

A rapidez da conversa disse a Barney que ela estava criando ímpeto.

– Acho que vou querer uma Coca – disse Margot.

– Antes de eu pegar, deixe-me mostrar uma coisa que tenho para você. Acredite, eu posso fazer sua mente descansar e isso não custaria coisa alguma. Só vai demorar um segundo. Espere.

Ele pegou uma chave de fenda numa lata de ferramentas sobre o aparador. Poderia fazer isso virado de lado para Margot.

Na parede da cozinha havia duas caixas de disjuntores. Na verdade, uma das caixas substituíra a outra na velha construção, e só a da direita funcionava.

Junto às caixas de eletricidade, Barney teve de virar as costas para Margot. Abriu rapidamente a da esquerda. Agora podia observá-la pelo espelho grudado dentro da porta da caixa. Ela enfiou a mão dentro da bolsa grande. Enfiou, não tirou

Retirando quatro parafusos, Barney pôde tirar da caixa o painel de disjuntores desconectados. Atrás do painel havia um espaço na parede oca.

Enfiando a mão cuidadosamente lá dentro, retirou um saco plástico.

Ouviu um som estranho na respiração de Margot quando tirou o objeto que estava no saco. Era uma visão famosa – a máscara que o Dr. Lecter fora forçado a usar no Manicômio Judiciário de Baltimore, para impedir que ele mordesse as pessoas. Era o item mais valioso, o último da coleção de objetos de Lecter que Barney possuía.

– Nossa! – disse Margot.

Barney colocou a máscara virada para baixo sobre a mesa, em cima de um pedaço de papel impermeável, sob a forte luz da cozinha. Sabia que o Dr. Lecter jamais tivera permissão de limpar a máscara. Havia um crosta de saliva seca por dentro da abertura para a boca. Na parte em que as tiras se grudavam à máscara havia três pelos, presos às fivelas, e arrancados pelas raízes.

Um olhar para Margot disse-lhe que, por enquanto, ele estava em segurança.

Barney pegou em seu armário da cozinha o kit para atendimento a mulheres estupradas. A pequena caixa plástica continha cotonetes, água esterilizada, gaze e vidros limpos.

Com cuidado infinito, tirou os flocos de saliva com um cotonete umedecido. Pôs o cotonete num vidro. Soltou os pelos da máscara e colocou num segundo vidro.

Tocou com o polegar o lado pegajoso de dois pedaços de fita adesiva, deixando de cada vez uma impressão digital clara, e colou-os nas tampas dos vidros. Entregou os dois para Margot, num saquinho.

– Digamos que eu me meta em alguma encrenca, perca a cabeça e tente sacanear você. Digamos que eu tentasse contar à polícia alguma história sobre você, para me livrar de algumas acusações contra mim. Aí você tem prova de que fui pelo menos cúmplice na morte de Mason Verger, e que talvez eu mesmo tenha feito o negócio. Pelo menos eu lhe forneci o DNA.

– Você receberia imunidade antes de abrir a boca.

– Por conspiração, talvez, mas não por tomar parte fisicamente num crime de grande publicidade. Eles me prometeriam imunidade para o crime de conspiração e depois foderiam comigo quando descobrissem que ajudei. Eu estaria ferrado para sempre. Está aí, nas suas mãos.

Barney não tinha certeza, mas achava que aquilo parecia bastante bom.

Além disso, ela podia usar o DNA de Lecter contra Barney a qualquer momento em que precisasse, e os dois sabiam disso.

Margot encarou-o pelo que pareceu um tempo muito longo, com seus olhos azuis de açougueiro.

Ela colocou a sacola sobre a mesa.

– Há um monte de dinheiro aí – falou. – O bastante para ver cada Vermeer do mundo. Uma vez. – Ela parecia meio nervosa, e estranhamente feliz. – Estou com o gato de Franklin no carro. Preciso ir. Franklin, a madrasta e a irmã, Shirley, e um cara chamado Stringbean e Deus sabe mais quem virá a Muskrat quando Franklin sair do hospital. Gastei 50 dólares para conseguir aquele gato de merda. Ele estava morando com o vizinho da antiga casa de Franklin, usando nome falso.

Margot não colocou o saco plástico na bolsa. Levou-o na mão livre. Barney achava que ela não queria que ele visse a outra opção que estava na bolsa.

Junto à porta, ele disse:

– Será que eu posso ganhar um beijo?

Ela ficou na ponta dos pés e deu-lhe um beijo rápido nos lábios.

– Isso vai ter de servir – disse Margot, de modo pedante. A escada estalou sob seu peso enquanto ela descia.

Barney trancou a porta e ficou durante alguns minutos parado com a testa encostada na geladeira fria.

99

Starling acordou ouvindo música de câmara a distância e sentindo os aromas pungentes de comida sendo preparada. Estava maravilhosamente descansada e com muita fome. Uma batida na sua porta e o Dr. Lecter entrou usando calça escura, camisa branca e plastrom. Carregava uma sacola comprida e trazia um *capuccino* quente para ela.

– Dormiu bem?

– Muitíssimo, obrigada.

– O *chef* me disse que vamos jantar dentro de uma hora e meia. Os coquetéis serão servidos dentro de uma hora, tudo bem? Achei que talvez você gostasse disso... veja se serve. – Ele pendurou a sacola no armário e saiu sem qualquer outro som.

Ela só olhou no armário depois de um longo banho, e quando olhou ficou satisfeita. Encontrou um vestido de noite, comprido, de seda creme, com um decote estreito e fundo sob um bolero exoticamente bordado com contas.

Sobre a mesa havia um par de brincos com pingentes de esmeraldas *cabochon*. As pedras tinham muito fogo para um corte sem facetas.

Para ela, seu cabelo sempre fora uma coisa fácil. Fisicamente, sentiu-se muito confortável nas roupas. Mesmo desacostumada a esse nível de vestimenta, não se examinou durante muito tempo ao espelho, só olhando para ver se tudo estava no lugar.

O senhorio alemão construíra lareiras enormes. Na sala de estar ela encontrou aceso um fogo de bom tamanho. Aproximou-se da lareira quente com um sussurro de seda.

Música vindo do cravo, no canto. Sentado ao instrumento, o Dr. Lecter de gravata branca.

Ele ergueu os olhos, viu-a e sua respiração parou na garganta. As mãos pararam também, ainda sobre o teclado. As notas do cravo não se prolongaram e, no silêncio súbito da sala de estar, os dois o ouviram suspirar em seguida.

Duas bebidas esperavam diante do fogo. Ele mesmo as preparou. Lillet com uma fatia de laranja. O Dr. Lecter entregou uma delas para Clarice Starling.

– Se eu vê-la todos os dias, para sempre, lembrarei esta hora. – Seus olhos escuros abarcavam-na inteira.

– Quantas vezes o senhor me viu? Sem que eu soubesse.

– Só três.

– Mas aqui...

– Está fora do tempo, e o que posso ter visto cuidando de você não compromete sua privacidade. Está guardado no lugar devido, com seus registros médicos. Confessarei que *é* agradável vê-la dormir. Você é muito bonita, Clarice.

– A aparência é um acaso, Dr. Lecter.

– Mesmo se a graciosidade fosse algo conseguido pelo mérito, você seria linda.

– Obrigada.

– Não diga "*obrigada*". – Uma virada minúscula de cabeça bastou para revelar seu desgosto como um vidro lançado contra a lareira.

– Eu digo exatamente o que quero dizer – explicou Starling. – O senhor preferiria se eu dissesse "fico satisfeita por você me achar bonita". Seria um pouco mais elegante, e igualmente verdadeiro.

Ela levantou o copo sob um olhar de planície, sem captar coisa alguma de volta.

Naquele momento ocorreu ao Dr. Lecter que, com todo seu conhecimento e intrusão, ele jamais a havia previsto inteiramente, ou a possuído de fato. Poderia alimentar a lagarta, poderia sussurrar na crisálida; o que tinha brotado seguia sua própria natureza e estava além dele. Imaginou se ela estava com a .45 presa na perna sob o vestido.

Starling sorriu para ele, os *cabochons* captaram a luz do fogo e o monstro ficou perdido numa autocongratulação por seu gosto e sua inteligência.

– Clarice, o jantar atrai ao paladar e ao olfato, os sentidos mais antigos e os mais próximos do centro da mente. Paladar e olfato estão abrigados nas partes da mente que precedem a piedade, e piedade não tem lugar à minha mesa. Ao mesmo tempo, agindo no domo do córtex como milagres iluminados no teto de uma igreja, estão as cerimônias, as visões e as conversas do jantar. Podem ser muito mais interessantes do que o teatro. – Ele aproximou o rosto do dela, demorando-se ao ler seus olhos. – Quero que você entenda as riquezas que lhe trago, Clarice, e quais são os seus *direitos*. Clarice, você andou estudando seu reflexo ultimamente? Creio que não. Duvido que já o tenha feito. Venha ao corredor, fique na frente do espelho grande.

O Dr. Lecter pegou um candelabro sobre a lareira.

O espelho era uma das boas antiguidades do século XVIII, mas ligeiramente escuro e craquelado. Vinha do Château Vaux-le-Vicomte, e Deus sabe o que ele já vira.

– Olhe, Clarice. Esta visão deliciosa é o que você é. Esta noite você irá se ver de alguma distância durante um tempo. Verá o que é justo, verá o que é verdadeiro. Você nunca deixou de ter coragem para dizer o que pensa, mas foi impedida por restrições. Eu lhe direi de novo: a piedade não tem lugar nesta mesa.

"Se acontecerem observações que no momento são desagradáveis, você verá que o contexto pode torná-las algo entre o ridículo e o absurdamente engraçado. Se forem ditas coisas que são dolorosamente verdadeiras, elas passam a ser apenas uma verdade passageira, que mudará. – Ele tomou um gole de sua bebida. – Se você sentir a dor brotar por dentro, ela logo florescerá no alívio. Está me entendendo?

– Não, Dr. Lecter, mas lembro do que o senhor disse. Uma tremenda melhoria pessoal. Quero um jantar agradável.

– Isso eu prometo. – Ele sorriu, uma visão que apavora algumas pessoas.

Nenhum dos dois olhou para o reflexo de Starling no vidro nublado; entreolharam-se através das velas acesas do candelabro, e o espelho olhava para ambos.

– Veja, Clarice.

Ela observou as fagulhas vermelhas no fundo dos olhos dele e sentiu a empolgação de uma criança que se aproxima de um parque de diversões distante.

No bolso do paletó o Dr. Lecter pegou uma seringa com a agulha fina como um fio de cabelo e, sem olhar, só sentindo, enfiou a agulha no braço dela. Quando a retirou, o furo minúsculo nem mesmo sangrou.

– O que o senhor estava tocando quando entrei?

– "Se o amor reinasse agora".

– É muito antiga?

– Henrique VIII a compôs mais ou menos em 1510.

– Poderia tocar para mim? Poderia terminar a música agora?

100

A brisa que a entrada dos dois provocou na sala de estar agitou a chama das velas e dos fogareiros. Starling só vira a sala de jantar de passagem, e era maravilhoso vê-la transformada. Brilhante, convidativa. Os cristais altos repetindo as chamas das velas acima dos guardanapos sedosos diante de cada um dos lugares, e o espaço reduzido a um tamanho íntimo com um anteparo de flores escondendo o restante da mesa.

O Dr. Lecter trouxera no último minuto os talheres de prata do aquecedor, e quando Starling explorou o lugar à sua frente, sentiu no cabo da faca um calor quase febril.

O doutor serviu o vinho e deu-lhe apenas um minúsculo *amuse-gueule* para comer a princípio, uma única ostra Belon e um pedaço de salsicha, e precisou sentar-se diante de meio copo de vinho para admirá-la no contexto de sua mesa.

A altura dos candelabros era exata. As chamas iluminavam as profundezas do decote de Starling e ele não precisava ficar vigilante com relação às mangas dela.

– O que vamos comer?

Ele ergueu o dedo até os lábios.

– Nunca pergunte, estraga a surpresa.

Conversaram sobre como apontar penas de corvo, e o efeito que elas causavam na voz de um cravo, e apenas por um momento ela se lembrou de um corvo roubando o carrinho de serviço de sua mãe numa varanda de motel há muito tempo. A distância, considerou a lembrança irrelevante para aquele momento agradável, e deliberadamente colocou-a de lado.

– Está com fome?

– Sim!

– Então teremos nosso primeiro prato.

O Dr. Lecter pegou uma bandeja no aparador e colocou no espaço ao lado do prato, sobre a mesa, e empurrou um carrinho de serviço para perto. Ali estavam suas panelas, seus fogareiros e seus condimentos em pequenas tigelas de cristal.

Acendeu os fogareiros e começou com uma boa quantidade de manteiga Charante na *fait-tout* de cobre, girando a manteiga que derretia e deixando que ela ficasse marrom para fazer *beurre-noisette*. Quando ficou da cor de uma castanha, ele deixou a panela com a manteiga à parte, sobre um tripé. Sorriu para Starling, os dentes muito brancos.

– Clarice, lembra do que falamos sobre observações agradáveis e desagradáveis, e das coisas sendo muito engraçadas dentro do contexto?

– O cheiro dessa manteiga é maravilhoso. Sim, lembro.

– E você se lembra de quem você viu no espelho, de como ela era esplêndida?

– Dr. Lecter, se não se importa que eu diga, isso está ficando meio enfadonho. Eu lembro perfeitamente.

– Bom. O Sr. Krendler irá se juntar a nós para o primeiro prato.

O Dr. Lecter tirou o grande arranjo de flores da mesa e o colocou no aparador.

O subsecretário do Departamento de Justiça, Paul Krendler, em carne e osso, estava sentado à mesa numa pesada cadeira de carvalho. Krendler arregalou os olhos e olhou em volta. Estava usando uma faixa de corrida na cabeça, e um smoking para enterro, muito bonito, com camisa e gravata. Como a roupa era aberta nas costas, o Dr. Lecter pudera enfiá-la ao redor dele, cobrindo os metros e metros de fita adesiva que o prendiam à cadeira.

As pálpebras de Starling podiam ter baixado uma fração, e seus lábios se franziram ligeiramente, como faziam algumas vezes na área de treinamento de tiro.

Então o Dr. Lecter pegou uma pinça de prata no aparador e retirou a fita que cobria a boca de Krendler.

– Boa noite de novo, Sr. Krendler.

– Boa noite. – Krendler não parecia ser ele próprio. Seu lugar estava arrumado com uma pequena terrina.

– Gostaria de dizer boa-noite à Srta. Starling?

– Olá, Starling. – Ele pareceu se animar. – Sempre quis vê-la comendo.

Starling examinou-o a distância, como se ela fosse o velho espelho do corredor, observando.

– Olá, Sr. Krendler. – Ela ergueu o rosto para o Dr. Lecter, que estava ocupado com suas panelas. – Como conseguiu pegá-lo?

– O Sr. Krendler estava a caminho de uma importante reunião para falar de seu futuro na política – disse o Dr. Lecter. – Margot Verger convidou-o como um favor a mim. Uma espécie de troca. O Sr. Krendler correu até o heliporto no Rock Creek Park para se encontrar com o helicóptero dos Verger. Mas em vez disso conseguiu uma carona comigo. Gostaria de fazer a prece antes de nossa refeição, Sr. Krendler. Sr. *Krendler*?

– Prece? Ah, sim. – Krendler fechou os olhos. – Pai, nós Vos agradecemos pelas bênçãos que vamos receber e as dedicamos ao Vosso serviço. Starling é uma garota com tamanho suficiente para estar trepando com o pai dela, mesmo sendo sulista. Por favor, perdoe-a por isso e traga-a ao meu serviço. Em nome de Jesus, amém.

Starling percebeu que o Dr. Lecter manteve os olhos piedosamente fechados durante toda a oração.

Ela se sentia ágil e calma.

– *Paul*, preciso lhe dizer, o apóstolo *Paulo* não podia ter feito melhor. Ele também odiava as mulheres.

– Você realmente estragou tudo desta vez, Starling. Você jamais será readmitida.

– Foi uma oferta de *emprego* que você conseguiu enfiar na oração? Nunca vi esse tipo de tática.

– Vou entrar para o Senado. – Krendler deu um sorriso desagradável. – Apareça na sede da campanha, talvez eu consiga algo para você fazer. Poderia ser secretária. Sabe datilografar e arquivar?

– Claro.

– Sabe anotar um ditado?

– Eu uso software de reconhecimento de voz – disse Starling. Em seguida prosseguiu num tom judicioso: – Desculpe-me pela conversa indigna para a mesa, mas você não é suficientemente rápido para roubar no Senado. Não pode compensar uma inteligência de segunda classe só com jogo sujo. Você duraria mais como capanga de um grande bandido.

– Não espere por nós, Sr. Krendler – insistiu o Dr. Lecter. – Tome um pouco da sua sopa enquanto está quente. – Em seguida, ele levantou o *potager* coberto, com um canudinho, até os lábios de Krendler.

Krendler fez uma careta.

– Esta sopa não está muito boa.

– Na verdade, é mais uma infusão de salsa e tomilho – disse o doutor. – E mais para nosso deleite do que para o seu. Tome mais alguns goles e deixe circular pela boca.

Starling parecia estar pesando alguma coisa, usando as palmas das mãos como a balança da justiça.

Sabe, Sr. Krendler, a cada vez que o senhor dava em cima de mim, eu tinha a sensação desagradável de que havia feito alguma coisa para merecer. – Ela movimentou as palmas para cima e para baixo, judiciosamente, como uma balança. – Eu *não* merecia isso. A cada vez que o senhor escrevia alguma coisa negativa na minha pasta pessoal, eu me ressentia, mas mesmo assim me examinava. Duvidava de mim mesma por um momento, e tentava sanar aquela coceira minúscula que dizia "papai sabe das coisas".

"O senhor *não* sabe das coisas, Sr. Krendler. Na verdade o senhor não sabe de nada. – Starling tomou um gole de seu esplêndido borgonha branco e disse ao Dr. Lecter: – Estou *adorando* isto. Mas acho que deveríamos tirá-lo do gelo. – Ela se virou de novo, a anfitriã atenta, para seu convidado. – O senhor será para sempre um... um *idiota*, sem tamanho – falou num tom agradável. – E é o bastante a seu respeito nesta mesa adorável. Como o senhor é convidado do Dr. Lecter, espero que goste da refeição.

Quem é você? – disse Krendler. – Você não é Starling. Você tem a pinta no rosto, mas não é Starling.

O Dr. Lecter acrescentou cebolinha à manteiga quente, e no instante em que o perfume subiu, colocou alcaparras picadas. Tirou a panela do fogo e colocou a frigideira no calor. No aparador pegou uma grande tigela de cristal com água gelada, uma bandeja de prata, e colocou-as ao lado de Paul Krendler.

– Eu tinha alguns planos para essa boca esperta – disse Krendler –, mas agora eu *jamais* contrataria você. De qualquer modo, quem lhe daria uma tarefa?

– Não espero que o senhor mude de atitude totalmente, como o outro Paulo, Sr. Krendler – disse o Dr. Lecter. – O senhor não está na estrada de Damasco, nem mesmo na estrada para o helicóptero dos Verger.

O Dr. Lecter tirou a faixa de cabeça de Krendler como se estivesse removendo o lacre de uma lata de caviar.

– Tudo que pedimos é que mantenha a mente aberta. – Cuidadosamente, usando ambas as mãos, o Dr. Lecter levantou o tampo da cabeça de Krendler, colocou-o na bandeja de prata e o levou até o aparador. Praticamente nenhuma gota de sangue caiu da incisão limpa, já que os principais vasos sanguíneos tinham sido amarrados e os outros muito bem cauterizados sob anestesia local, e o crânio fora serrado na cozinha meia hora antes da refeição.

O método do Dr. Lecter para remover o topo do crânio de Krendler era tão antigo quanto a medicina egípcia, só que tinha a vantagem de uma serra de autópsia com lâmina craniana, uma chave para crânio e anestesia melhor. O cérebro em si não sente dor.

A cúpula rosa-acinzentada do cérebro de Krendler estava visível acima do crânio serrado.

De pé atrás de Krendler com um instrumento que parecia uma colher de retirar amígdala, o Dr. Lecter retirou uma fatia do lóbulo pré-frontal de Krendler, depois outra, até completar quatro. Os olhos de Krendler se reviraram para cima como se estivessem acompanhando o que acontecia. O Dr. Lecter colocou os pedaços na tigela de água gelada, acidulada com suco de um limão, para que ficassem firmes.

– "*Você gostaria de dançar numa estrela*" – cantou Krendler abruptamente – "*levar raios de lua para casa numa jarra.*"

Na cozinha clássica, os miolos são encharcados, depois comprimidos e gelados durante uma noite inteira, para ficar firmes. Ao lidar com o item absolutamente fresco, o desafio é impedir que simplesmente se desintegre num punhado de gelatina.

Com habilidade esplêndida, o doutor trouxe as fatias firmes para um prato, passou ligeiramente em farinha condimentada e depois em farinha fresca de brioches.

Moeu uma trufa preta, fresca, dentro do molho e terminou espremendo suco de limão.

Rapidamente fritou as fatias até ficarem ligeiramente grelhadas de cada lado.

– O cheiro está ótimo! – disse Krendler.

O Dr. Lecter colocou os miolos fritos sobre torradas largas em cima dos pratos aquecidos, e cobriu com molho e fatias de trufa. Uma guarnição de salsa e alcaparras inteiras, com os cabinhos, e uma flor de nastúrcio sobre um ramo de agrião, para ficar mais alto, completava a apresentação do prato.

– Como está se sentindo? – perguntou Krendler, de novo atrás das flores e falando imoderadamente alto, como costumam fazer pessoas que passam por lobotomia.

– De fato excelente – disse Starling. – Eu nunca tinha comido alcaparras antes.

O Dr. Lecter achou comovente demais o molho de manteiga no lábio dela.

Krendler cantava por trás das flores, na maioria eram canções da creche, querendo chamar a atenção.

Sem ligar para ele, o Dr. Lecter e Starling falaram de Mischa. Starling sabia do destino da irmã do doutor pelas conversas que tinham tido a respeito de perdas, mas agora ele falava de um modo esperançoso sobre a possível volta dela. Naquela noite não parecia pouco razoável a Starling que Mischa pudesse retornar.

Starling expressou a esperança de conhecer Mischa.

– Você jamais poderia atender o telefone na minha sala. Sua voz parece de uma boceta caipira – gritou Krendler através das flores.

– Veja se minha voz parece a de Oliver Twist quando eu peço *MAIS* – respondeu Starling, provocando no Dr. Lecter uma alegria que ele mal conseguia conter.

Um segundo bocado consumiu a maior parte do lóbulo frontal, chegando quase até o córtex pré-motor. Krendler foi reduzido a observações irrelevantes sobre coisas em sua visão imediata, e à recitação desafinada por trás das flores de um poema bastante lascivo chamado "Brilho".

Absorvidos na conversa, Starling e Lecter não se perturbavam mais do que se fosse alguém cantando "Parabéns pra você" em outra mesa de restaurante. Mas quando o volume de Krendler começou a incomodar, o Dr. Lecter pegou sua besta num canto.

– Quero que você ouça o som deste instrumento de corda, Clarice.

Ele esperou um momento de silêncio da parte de Krendler e lançou uma flecha através da mesa, passando pelas flores altas.

– Aquela frequência particular da corda da besta, caso você a ouça de novo em qualquer contexto, significa apenas a sua total liberdade, paz e autossuficiência – disse o Dr. Lecter.

As penas e parte da haste permaneciam do lado visível do arranjo de flores, e se moviam mais ou menos no ritmo de uma batuta conduzindo um coração. A voz de Krendler parou de imediato, em alguns instantes a batuta também parou.

– É mais ou menos um ré abaixo do dó central? – perguntou Starling.

– Exato.

Um instante depois Krendler soltou um gorgolejo por trás das flores. Era apenas um espasmo em seu aparelho fonador causado pelo aumento de acidez do sangue, já que ele tinha acabado de morrer.

– Vamos ao próximo prato – disse o doutor. – Um pouco de sorvete para refrescar nossos palatos antes da codorna. Não, não, não se levante. O Sr. Krendler vai me ajudar a limpar as coisas, se você desculpá-lo.

Foi tudo muito rápido. Por trás do anteparo de flores, o Dr. Lecter simplesmente limpou os pratos dentro do crânio de Krendler e os empilhou no colo dele. Em seguida, recolocou o topo da cabeça e, pegando a corda que estava amarrada no carrinho debaixo da cadeira, puxou-o para a cozinha.

Ali o Dr. Lecter armou de novo a besta. Convenientemente, ela usava a mesma bateria da serra de autópsia.

As peles das codornas estavam crocantes, e elas estavam cheias de *foie gras.* O Dr. Lecter falou sobre Henrique VIII como compositor e Starling contou sobre projetos de computador para os sons de motores, a réplica de frequências agradáveis.

A sobremesa seria na sala de estar, anunciou o Dr. Lecter.

101

Um suflê e taças de Château d'Yquem diante da lareira na sala de estar, o café preparado numa mesinha de canto, junto ao cotovelo de Starling.

Fogo dançando no vinho dourado, cujo perfume pairava acima dos tons profundos da lenha queimando.

Falaram sobre xícaras de chá e sobre o tempo, e sobre o domínio da desordem.

– E assim eu passei a acreditar – dizia o Dr. Lecter. – Que deve haver um lugar no mundo para Mischa, um lugar especial vago para ela, e passei a pensar, Clarice, que o melhor lugar do mundo era o seu.

A luz da lareira não destacava as profundezas de seu decote tão satisfatoriamente quanto a luz da vela antes, mas estava criando um jogo maravilhoso nos ossos do rosto.

Ela pensou um momento.

– Deixe-me fazer uma pergunta, Dr. Lecter. Se é necessário um lugar importante no mundo para Mischa, e não estou dizendo que não seja, qual é o problema com o *seu* lugar? Ele é bem-ocupado, e sei que jamais o senhor iria negá-lo a ela. Eu e ela poderíamos ser como irmãs. E se, como o senhor diz, há espaço em mim para o meu pai, por que não há espaço no senhor para Mischa?

O Dr. Lecter pareceu satisfeito, ainda que fosse impossível dizer se era com a ideia ou com a inteligência de Starling. Talvez ele sentisse uma vaga preocupação por ter construído algo melhor do que imaginava.

Quando Starling recolocou a taça na mesa ao lado, empurrou a xícara de café, que se espatifou na lareira. Não olhou para ela.

O Dr. Lecter ficou olhando os pedaços; estavam imóveis.

– Não creio que você precise se decidir neste minuto disse Starling. Seus olhos e os *cabochons* brilhavam à luz da lareira. Um suspiro do fogo, o calor do fogo passando pelo vestido, e lhe veio uma memória passageira: *O Dr. Lecter, há muito tempo, perguntando à senadora Martin se ela havia amamentado a filha.* Um movimento precioso girando na calma incomum de Starling: por um instante muitas janelas em sua mente se alinharam, e ela viu muito além da própria experiência. Falou:

– Hannibal Lecter, sua mãe o amamentou ao seio?

– Sim.

– Alguma vez sentiu que teve de ceder o seio para Mischa? Alguma vez sentiu que lhe forçaram a desistir do seio para ela?

Um instante de silêncio.

– Não me lembro disso, Clarice. Se cedi, foi com prazer.

Clarice Starling enfiou a mão no decote profundo do vestido e liberou o seio, que logo saltou para fora.

– O senhor não precisa ceder este – falou. Olhando sempre nos olhos dele, ela usou o dedo do gatilho para tirar o quente Château d'Yquem de dentro da boca, e uma gota espessa e doce ficou suspensa em seu mamilo como um *cabochon* dourado, e tremeu com sua respiração.

Ele veio rapidamente, apoiou-se num dos joelhos na frente da poltrona e curvou sua cabeça escura e esguia na direção dela, coral e creme à luz da lareira.

102

Buenos Aires, Argentina, três anos depois:

Barney e Lilian Hersh caminhavam perto do obelisco da Avenida 9 de Julio no início da noite. A Srta. Hersh dá aulas na Universidade de Londres e está de licença. Ela e Barney haviam se conhecido no Museu de Antropologia da Cidade do México. Gostaram um do outro e estão viajando juntos há duas semanas, vivendo um dia de cada vez, e o negócio está ficando cada vez mais divertido, pois não estão se cansando um do outro.

Tinham chegado a Buenos Aires tarde demais para ir ao Museu Nacional, onde havia um Vermeer em exposição. A missão de Barney, de ver cada Vermeer do mundo, divertia Lilian Hersh, e não atrapalhava o restante. Ele já vira um quarto de todos os Vermeer, e havia muitos ainda.

Estavam procurando um café agradável onde pudessem comer ao ar livre.

Limusines paravam diante do Teatro Colón, a espetacular casa de ópera de Buenos Aires. Pararam para ver os amantes da ópera entrando.

Estava sendo apresentado *Tamerlane*, com um elenco excelente, e uma multidão de estreia em Buenos Aires é algo digno de se ver.

– Barney, está a fim de ir à ópera? Acho que você gostaria. Eu pago.

– Se você me ajudar a entender, *eu* pago – disse Barney. – Acha que vão deixar a gente entrar?

Naquele momento um Mercedes Maybach, azul-escuro e prata, chegou num sussurro junto ao meio-fio. Um porteiro correu para abrir o carro.

Um homem, esguio e elegante de gravata branca, saiu e estendeu a mão para uma mulher. A visão dela provocou um murmúrio de admiração nas pessoas em volta da entrada. Tinha um belo cabelo platinado e usava um vestido justo, coral, com uma camada de tule por cima. Esmeraldas brilhavam no seu pescoço. Barney só a viu por um breve instante, através das cabeças da multidão, e ela e o cavalheiro foram levados para dentro.

Barney enxergou melhor o homem. A cabeça dele era esguia como de uma foca, e o nariz tinha um arcc imperioso como o de Perón. Seu porte o fazia parecer mais alto do que era.

– Barney? Ah, Barney – estava dizendo Lilian –, quando voltar a si, se voltar, diga se gostaria de ir à ópera. Se eles nos deixarem entrar *à paisana*. Pronto, falei, ainda que não seja o termo exato. Eu sempre quis dizer que estava *à paisana*.

Como Barney não comentou nada, ela o espiou de lado. Ele sempre comentava tudo.

– É – disse Barney em tom ausente. – *Eu* pago. – Barney tinha bastante dinheiro. Era cuidadoso com o dinheiro, mas não mão-fechada. Mesmo assim, os únicos ingressos que restavam eram na galeria, em meio aos estudantes.

Antecipando a altitude dos lugares, alugou binóculos no saguão.

O teatro enorme é uma mistura de estilos da Renascença italiana, grego e francês. Luxuoso com latões, dourados e estofados vermelhos. Joias piscavam na multidão como flashes num jogo de futebol.

Lilian explicou o enredo antes que começasse a abertura, falando baixo no ouvido dele.

Logo antes que as luzes se apagassem, fazendo uma varredura da plateia a partir dos lugares mais baratos, Barney encontrou-os, a loura platinada e seu acompanhante. Tinham acabado de passar pelas cortinas douradas entrando num camarote ornamentado ao lado do palco. As esmeraldas na garganta da mulher brilharam nas luzes do teatro quando ela se sentou.

Barney só tinha vislumbrado o perfil direito dela ao entrar na ópera. Agora podia ver o esquerdo.

Os estudantes ao redor, veteranos nos assentos de grande altitude, tinham trazido todo tipo de equipamento para enxergar a distância. Um estudante tinha uma luneta poderosa, tão comprida que perturbava o cabelo da pessoa à frente. Barney trocou o binóculo com ele para olhar o camarote distante. Foi difícil achar o camarote de novo, no campo de visão limitado do tubo comprido, mas quando encontrou, o casal estava espantosamente próximo.

A bochecha da mulher tinha uma pinta, na posição que os franceses chamam de "*courage*". Os olhos dela percorreram o teatro, passaram por sobre onde ele estava e prosseguiram. Ela parecia animada e com um controle hábil da boca cor de coral. Inclinou-se para o acompanhante e disse alguma coisa, e os dois riram juntos. Ela pousou a mão na mão dele e segurou seu polegar.

– *Starling* – disse Barney entre dentes.

– O quê? – sussurrou Lilian.

Barney teve muita dificuldade para acompanhar o primeiro ato da ópera. Assim que as luzes se acenderam para o primeiro intervalo, ergueu o binóculo para o camarote de novo. O cavalheiro pegou uma taça de champanhe na bandeja de um garçom, entregou-a à dama e pegou outra para si. Barney deu um zoom até o perfil dele, para a forma das orelhas.

Acompanhou a extensão dos braços expostos da mulher. Estavam nus, sem qualquer marca, e tinham tônus muscular, sob seu olho experiente.

Enquanto Barney observava, a cabeça do cavalheiro virou-se em sua direção, como se para captar um som distante. O cavalheiro ergueu o binóculo de ópera até os olhos. Barney poderia jurar que o binóculo estava apontado para ele. Levantou o programa na frente do rosto e encolheu-se no assento, tentando parecer que era de estatura mediana.

– Lilian – disse ele. – Quero que me faça um grande favor.

– Bom, se for como os outros, é melhor eu ouvir primeiro.

– Vamos sair quando as luzes se apagarem. Vá comigo para o Rio esta noite. Sem perguntas.

O Vermeer em Buenos Aires é o único que Barney jamais viu.

103

Acompanhar esse belo casal saindo da ópera? Tudo bem, mas com muito cuidado...

Na virada do milênio Buenos Aires é possuída pelo tango, e a noite tem uma pulsação própria. O Mercedes, com janelas abaixadas para deixar entrar a música das boates, ronrona através do bairro Recoleta até a Avenida Alvear, e desaparece no pátio de um exótico prédio estilo Belas Artes, perto da embaixada francesa.

O ar é suave, e o jantar está arrumado no terraço do andar de cima, mas os empregados já se foram

Nessa casa o moral dos empregados é elevado, mas há uma disciplina férrea entre eles. São proibidos de entrar no andar de cima da mansão antes do meio-dia Ou depois do primeiro prato do jantar.

O Dr. Lecter e Clarice Starling costumam conversar no jantar, em línguas que não são o inglês nativo de Starling. Ela estudou francês na faculdade e depois espanhol, e descobriu que tem bom ouvido. Os dois falam muito italiano nas refeições; ela encontra uma liberdade curiosa nas nuances visuais dessa língua.

Algumas vezes o casal dança durante o jantar. Algumas vezes não terminam de jantar.

O relacionamento dos dois tem muito a ver com a penetração de Clarice Starling, que ela recebe avidamente e encoraja. Tem muito a ver com o envolvimento de Hannibal Lecter, muito além dos limites da experiência dele. É possível que Clarice Starling conseguisse apavorá-lo. O sexo é uma estrutura esplêndida à qual eles acrescentam coisas novas todos os dias.

O palácio da memória de Clarice Starling também está crescendo. Compartilha alguns cômodos com o palácio da memória do Dr. Lecter – ele a descobriu ali muitas vezes – mas o palácio dela cresce sozinho. Está cheio de coisas novas. Ela pode visitar seu pai lá. Hannah está num pasto lá dentro. Jack Crawford está lá, quando ela opta por vê-lo curvado sobre a escrivaninha – depois de Crawford ficar em casa durante um mês ao sair do hospital, as dores no peito voltaram à noite. Em vez de chamar uma ambulância e passar por tudo aquilo de novo, ele optou simplesmente por rolar para a solidão do lado que sua falecida esposa ocupava na cama.

Starling ficou sabendo da morte de Crawford durante uma das visitas regulares do Dr. Lecter ao site público do FBI, para admirar sua foto em meio às dos dez mais procurados.

A foto do Dr. Lecter que o FBI está usando permanece confortavelmente atrasada em dois rostos.

Depois de ler o obituário de Jack Crawford, Starling caminhou sozinha durante a maior parte de um dia e ficou satisfeita em voltar para casa à noite.

Há um ano ela mandara colocar uma de suas esmeraldas num anel. Por dentro do anel está gravado AM-CS. Ardelia Mapp recebeu-o num embrulho impossível de ser rastreado, com um bilhete. *Querida Ardelia, estou melhor, mais do que nunca. Não me procure. Amo você. Desculpe se a assustei. Queime isto. Starling.*

Mapp levou a joia até o rio Shenandoah, onde Starling costumava correr. Caminhou por longo tempo com o anel agarrado na mão, furiosa, com os olhos quentes, preparada para jogá-lo na água, imaginando o lampejo no ar e o barulho fraco. No final colocou-o no dedo e enfiou a mão no bolso. Mapp não chora muito. Caminhou bastante, até poder se aquietar. Estava escuro quando voltou ao carro.

É difícil saber o que Starling recorda da vida antiga, o que opta por manter. As drogas que a sustentaram nos primeiros dias não fizeram parte da vida dos dois durante longo tempo. Tampouco as longas conversas com um único ponto de luz no cômodo.

Ocasionalmente, de propósito, o Dr. Lecter deixa uma xícara de chá se espatifar no chão. Fica satisfeito quando ela não se junta de novo. Já faz muito tempo não vê Mischa nos sonhos.

Algum dia, talvez uma xícara se junte de novo. Ou em algum lugar talvez Starling ouça uma corda de besta e tenha um despertar não desejado, se é que ela dorme.

Vamos nos retirar agora, enquanto eles estão dançando no terraço – o esperto Barney já saiu da cidade e devemos seguir seu exemplo. Porque se qualquer desses dois nos descobrir seria fatal.

Só podemos ficar sabendo até certo ponto, e sobreviver.

fim

ATENDIMENTO AO LEITOR E VENDAS DIRETAS

Você pode adquirir os títulos da BestBolso através do Marketing Direto do Grupo Editorial Record.

- Telefone: (21) 2585-2002
  (de segunda a sexta-feira, das 8h30 às 18h)
- E-mail: mdireto@record.com.br
- Fax: (21) 2585-2010

Entre em contato conosco caso tenha alguma dúvida, precise de informações ou queira se cadastrar para receber nossos informativos de lançamentos e promoções.

Nossos sites:
www.edicoesbestbolso.com.br
www.record.com.br

EDIÇÕES BESTBOLSO

Alguns títulos publicados

1. *O silêncio dos inocentes*, Thomas Harris
2. *O poderoso chefão*, Mario Puzo
3. *O último chefão*, Mario Puzo
4. *Criança 44*, Tom Rob Smith
5. *O vingador*, Frederick Forsyth
6. *O veterano*, Frederick Forsyth
7. *O negociador*, Frederick Forsyth
8. *Os caminhos escuros do coração*, Dean Koontz
9. *O guardião*, Dean Koontz
10. *O cão de terracota*, Andrea Camilleri
11. *O voo da águia*, Ken Follett
12. *A chave de Rebecca*, Ken Follett
13. *O homem de São Petersburgo*, Ken Follett
14. *O buraco da agulha*, Ken Follett
15. *Coma*, Robin Cook
16. *Contágio*, Robin Cook
17. *Parque Gorki*, Martin Cruz Smith
18. *O perfume*, Patrick Süskind
19. *O colecionador de ossos*, Jeffery Deaver
20. *Os 7 minutos*, Irving Wallace
21. *Los Angeles cidade proibida*, James Ellroy
22. *Dália negra*, James Ellroy
23. *O jardineiro fiel*, John Le Carré
24. *A lista de Schindler*, Thomas Keneally
25. *O caso das rosas fatais*, Mary Higgins Clark
26. *Enquanto minha querida dorme*, Mary Higgins Clark
27. *Vejo vocês em breve*, Mary Higgins Clark
28. *Submarino*, Lothar-Günther Buchheim
29. *Acima de qualquer suspeita*, Scott Turow
30. *Antologia de contos extraordinários*, Edgar Allan Poe

EDIÇÕES
BestBolso

Este livro foi composto na tipologia Minion Pro, em corpo 10,5/12,5, e impresso em papel off-set 56g/m² no Sistema Cameron da Divisão Gráfica da Distribuidora Record.